민병래의 사수만보

민병래의 사수만보

글, 사진 민병래

펴낸날 2021년 9월 10일 초판1쇄
펴낸이 김남호 | 펴낸곳 현북스
출판등록일 2010년 11월 11일 | 제313-2010-333호
주소 07207 서울시 영등포구 양평로 157, 투웨니퍼스트 밸리 801호
전화 02)3141-7277 | 팩스 02)3141-7278
홈페이지 http://www.hyunbooks.co.kr | 인스타그램 hyunbooks
편집 이현배 | 디자인 김영숙 구유미 | 마케팅 송유근 함지숙

ISBN 979-11-5741-265-5 03810

민병래의
사수만보

현 북스

\ 추천사 \

《사수만보》는 이 시대를 살아가는 다양한 인간 군상의 이야기이다. 작가 민병래는 우리가 보지 못하던 삶의 깊고 여린 결을 읽어내고 그것을 함께 느끼도록 그려내는 예술가다. 이 험한 세상을 왜 살아야 하는지, 우리의 짧은 삶이 왜 살만한 것인지 나름의 답을 찾는 사람들에게 일독을 권한다.

– **백태웅**(하와이대 로스쿨 교수, 유엔인권이사회 강제실종실무그룹 의장)

아무리 급한 일 있는 사람도 민병래 작가의 글 첫 문단을 읽게 되면 붙잡힌다. 계속 읽어 내려갈 수밖에 없다. 한 줄 한 줄에 스며들어 있는 인생이, 그것을 담아낸 민 작가의 정성이 눈물샘을 자극하기 때문이다. 인생들과 마주앉은 민 작가의 시선은 급하지 않다. 따스하다. 게다가 섬세하고 정확하다. 인생은 때론 쏜살같이 흐르고, 때론 호수처럼 머물러 있지만, 민병래 작가는 어느 장면 하나 놓치지 않는다. 부분과 전체의 환상적 결합! 그래서 그의 글에는 사람이 있다.

– **오연호**(오마이뉴스 대표이사)

이런 날이 올 줄 알았다. 글로서 세상에 나올 날을 말이다. 묶어 낸 그의 책에선 한 하늘 아래 살아가는 사람들에게 보내는 따듯한 시선이 느껴진다. 당당히 자기 길을 가는 이들에게 보내는 깊은 공감 능력이 여실히 묻어난다. 민병래 작가답다.

– **우상표**(바른지역언론연대 전회장)

속도가 방향보다 중요한 시대다. 하지만 민병래 작가의 《사수만보》는 느리다. 속독되지 않는다. 《사수만보》 속 인물들은 검색되지도 않는다. "위대한 것은 방향을 결정하는 것"이라는 니체의 말은 '저 하늘의 빛나는 별'과도 같은 정언명령이다. 속도가 아닌 방향의 흔적을 남기는 민병래 작가를 응원하는 이유이다.

– 방학진(민족문제연구소 기획실장)

《사수만보》에 실린 글들은 읽는 이의 가슴 한편에 묵직한 울림을 선사한다. 온갖 역경에도 굴하지 않고 신념을 지켜온 이들의 모습은 마음이 절로 숙연해지게 만든다. 절망의 나락에서 딛고 일어선 사람들의 삶은 슬픔과 희망이 뒤섞인, 뭐라 형언하기 어려운 감정의 심연으로 우리를 데려간다. 그저 묵묵히 자기 길을 걸어온 민초들의 이야기에서는 진한 '사람 냄새'가 난다.

– 김동훈(노숙인을 위한 인문학과정 성프란시스대학 교수)

《사수만보》의 형식은 마치 샌드위치처럼 현실이라는 두꺼운 빵 위에 과거라는 내용물을 넣고 미래지향적인 긍정성으로 뚜껑을 덮고 있습니다. 이는 영리한 선택적 글쓰기입니다. 한 인물의 서사는 시간 교차 편집으로 흥미를 불러일으키며, 한 편의 독립영화를 보는 것과 같이 인물·서사·공감을 동시에 발현시킵니다.

– 박정희(연출가, 극단 '풍경' 대표)

\ 머리말 \

저는 30대 후반인 1999년, 조그만 광고대행사를 창업해서 20년이 지난 지금까지 운영하고 있습니다. 한국에서 소기업이 살아남기란 쉽지 않았습니다. 그래서인가요. 매출과 이익을 위해서라면 어디든 언제든 달려갔고, 무슨 일이든 거리낌 없이 하는 세월이었습니다. 생존을 위해 가족을 위해 노력한 과정이지만 '돈이 최고'라는 주술에 사로잡혔던 시간 같습니다.

그런 삶을 흔들어준 계기가 2016년 촛불 광장이었습니다. 민초들의 힘으로 역사의 물줄기가 바뀌는 과정을 보면서 많은 생각을 하였습니다. 젊은 날, 한때는 세상을 뿌리부터 바꿔보겠다는 열정으로 살았습니다. 그런데 '가정'을 꾸렸고 '생존'이 급하다고 소중히 꿈꿨던 가치를 헌신짝처럼 내버리고 많은 죄업을 쌓았다는 생각이 들었습니다.

늦었지만, 나쁜 습관과 경쟁하는 가치관에 물들어있는 몸과 마음이지만 무언가 이 땅을 위해 다시 해보고 싶은 마음이 들었습니다. 거듭나고 싶었습니다. 그래서 '사수만보 – 사진과 수필로 쓰는 만인보'를 떠올렸습니다. 부족한 사진과 글로나마 "이름 없이 빛도 없이 의미있게 살아가는 사람"들을 빛나게 할 수 있으면 좋겠다고 생각했습니다.

그때부터 개인 페이스북에 어설픈 연재를 시작했는데, 주변에서 많은 격려를 받았고 고맙게도 〈오마이뉴스〉에서 기획연재를 제안해주었습니다. 덕분에 지난 2년 반 동안 전부 쉰여덟 분의 삶을 기록했습니다.

그동안 한 분 한 분을 만나서 이야기를 듣고 사진과 글로 꾸미는 일은 제게 큰 배움의 과정이었습니다. 제가 만났던 분들은 유명하고 높은 자리에 있는 분들이 아니었습니다. 대부분 낮은 자리에 있는 사람들이었습니다. 70년간 장돌뱅이를 한 이희천 할아버지, 프로당구선수의 길을 걷는 청년 백민주, 왕십리에서 노점을 하는 김종분 할머니, 어머니 한글학교를 인생 첫 직장으로 택한 김윤환, 어린 노동자들을 위해 실업학교를 세운 이주항 등등 사람들 눈은 높고 화려한 곳에 쏠려있지만, 정작 진실과 참 인생살이는 낮은 곳에 있다는 것을 확인하는 시간이었습니다. 이 삶들이 역사의 강물을 이룬다는 것을 다시금 깨닫는 시간이었습니다.

한 회 한 회 연재할 때마다 밋밋한 사진과 비루한 글재주가 원망스러웠습니다. 고맙게도 극단 '풍경'의 박정희 연출가, 그리고 〈오마이뉴스〉의 박순옥, 심규상 기자가 정성껏 다듬어주고 비평해주었습니다. 기고한 글이 반향이 없거나 나쁜 댓글이 넘쳐날 때는 속상했습니다. 인물마다 새로운 접근을 하고픈 데 해법이 없어 괴롭기도 했습니다. 그때마다 사랑하는 아내 구미경과 두 아들 건우, 호준이가 많이 격려해주었습니다.

이번에는 그동안 연재했던 작품 중 우선 스물아홉 분의 얘기를 한 권의 책으로 묶었습니다. 앞으로도 촛불 광장에서 가졌던 마음 잃지 않고 '사수만보'라는 먼 길을 걸어가 볼 작정입니다. 고맙습니다.

2021년 9월 1일 민병래

\ 차례 \

시계팔이 인생 70년
94세 장돌뱅이 이희천

"

오늘은 고덕장, 내일은 덕산장,
모레는 예산장, 글피는 홍성장, 그리구
삽교장을 69년 동안이나 돌았다.

"

5일장 날이면 평소에 썰렁했던 예산시장도 북적인다. 장터 초입에는 찹쌀 꽈배기가 고소한 향내를 풍기고, 나란히 붙어있는 예닐곱 식당은 소머리국밥을 푹푹 고아낸다. "삼겹살 두 근에 만 원!"이라는 정육점의 외침, "고등어 두 손에 만 원!"이라는 생선 좌판의 소리까지 더해져 장터는 제법 흥이 난다. 7월의 아침나절은 아직 시원하고 파란 하늘은 장터를 동그랗게 감싸고 있다.

오늘도 좌판을 펴고

이희천은 오늘도 좌판을 폈다. 그가 파는 물건이라고 해봐야 여기저기 흠집이 있는 구년묵이 시계들, 돋보기와 깨진 안경다리, 일회용 면도기들이 고작이다. 개다리소반 서너 개 합친 크기에 가지런히 늘어놓았지만, 그저 몇천 원짜리 상품들이고 제일 비싼 게 만 원 남짓이다.

그는 늘 말한다.

"수지맞을 일이 뭐 있것슈. 내 즌 재산이 여기 펼쳐 논 것들인디. 이

이희천 할아버지의 가게. 예산 장터에는 그가 늘 좌판을 펴는 자리가 정해져 있다.

거 다 팔믄 얼마 벌 거 같애유?"

그러면서도 장날을 거른 적은 없다. 오후 무렵 장기판을 벌이던 중늙은이들이 장터를 돌다가 이희천의 가게 앞에 멈춰 섰다. 이들은 흉허물없이 이희천과 농을 주고받는 사이다.

"형님, 오늘 많이 벌었지유?"

담배를 문 노인 하나가 이희천에게 장난기 가득 묻는다.

"아까 오만 원짜리가 바지춤으로 들어가는 것 봤슈. 오늘 막걸리 한잔 사유."

이희천이 대답하기도 전에 패거리 중 한 명이 나서서 거든다.

"말도 마유. 오죽 허믄 세무서 직원이 매일 와서 '오늘은 얼마 벌었냐?'고 꼭 물어보고 간다니께."
하고 이희천도 장단을 맞춘다.

그러면 '와—' 하고 박수와 웃음이 터진다. 지나가던 장꾼들도 뭔 일인가 하고 돌아본다. 사실 이 장단은 그가 어느 장터에 가도 빼놓지 않고 늘어놓는 사설이다.

삽교읍에서 보자기 펴고 시작한 라이터 장사

이희천은 충남 홍성군 홍동면 수란리에서 태어났다. 동네가 소문난 '노름' 마을이어서 노름에 물들까 어릴 때 청량리에 있는 외할아버지댁으로 올려 보내졌다. 거기서 외삼촌 소개로 청량리시장에서 경비원 생활을 했다.

그러던 어느 날 아침, 총소리와 포격 소리가 들려 조심스레 시장으로 나가보니 북쪽 군인들이 세 줄로 행진해서 들어오고 있었다. 보름이나 지났을까? 좌익이었던 반장이 징집 영장을 보여주면서 "무조건 도망가라."고 일러주었다. 그날로 청량리역에서 장항선을 타고 예산군 삽교로 내려왔다.

그때부터 할 일도 없고 먹고 살아야 하기에 장돌뱅이가 되어 5일 장을 돌기 시작했다. "오늘은 고덕장, 니알(내일)은 덕산장, 모레는 예산장, 글피는 홍성장 그리구 삽교장"을 69년 동안이나 돌았다.

여름날 긴 햇살이 저만치 물러가면 장터도 나른해지고 장꾼들이 슬금슬금 빠져나간다. 여기저기서 물건을 거두는 소리도 들리기 시작한다.

이희천은 바지춤에 손을 넣어본다. 어림짐작에 오늘 5만 원은 족히 들어온 것 같다. 마수걸이는 시곗줄이었다. 늘어진 줄을 갈고 3천 원을 받았다. 채소 파는 할멈은 안 받으려 해도 천 원짜리 한 장을 놓고 갔다. 그리고 시계를 두 갠가 팔았다. 사실 정신도 가뭇가뭇해 얼마나 팔았는지, 뭘 팔았는지 이젠 기억도 잘못한다. 그저 장터의 구수한 내음이 좋을 뿐이다.

그가 삽교읍에서 처음 장사를 할 때는 보자기를 펴고 라이터 장사

좌판 가득 늘어놓은 수십 년 손때 묻은 갖가지 시계들. 시계를 팔뿐만 아니라 수리도 한다.

를 했다. 말뚝 라이터를 팔았다. 그 다음에 성냥갑 라이터, 흔히 '지포' 라고 부르는 라이터를 팔았다. 한 개를 150원 정도 받았는데 나름 장사가 되는 편이었다. 그런데 기름 대신 가스를 쓰는 1회 용 라이터가 보급되면서 장사가 별 볼 일 없어졌다.

그래서 안경과 시계로 눈을 돌렸다. 안경은 '안경사' 자격이 있는 것도 아니고 점포도 없으니, 주로 돋보기와 안경다리를 팔았다. 시계는 한동안 잘 팔렸다. 입학 선물로도 곧잘 나갔고, 7~80년대에는 손목에 시계 하나씩은 다 둘렀기 때문이다.

그런데 핸드폰이 나오고서 재미가 없어졌다. 그렇다고 업종을 바꿀 수도 가게를 차릴 수도 없었다. 그래서 중고 시계를 팔고, 고장 난 시계 고쳐주는 일로 나섰다. 지금은 전자시계여서 약만 갈면 되지만, 태엽으로 돌아가는 시계는 손볼 곳이 많았기 때문이다.

그때부터 그는 "파는 장사는 3할이고, 고치는 장사는 8할 이문이여."란 말을 달고 살았다. 늘 손가락 다섯 개를 내보이며….

"어르신, 이제 물건 거두지유."

생선장수가 풀 죽은 목소리로 채근한다. 팔지 못한 생선이 많이 남은 모양이다. 마지못해 이희천도 주섬주섬 물건을 거두기 시작한다.

사실 5일장이 예전만 못하다. 무엇보다 촌에 인구가 줄면서 장터에 사람들이 별로 꼬이지를 않는다. 젊은 사람들은 당진 시내나 대전의 대형마트로 쇼핑을 가고, 5일장은 노인들 차지가 되어 생기가 없다. 생선장수만이 아니라 시골 장터 장사꾼들의 푸념이 날로 늘어난다.

이희천은 오늘 저녁을 사 먹고 삽교에 있는 집에 들어갈 작정이다.

안식구(그는 아내를 늘 '안식구'라고 부른다.)가 수원에 있는 애들 집에 다니러 갔기 때문이다.

'손고락' 다섯 개를 재산으로 한평생

그는 중신애비의 소개로 스물일곱에 여섯 살 어린 안식구를 만났다. 초등학교 문턱도 안 넘었고, 재산은 고작 라이터뿐인 그에게 와준 아내가 고마웠다. 신혼여행도 없던 시절이었지만, 삽교읍에서 가까이 있는 추사 김정희 고택도 가봤고, 예당호에도 놀러 갔다.

나름 재미있게 신접살림을 할 즈음 그는 입대를 했다. 그때가 휴전 직후였다. 부산에 있는 병참 부대 8 기지창에서 식량 관리 보직을 맡아 서대전으로 파견근무를 갔다. 가서 보니 식량 창고 바닥만 쓸어도 쌀이 넘쳐날 지경이었다.

그때 이희천은 제대 후가 막막해 욕심이 났다. 이희천은 "대전으로 이사 가자."고 안식구를 들볶았다. 창고 관리만 잘해도 한밑천 만들 수 있으리라 생각했다. 그때 안식구는 "여보쇼! 이등병 쫓아가서 살림하면 도둑놈 소리 들을 거요."라고 손사래를 쳤다.

그날 이 얘기는 그에게 큰 깨달음이 되었다. 그때부터 "장사꾼은 신용이 첫째유."라는 말을 잊지 않았다. 안식구와 재미나게 살았지만 은근 구박도 많았다.

안식구가 어느 날은 "여보쇼! 지금은 두 식구여서 라이타 몇 개 팔아먹고 살지만, 애들 나면 어쩔 거유? 왜 그리 주변이 없어유. 돈 얻어 큰 장사해봐유."라고 성화를 부렸다. 그때 이희천은 "내 다섯 '손고락'이 재산이니께 걱정 말어. 어디 일 나갈 생각 말고 가만 앉아 나만 기다려…."라고 말하며 등짐장사를 포기하지 않았다.

물론 힘든 나날이 일상이었다. 제일 어려운 시절은 아이들이 한꺼번에 학교 다닐 때, 특히 막내아들이 대학 다닐 무렵이었다. 목돈이 들어가는데 하루 장사는 뻔했다. 그래서 일수를 오랫동안 썼다. 몇 해 동안 하루도 빠짐없이 큰돈을 갚느라 매우 고단했다.

어쨌든 그렇게 이희천은 안식구와 '두레박과 항아리'처럼 살았다. 이희천이 '손고락 다섯 개'로 우물물을 길으면, 안식구는 이를 항아리에 차곡차곡 쟁였다. 그래서 4녀 1남을 자랑스럽게 키워냈다.

자식들은 크면서 이희천의 장사를 한 번도 장사로 취급을 안 했지만, 지금은 달라졌다. 늘 하는 말이 "아버지 제발 넘어지지 마세유. 넘어지면 큰일 나유."라며 신신당부를 한다. 오늘도 큰딸이 아침과 점심 나절 전화를 했다.

"내 얼굴이 간판이구 이 장터가 다 내 가게유."

이희천은 3대째 하는 예산식당에서 소머리국밥으로 든든하니 저녁을 먹었다. 식당 안주인은 입버릇처럼 "할아버지, 이젠 좀 쉬셔유."라고 성화를 부린다.

"생각해봐유, 만석꾼은 만 가지 근심인데, 난 그저 '손고락' 다섯 개로 살았으니 내가 걱정이 뭐유? 밥 세끼 먹으면 되는데 그냥 장터 와서

늘 가는 장터 국밥집에서 소머리국밥을 먹고 있는 이희천 할아버지의 깊은 주름살에 장돌뱅이 69년의 역정이 새겨져 있다.

노는 거유. 아, 집에 있으면 뭐 할 거유?"라고 말하며 이희천은 식당 문을 나선다.

돌아보면 그는 69년 동안, 봄날이면 진달래꽃을 벗 삼아 나갔다가 개나리를 물고 집으로 돌아왔다. 여름에는 장터에서 흠뻑 젖은 몸을 개울가에서 멱 감으며 고단함을 풀었다. 가을에는 들녘 가득한 벼이삭과 노랗게 물든 은행나무를 보면서 부자를 꿈꿨다. 겨울날은 푹푹 빠지는 눈길을 고무신으로 걸었고, 언 발을 국밥으로 녹였다.

위로는 삽교에서 아래로는 홍성까지 그리고 오른쪽으로는 예산에 이르는 내포평야, 말하자면 지금 충청남도의 윗녘은 다 그의 장터이고 가게였다. 그리고 장터의 말벗들, 장터로 가는 발걸음이 그의 삶이었다.

그가 걸었던 길에 남긴 발자국, 그의 손길이 스쳤던 나뭇등걸, 그가 가는 장터마다 남겨놓은 숨결들…. 그 하나하나를 이으면 획이 되고, 획과 획을 이으면 그의 '인생 글씨'가 되지 않을까? 내포평야를 화선지 삼아 '장터 역정'을 붓으로 삼아 써 내려간, 이름하여 '장돌뱅이체'.

예산 장터를 떠나는 삽교행 버스에 이희천은 몸을 실었다. 그가 떠난 자리, 7월의 어둠이 조금씩 내리고 있다.

[2019년 7월 26일 연재]

못	다	한		이	야	기	……

* 이희천 할아버지의 이야기는 충남 예산의 〈무한정보신문〉 이재형 기자의 기사에서 접했다. 2017년 11월 20일자에 실린 이기자의 '그때 그 간판 그대로-오늘도 여전하시다' 기사를 보고, 2018년 1월과 2019년 6월 두 번에 걸쳐, 이희천 할아버지를 만나 이야기도 듣고 사진도 찍었다. 할아버지는 2021년 1월 현재도 장터를 돌고 있다.

* 이 글에는 이재형 기자가 인터뷰했던 일부 대화 내용을 가져와서 썼고, 이를 허락해주신 이재형 기자와 〈무한정보신문〉에 감사드린다.

용인시 좌전마을의 대장장이 김영환

“

당신들에겐 ‘생선용 막칼’이지만,
나는 ‘좌전칼’이라 부른다.

”

1949년생 김영환. 칠순이 넘은 나이지만 지금도 아침이면 어김없이 작업장으로 향한다. 그의 일터는 집에서 몇 분 남짓 거리인, 용인시 원삼면 좌전 마을의 나지막한 언덕에 자리 잡고 있다. 그는 스물여덟 살에 고향으로 돌아와, 형님 집 뒷마당에 대장간을 열었다. 그리고 거기서 ‘생선용 막칼’을 40년 넘게 만들어왔다.

불꽃과 물, 그리고 땀

그는 아침이면 우선 화덕에 불을 지핀다. 그가 쓰는 재료는 ‘자동차 스프링용 철’로 KS 기호는 420, 440B[1], 강도 65의 쇳덩이다. 화덕에선 금세 쇠뭉치가 이글이글 타오른다. 덩달아 그의 얼굴도 벌겋게 된다. 알맞게 익었을 때, 그는 쇳덩이를 집게로 꺼내 기계 망치에 올려놓고 ‘쿵쾅, 쿵쾅’ 두드려서 길고 납작하게 늘린다.

1) 강철의 조성 성분과 성질 등에 따른 분류 기호로, 420은 강도가 높고, 440은 부식과 마모에 강한 성질이 있어서 칼을 만들 때 많이 사용한다.

연마기에서 날을 세우는 김영환. 칼의 생명은 날이다. 연마를 통해 매끄럽고 빛나는 칼이 된다.

그 다음 칼 길이에 맞게 '철컹, 철컹' 잘라낸다. 잘라낸 쇳덩이를 다시 달궈 칼 모양으로 재단하고, 칼의 형상이 될 때까지 수도 없이 '땅땅' 두드려준다. 수십 년 동안 해온 탓인가. 망치질을 할 때면 그의 심장 박동도 박자를 맞춰 '쿵쿵' 댄다.

망치질과 함께, 달궈진 쇠를 찬물에 빨리 식히는 담금질 또한 중요하다. 연기를 마시고 '쉬익-' 소리를 들으면 쇠는 몇 배 더 강해지기 때문이다. 담금질을 거듭한 쇳덩이에게 '식은 망치질'을 더하면 칼 모양은 더욱 멋지고 평평하게 다듬어진다.

여기서 끝이 아니다. 칼의 생명은 날과 빛깔이다. 은백색의 날카로

움을 위해 갈고 또 갈아야 한다. 연마기에 칼을 대면 '끄아앙- 그아앙-' 소리를 내며 불꽃이 날카롭고 넓게 퍼진다. 그렇게 앞뒤를 섬세하고 꼼꼼하게 갈아내면 칼은 그제서야 매끄럽게 빛난다. 그런 다음 자루에 칼을 심으면 비로소 칼 한 개가 완성된다.

이때쯤이면 대장간에는 쇳가루, 돌가루가 수북해진다. 열기는 한증막처럼 퍼져 김영환의 몸에선 땀이 뚝뚝 떨어진다. 불꽃과 물, 땀이 범벅되고 끝도 없는 망치질이 더해져 한 자루의 칼이 완성되는 것이다. 투박하지만 견고하고, 뭉툭하면서도 예리한 그만의 칼, '좌전칼'이 완성된다.

대장간을 떠돌며 칼에 대해 눈을 뜨다

김영환은 열여섯 살에 대장장이의 길에 접어들었다. 초등학교에 늦게 들어간 그는 열다섯 살에 졸업반이 되었다. 용인중학교에 전체 3등으로 합격했지만 집안 형편상 돈을 벌러 나가야 했다.

아버지가 천여 평 정도 되는 논을 일궜는데 추수가 끝나면 장리쌀을 갚아야 했다. 한 가마를 꾸면 한 가마 반을 갚아야 하는 고리 이자여서 한 해 농사는 늘 꽝이었다. 그래서 5남매의 셋째였던 그는 늘 배고픈 시절을 보냈다. 학교에서 급식이 나왔지만 옥수수가루에 우유를 넣고 죽을 끓여주는 정도였다.

결국 그의 나이 열여섯 살인 1965년 8월 31일, 용인 가창리에 있는 대장간에 들어갔다. 처음에는 호미와 낫의 자루에서 시작해 망치 자루까지 만들었다. 초보가 할 수 있는 일은 그 정도였다. 한 달에 한 번 쉴 정도로 일은 고되었는데 월급은 500원[2]이었다.

"그전에는 꽁보리밥도 먹지 못했는데, 보리가 약간 섞인 흰 쌀밥을 줬어요."

그때를 그는 이렇게 기억한다. 하지만 일이 힘들어 김영환은 10km 남짓 떨어진 집으로 걸핏하면 도망쳤다. 그런 그를 아버지는 안쓰러워 하며 묵묵히 받아주셨다.

그래도 손재주가 있어서 일을 빨리 배웠다. 그 덕에 대장간에 들어간 지 3개월 만에 이천 삼강공업사 김필상 대표에게 월 4,000원을 받기로 하고 스카웃(?)되었다. 당시 쌀 한 가마가 2,800원 정도였으니 적은 금액은 아니었다. 거기서 강철과 연철을 붙여 접쇠를 한 다음 1,200도로 가열해서 낫과 호미를 만드는 기술을 익혔다.

그는 철공소에서 먹고 잤기에 선배들이 퇴근하면 혼자서 연습을 했다. 아침이면 화덕에 먼저 불을 지펴놓고 숙련을 거듭해 기술을 익혔다. 충북 제천에도 갔다. 나중엔 여기저기 대장간을 떠도는 것이 몸에 익숙해졌다. 힘들 땐 노래로 외로움을 달랬다. '농부가 좋아', '연모', '이력서' 같은 노래가 그의 애창곡이다.

김영환이 칼에 대해 눈을 뜬 것은, 서울 동대문구 용두동에 있는 김규복 사장 밑에서 일할 때였다. 거기서 쇳덩이를 달구고 작두로 자르고 벼림질 하는 것, 모양을 만드는 것을 배웠다. 그런 세월들을 보낸 덕에 열여섯 살에 시작한 대장간 경력은 20대 초반에 이르렀을 때는 상당

---

2) 지금(2021년) 가치로 환산하면 19,000원쯤 된다.

한 수준에 올랐다. 쇳덩이로 만드는 연장은 무엇이든 만들 수 있게 된 것이다.

그런데 문제는 젊은 날의 혈기였다. 용두동 시절 그는 일을 마치면 청량리에서 넝마주이들과 어울렸다. 밤마다 술병을 달고 살았고 패거리를 지어 야심한 거리를 휩쓸고 다녔다. 이런 생활을 하루도 거르지 않은 탓에, 나중에는 위에 구멍이 생겨 청량리 성바오로병원에 3개월이나 입원했다.

그는 퇴원 후 말없이 청량리를 떠났다. 살길은 그것밖에 없다고 생각했다. 그래서 정착한 곳이 경기도 시흥에 있는 칼 공장이었다. '일하는 것 보고' 월급을 받기로 하고 주인집에서 먹고 자면서 두세 달을 보냈다.

그러던 어느 날, 주인아주머니 동생이 다니러 왔다. 그녀는 시흥에 있는 대한전선에 다니고 있었는데 당시 스물네 살이었다. 김영환은 한눈에 반해 그 날부터 구애를 했다. 그녀는 '대장장이'가 싫다며 처음에는 거부했다. 하지만 주변에서 "성실하고 일 잘한다."고 거들어준 덕분에, 그의 나이 스물다섯 살에 그녀와 혼례를 치를 수 있었다.

28살, 고향으로 돌아와 대장간을 열다

신혼살림을 서울 모래내에서 시작했는데 거기서 임춘섭 사장을 만났다. 고향이 황해도 은율인 임 사장은 제법 큰 철공소를 운영하고 있었다. 김영환이 "내가 고향에 가서 대장간을 차려 칼을 만들면 물건을

김영환은 1978년 고향에 대장간을 열었다. 그의 대장간에는 거무스름한 빛과 푸르스름한 빛이 넘쳐난다.

사주겠냐?"고 물으니, "내래 니 물건 안 팔아 주갔소? 많이만 만들어 오라우."라고 그는 대답했다.

그날, 정확히 1978년 9월 30일에 480만 원을 갖고 경기도 용인으로 왔다. 아내의 반대를 무릅쓰고 돌아온 고향, 김영환은 형님 집 뒤 켠 열다섯 평 되는 공간에 대장간을 만들었다. 화덕과 스프링 해머, 모룻돌을 들여놓고 시작했다.

고향에 돌아왔을 때 그는 20대 중반 나이에 벌써 10여 년 경력이 있었다. 또 패기도 있었다. 그래서 전국을 다니며 열심히 영업했다. 물건을 원하는 곳이면 어디든지, 누구에게나 자신의 칼을 넘겨줬다. 이렇게 해서 대장간은 커져 나가 한때는 직원이 열 명이 넘을 정도였다.

그런데 무리한 확장이 화근이었다. 1987년 무렵에는 전국에 깔린 외상 매출금이 1억 원이 넘을 정도였다. 결국 그는 외상대금을 다 포기하고 규모를 줄이기로 결정했다. 직원 3명만으로 단출하게 새롭게 시작했다. 그때가 1988년. 그렇지만 2000년 들어서 그나마 있던 직원도 다 내보내고, 20년 동안 혼자서 대장간을 지켜오고 있다.

사실 그가 만드는 수제 칼은 스테인리스 칼과 공장 제조 방식, 그리고 중국에서 수입되는 칼 때문에 내리막길을 걸을 수밖에 없었다. 스테인리스 칼은 무엇보다 녹이 쓸지 않는다. 디자인이나 포장의 맵시도 달랐다. 그리고 공장 시스템을 통해 어느 정도 생산 규모를 가진 회사에서는 하루에도 수천 개의 칼을 만들었다. 하나하나 두드려 만드는 대장간 칼이 맞서기는 너무 버거웠다.

그래서 그가 택한 방안은 혼자서 버텨 명맥을 이어가는 것이었다. 어쨌거나 지금도 인천어시장, 노량진시장, 가락시장에선 그의 '좌전칼'을 찾는다. 그리고 빼놓을 수 없는 고객은 '칼갈이'들이다. 지금도 성남 일대에 살면서 자전거나 조그만 승합차에 숫돌을 싣고 "칼도 갈고, 칼도 파는" 이동 칼갈이들이 있다. 이들이 꾸준히 '좌전칼'을 찾는다.

'좌전칼' 상표등록을 하다

그는 '좌전칼'이라는 이름을 지은 것에 큰 보람을 느낀다. 그가 '막칼'에 상호를 새기게끔 인도해준 사람은 서울구치소 앞에서 철공소를 운용하던 홍순명이었다. 1970년대 초 홍순명은 미군부대 철조망을 재료로 칼을 만들어 '용'이라는 상표를 새겼다. 그런데 아무나 그를 본 따

투박해 보이는 생선용 막칼이지만 아직도 좌전칼을 찾는 이들이 많다.

'용'이라는 도장을 새겨 마구 칼을 팔았다.

그때 김영환은 '내 자신의 칼을 만들 때는 누구도 모방할 수 없게 하겠다.'고 다짐했다. 그래서 고향 '좌전마을' 이름을 칼의 상표로 택했다. 특허청은 "마을 이름은 안 된다."고 했지만, 변리사의 노력으로 상표등록이 되었다.

가족들은 이제 일을 쉬라고 한다. 대장간 일이 워낙 힘들고 고된 데다가 그의 몸이 성한 데가 없기 때문이다. 프레스에 손가락이 으깨지고, 손가락과 팔뚝이 부러져 스텐으로 부목을 삼아 치료를 하기도 했다. 쇠가 너무 '익은' 것을 때리는 바람에 뜨거운 쇳가루가 튀어 올라 눈을 다칠 뻔한 적도 있었다. 연마기에 살을 베인 것은 부지기수다. 얼마 전에는 당뇨로 순간 혈당이 떨어져, 갈음질[3]을 하다가 뒤로 넘어지기도 했다.

그래서 가족들은 늘 성화다. 이제는 제발, 제발 쉬라고. 쉴 자격도 있고 먹고 살만하다고…. 아내보다 두 딸이 더 보챈다. 김영환은 대장간 품에서 잘 자라준 딸들이 너무 고맙다. 대장장이로 막 발을 들여놓았던 시절, 그는 밖에 나가지를 못했다. 얼굴이 쇳가루로 범벅이 되어 남 보기가 창피했기 때문이다.

그런데 딸들은 사춘기 시절에도 친구들과 함께 집에 놀러오면 대장간에 꼭 들러 "우리 아빠셔."라고 자랑스럽게 인사를 시켰다. 그게 그때도 지금도 너무 고맙다. 마음이 울컥할 때도 많았다. 어쩌면 김영환이 55년 동안 대장장이로 살아오게 만든 버팀목이었는지도 모른다.

마지막 바람, '좌전칼' 명맥 잇기

이제 남은 바람은 오직 하나, 이 '좌전칼', 이 대장간의 명맥을 누군가가 이어줬으면 하는 것뿐이다. 그런데 쉽지 않다. 나서는 사람이 없다. 기술과 솜씨는 물론 작업장도 통째로 넘겨주고픈 마음이다. 성공할 때까지 도와주고픈 마음도 가득하다. 어쩌면 그는 이 바람 때문에 일을 놓지 못하고 있는지도 모른다.

대장간에서 망치질과 씨름하면 김영환의 하루는 훌쩍 간다. 좌항리 언덕 너머로 해가 뉘엿뉘엿 넘어갈 때쯤이면, 그는 수건으로 온몸에 달

3) 칼날이 날카롭게 서도록 연마기나 숫돌 등에 가는 일.

자르고, 달구고, 두드리고, 갈고…. 좌전칼은 그렇게 이희천의 손에서 한 자루 한 자루 태어난다.

라붙은 쇳가루를 툴툴 털어낸다. 숯검뎅이 같은 얼굴을 훈장처럼 들고 집으로 걸음을 옮긴다. 그가 집으로 향하면 온종일 거친 숨을 토해내던 대장간의 화덕도 그제야 허리띠를 풀어놓는다.

시나브로 좌전마을에 밤이 찾아와 어둠이 깊어지면, 내일을 기다리는 쇳덩이들은 서로 등을 기대며 잠을 청한다. 얼기설기 엮은 대장간 지붕 사이로 달빛이 조각조각 내려앉으면 땀과 망치질로 생명을 얻은 '좌전칼'이 반짝인다. 그러면 푸르스름한 검기(劍氣)가 어느새 대장간에 가득 찬다.

[2019년 7월 12일 연재]

못 다 한 이 야 기 ……

* 김영환 장인의 이야기는 〈용인시민신문〉(대표:우상표) 2018년 9월 16일자 함승태 기자의 글을 통해 알게 되었다. 우상표 대표님이 취재에 도움을 주었다.

* 김영환 선생의 이야기는 〈용인시민신문〉에서 운영하는 유튜브(YouTube) '용인시민방송(YSB) 영상보기(https://youtu.be/3igI4KJGKfo)'에서도 볼 수 있다.

* 김영환 선생은 2018년 경기문화재단에서 경기생활문화 장인으로 선정되었다. 김영환 선생은 지금도 좌전마을에서 대장간을 운영하고 있으며, 뒤를 이을 청년 장인을 애타게 찾고 있다.

《한자 자원 사전》을 만든 한문 선생님 장영진

“

학생들에게 한자의
뜻과 형태, 기원을 제대로
알려주고 싶었습니다.

”

샛별이 기재개를 켜며 월악산에 앉았다가 문경새재로 다가설 때면 장영진은 어김없이 일어난다. 그는 아내가 깰까 봐 엉덩이부터 밀어내며 침대에서 몸을 일으켰다. 고양이 걸음으로 부엌에 나가 불을 댕기고 반찬 그릇을 내려놓는다. 그렇지만 기척을 놓치지 않고 아내가 머릿결을 만지며 안방에서 나온다. “더 자지, 그래.” 책망 아닌 책망을 하지만 아내는 못 들은 척, 국을 데우고 밥을 푼다. 장영진은 미안할 뿐이다. 벼슬길 나서는 것도 아닌데 새벽밥을 먹은 지 10년 세월이다. 때문에 아내는 늘 잠을 설쳤다.

한자를 제대로 가르치기 위해

그는 새벽 2시 30분경 문경여고 교무실에 도착했다. 복도에는 검푸른 바람이 어둠을 붙잡고 있었고, 교정에는 뿌리까지 파고든 냉기에 향나무들이 몸을 부르르 떨었다.

장영진은 오늘 《한자 자원 사전》의 마지막 교정 교열을 끝낼 참이다. 시골 학교 한문 선생인 그가 이 작업을 시작한 지 벌써 10여 년. 그는 학생들에게 '한자'의 뜻과 형태, 그리고 그 기원을 제대로 알려주고 싶었다. 그렇지만 교재로 쓸 수 있는 책이 마땅치 않았다. 교과서마다 견해가 다른 건 그렇다 하더라도 빈약하고 무리한 주장이 눈에 거슬렸다. 또 최근 연구 성과가 반영되어 있지 않아 못마땅했다.

그래서 처음에는 몇 권의 관련 서적을 읽고 이를 바탕으로 1,800자 정도를 선정, '한자 자원(漢字字源) 해설' 파일을 만들어 수업에 활용하려 했다. 그러나 일은 꼬리에 꼬리를 물면서 커져 '사전 저술 작업'이 되어 버렸다.

본래 글자의 유래인 '자원(字源)'을 밝히는 것은 한 글자 한 글자 공이 많이 들어가는 작업이다. 상나라 갑골문에서부터 춘추전국시대의 금문과 전국문, 진나라가 각 나라의 문자를 하나로 통일한 소전, 그리고 이를 더욱 간략하게 만든 예서까지의 변천 과정을 밝혀야 하기 때문이다.

장영진의 '한자 자원 사전' 작업은 꼼꼼히 선정한 6,000여 자 그리고 9,000여 쪽에 이르는 방대한 양이었다. 그렇기에 난관이 많았다. 우선 문경이라는 시골 학교 한문 선생으로서 관련 서적을 구하기 쉽지 않았다. 문자학(文字學) 자체에 대한 우리나라의 연구가 부족한 데다가 의견을 나눌 수 있는 학습 그룹이나 자문을 구할 선생이 마땅치 않았다.

그래서 중국이나 일본으로 유학 간 제자들에게 부탁해 800여 종에 달하는 서적과 자료를 모았다. 그때부터 책과 씨름했다. 석·박사 과정을 거치지도 않았기에 연구방법론을 세우기도 쉽지 않았다. 오로지 읽

한자 자원의 예

大[큰 대]의 변화 모습

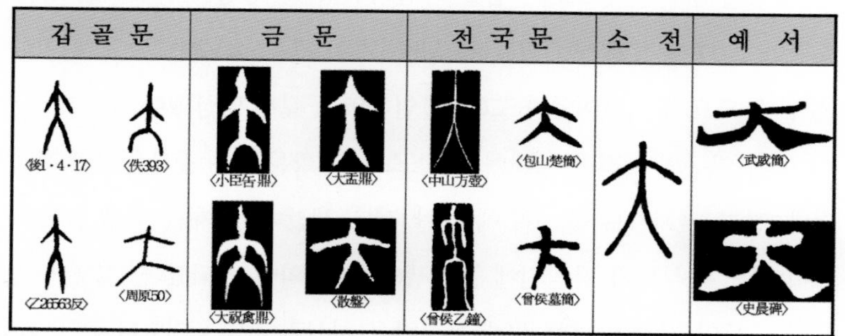

大자는 사람이 두 팔을 들고 두 다리를 벌리고 서 있을 때의 정면 모습을 본뜬 글자다.

民[백성 민]의 변화 모습

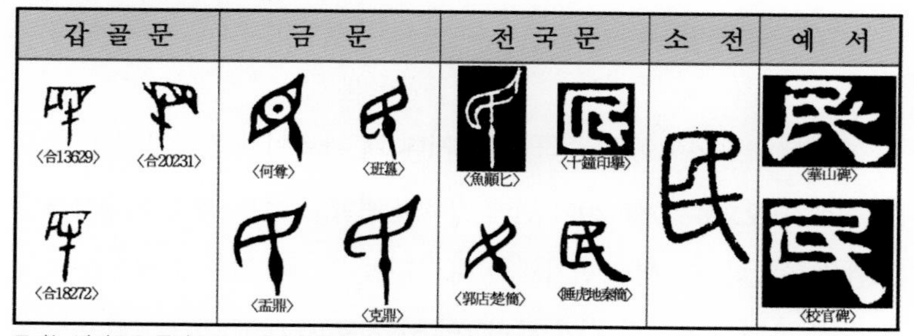

民자는 날카로운 물건으로 노예의 한쪽 눈을 찌른 모습을 본뜬 글자다.

友[벗 우]의 변화 모습

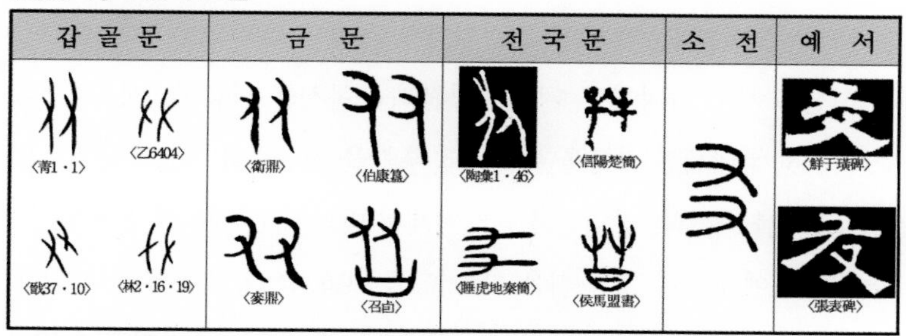

友자는 두 손이 나란히 있는 모습인데, 두 사람의 손을 나타낸 것으로 '서로 협조하는 사람'을 뜻한다.

고 또 읽어서 의미를 해독하는 지난한 과정이었다.

능력은 부족한데 교과수업을 하면서 연구를 병행하자니 시간이 부족했다. 그래서 장영진이 택한 게 새벽 시간, 그것도 새벽 2시 30분이라는 절대 고요의 시간이었다. 그는 몰입하였고 깊게 명상했다.

이런 연구의 시간을 보내며 그 스스로도 학문하는 즐거움에 빠져들었다. 잠자는 시간도 아까워 애가 탄 적도 많았다. 교재를 위해 출발한 일이 어느 때부턴가 장영진에게 인생의 참된 의미가 되었다. 그렇게 연구하는 동안 길잡이 역할을 해준 사람은 허신과 정약용이었다.

허신과 정약용을 길잡이로

허신(許愼, 30~124)은 중국 동한 시대 때 관리이자 경학자였다. 그는 《설문해자(說文解字)》를 20여 년에 걸쳐 집필했고 수정·보충하는 데에만 22년을 쏟았다. 이 책은 한자의 형태·음·뜻을 체계적으로 해설한 저작이다. 수록된 표제자의 수가 무려 1만 519자로 방대한 데다가 한자가 상형·회의 등 여섯 가지 방법으로 만들어졌다고 정의한 역작이다. 그래서 중국인들은 이 《설문해자》를 경전처럼 받든다.

허신은 저술 과정에서 수많은 경전과 고문서를 인용하면서도 "알지 못하는 것에 대해선 결론을 유보하고 후학을 기다린다."는 정직하고 엄격한 자세를 지켰다. 장영진은 허신에게서 바로 이런 태도를 본받았다.

정약용에게서는 그가 지은 《논어고금주(論語古今註)》로부터 배웠다. 조선 후기 우리나라 대부분의 《논어(論語)》 해설서는 주자학과 성리학

교무실에서 새벽 연구에 몰두하고 있는 장영진. 그는 새벽 2시 30분쯤 교무실에 나와 연구와 집필을 했다.

의 틀을 벗어나지 않았다. 여기서 조금만 다른 해석을 해도 사문난적(斯文亂賊)[1]으로 몰리었다. 송시열이 이를 주도했고, 북벌을 주장하던 개혁적인 선비 윤휴가 이 공격을 받아 유배되고 사약을 받기도 했다.

정약용은 21세 때 쓴 '술지(述志)'에서 이런 풍토를 한탄하며 "관념론적 주자학에 반기를 들겠다."고 선언했다. 이런 그의 학문 태도는 《논어고금주》로 집대성됐다. 장영진은 정약용으로부터 이런 '주체적'인 학문태도를 배웠고 이 정신으로 《한자 자원 사전》을 집필했다.

1) 사문난적(斯文亂賊): 주희의 경전 해석을 따르지 않는 사람을 공격하는 말

장영진이 마지막 교정 교열에 몰두하다 보니 어느새 새벽별은 물러가고 동녘 햇살이 다가와 교무실 창문을 두드렸다. 복도에는 검푸른 바람 대신 새봄의 풋풋한 꽃기운이 살랑인다. 그는 드디어 원고의 마지막 장을 덮었다. 10여 년간 달려온 긴 여정의 마침표를 찍은 것이다. 최종 점검을 끝냈으니 이제 출판사가 할 일만 남았을 뿐이다.

아이들의 자지러지는 웃음소리가 들리는 걸 보니 등교 시간이 다가온 모양이다. 장영진이 문창고등학교를 거쳐 이곳 문경여고에 부임한 지도 꽤 됐다. 저 녀석들 덕분에 이 책이 나올 수 있었다.

원고 유실의 시련을 딛고

문경여고 교정에서 휴식 중인 장영진

장영진의 10여 년간 연구 생활에서 최대 고비는 2011년 8월 7일이었다. 그날은 일요일이면서 공교롭게 그의 생일날이었다. 그래서 작업을 일찍 끝내고 집에 돌아가 아내와 밥상을 마주할 생각이었다.

그는 항상 노트북에 원고의 주(主) 내용을 입력했다. 그리고 외장 하드에는 초고나 주요 참고 서적 정리본, 각종 고문자 파일

등을 담아 보관했다.

그런데 이날 외장 하드에서 '뚜뚜' 소리가 나더니 갑자기 먹통이 되고 파일을 불러올 수 없었다. 마음이 다급하고 눈앞이 아득했다. 생일상이고 뭐고, 일요일이었지만 새벽부터 전화를 돌려 복구업체를 알아보고 수리를 의뢰했다. 기다리는 시간은 아내가 분만실 들어갔을 때와 같은 느낌이었다.

그런데 업체는 '복원 불가'라며 분해된 외장 하드를 보내왔다. 널브러진 녀석을 보니 숨이 막혔다. 마음을 진정시키고 다시 수소문해 2차 복원을 시도했다. 하지만 업체에서는 다른 사람의 그림을 복원해, 엉뚱한 결과를 보내왔다.

교실에서 제자들과 함께. 제자들의 환한 웃음소리가 끝까지 연구에 몰두하는 데 큰 힘이 되었다.

상처가 컸다. 오랜 작업이 수포로 돌아갔다고 생각하니 멍한 상태가 되었다. 안 그래도 마른 몸이었는데 체중이 급격히 빠졌다. 다들 "장 선생, 무슨 일 있어?" 걱정하고, 아내 또한 시름이 커 병이 날 정도였다. 정작 더 큰 문제는 마음에서 심지가 빠져나간 것이다. 추스르려고 해도 마음을 다잡으려고 해도 소용이 없었다.

그렇게 넋을 잃고 4개월여를 보낼 즈음, 갑자기 아이들의 웃음소리, 수다소리가 정겹게 들려왔다. 그때 "그래, 이 작업을 시작한 것이 아이들의 웃음소리와 희망을 위해서였지!"란 생각이 퍼뜩 떠올랐다. 아이들이 의사였고 치유제였던 셈이다. 그리고 그 날부터 다시 시작해 오늘 마지막 교정 작업에 이르게 된 것이다.

장영진은 교정 원고를 가지런히 정리하고 일어났다. 그는 첫 수업 전에 아내와 아침상을 마주하고 원고마감을 기념할 작정이다. 차 안에 이른 봄의 풋풋한 향기를 눌러 담아 집으로 향했다. 아내가 '차돌된장찌개'를 끓여놓겠다고 했다.

교직의 길을 붙잡아준 아내

생각해보면 교직의 길을 붙잡아준 아내가 고마울 뿐이다. 장영진은 1985년에 계명대학교 한문교육과를 마치고 바로 문창고등학교에 부임했다. 그렇지만 첫걸음은 순탄치 않았다.

그의 고향은 경북 영양군 청기면인데 그가 네 살 때 아버님이 갑자기 돌아가셨다. 졸지에 생계를 책임지게 된 어머니는 한 뼘 정도 되는 땅뙈기를 파내며 4남매를 기르셨다. 가을에 추수해봤자 쌀 대여섯 가마에 불과해 수시로 날품팔이를 나가셨다. 삼십 줄에 청상이 된 어머니는 몸 고생이 심했고, 고된 노동 탓으로 오십 중반에 세상을 떠나셨다. 장영진은 어려서부터 어머니 고생을 지켜봤기에 너무 가슴이 아팠다. 그게 대학교 4학년 2학기 때였다.

그런 상황에서 한문 교사로 부임한 터라, 그는 6개월 동안 풍수지리만 공부하고 다녔다. 돌아가셨지만 묏자리라도 잘 써 어머니를 편안히 모셔야겠다는 마음에서였다. 그러다 보니 "이런 상태로 아이들을 제대로 가르칠 수 있을까?" 하는 고민에 빠졌다. 그때 하숙집 아주머니가 가정을 꾸리면 안정이 될 거라며 지금의 아내를 소개해줬다. 그렇게 아

수업 중인 장영진. 1990년 문창고등학교 3학년 학급 담임 시절의 모습이다. © 장영진

내를 만나고 나서야 교직에 전념할 수 있었다. 가끔 꿈에 면서기였던 시절이 나타나긴 하지만…

사실 이 면서기 꿈엔 사연이 있다. 가정 형편이 어려웠기에 장영진은 큰형의 권유로(큰형은 초등학교만 졸업하고 집안 농사를 거들었다.) 고등학교를 마치자마자 공무원 시험을 봐 경북 영양군 청기면 면사무소의 서기가 되었다.

20대 초반까지 고향에서 했던 면서기 일은 재미있었다. 매일 영양군 일대를 누비고 다녔다. 당시는 주민등록이 막 도입되던 때여서 장영진의 주 업무는 주민등록 신고와 날인 업무였다. 호구조사를 위한 출장도 다녔다.

그때 함백산과 팔수골 일대 마을을 다니면 동네 어르신들이 새참도 먹여주고, "그냥 가면 안 된다."며 막걸리도 받아주셨다. 연세 지긋한 할머니들은 "아버님 생각이 난다."며 눈시울을 붉히다가 곶감과 김치 보시기를 챙겨주셨다. 한때는, 지문 날인을 하려고 손가락을 잡았는데 얼굴이 발그스름해져서 도망간 아가씨와 편지를 주고받기도 했다. 그런 기억이 지금도 선연해 면서기 시절 꿈을 꾸곤 한 것이다.

학교에서 출발한 지 10분도 안 돼 장영진은 집에 도착했다. 현관문을 여니 아내가 끓이는 차돌된장찌개 냄새가 포근하게 다가온다. 10여 년간 공들인 《한자 자원 사전》이 출간될 때 그 책은 어떤 향기가 날까?

[2019년 6월 14일 연재]

못 다 한 이 야 기 ……

* 장영진은 1959년 경북 영양군 청기면에서 태어났다. 1978년 영양고등학교를 졸업하고 청기면 사무소 면서기로 근무하다가, 1981년 계명대학교 사범대학에 입학했다. 1985년 대학을 졸업하고 경북 문경시 문창고등학교 한문교사로 임용되었으며, 2001년 문경여자고등학교로 전근했다. 2006년 《한자부수 214》를, 2018년 《한자 자원 사전》을 펴냈다.

* 《한자 자원 사전》은 2018년 4월 '심산문화'(대표: 최원필)에서 출간되었다. 《한자 자원 사전》은 2018년 세종도서 학술부문(언어) 우수도서로 선정되었다. 선정 이유로 "이 책은 한자의 자원·자해에 관한 기존의 연구 성과를 능가할 정도로 그 자료의 방대함과 서술의 정밀함이 탁월하다. 저자는 자해·자원의 단순 해석을 넘어 동 내용과 동일하거나 유사한 사례들을 광범위하게 수집, 정리하고 매 글자를 분석하는 능력이 치밀하다. 실증적 훈고에 바탕을 둔 연구 태도는 동 분야 연구의 전범적 모델이 될 것이다."라는 평가를 받았다.

* 장영진은 늘 자기 책상머리에 두 구절을 써 두고 경구로 삼고 있다.

– 불광불급(不狂不及): 미치지 않고 이를 수 있으랴.

– 회사후소(繪事後素): 바탕이 하얀 뒤에야 그림을 그릴 수 있다.

7,500여 종의 야생콩을 모은 정규화 교수

"

생명의 곡식을 향한
30년 여정, 콩의 원산지는
우리나라입니다.

"

여느 날처럼 정규화는 아침 일찍 아파트를 나섰다. 경비 할아버지가 인사를 먼저 건네더니 조심스레 말을 꺼낸다.

"지금 농사지으시는 것 같은데, 나도 오래 했었지요. 인자 나이도 자셨는데 차라리 경비 일이 어때요? 제 아들이 시내에서 오락실을 하는데 낮에 관리해줄 착실한 분이 필요하대요. 하루 대여섯 시간 일하고 백만 원 넘게 줄 모양이던데……"

매일 밭에서 일하다 보니 정규화의 몰골은 주름투성이로 영락없는 농사꾼이다. 게다가 고무신에 밀짚모자 차림이고 차는 14년이나 된 SM5이니 누가 그를 전남대학교 석좌교수로 보겠는가? 그를 딱하게 본 경비할아버지의 권유였다.

콩과 함께 하루를……

정규화의 하루는 들판에서 시작해 들판에서 끝난다. 지리산을 마주하고 진주 남강이 왼쪽으로 흘러가는 1,000여 평 되는 콩밭이 그의 일터다. 밭 끄트머리에는 컨테이너로 꾸며놓은 간이 연구실과 채집한 종자를 분류하고 감별하는 농막이 있다.

이 밭에는 사방 2m 간격을 두고 대략 650개 정도 되는 지주대가 세워져 있다. 정규화는 이 지주대마다 야생콩 종자를 심는다. 봄에 씨를 뿌리면 9월에는 사람 키 높이까지 지주대를 따라 줄기가 올라가고 잎사귀도 풍성해진다. 11월 초가 되면 익어 터지기 전 씨들을 받아낸다. 정규화는 이렇게 일 년을, 아니 수십 년을 보내오고 있다.

그가 현재 보유하고 있는 야생콩 종자는 세계 최고 수준인 약 7,500개. 해마다 이 밭에서 650여 계통의 씨를 받아내고 있으니 보유 종자

진주 남강변의 콩밭이 정규화의 작업장이다. 지주대마다 콩종자 하나를 심는다. 콩밭에는 650여개 지주대가 세워져 있다.

들을 한 번씩만 받아 내려도 10년이 걸린다. 좀 더 넓은 밭에서 더 많은 종자를 받아내면 보존 작업이 용이하지만, 지금은 인력도 자금도 여력이 없다. 사실 해마다 650여 종자를 받아내는 일도 만만치 않다. 한여름 불볕더위에도 매일 나가서 잎이 커가고 콩알이 익어가는 과정을 살펴야 한다. 하루라도 거르면 안 된다. 벼가 농부의 발걸음을 기다리는 것처럼 여기 콩들은 정규화의 발걸음을 기다리고 있기 때문이다.

1,000여 평 되는 밭을 매일 살펴보기만 해도 반나절이 후딱 간다. 여름에는 온몸이 땀으로 젖는다. 컨테이너 박스로 돌아오면 관찰 내용을 기록하고 유전적 특성을 분석해야 한다. 씨를 받아내 보존하는 작업도 중요하지만, 유전정보를 분석해 계통을 세우고 특질을 파악하는 것이 더 중요한 작업이기 때문이다.

야생콩을 찾아서

농사꾼의 아들 정규화. 그는 1952년 진주에서 태어났다. 경상대 농대를 졸업해서 영어 교사로 재직하다 후배들이 대학 강단에 서는 것을 보고 자극받았다. 그래서 뒤늦게 전남대에서 콩에 관한 유전학을 공부하며 1983년부터 1988년까지 석·박사과정을 밟았다. 병충해에 강하거나, 생산성이 좋은 콩 종자를 연구했다.

1983년부터 연구 초기 2년간은 주로 재배콩 종자를 다뤘다. 야생콩으로부터 육종된 재배콩은 여러 세대에 걸쳐 맛을 높이거나 소출이 많은 쪽으로 개량된다. 그러다 보니 재배콩은 개선되는 방향 외에 다른

유전적 특성이 약해지거나 없어져 버리는 상태가 되고 만다

정규화는 신품종을 개발하는 데 이렇게 허약한 재배콩을 쓰는 게 싫었다. 그래서 그는 원시 유전자원을 풍부하게 가지고 있는 야생콩에 주목했다. 야생콩 종자가 많으면 더욱 다양한 재배콩, 더욱 풍부한 신품종을 만들 수 있기 때문이다.

문제는 야생콩의 수집이었다. 당시 GM(Genetically Modified, 유전자변형) 작물에 대한 연구가 붐을 이루었고, 유전자 편집 기술이 정교해지면서 생명공학이 각광을 받았다. GM 작물 연구는 논문을 생산하기도 결과를 포장하기도 쉬워, 연구 실적 발표나 연구비 확보 등 모든 면에서 유리했다. 그래서 대부분의 연구자들은 실험실과 연구실에 있으려 하고 '돌콩'을 수집하기 위해 들판을 헤매는 작업은 터럭만큼도 생각하지 않았다.

이런 풍토에서 정규화는 모두가 외면하는 야생콩 수집과 원시 유전자원(遺傳資源)의 연구에 나섰다. 남이 안 하고 꺼리는 게 정규화의 DNA를 자극했다. 다행히도 전라남도 일대에 퍼져있는 섬들은 각각의 특성을 갖고 있는 야생콩을 잘 보존하고 있었다.

그래서 연구실 제자들과 함께 전라남도의 야산과 모든 섬들을 훑어 나갔다. 산과 들길을 정처 없이 헤맸고, 여객선 항로가 없는 무인도도 수시로 다녔다. 그럴 때는 배를 전세 냈다. 풍랑이 높을 때는 배가 뜰 수 없어, 먹을 것도 없고 잘 곳도 없는 섬에서 생라면을 가지고 버텨야 하는 경우도 있었다. 다시 배가 뜨면 거지꼴이 되어 육지로 돌아오곤 했다.

진주 남강변의 밭은 정규화의 야생콩 연구를 위해 제자들이 돈을 모아 사서 기증한 것이다. 정규화는 이 밭에 전국 곳곳에서 수집한 야생콩을 재배해 야생콩 종자 보존과 연구 작업을 하고, 또 학생들의 현장 수업도 한다.

그런데 문제는 비용. 야생콩을 수집하는 일이 당장 돈이 안 되니 학교에서는 연구비 지원에 인색했다. 또 "콩 자급률이 10% 미만이니 그냥 수입하자."는 태도여서 정부 지원도 기대하기 어려웠다.

학생들을 두세 명씩 짝을 지어 무인도로 보내면 최소 2백만 원 정도가 든다. 배를 전세 내야 하고 학생들에게 최저임금이나마 줘야 하기 때문이다. 그런데 콩 종자를 받을 수 있는 시기는 여물어 터지기 전인 11월 초 2주간이어서, 이 시기에 여러 팀을 꾸려야 했다. 한 달 사이에 연봉 절반이 날아가 버리는 셈이다. 그렇다고 성과가 보장되는 게 아니다. 학생들이 서투르다 보니 울릉도에 보냈던 팀은 빈손으로 돌아왔다. 이런 일이 부지기수다.

종자를 수집하기 위해서 섬만이 아니라, 전국 곳곳의 들녘, 산기슭 어디든지 가야 했기에, 정규화의 차량은 '누구나 운전하는' 보험에 들어야 했고 기름값도 만만치 않았다.

이 모든 비용을 정규화가 혼자서 감당했다. 교수 연봉이 적지는 않지만, 그의 월급봉투는 전라남도의 무인도와 우리 산하의 이름 없는 길들로 열려 있었다. 다행히 아내가 교사여서 생계는 꾸려 갈만 했다.

죽을 고비를 넘기기도 하고

채집과정에서는 비용을 넘어 목숨이 위태로웠던 경우도 있었다.

2001년인가 11월 초인 어느 날, 남해 바다에는 노을이 조수처럼 밀려와 비탈길과 언덕, 해변가를 수놓고 있었다. 야생콩의 씨를 받아내야

씨를 뿌리고 2개월 된 상태에서의 모습, 지주대마다 계통을 달리하는 야생콩 씨를 심는다. 자라면 꽃의 색과 모양은 물론 잎의 모양 등도 제각각이다. 이들 각각을 비교해 그 특성을 조사한다. © 정규화

하는 2주 동안은 하루하루가 한 달과 다를 바 없이 소중하다. 그는 여수 전남대 캠퍼스에서 오전 강의를 마치자마자 하동 쪽으로 달렸다. 그해는 남해군 일대에서 집중채집 하기로 목표를 세웠기 때문이다.

그날, 바닷가를 헤집듯이 다녔는데 소득은 없고 어둠이 다가오니 애가 달았다. 마침 해안도로를 굽어 돌 때 정규화는 씨를 발견했다. 수십 년을 하다 보니 운전하면서도 좁쌀만 한 종자를 발견할 수 있다. 이 시기는 색깔이 자줏빛을 띠기에 발견이 조금 쉬웠다. 서둘러 주차하고 그는 비탈을 성큼성큼 내려갔다. 산길, 논길, 밭길 어떤 길이든 이력이나 있으니 경사가 가파른데도 거침이 없었다.

"어어, 에구!" 그는 비탈길 몇 걸음에 엉덩방아를 찧고 미끄러졌다. 낮에 내린 비로 풀섶에 물기가 남아 있었던 탓이다. 정규화는 비탈에서 절벽으로 꺾이는 목에서야 가까스로 소나무를 잡았다. 그 아래는 열길

종자를 수확할 때는 650여 개의 지주대마다 빨간 망을 씌워 종자가 흩어지지 않게 한다. 10월 둘째 주부터 2주일간 수확(유전자원 채종)을 하는데, 같은 시기여도 아직 덜 여문 경우도 있고, 꼬투리가 이미 터져버려서 채종이 어려운 경우도 있다. ⓒ 정규화

넘는 절벽이 파도에 몸을 떨고 있었다. 정규화는 겨우 중심을 잡고 조심스레 몸을 일으켰다. 비탈 중턱에 있는 돌무지 쪽으로 잔가지를 잡고 기어 올라가다가 그는 멈칫했다. '아, 종자를 안 받았네.' 그는 다시 뒷걸음쳐서 소나무 앞에 있는 콩씨를 손으로 훑었다, 비닐에 넣고 다시 돌더미 쪽으로 올라왔다. 11월 한기에 남해 바다 세찬 바람까지 더해졌지만 땀이 송글송글 맺혔다. "고생을 사서 해요." 라는 아내 목소리가 어디선가 들리는 것 같았다.

이뿐만이 아니다. 2004년 가을 어느 날, 정규화는 "여기서 뭐하시남? 이봐요!" 두런거리는 소리에 놀라 눈을 떴다. 눈을 비벼보니 마을 노인들이 다 모인 듯 빙 둘러서서 어서 일어나라고 손짓하고, 어떤 할아버지는 주변 수풀더미를 작대기로 내려치고 있었다.

"아, 제가 피곤해서 잠시 잠이 들었나 봅니다, 그런데 왜 여기서들……"

"에고 젊은 양반, 당신 여기서 죽다 살아난 거여."

그러면서 그들은, 여기는 마을에서 독사가 제일 많이 나오는 자리고, 예서 자면서도 물리지 않았다면 하늘이 도와준 게고, 명이 길다는 얘기를 늘어놓았다. 정규화는 어정쩡하게 고맙다는 인사를 하고 자기 차 쪽으로 걸어갔다. 이 날은 휴일이어서 학교 수업이 없었다. 아침부터 야생콩을 찾아 헤매다 그만 잠시 쉰다고 느티나무 밑에 누웠는데 잠이 들었던 모양이다. 그런데 하필이면 그곳이 뱀이 자주 나타나는 장소였다니……

야생콩 종자를 달라는 미국의 유혹을 뿌리치고

이렇게 고생해서 정규화가 35년을 모은 종자는, 미국 정부나 중국 정부 차원(6,000여종)에서 모은 것보다 많아 세계 최대 수준이 되었다. 정규화가 수집한 야생콩의 가치를 제일 먼저 알아본 것은 미국이었다.

정규화와 파키스탄 제자 Adil Zahoor.
여러 나라에서 학자와 학생 들이 공동연구와 학습을 위해 정규화와 진주의 콩밭을 찾아온다.

정규화는 2005년, 미국 농무성(USDA) 산하 국립대두연구센터에 1년 기한의 방문 교수로 갔을 때, 거기서 압력성 제안을 받았다. 미국 대두연구센터의 종자 책임자인 넬슨은, 정규화가 2005년까지 20여 년이나 모은 야생콩 종자를 미국으로 가져와 공동연구를 하자고 제안했다. 그는 미국 농무성의 고위관리이며 콩에 관한 세계 수준의 권위자였다.

"내가 수집한 야생콩을 미국으로 가져오는 것은 정부의 허가가 필요할 듯합니다."라고 정규화가 완곡하게 거절하자 넬슨은 당황했다. 그는 빈 커피잔을 몇 번이나 들이키더니 부리나케 자기 방으로 가서 서류를 가져왔다. 그는 당신에게만 보여주는 거라면서 명단 하나를 펼쳐 보였다. 거기에는 놀랍게도 넬슨에게 여러 야생콩 종자를 가져다 준 한국인 학자들의 이름이 적혀 있었다. 그 사람들은 학회에서 "우리 야생콩 종자를 지키는 게 중요하다."고 역설했던 교수들이고, 콩 연구에 관해 국내 권위자들이었다. 그런 학자들이 대국에 진상하듯 넬슨에게 콩 종자를 바쳤다는 사실이 믿어지지 않았다. 물론 그들 마음도 이해는 되었다. 넬슨과 공동연구 기회를 가지는 것은, 연구비만이 아니라 그의 영향력을 업고 학문적으로 명성을 올릴 수 있는 지름길이었기 때문이다.

리스트를 보는 정규화의 표정을 살피더니 넬슨은 엷은 미소를 띠며 "why not……"이라고 했다. 그러면서 자기 방으로 데려가 새롭게 개발한 콩 세 개를 선보이고 직접 볶아주기까지 했다. 풍미가 좋게 개량된 콩이었다. 넬슨은 정규화가 방문 교수를 마치고 출국하는 날까지도, 그리고 국제학회에서 만날 때마다. 정규화가 보유하고 있는 종자에 집착을 보였다.

콩이 중국에서 영국을 거쳐 미국으로 건너간 것은 18세기다. 미국은 현재 콩과 옥수수를 전략무기로 삼고 있다. 20세기 초부터 우리나라는 물론 일본을 비롯한 아시아 전역에서 콩 종자를 수집했다. 덕분에 미국은 지금 무려 20,108점의 재배콩 종자를 보유하고 있다고 미국 농무성은 밝히고 있다.

문제는 원시 유전자원이 보존되어 있는 야생콩 종자가 1,181점에 불과하다는 사실이다. 미국의 고민은, 말하자면 다양한 돼지고기 요리를 개발하고 싶은데 햄과 소시지 등 이미 가공된 재료는 많지만, 돼지 종자가 부족해 풍부한 식재료와 메뉴를 개발하기 어렵다는 것이었다. 이는 GM 기술만으로는 극복하기 어려운 문제였다. 유전자 편집을 하려면 좋은 유전자원이 중요하고, 특히 재배식물은 생육 환경이나 기후보다 품종이 더 큰 영향을 미치기 때문이다.

그래서 미국 콩 자원의 최고책임자인 넬슨은 정규화의 유전자원에 욕심을 냈고, 개인적 교섭으로 끝내 성사가 안 되자, 나중에는 미국 농무성을 통해 한국 정부에 압력성 요청을 했다. 당시 우리 정부는 보호막이 되기보다 "알아서 결정해라."라는 어정쩡한 태도였다.

중국은 '인류유전자원관리법'으로 북한도 '작물유전자원관리법' 등으로 토종 종자가 다른 나라로 넘어가는 것을 엄격하게 관리하며 특히 야생콩을 철저하게 통제하고 있다. 우리나라도 늦게나마 '유전자원관리법'이 만들어졌고, 정규화는 이를 누구보다 반겼다.

2012년, 정규화에게 다시 특별한 제안이 왔다. 상대는 몬산토에 이어 세계 2위의 종자회사인 파이오니어였다. 정규화가 보유하고 있는 야생콩 중 '병충해 저항성'이 큰 종자를 선택해 같이 품종개량을 하자는 내용이었다.

미국은 세계 최고 수준의 콩 생산국이지만 '녹병' 때문에 생산량이 최대 6%나 감소하고 있었다. 그래서 파이오니아는 녹병 퇴치를 위한 종자 개발을 정규화에게 제안한 것이다. 개발된 종자의 판매량에 따라 로얄티도 준다는 조건으로. 수억에서 많게는 수십억이 보장되는 제안이었다.

그런데 문제는 단기간에 많은 종자를 테스트해야 하니 정규화의 종자를 상당량 파이오니아 본사로 가져가야 한다는 점이었다. 또 개발 과정의 입회, 결과에 대한 검증, 개발 이후 종자의 회수 등 실무적 난제들이 많았다. 이를 연구 활동만 한 교수가 세계적인 종자회사를 상대로 협상하는 건 실로 어려운 일이었다.

정규화는 당시 주행거리가 30만km가 넘은 폐차 직전의 세피아를 끌고 종자 수집을 다니고 있었고 연구실의 자금은 진작에 바닥난 상태였다. 그래서 고민이 깊었다.

그는 제자들과 종자 수집을 하면서 "개인적 부를 위해서 씨를 팔지 않겠다."는 약속을 했었다. 돌콩 하나마다 제자들의 발품과 땀방울이 서려 있기 때문이다. 파이오니아가 종자를 개발하면 당연히 특허를 낼 것이고 우리 농민들이 이를 돈 내고 사야 한다는 점도 꺼려졌다. 그의 손에 쥐어지는 수십억 현금보다 제자들과의 약속, 우리 땅이 보존한 야생콩을 지키는 게 그로선 더 중요했다. 그래서 파이오니아의 제안을 거절했다.

'콩의 원산지가 한국'임을 밝힐 터

콩과 관련해 미국의 압박은 돈과 연구 지위에 관한 것이라고 한다면 중국은 정규화에게 정신적인 압박을 가했다. "콩의 원산지가 중국이다."라고 주장하고 콩의 역사를 바꾸려는 시도가 그것이다.

콩은 만주와 한반도 일대가 원산지라는 것이 널리 알려진 사실이다. 우리나라에서는 석기시대부터 식용을 한 것으로 전해지고 청동기시대 유물에서 다양한 흔적이 출토된다. 고조선과 고구려, 발해의 역사를 관통하면서 콩은 길러졌고 우리 민족에게 면면히 내려온 것이다.

그래서 그 어느 시점에 두만강(豆滿江)이라는, '콩이 가득한 강' 혹은 '콩을 실은 배가 가득한 강'이라는 이름도 지어졌을 것이다. 《삼국사기》에는 된장이 혼수품으로 요긴했다는 기록이 나오고, 중국으로 두부 제조기술단을 파견했다는 기록도 보인다. 콩은 이처럼 우리에게 떼려야 뗄 수 없는 민족 음식이었던 것이다.

중국의 《사기》에도 "기원전 7세기에 제(齊)나라 환공이 고죽국 지역을 정벌하고 이곳에서 융숙(戎菽)이라는 콩을 가져와 중국에 퍼트렸다."는 기록이 있다. 고죽국은 우리의 조상 나라라는 학설을 감안하면, 중국의 대표적인 문헌에서도 콩은 우리 민족으로부터 기원했다고 서술하고 있는 것이다.

그런데 중국은 동북공정으로 '고구려는 중국의 지방 역사다.', '중국에 속한 부족의 역사다.'라고 주장하고 있다. 이런 억지가 국내외적으로 인정되면 당연히 콩의 원산지는 중국이 된다. 동북아시아 역사에서 콩의 역사를 장악하는 것은 동북아의 생활사를 쥐는 것과도 같기에 중국은 많은 공을 들이고 있는 것이다.

콩 두(豆)자는 은나라 시기 갑골문자에 처음으로 등장한다. 그리고 BC 200년쯤에 이르러 콩을 대두(大豆)로 표현하기 시작한다. 중국인들이 콩을 얼마나 소중하게 여겼는지는 몇몇 글자를 보면 알 수 있다. 콩이란 두(豆)자는 풍년 풍(豊)자를 받치고 있다. 풍년을 가늠하는 잣대가 콩 농사였다는 의미다. 한편 머리 두(頭), 몸 체(體)에도 콩 두(豆)자가 핵심 부수로 들어간다. 그만큼 중국 사람들은 콩의 가치를 높이 평가하고 중요하게 여겼다는 뜻이다.

지금 중국은 동북공정과 병행해서 콩의 원산지가 중국이라는 논문을 활발하게 발표하고 있다. 최근에는 일본도 자기네 열도가 콩의 원산지임을 주장하고 나섰다. 아쉽게도 콩의 원산지가 한국이라는 주장은 상식이면서도 우리나라 학계에서는 이를 입증하는 논문이 하나도 없다.

정규화는 이를 본인의 책임으로 통감한다. 확보하고 있는 유전적 자료를 가지고 누구보다 더 명확하게 증명할 수 있고 증명해야 하는 위치에 있건만 이를 해내지 못했다는 자책감을 갖고 있다. 국제학술회의에서 만난 한 외국인 학자는 정규화에게 "한국이 콩의 원산지라는 논문 한 편 없는 것은 당신 책임이다."라는 얘기까지 했다.

그래서 정규화는 원산지 입증 논문을 빠른 시간에 써내려 한다. 이

정규화의 남강변 콩밭을 중심으로, 대자본의 이윤에 휘둘리지 않는 세계적인 연구 네트워크가 구축되고 있다.

점이 바로 중국이 정규화에게 주는 정신적 압박이다. 어찌 보면 고마운 압박이기도 하다.

정규화가 이제까지 했던 야생콩 수집 작업과 특성분석 작업은 규모만이 아니라 내용면에서도 의미가 크다. 그는 철저하게 격리된 전라남도 일대의 섬들을 중심으로 독자성이 뚜렷한 씨들을 모았다. 그리고 모은 씨가 발아하지 못할 경우에 대비해 정확한 위치를 기록했다.

수집팀에게 사비를 털어서 군용 GPS 장치를 사 줬다. 그래서 장소마다 가령 '경북 포항 아모르모텔 2km 전방 18-1'이라고 대강 위치를 표시하고, 동시에 '36-00-25-40N', '129-28-09-7E' 같이 좌표를 찍어 사방 1m 내외까지 정확히 기록하게 했다. 그래서 수집한 종자가 발아가 안 돼서 씨를 받지 못하면 이 좌표를 따라 언제든지 다시 가서 채집하고 복원할 수 있는 것이다

정규화의 또 다른 자랑은 그의 종자가 한반도 남부에만 국한되지 않았다는 점이다. 다른 나라에서 야생콩에 대한 법적 제재가 이루어지기 이전부터 수집을 시작했다. 마치 문익점이 목화씨를 붓뚜껑에 담아서 가져온 것처럼 중국을 비롯 일본, 러시아 등 아시아 일원에서 야생콩씨를 채집해 모은 것이다.

정규화의 바램은 북쪽 야생콩을 수집하는 일이다. 금강산 관광이 열렸을 때 그는 매우 기뻤다. 설령 정식 학술 교류나 공식 반출이 어려워도 개성공단 일대나 금강산 기슭에서 종자를 채집하고 신발 뒤축에라도 담아 올 수 있다고 생각했기 때문이다. 그런데 그 후 남북관계가 얼어붙으니 서두르지 않았던 것을 후회했다. 지금이라도 남북관계가 다

시 열려 야생콩 종자를 주고 받고 '콩의 원산지가 한반도와 옛 고구려 땅이다.'라고 남북이 함께 입증하기를 바라고 있다.

오늘도 밀짚모자에 고무신을 신고 정규화는 콩밭에 섰다. 그는 말한다. 콩은 우리 민족과 역사를 같이 했고 콩으로 간장, 된장, 청국장을 만들었다. 우리가 즐겨 먹는 음식이지만 코로나 같은 전염병이 창궐하는 시대에 면역력을 키워주는, 인류에게 기여할 수 있는 식품이라고, 그래서 콩 만큼은 '규모의 논리'나 '수입하면 된다'는 접근을 버리자고……

지금 진주벌판을 중심으로 미국의 압력이나 종자회사의 이윤에 좌우되지 않는 연구 네트워크가 구축되고 있다. 이 들판을 중심으로 세계적인 콩 연구소를 만들어보자는 제안이 오가고 있다. 홍콩 사틴, 파키스탄 파이살라바드, 러시아 블라디보스토크, 터키 앙카라, 남아프리카공화국 웨스턴케이프에서 정규화의 콩 자원이 연구목적으로 공동 재배되고 있다.

이런 순간을 위해서 그는 35년, 365일을 매일 같이 무인도와 산하를 헤매고 진주 들판에서 햇빛과 씨름했는지도 모른다.

2020년 정규화는 손녀딸을 봤다. 그 꼬물대는 손녀를 데리고 콩밭에 가서 그는 손녀딸의 이름을 '정소이'라고 지었다. 콩이 영어로 소이빈(soybean)이다. 거기서 '소이'를 따서 정소이, 정소이라고……

[2019년 6월 14일 연재]

못	다	한		이	야	기	……

* 이 글에서 두만강(豆滿江)을 '콩이 가득한 강', 혹은 '콩을 실은 배가 가득한 강'으로 해석한 것은 학술적 근거에 따른 것은 아니고 작가의 상상이다.

* 참고로 '두만강'이라는 이름의 유래에 대해

① 《민족문화대백과》에서는 "두만강이라는 명칭의 유래를 《한청문감 漢淸文鑑》 〈만주지명고(滿洲地名考)〉에서 언급하고는 있으나 명확하지 않다. 두만강은 또, 고려강(高麗江)·도문강(圖們江)·토문강(土們江)·통문강(統們江)·도문강(徒門江)으로 표기된 바도 있다. 〈만주지명고〉에 의하면 두만강이 새가 많이 모여드는 골짜기라는 뜻의 도문색금(圖們色禽)에서 색금을 뗀 도문이라는 여진어(女眞語) 자구(字句)에서 비롯되었다"고 하였다.

② 《신정일의 새로쓰는 택리지》에서는 "《신증동국여지승람》 〈경원도호부〉편에는 '두만강은 부의 동쪽 25리에 있다. 근원이 백두산에서 나와 동량·북사지·아목하·수주·동건·다온·속장 등의 지방을 경유하여 횟가[회질가(會叱家)] 남쪽으로 흘러 경흥부의 사차마도(沙次麻島)에 이르러 갈라져 5리쯤 흘러 바다로 들어간다. 여진 말로는 만을 두만(豆滿)이라 하는데, 여러 갈래의 물이 여기로 합류하기 때문에 이런 이름을 붙였다.'"라고 설명하고 있다.

"당구는 끝없는 계단"
여자 프로 당구선수 백민주

“

하루 천 번의 큐질,
당구대 위에 매일 구슬땀이
떨어져요.

”

백민주는 침착하게 자세를 잡았다. 17이닝까지는 16 대 12로 앞서 나갔다. 그런데 20이닝 들어 백민주의 차례가 되었을 때는 17 대 15로 좁혀졌다. 이번 공을 꼭 맞춰서 점수를 벌려야 한다. 그러면 우승 점수 20점까지는 단 두 점이면 된다. 빨간 공을 향해 노란 공 윗부분으로 부드럽게 큐를 밀어 넣었다. 두께만으로 제각돌리기[1]를 했지만 '깻잎 한 장 차이'만큼 짧아 득점하지 못했다.

제각돌리기는 백민주가 스승 김진삼 밑에서 제일 많이 연습한 기술이다. 당구에 입문하고 3개월 될 즈음 꾀가 나기 시작했다. 연습하기는 싫은데 선생님 눈치가 보여 안 할 수는 없었다. 그래서 별로 움직이지 않고 당구대 반쪽 귀퉁이에서 익힐 수 있는 제각돌리기만 갈고 닦았다. 싫어서 꾀를 부렸는데 묘하게도 그가 내세울 수 있는 장기가 되었다.

그런데 중요한 승부처에서 그 기술이 먹혀들지 않았다. 자리로 돌아가는 백민주의 볼이 발그스름해지고 표정이 어두워졌다. 전세는 22이닝 들어 역전되었다. 하야시 나미꼬가 일본 대표선수답게 뒷심을 발휘,

1) 목표로 한 공을 맞힌 내 공이 긴 쿠션과 짧은 쿠션의 순서로 맞도록 치는 방법.

3연속 득점에 성공하면서 19:18이 된 것이다.

그러자 김포시당구연맹 회장배 결승 경기가 열리던 '각구목당구클럽'의 분위기가 술렁거렸다. 일요일 낮 경기이고 일반 당구장에서 열린 대회라 관객이라곤 대회 관계자 몇몇뿐이었지만, 승부추가 하야시 쪽으로 기우는 듯하자 안타까움이 삐져나온 것이다.

25이닝 선공(先攻)에서 하야시가 비껴치기 공격에 성공하면서 20점에 먼저 도달했다. 이제 25이닝 후구(後球)인 백민주의 공격 차례. 여기서 득점하면 동점이 되어 '승부치기'를 하게 되고, 실패하면 준우승에 머문다. 백민주는 숨을 길게 한번 들이쉬고 입술을 지그시 물었다가 자세를 잡았다. 그리고 큐를 쭈욱 뻗었다.

백민주는 2013년 의정부공고 3학년 시절 큐를 잡았다. 당구장에 아르바이트를 하러 갔다가 당구장 사장이며 선수 육성 경험이 있던 김진삼을 만나 공을 치게 되었다. 당구로 대학갈 수 있다는 말에 귀가 솔깃했다. 짧은 시간이었지만 기본자세와 스트로크(stroke)[2]를 많이 훈련했다. 그때 "큐를 자신 있게 뻗어라."라는 말을 수천 번이나 들었다.

자신감 있게 쭈욱 뻗은 덕분인가? 25이닝에서 백민주도 득점에 성공해 20점을 달성했다. 경기는 이제 승부치기에 들어가야 한다. 축구로 치면 연장전까지 치르고도 승부를 가리지 못해 승부차기를 하는 상황인 셈이다.

백민주는 차례를 기다리며 눈을 감았다. 당구에 복귀하고 4개월 만에 오른 결승 무대이니 내심 '준우승도 어디냐?'는 생각이 들었다. 그렇

---

2) 큐로 내 공을 치는 것.

백민주의 연습 장면. 그는 연습을 실전 같이 한다.

지만 어렵게 오른 결승인데 기왕이면 우승까지 가자고 마음을 다잡았다. 하지만 심장은 더욱 콩당거리고 볼은 발그스름해졌다.

그런데 뜻밖에도 승부치기 첫 공격에 나선 하야시가 실수를 해서 득점에 실패했다. 순간 백민주는 마음이 편안해지면서 자신감이 생겼다. 뚜벅뚜벅 걸어나가 가볍게 심호흡을 하곤 큐를 부드럽게 밀었다. 빨간 공을 치고 멀리 장 쿠션과 단 쿠션을 돌아나온 흰 공은 마지막으로 노란 공을 가볍게 맞췄다. 승부치기 첫 이닝에 백민주가 결승점을 뽑은 것이다. 이 점수로 우승이, 난생 처음 우승이 확정되었다.

포커페이스가 되라

백민주는 당구 입문 후 6개월 남짓 공을 치다가 포기하고 말았다.

자기에게 맞지 않는 길 같았다. 결국 대학 진학도 포기했다. 그리고 잡은 직장이 서울 유명 백화점의 보안요원. 나름 재미있었고 적성에도 맞았다. 고객과 벌어지는 분쟁을 언제나 앞장서서 해결했다. 덕분에 사내 표창장은 물론 경찰서장상도 받았다.

하지만 보안요원이 70여 명쯤 되는데 모두 똑같은 직급이었다. 3년을 일했지만 승진은 없었다. 백화점에서 직접 고용한 것도 아니어서 연봉도 시원치 않았다. 12시간 2교대 근무라 힘들기도 하거니와 시간도 여러모로 부족했다. 그래서 2018년 12월 31일 자로 사표를 썼다.

그리고 김진삼의 권유대로 2019년 1월 1일부터 마음을 가다듬고 다시 한번 당구대에 섰다. 그 사이에도 간간이 대회에 출전은 했었지만, 정말 제대로 해보자고 마음을 먹었다. 하루 8시간 이상을 연습했다. 덕분에 2019년 4월 21일 열린 대회에서 3개월 남짓 연습으로 우승까지 했으니, 비록 전국 규모 대회는 아니었다고 해도 백민주에게 의미가 컸다.

사실 선수 경력이 짧은 백민주에게 가장 부족한 점은 '압박감을 이겨내는 능력'이었다. 승부가 마지막까지 끈적끈적해질 때 볼은 발그스름해지고 표정에 그늘이 져, 이른바 포커페이스가 안 됐다. 그래서 스승은 말할 것도 없고 주변에선 정신력을 키우라고 성화였다.

그런데 이번 경기는 역전, 재역전에 승부치기까지 가는 치열한 승부였고 그것을 이겨내고 우승을 했으니 그로서는 승부 근성과 심장근육까지 키운 셈이었다.

백민주는 우승이 확정되자 환하게 웃었다. 연맹 관계자들이 악수를 청했다. 빌리아드TV 중계카메라가 포즈를 취해 달라고 하자, 백민주는

2019년 4월, 김포시당구연맹회장배에서 우승하고 출전 선수들과 함께 한 백민주(오른쪽에서 세 번째)
ⓒ 경기도 당구연맹 사무국장 함상준

큐를 두 손으로 잡고 머리 위로 흔들었다. 해설위원의 한마디가 들렸다. "백민주 선수가 저렇게 웃는 모습은 처음 본다."고.

매일 당구장으로 출근합니다

우승 일주일 후, 휴가를 마친 그는 김치빌리아드 마곡점에 출근했다. 마곡 신시가지 한복판에 있는 당구장이 그의 직장이다. 그는 여기서 플레이어(player)로 일한다. 당구장에 오는 동호인 고수들을 상대로 경기를 한다. 적으나마 고정 월급을 받으면서 훈련 겸 노동을 하고 있는 셈이다.

우승하고 술자리, 밥자리가 많았다. "축하해, 민주야.", "지금부터

야."라는 격려, "챔피언을 향하여!"라는 건배사가 오고 갔다. 덕분에 우승 상금으로 받은 삼백만 원은 흔적도 없이 사라졌다. 물론 엄마에게 용돈도 드리고, 밀린 공과금도 해결했으니 마음은 잠시나마 편했다.

그가 출근하는 오후 1시경이면 당구장은 조용하다. 점심시간을 이용한 손님들도 모두 빠져나가고 실장과 백민주 둘뿐이다. 개인 연습에 집중할 수 있는 시간이기도 하다. 백민주가 즐겨 연습하는 7번 당구대 위로 창가를 넘어온 햇빛이 가득 모여들었다. 백민주는 파란색 당구대 위에 노란 공, 빨간 공, 하얀 공을 가지런히 늘어놓았다.

그는 당구대 앞에서 나무 기둥처럼 튼튼히 다리를 세우고, 브리지(bridge)[3]는 쇠고리보다 단단하게 해 큐를 움켜쥐고 자세를 취했다. 눈은 하얀 공을 매섭게 노려보았다. 어깨의 힘을 빼고 팔꿈치 힘에 손목 힘만 조금 보태 부드럽게 밀었다. 하얀 공은 미끄러지며 굴러가다 빨간 공 옆구리를 때리고 쿠션을 세 번 돌아 노란 공에 부딪혔다.

세 개의 공이 새로운 위치에 서자, 백민주는 일어서서 공격 방향을 궁리하고, 회전의 양, 스트로크의 세기, 찔러야 할 위치를 꼼꼼히 따져 보았다. 그리고 엎드려 다시 자세를 취하고 이번엔 힘 있게 타격을 했다.

스승은 그에게 "묵직하게 공을 굴려라.", "공이 안정감 있어야 한다."고 늘 강조했다. 아직 백민주는 '구질(球質)'이란 개념이 알쏭달쏭하

---

3) 당구에서, 내 공이 목표로 하는 공의 정확한 위치를 맞추기 위해, 큐가 흔들리지 않도록 엄지와 검지로 고리를 만든 손가락의 모양.

다. 그 뜻을 몸으로 이해하지는 못했지만 계속 큐를 뻗는다. 큐를 내밀 때마다 조용한 당구장에 '땅! 땅!' 소리가 울려 퍼진다. 그 소리와 어울려 빨강 공과 노랑 공은 분리되었다가 모이고, 굴러가다 멈추고, 빠르게 전진하다 서서히 미끄러진다.

이러기를 몇 시간, 한낮의 햇빛은 조금씩 누그러들지만 백민주의 큐 끝은 더욱 예리해지고 눈빛은 송골매처럼 날카로워진다. 백민주의 콧등에 흐르는 땀방울이 테이블에 '톡–'하고 떨어질 때면 그제야 큐를 거두고 잠시 다리쉼을 한다. 하루 큐질 천 번 이상, 8시간 이상 수련을 하자고 늘 스스로 채찍질하고 있다. 그는 다가오는 11월 제5차 여자프로대회(LPBA)에서 '챔피언'을 목표로 하고 있다.

백민주가 퇴근하는 시간은 밤 10시 전후, 오늘은 손님들과 세 게임을 치렀다. 그가 이기면 손님이 게임 값을 지불하지만, 그가 지면 손님

백민주는 경기에서 송골매의 눈빛으로 당구공을 응시한다. ⓒ 경기도 당구연맹 사무국장 함상준

은 그냥 가면 된다. 재미있는 한국식 당구 문화다. 백민주가 프로라고 하지만, 그를 능가하는 남자 동호인들이 워낙 많다. 그래서 슬렁슬렁 칠 수가 없다. 당구장 매출을 올려줘야 한다. 권투로 치면 스파링인 셈이며 실전 같은 훈련도 되기에 매 게임 최선을 다한다.

당구는 거짓이 없다

백민주는 "내일 뵐게요."라고 인사하고 당구장을 빠져 나왔다. 밤거리에는 인근 발산역으로 향하는 발걸음들이 바쁘다. 마곡은 신도시로 개발되면서 오피스타운으로 변모했다. 말쑥하고 맵시 있는 직장인들 사이로, 운동복을 편하게 입고 그저 손가방 하나 든 백민주는 발걸음을 섞었다.

요즘 청년 세대의 계층을 구분하는 간명한 기준이 화제다. 대기업에 다니는가? 정규직인가? 노조가 있는가? 이를 모두 충족하면 말할 것도 없이 상위 그룹이다. 중소기업이어도 정규직이면서 노조가 있으면 역시 상위 그룹이다. 여기까지를 보통 '20% 그룹'이라고 세상은 분류한다. 백민주가 출퇴근하면서 발걸음을 섞는 마곡 오피스타운의 많은 이들이 여기에 속하거나 근접할 것이다.

백민주는 대학은 커녕 공업고등학교를 나왔을 뿐이다. LPGA 여자 골퍼들처럼 화려한 조명을 받는 것도 아니고 구름 관중을 몰고 다니는 것도 아니다. 아직은 '변두리' 스포츠로 취급받는 당구일 뿐이다. 게다가 이제 막 프로로 입문한 여자 선수다.

그렇지만, 백민주는 내일도 모레도 천 번의 큐질을 할 것이다. 8시간 수련을 하면서 매일 땀 흘릴 것이다. 햇빛 가득한 당구대 위에서 노란 공, 하얀 공, 빨간 공이 펼치는 아름다운 춤사위에 몸을 맡기면서……

스승 김진삼은 백민주에게 강조했다. "당구는 거짓이 없다."고.

백민주는 이를 해석해서 이렇게 말한다. "당구는 끝없는 계단"이라고……

[2019년 10월 4일 연재]

못 다 한 이 야 기……

* 백민주는 2019년 프로에 입문했다. 프로당구협회가 출범하면서 합류했고, 아마대회는 2019년 4월 21일 김포시당구연맹회장배 오픈대회에 참가한 것이 마지막이다.
* 백민주는 김포시당구연맹회장배 우승 이후, 2019년 9월 12~16일에 열린 2019~2020시즌 프로당구 4차 대회인 'TS참피온십'에 출전했다. 서울 강서구 메이필드호텔 특설경기장에서 열린 경기는 관심이 뜨거웠다. 남자부는 우승 상금이 1억 원이었고, 여자부도 우승 상금이 3천만 원일 정도로 당구라는 스포츠를 한 단계 끌어올리는 프로대회였기 때문이다. 모두의 예상을 깨고 그는 8강에 올랐지만, 일본의 강호 고바야시에 막혀 4강 진출에는 실패했다.

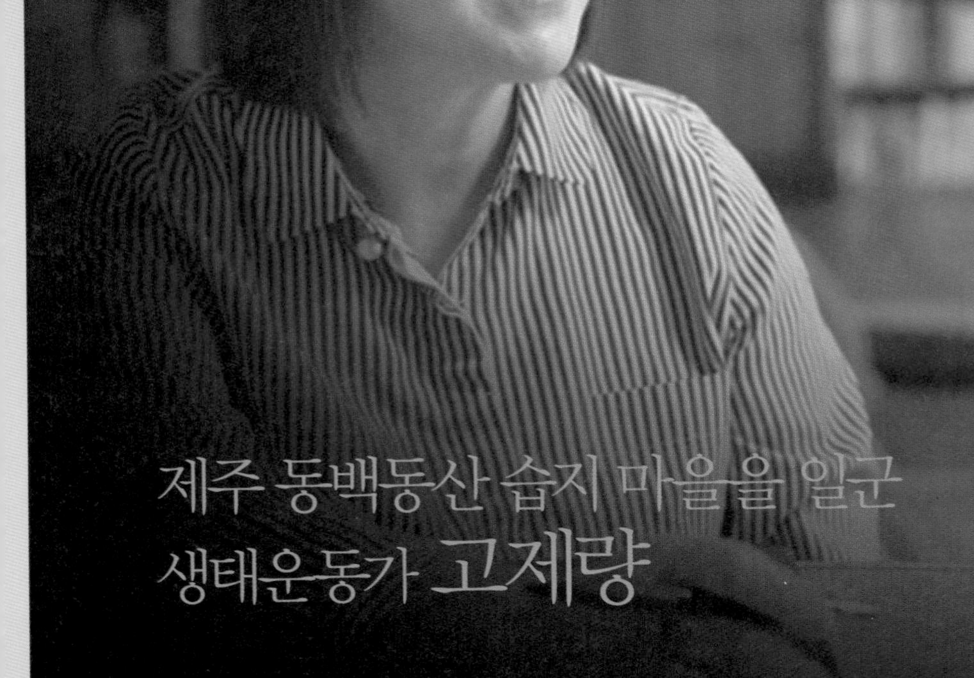

제주 동백동산 습지 마을을 일군 생태운동가 고제량

“ 삼춘,
제주가 꼭 지켜야 할 건
뭐우꽈? ”

2018년 12월 31일 “섭섭행 어떵허코게? 애써수다. 자주 생각날 거 닮다. 고맙수다.”[1]라는 인사말에 정겹게 악수를 나누고 끌어안기도 하면서 고제량은 주민들과 아쉬운 송별연을 마쳤다. 근 10년 가까이 몸을 담았던 동백동산 습지마을(제주시 조천읍 선흘리)이었다. 그는 미련이 남아선가 집으로 향하기 전 다시 한 번 동백동산으로 발걸음을 옮겼다.

“아마 천 번은 되겠지, 아냐 못 돼도 오백 번은 넘을 거야, 일주일에 두세 번은 기본이고 하루에 두 차례나 오른 적도 많으니...” 그렇게 중얼거리며 고제량은 한 발 한 발 내디뎠다. 입구에 들어서면, 이름은 동산이지만 제주 중산간 지대 곶자왈답게 깊은 숲이 나타난다. ‘곶’은 숲을 말하고, ‘자왈’은 나무와 덩굴이 어우러진 덤불이란 뜻으로 제주 고유어다.

초입부터 반겨주는 것은 황칠나무와 구실잣밤나무다. 조금 더 걷노라면 나무마다 푸른 이끼에 덩굴까지 어우러지고 길 위에는 물기마저 촉촉하다. 2km 남짓 되는 먼물깍까지는 숲길을 에돌아가야 한다. 그렇

1) “섭섭해서 어떡하죠? 애썼습니다. 자주 생각날 거 같아요. 고맙습니다.”

게 걷다 보면 숲 내음은 홀연 깊어지고 어둑한 기운이 몸을 감싸, 마치 어머니의 몸속으로 한 발 한 발 깊이 들어서는 느낌이다.

동백동산 습지사업에 뛰어들다

동백동산 습지 사업에 뛰어든 것이 돌아보면 10년 세월이다. 2010년 말 고제량은 국립습지센터 이현주 연구원으로부터 한 통의 전화를 받았다. 당시 국립습지센터는 람사르습지[2]로 지정 예정인 제주 선흘리 동백동산을 주민이 참여하여 키워가는 '주민역량강화사업'으로 기획 중이었다. 수소문 끝에 이 사업을 이끌어줄 활동가로 고제량을 선택하고 연락을 한 것이다.

"람사르가 무시거꽈?", "습지가 물통이꽈?", "그거행 얼마 벌엄수과?"[3]

고제량이 선흘마을에 나타났을 때 이장을 비롯 마을 어르신들이 던진 질문이었다. 선흘리는 그 당시 300여 가구 700여 주민들이 사는 동백동산 습지지대의 마을이었다.

질문은 거기서 끝나지 않았다. "당신은 누군교?"라는 물음이 아프게 다가왔다. 고제량은 제주에서 나고 자란 토박이다. 그는 1990년 제

---

2) 람사르협회가 '물새 서식지로서 중요한 습지 보호에 관한 협약'인 람사르협약에 따라 지정해 보호하는 습지.

3) "람사르가 뭔가요?", "습지가 물이 고여있는 곳을 말하나요?", "그거하면 얼마를 벌 수 있나요?"

◀ 동백동산 습지보호지역 안내판 ⓒ 고제량
▲ 동백동산 습지로 들어가는 숲길. 동백동산 습지는 2011년 람사르습지로 지정되었다. ⓒ 고제량

주대학교 해양환경과를 졸업한 이래 제주의 생태환경을 위해 꾸준히 노력해왔다. 1991년 '푸른 이어도의 사람들' 결성에 참여했고, 제주참여환경연대 환경교육팀장, 한라생태 길라잡이로 활동했다. 동백동산에 들어갈 무렵에는 제주 생태관광협회 회장을 맡고 있었다.

하지만 나이 드신 선흘 주민들에게는 40대 중반의 듣도 보도 못한 풋내기 여자였을 뿐이다.

고제량은 서두르지 않았다. 기껏 한 명의 활동가가 나선다고 되는 일이 아니기에, 주민들이 주체로 나서야 되는 일이기에…. 그래서 그가 택한 방법은 '동백동산에서 놀아보자.'였다.

먼물깍. 먼물깍은 동백동산의 대표적인 습지로, 마을에서 멀리 있다는 '먼물'과 끄트머리라는 뜻 '깍'의 합성어다. © visitjeju.net

이장과 부녀회원들과 함께 부지런히 오가며 "맞다, 여기 먼물깍 물 길어당 먹었주게. 저 조끄띠 봉근물도 이서나서. 이디가 옛날 숯가마였주게. 그 당시엔 순번 정행 동백동산 지키레 댕겨신디…."[4]라는 옛 기억들을 떠올렸다.

동백동산은 마을과 이웃해 있어도 곶자왈 특성상 돌무더기가 많아 산책하기가 쉽지 않았다. 더군다나 1971년에 공동수도가 들어와 곶자왈 습지에서 물을 길어오는 일도 없어졌다. 벌목이 금지됨에 따라 땔감을 구하거나 숯 굽는 일도 없어져서, 마을과 동산은 이웃해 있어도 나

4) "맞다, 여기 먼물깍에서 물 길어다 먹었지, 저 끝에 봉근물도 있었지. 여기가 옛날 숯가마터였지. 그 당시엔 순번 정해서 동백동산 지키러 다녔는데…."

이든 주민들에게는 먼 존재였다. 그런 상황에서 고제량과 함께한 '동백동산 놀이'는 이 습지를 새롭게 보는 계기가 되었다.

멸종위기 비바리뱀이 사는 곳

동백동산의 사계절은 신비하고, 나무와 풀이 들려주는 생명의 얘기가 풍성하다.

봄에는 10만 그루의 동백이 시리도록 붉은 꽃을 3월까지 지켜낸다. 질 때는 꽃잎 한 가닥씩이 아니라 제 몸뚱이를 통째로 떨어트리기에 제주 사람들에게 동백은 4.3의 아픔과 맞닿아있다. 수많은 생명이 통꽃으로 툭 떨어졌던 아픔을 잊지 못하게 해준다.

5월이 넘어 여름을 맞이할 때의 길잡이는 때죽나무다. 잎겨드랑이에서 두세 송이씩 아래를 향해 꽃을 피운 모습에 내음까지 더해지면 숲길은 그야말로 환상이다. 제주 사람들은 때죽나무를 정갈하게 여겨, 가

용암동굴. 화산섬인 제주도 곳곳에는 용암동굴이 많다. 동백동산에도 도틀굴, 목시물굴 등이 있다. 4.3 때는 주민들이 토벌대를 피해 용암동굴에 은신하기도 했다. ⓒ 고제량

동백꽃. 동백동산은 동백나무가 많다하여 붙여진 이름이지만, 이곳에는 동백나무 이외에도 때죽나무, 종가시나무, 후박나무 등 약 100종의 나무가 숲을 이루고 있다. ⓒ 고제량

지에 띠를 엮고 물을 받아 이를 '참받음물'이라 했다.

그런가 하면 낙엽수들이 잎을 떨군 11월, 제주고사리삼이 싹을 틔운다. 땅속줄기가 옆으로 힘겹게 기어가며 싹을 낸다.

그 곁에는 별 모양의 꽃을 지닌 옹긋나물, 화사하고 은은한 참새외풀도 친구하겠다고 얼굴을 내민다. 고맙게도 고사리삼은 세계 어디에도 없고 오직 제주 곶자왈에만 있다.

겨울에 딸기를 맞이한 적이 있는가? 흰 눈이 내리는 날, 빨갛게 익은 녀석은 동백동산의 숨은 매력이다. 산딸기 중 키가 제일 작은 놈이지만 겨울에도 달걀 모양 잎을 달고 있다. 제주에서는 '저슬탈'이라는 고운(?) 이름으로 불린다.

이렇게 동백동산은 4계절이 신비롭고 평화롭다. 비가 오면 수백 개의 습지가 생기고 비바리뱀, 두점박이사슴벌레, 왕은점표범나비 등 수많은 생명이 어울려 산다.

그렇게 동백동산을 오가며 선흘리 주민들이 변하기 시작했다. 무엇보다 먼저 이장님이 "그래, 한번 해보자."며 고제량과 습지마을 사업을 받아들였다. 그러면서 물꼬가 트였다. 제주도와 환경부의 예산이 투입되고 동백동산 습지센터가 만들어지면서, 고제량과 지방정부, 마을 주민의 협치가 탄력을 받아나갔다.

2012년 마을 축제가 부활되었고, 2013년에는 부녀회가 중심이 되어 특선 음식을 선보였다. 동백동산이 내어주는 재료로 할머니가 해준 음식들이 되살아났다.

"지금도 봄 되민 꿩마농 캐당 국 끓여먹고 부침개도 행 먹고…. 안 먹엉 넘어가민 서운해."[5]라는 꿩마농무침은 톡 쏘는 매콤함에 달콤한 쑥범벅과 짝궁이다.

"어머니가 바닷물에 동지를 절이고 만들어 봄에 만난 반찬 중 최고 주게."라는 동지 김치. 겨울을 넘긴 퍼대기 배추 한가운데서 올라오는 새순을 제주에선 '동지나물'이라 부르며 겉절이도 해 먹고 익혀서도 먹는다.

이렇게 사라졌던 음식들과 함께 도토리 칼국수, 고사리 불고기, 메밀범벅 같은 '선흘 특선 메뉴'가 개발되었다. 닭고기 국물로 육수를 낸 도토리 칼국수는 특히 인기가 좋았다. 그래서 마을 축제는 더욱 풍성해졌고 탐방객은 2015년에 25,000여 명에 이르러 생태관광이 궤도에 오르게 되었다.

덩달아 폐교 위기에 놓였던 선흘분교 학생 수가 2012년 전교생 18명에서 2015년 29명으로 늘었다. "학교가 마을 안에 있고 자연과 가까이 있어 좋다."며 젊은 부부들이 모여든 것이다.

---

5) "지금도 봄 되면 꿩마농 캐서 국 끓여먹고 부침개도 해먹고…. 안먹고 넘어가면 서운해."

그렇다고 마냥 순조롭지는 않았다. 고제량이 제일 힘들었던 점은 "피부에 와닿는 게 없다."는 하소연이었다.

"선흘이 꼭 지켜야 할 건 뭐우까?"

사실 2000년대 들어 제주에는 큰 변화가 일었다. 한 해 관광객이 1,000만 명을 돌파하며 들썩이던 땅값은 중국 자본까지 가세해 하루가 다르게 올라갔다. 이런 상황임에도 한 해 관광객을 4,000만 명까지 늘리자며 제2공항까지 추진되고 있으니, '피부에 와닿는 것'이란 "땅값이 얼마나 오르냐?"와 같은 말이며, "람사르 마을이 되어 재산권 행사가 어렵다."는 푸념이기도 했다.

고제량이 선흘마을에 들어와 세운 원칙은 '마을 주민과 함께'였다. 초기에 간담회와 설명회를 열었지만 관심도 없었고 참석을 꺼려했다. 그래서 '찾아가는 주민설명회'를 추진했다. 부녀회, 노인회, 청년회를 여러 차례 만나면서 공감대가 넓어졌고, 동백동산 놀이까지 더해져 분위기가 조금씩 바뀌어나갔다.

그렇지만 문제는 "어떻게 마을 주민들 총의를 모아 결정할 것인가?"였다. 그래서 과감하게 원탁회의를 추진했고 2014년 2월 15일 첫 번째 회의를 열었다. "마을 상징을 무엇으로 할까?"라는 주제였는데 고제량은 근심이 많았다. 토론도 익숙하지 않은 시골 어르신들이 백여 명이나 모여 결론을 낼 수 있을까? 토론 수준은 의미 있을까? 몇 가지 안을 미리 준비해야 하지 않을까? 생각이 복잡했지만 그대로 가기로 했다.

그날 마을 상징에 대한 질문이 던져지자 놀랍게도 체육관 안은 갑자기 활기가 넘쳐났다.

"먼물깍 최고 주게. 물통도 젤 크고 빨래도 했던 곳이난."[6)]

"무신 소리여, 고망물에서 소영 말이영 물 멕이고 해나시네게."[7)]

"동백동산이난 동백이 최고주. 눈 내리는 날 동백 안 봐봐샤."[8)]

"겅 곧지 말라. 이디 중산간 도틀굴서 사람덜 얼마나 죽어신디. 뭐랜고라 봐도 4.3이여."[9)]

그렇게 원탁마다 활발한 토론이 있었다. 그 열기를 모으고 모아 '동백꽃, 제주고사리삼, 제주 4·3, 가시낭 도토리, 두점박이사슴벌레, 순채'가 선흘의 상징이 되었다.

또 "삼춘, 선흘이 꼭 지켜야 할 건 뭐우꽈?"를 주제로 한 원탁회의도 있었다. 마침 동북 곶자왈에는 개발 자본이 들어와 "10년간 100억 사용료를 내고 사파리를 만들겠다."는 제안이 흘러다닐 때였다. 이때 주민들은 "미래의 손주들을 위해서 동백동산 생태계를 지켜야 한다."는 성명서를 만들고 기자회견까지 했다. 마을 주민들이 '피부에 와닿는 게' 없어도 '개발 반대'를 선언한 것이다.

이런 결정 과정을 보면서 고제량은 기뻤고 소름이 돋았다. 모든 정보가 누구에게나 진실하고 공평하게 전달되면 공동체는 '옳은 결정'을

---

6) "먼물깍이 최고지. 못이 제일 크고 빨래도 했던 곳이잖아."

7) "무슨 소리여, 고망물에서 소랑 말이랑 물 먹이고 했잖아."

8) "동백동산이니 동백이 최고지. 눈 내리는 날 동백 안 봤어."

9) "뭔 소리여, 여기 중산간 도틀굴서 사람들이 얼마나 죽었는데. 뭐라고 해도 4.3이여."

고제량은 마을 주민들의 총의를 모으기 위해 원탁회의를 열었다. 앞에 마이크를 쥔 이가 고제량이다.
ⓒ 고제량

내릴 수 있다는 점을 깨달았다. 그때 고제량은 활동가로서가 아니라 선흘 주민으로서 함께 살아가면 행복하겠다는 느낌도 들었다.

한편 고제량은 이제는 선흘리를 넘어서 조천읍 전체를 람사르 습지 도시로 만들어야겠다고 생각했다. 그래서 센터장 자리를 비롯 여러 역할을 성장한 주민들에게 넘겨주고, 2018년 12월 31일부로 선흘리 활동의 한 매듭을 지었다.

착한 여행자와 제주를 잇는 '이을樂'

송별연을 마치고 아쉬운 마음에 다시 오른 동백동산에서 고제량은 오후 늦게 내려왔다. 동백동산에서 가장 깊은 먼물깍에서는 눈을 감고 태고의 숨결 같은 고요를 들이마셨다. 돌아 나오는 길에는 젖은 낙엽에 떨어져 있는 동백꽃 한 송이를 고이 손에 안았다. 들머리 나무마다 손길을 한 번씩 주고, 동산을 벗어날 때는 돌아서서 합장 인사를 했다.

고제량은 동산 입구에서, 말일이건만 늦게까지 습지센터에서 근무하는 사람들에게 불편을 줄까 봐 조심조심 주차장으로 갔다. 10년을 넘게 몬 아반떼에 시동을 걸고 감사패를 조수석에 놓았다. 지난 10년간 세 번씩이나 받은 감사패다. 오늘 헤어질 때 받은 손길과 눈물까지 합하면 과분한 사랑이었다.

무엇보다 동백동산이 자신을 품어줬음에 깊은 고마움을 느낀다. 안내자로, 해설가로, 조사 기록자로, 감시자로, 여행자로, 교육자로 셀 수 없이 올랐던 동백동산. 그는 특히 도틀물을 좋아한다. 4·3 때 도틀굴(용암동굴)에 숨었던 사람들이 그곳에 물을 뜨러 나왔고, 그 흔적들이 지금도 남아있어 그 사연을 생각하면 가슴이 아리다.

동백동산에서 그가 운영하는 민박집 이을락까지는 불과 10분 거리. 이을락이 가까워지면 멀리 함덕 해변이 보인다. 제주의 바다 빛깔은 풍부하다. 특히 함덕 바다는 하얀 모래밭과 검은 현무암, 해조류를 품고 있어 비취색에서부터 짙은 청색까지 그 색깔이 다양하다.

함덕 해변을 오른쪽에 두고 언덕을 넘어서니 이을락 표지판이 보인다. 이어가는 즐거움 '이을락', 착한 여행자들과 제주 사람들을 이어준다는 소박한 바람이 담겨 있다. 마당에 들어서니 까맹이가 컹컹댄다. 마당 화단엔 새벽 찬 서리에도 얼굴을 내밀었던 수선화가 화사하다. 텃밭에는 겨울 무 싹도 고개를 살짝 들었다.

멀리 한라산 쪽에서는 노을이 지기 시작한다. 고제량은 노을을 마

고제량이 운영하는 민박집 '이을락', 동백동산에서 10여분 거리에 있다. © 고제량

주하면 지금도 마음이 조마조마하다. 어릴 적 아버지는 감귤나무를 가꿨는데 가을에만 수확하니 수입은 1년에 한 번뿐이었다.

그래서 엄마는 감귤나무 사이에 고추·가지·열무를 재배해 십리 길을 걸어 동문시장 한 켠에서 팔았다. 고제량은 노을이 질 때면 감귤나무 옆에 서서 가만히 엄마를 기다렸다. 한 푼이라도 더 벌어 5남매를 기르겠다는 엄마가 땅거미가 져도 안 오면 불안했다. 그날의 장사도, 엄마의 귀갓길도...

*　　*　　*

육성으로 듣는 고제량의 동백동산 해설

우리 동백동산을 들어가면서 우선 동백동산에 있는 모든 생명들에게 우리가 들어가도 되는지 물어보고 들어가면 어떨까요? 자신이 취할 수 있는 최대한 경건한 자세로 숲을 향해 "동백동산아, 우리를 받아줘!"라고 인사하겠습니다. 모두 함께 시작!

얼른 들어와도 좋다고 하니 우리 마음 놓고 들어가면서 최대한 조용조용하게, 훼손하지 않고 약 두 시간 정도를 걷겠습니다.

동백동산은 제주 화산활동 중에 용암이 흐르면서 굳어 깨진 용암바위 언덕 위에 형성된 상록 숲이며, 습지입니다. 용암의 성질이 묽은 파호이호이 용암이 흐른 관계로 숲의 기저가 넓적한 판 같은 지질구조입니다. 그래서 빗물이 고일 수 있는 조건입니다. 그래서 습지 보호지역입니다.

이 물 덕분에 선흘리 마을이 형성되었습니다. 물이 있으니 사람들이 모여 살기 시작한 거지요. 동백동산을 걷다 보면 군데군데 습지가 있는데 거의 가 주민들이 이용했던 곳입니다. 사람이 먹었던 물, 소와 말에게 먹였던 물, 빨래나 목욕했던 물 등… 다양한 쓰임새가 있습니다.

습지를 형성한 주변을 살펴보면 쓰임새를 추측할 수 있습니다. 적어도 1971년 마을에 공동수도가 들어오기 전까지는 전적으로 동백동산의 물을 이용했습니다. 그리고 물통마다 이름이 있습니다. 먼물깍, 도틀물, 새로판

제주생태관광협회 대표를 맡고 있는 고제량은 동백동산의 안내자, 해설자이기도하다. 동백동산을 찾아온 사람들이 동백동산에 들어가기 전 고제량의 설명을 듣고 있다. ⓒ 제주다크투어

물, 봉근물, 혹통, 어둔궤게우물, 반못 등등

현재는 주민들 이용이 없어 발길이 뜸하니 습지가 사라지고 있어, 지난 4년간 습지를 주민들과 조사하여 『동백동산에서 습지를 만나다』라는 책을 엮기도 했습니다. 동백동산은 현재 습지 보호지역, 문화재 보호지역, 세계 지질공원, 산림 보호지역입니다. 1971년 제주도 기념물 10호로 지정되면서 지속적으로 보전되어온 곳입니다.

생물 다양성이 높아, 식물은 약 370여 종, 동물은 900여 종이고 나무는 약 100종을 기록합니다. 양치류는 50종 가까이 발견됩니다. 우리나라 환경부 보호종만 15종이나 됩니다. 팔색조, 제주고사리삼, 제주 비바리뱀, 참개구리, 개가시나무 등등이 보호종입니다.

식물 하나 멸종되는 것이 뭐 그리 중요하겠냐 싶겠지만, 식물 하나가 사라지면 현재 우리가 접하는 환경이 변합니다. 아주 조금씩, 느낄 수 없을 만큼씩 변해 가지만, 시간이 흐르면 우리 인간과 더불어 그 어떤 생명들도 살 수 없는 지구가 되어 갈 것입니다.

한 번 크게 숨 한번 쉬어 봅시다. 따라 해 보실래요? 숨 들이마시고 ~~~. 내쉬시고~~~. 한 번 더~~~.가슴이 시원하시죠? 살 것 같으시죠.

우리를 살게 하는 이 공기는 현재 지구상에 존재하는 모든 존재들이 만든 공동창작품입니다. 그 창작자 하나둘 없어지면 이런 공기가 만들어지지 않겠지요? 그래서 풀 한 포기를 소중하게 존중해야 합니다. 세상 모든 것은 연결되어 있기 때문입니다. 다양한 존재들이 함께 연결되어 사는 것 우리가 자연에서 배워야 하는 첫 번째입니다.

[2020년 2월 8일 연재]

못 다 한 이 야 기 ……

* 동백동산 습지 보호지역은 2010년 습지 보호지역, 2011년 람사르 습지로 지정되었는데, 남방계 식물과 북방계 식물이 함께 자생하는 독특한 생태계로 남한 최대의 상록활엽수지대다. 생물 다양성이 높아 식물은 370여 종, 동물은 900여 종이고, 나무는 약 100종이 기록되어 있다. 양치류는 50종 가까이 발견되고, 환경부 보호종도 15종이나 되는데, 팔색조, 제주 고사리삼, 제주 비바리뱀, 참개구리, 개가시나무 등등이 있다.
* 원탁회의에서 고제량의 가슴을 뜨겁게 한 얘기는 또 있었다. '마을이 생태관광을 해서 수익이 나면 무엇을 할 것인가?'라는 주제로 회의할 때, 선흘1리 고진협 영농회장이 "어르신들의 복지가 최우선이다."며 "우리 마을에서 요양원에 간 어르신이 21명이다. 이들을 다 데려오자. 그러면 이장이고 부녀회장이 들여다볼 수 있지 않냐. 마을 주민이 돌보자."라는 제안을 했다. 마을공동체가 노인을 돌보자는 제안이었고, 이 사업은 마을에 수익이 쌓여가면서 실제 추진을 눈앞에 두고 있다.
* 고제량은 현재 선흘리의 경험을 토대로, 선흘리가 속한 조천읍을 람사르 습지 도시로 운영하기 위해 자문 및 지원 활동을 하고 있다.

길 위의 삶 30여 년
장애인운동가 김병태

"

빛나지 않을 지라도
언제나 이 길을
걸을랍니다.

"

"모두 내려갑시다."

누가 먼저랄 것도 없이 외침이 터졌다. 서울역 광장에서 집회를 마친 장애인들과 활동가 1백여 명은 지하철 1호선의 선로를 점거하기 시작했다. 열차를 기다리던 승객들은 영문을 모르고 당황해 웅성거렸다. 역무원들이 이리저리 내달리며 "내려가면 안 돼요."라고 소리쳤다. 삑삑대는 호루라기 소리, 지직거리는 무전기 소리, "장애인 이동권 쟁취하자!"는 구호 소리가 승강장에 가득했다.

휠체어와 함께 내려선 중증장애인들은 서로 의지하며 차가운 쇳덩이 선로에 몸을 엎드렸다. 역사로 진입하던 전철은 경적을 울리고 전조등을 비춰대더니 가까스로 멈춰 섰다.

"장애인 이동권 보장하라!"

서울역 바로 앞에 있는 남대문서 경찰들이 출동하기까지는 그리 오래 걸리지 않았다. 이들은 곧바로 대자보를 찢고 플래카드를 거칠게 뺐었다. 그리고 선로에 내려와 해산 작전을 개시했다. "들어올려!", "빨리 움직여!"라는 고함소리, "장애인 이동권 보장하라!"는 외침, 연행되지 않으려는 비명소리가 뒤섞였다. 지켜보던 승객들은 "어떡해, 어떡해." 하며 발을 동동 구르고 흐느끼기도 했다. 또 몇몇은 손가락질하며 "왜 시민을 볼모로 이러냐?"고 목소리를 높혔다.

'우우웅-' 울어대는 휴대폰 진동 소리에 김병태는 잠이 깼다. 쉰 중반에 이르러서인가 요즘은 아침나절에도 선잠이 들곤 했다. 얕은 잠이었는데 꿈은 선명했다.

김병태는 2001년 2월 6일을 똑똑히 기억한다. 그해 1월 22일 지하철 4호선 오이도역에서 지체장애 3급이었던 박소엽(72)씨가 수직형 리프트를 타고 역사에 오르다 7m 아래로 추락해 사망했다. 박씨는 전남 순천

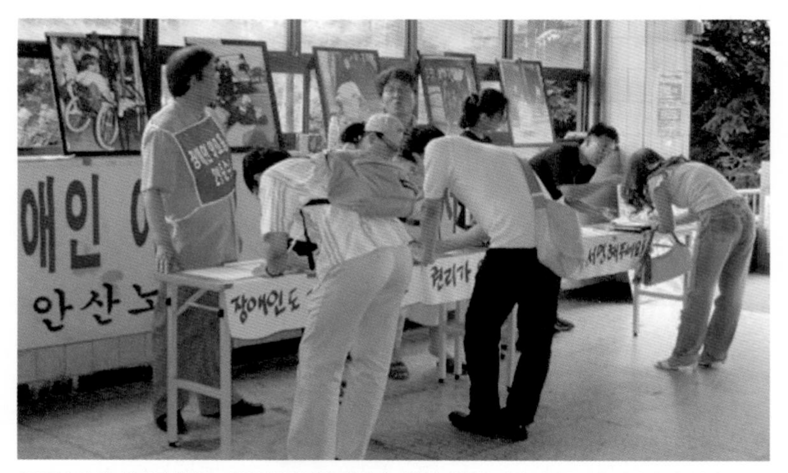

2003년 안산노동인권센터는 안산 전지역에서 장애인 이동권 쟁취를 위한 서명운동을 벌였다. ⓒ 김병태

에서 설을 쇠러 올라왔다가 끔찍한 변을 당한 것이다.

사고 이후 서울장애인연맹, 노들장애인학교 등 장애인 단체들은 대책위를 만들고 철도청(현 코레일)과 보건복지부를 항의 방문했다. '책임자 처벌'과 '장애인 이동권 보장'을 요구했다.

당시 '장애인의 꿈, 너머'에서 활동하던 김병태는 대책위 상황실장을 맡아, 박경석 장애인차별철폐연대 대표 등과 함께 앞장서 싸웠다. 2월 6일 서울역 선로 점거는 30분 만에 끝났지만 파장은 컸다. 이날을 계기로 '장애인 이동권 법률 제정'문제가 전면에 부각되었다.

그리고 4년이 흐른 2004년 12월 마침내 '이동권'이 법적 권리로 인정받았다. 지하철에는 엘리베이터 설치가 의무화됐고 저상버스가 도입됐다. 장애인들이 앞장서 시작한 싸움이었지만, 지금은 노약자와 임산부 등 교통약자 모두가 혜택을 누리고 있다.

잠을 흔들어 깨운 휴대폰을 김병태는 '툭' 던지듯 내려놓았다. "미안하지만 후원금을 이번 달까지만 내겠다."는 전화였다. 이번 달에만 벌써 세 통째다.

장애인 운동에 나서다

김병태가 '안산단원장애인자립센터'를 만든 게 2018년이었다. 사무실은 다섯 평 남짓 되는 단출한 공간이다. 책상 3개, 회의 탁자 하나, 냉장고와 정수기, 그리고 힘들게 마련한 에어컨. 특이하다면 휴대용 변기가 있다는 점이다. 집회 현장 근처에 화장실이 없는 경우를 대비해 마련했다. 또 턱 때문에 휠체어가 넘나들 수 없는 곳에 놓는 발판도 있다.

이곳 후원금은 한 달에 약 70만 원 정도, 경기장애인자립센터에서 보내주는 지원금 35만 원까지 합하면 월 110만 원이 전체 수입이다. 여기서 월세를 내고 기타 운영비를 쓰고 나면 재정은 금세 바닥이다. 김병태는 고작 50만 원의 상근비를 받는다.

전북 임실에서 1965년에 태어난 그는, 이듬해 부모님 손에 이끌려 서울 동대문구 홍능 판자촌으로 올라왔다. 하지만 무허가여서 강제 철거를 당해, 구리시 인창동 산동네에 집을 짓고 1972년까지 살았다. 그리고 다시 회기동으로 이사해 경희중학교를 거쳐 덕수상고를 졸업했다.

경기북부장애인인권센터 센터장으로 일할 때의 김병태. 그는 30여 년을 장애인운동에 앞장서 왔다.

당시 덕수상고는 명문 상업고등학교여서 은행으로 가는 지름길이었다. 하지만 소아마비를 앓은 그에게 취직은 먼 꿈이었다. 지금은 장애인 의무 고용률까지 있는 세상이 됐지만, 당시는 원서 접수 자체가 거부되었다. 1977년에는 서울대 응용미술학과에 합격한 박창권, 영남대 약학과에 지원한 정길석과 구본영 등이 장애를 이유로 불합격 판정을 받기도 했다. 그런 차별이 당연하게 여겨지던 시절이었다.

그래서 그의 첫 직장은 열아홉 살인 1983년 가을, 작은아버지가 청계천에서 운영하던 신발도매상이었다. 아쉽게도 가게는 신통치 않았고, 그는 1986년 스물두 살 나이에 독립(?)하게 된다. 말이 독립이지 손수레에 신발을 쌓고 쟁여 답십리, 장안동 일대를 돌아다니는 노점상이었다.

그런 그를 넓은 세상으로 이끌어 준 것은 장애인문제연구회 '울림터'였다. 정립회관 출신 대학생과 청년들이 만든 이 단체에서 김병태는 총무 일을 맡았다. 그는 낮에는 노점상을 하고 밤이면 울림터 사람들과 소주잔을 기울였다. 그리고 1986년 "세상을 뿌리부터 바꿔야 한다."고 결심한 김병태는 경기도 안양의 노동현장으로 떠났다. 그로부터 30여 년 세월을 그는 안양과 안산에서 장애인운동을 하며 살아왔다.

김병태는 '따릉 따릉' 알람 소리를 듣고 사무실을 나섰다. 아내는 오늘 '함께 크는 여성, 울림'에서 저녁 행사가 있다. 그래서 그가 애들 저녁상을 준비해야 한다. 지금은 임대 아파트에 들어가 그나마 이사 걱정은 안 한다. 하지만 이제 겨우 초등학생인 아이들을 생각하면 "저 녀석들 미래를 잘 돌봐줄 수 있을지?" 근심이다.

김병태는 1996년 '장애우대학'에서 아내를 만났다. 그때 아내는 '노들장애인야학'과 형제조직인 '새날도서관'에서 일하고 있었다. 장애우대학 MT 날, 경춘선 열차가 대성리역에 내렸을 때 마당에서 6월 장미꽃이 반겨주었다. 장미꽃을 무심코 어루만지는 김병태에게 그녀가 다가왔다.

"장미꽃 좋아하세요? 난 민들레가 좋은데…"

그녀가 먼저 말을 걸었다. 김병태는 망설임 없이 대답했다.

"저도 민들레꽃이 더 좋아요."

"어머, 그래요?!"

반색하는 그녀의 머릿결 뒤에 북한강의 포근한 바람이 일렁거렸다. 그날 이후 아내는 늘 김병태 옆에 있었다. 그리고 딸 둘에 아들 하나를 거느린 대가족(?)을 일구었다.

사실, 처가에선 반대가 심했다. 전라도 출신에 고졸, 장애인이면서 당시 진보운동을 하던 그를 받아주지 않았다. 인사를 갔지만 어른들은 외면했다. "고등학교 때 전교 일등을 했던 딸", "귀하디 귀한 딸을 내어줄 수 없다."고.

그런데 아내는 더 단호했다. 그날로 짐을 싸서 김병태가 살던 안산의 단칸방으로 왔다. 거기서 신접살림 아닌 신접살림을 시작했다.

2003년에 첫째를 낳았을 때 처가에서 잠깐 얼굴을 비추긴 했다. 그 후 3년이 지난 어느 날 새벽, 장인어른이 쓸개가 터져 위독하셔서 세브

제주도에서 모처럼 가족들과 휴가를 즐긴 김병태. 민들레를 좋아하는 아내는 집안의 심한 반대를 무릅쓰고 김병태와 결혼했다. ⓒ 김병태

란스 중환자실에 모셨다는 전화가 왔다. 눈이 많이 내린 겨울날이었는데 안산에서 서울까지 얼음길을 한걸음에 내달렸다. 그날에서야 비로소 처가 식구들과 손을 잡게 되었다.

김병태는 기름이 톡톡 튈 때 소시지를 올렸다. 둘째는 노릇노릇하고 살짝 탄내가 나는 소시지를 좋아한다. 계란도 듬뿍 풀었다. 셋째는 스프처럼 걸쭉한 계란국에 밥 말아먹는 걸 좋아한다. 우유까지 챙겨놓고 김병태는 다시 집을 나섰다. 5월 저녁 무렵인데도 한낮 더위가 남아 있다. 먼 하늘에서 별빛이 조금씩 기지개를 켰다. 가로등도 드문드문 얼굴을 드러내기 시작했다.

김병태의 마지막 일과는 활동보조 서비스다. 그는 일주일에 세 번,

밤 시간을 내어 중증장애인의 용변, 식사, 목욕을 도와주고 있다. 차에 올라 담배를 하나 입에 무니 웃음이 나온다. '장애인 활동보조 제도화'는 장애인운동의 큰 요구 사항이었다. 그런데 그 서비스를 자기가 하게 될 줄은 몰랐다.

치열했던 '중증장애인 활동보조 서비스' 쟁취 투쟁

2005년 12월 21일 경남 함안에서 홀로 살던 중증장애인이 자기 집에서 얼어 죽는 사건이 일어났다. 한파로 보일러 수도관이 얼어 터져 물이 방안으로 흘러 들어왔지만, 몸을 움직일 수 없었던 그는 피할 도리가 없었다.

이 일을 계기로 '중증장애인 활동보조 서비스' 쟁취 투쟁이 시작되었다. 2006년 4월 27일 한강대교 점거투쟁은 치열했다.

"36년 동안 빈집에서 하루 종일 TV만 보며 살았습니다."

흐느끼는 연설이 시작되자 한 명씩 한 명씩 휠체어에서 아스팔트로 내려갔다. 한강대교를 기어서 노들섬까지 가는 시위. 4월 말이지만 강바람은 매서웠다. 길바닥 냉기가 얼굴을 찌르듯 올라왔다. 80여 명의 장애인들이 목장갑을 끼고 무릎보호대를 찬 채 세상에서 제일 느린 행진을 시작했다. 경기장애인차별철폐연대 대표였던 김병태도 그 투쟁 대열에 함께했다.

"저도 더 이상 가족들 눈치를 보면서 살 수는 없습니다."

누군가 부르짖듯 외쳤다. 그 외침을 후려치듯 경찰의 확성기가 왝왝

댔고 구급대의 사이렌이 거칠게 울어댔다. 5개 중대나 달려온 경찰은 서둘러 방어벽을 치기 시작했다.

뇌성마비 장애인들은 몸을 흐느적거리며 무릎걸음으로 나아갔다. 이마저도 힘들면 기어갔다. 그것도 안 되면 몸을 데굴데굴 굴려서 갔다. 행렬은 30분도 채 못 돼 탈진 상태가 됐다. 강바람은 할퀴듯 대열을 파고 들었고 여기저기서 쿨럭거리는 기침 소리가 났다. 끙끙대는 신음 속에서 "어머니에게 제가 더 이상 짐이 되지 않게 해주세요."라는 부르짖음이 들렸다.

다시 그들은 서로의 손을 잡아주고, 휠체어를 쇠사슬로 묶고, 헤져버린 무릎은 붕대로 감고, 옆 사람에게 물을 떠먹여주며, 멈추지 않고

덕수상고 밴드부 출신인 김병태는 트럼펫 연주를 즐긴다. 마음이 울적하고 힘들 때면 안산 호수공원에서 달빛 별빛과 함께 트럼펫을 연주하곤 한다.

노들섬으로 나아갔다.

7시간에 걸친 행진. 이날 한강대교 남북단은 마비됐고 서울시청에는 전화가 빗발쳤다. 그날 밤 서울시장 이명박은 30억 예산으로 '장애인 활동보조 서비스' 시범사업을 약속했다. 이날은 장애인 운동의 이정표가 되었다.

일을 마치고 나오니 벌써 오후 11시가 다 됐다. 늦었지만 김병태는 안산 호수공원으로 차를 몰았다. 오늘 걸려온 후원금 중단 전화에 그는 온종일 마음이 무거웠다. 밤에는 성인 장애인을 들어 올려 목욕시키다 보니 온몸이 땀에 젖어 파김치가 되었다. 이렇게 마음이 불편하거나 몸이 힘들면 그는 이곳 호수공원에 들른다.

날이 맑아 달빛이 고왔다. 저녁 무렵 기지개를 켰던 별빛들도 호수 위에 빛망울을 늘어놓고 있었다. 그는 차에서 트럼펫을 꺼냈다. 마음이 울적하고 힘들 때면 힘이 되는 놈이다. 덕수상고 밴드부에서 배운 악기다. 도금은 벗겨졌지만 손때가 묻어 더욱 반들반들 윤기가 났다. 그는 호흡을 가다듬고 밸브를 눌렀다. 대성리에서 아내가 좋아하기에 그날부터 좋아하게 된 꽃, 그 꽃을 노래한 '민들레처럼'이다.

"특별하지 않을지라도 결코 빛나지 않을지라도
흔하고 너른 들풀과 어우러져 거침없이 피어나는 민들레
아 아 민들레 뜨거운 가슴, 수천 수백의 꽃씨가 되어……"

그의 연주는 호수공원을 따사롭게 감싸면서 멀리 퍼져나갔다. 별빛은 호수 위에 민들레 모양의 별 그림자를 조금씩 수놓았다.

[2019년 6월 1일 연재]

못 다 한 이 야 기 ……

* 이 글은 김병태와의 이야기를 기초로, 아래 자료들을 참조하였다.
《한국 장애운동의 어제와 오늘》 한국장애인인권포럼 정책위원 윤삼호 저
《한국 사회 진보적 장애운동의 역사》 '전국장애인철폐연대'(준)의 사무처장이었던 조성남 저

* 김병태는 1965년 11월 전북 임실군 신평면에서 태어나, 이듬해 10월 소아마비에 감염돼 장애를 얻게 되었다. 1983년 덕수상고를 나와 청계천 동문시장 신발도매상에서 첫 직장 생활을 시작했다. 1986년 장애인문제연구회 울림터 총무로 활동하며 장애인문제 등 사회문제에 관심을 갖게 되어, 1987년 민중대통령 백기완 선거대책본부, 1989년 반월공단의 삼신금속 노동조합 결성, 1992년 노동자후보 안기석 선거대책본부 등 민주화운동과 노동운동에 적극 참여했다. 1999년 11월 서울장애인연맹 연대사업국장을 시작으로, 2000년 장애인실업자종합지원센터 소장, 2004년 경기장애인연맹 창립 대표, 2005년 민주노동당 장애인위원회 위원장, 2007년 에바다장애인자립생활센터 소장. 2015년 경기장애인차별철폐 공동대표, 2016년 10월 경기북부장애인인권센터 센터장, 2018년 안산단원장애인자립센터 센터장 등으로 장애인운동에 앞장섰다.

88세에 두 번째 시집을 낸 할머니 시인 황보출

"

평생 까막눈으로 살다가
나이 70이 넘어서야 한글을
배웠습니다.

"

올해 88세인 황보출 할머니는 2020년 10월 《시인 할머니의 욕심 없는 삶》을 펴냈다. 2016년 《「가」자 뒷다리》에 이어 두 번째 책이다. 눈도 침침하고 기억도 가물가물해지는 나이에 벌써 두 권이라니 놀라울 뿐이다.

70세가 넘어 한글을 깨치다

황보출의 '시 쓰기'를 보노라면, 99세에 첫 시집 《약해지지 마》로 일본 열도에 감동을 주었던 시바타 도요가 떠 오른다. 두 사람은 묘하게 공통점이 많다. 어린 시절 시바타 도요는 음식점 더부살이를 했고, 황보출은 남의 집 몸종살이를 했다. 두 사람은 또 남편과 사별하여 20여 년 이상을 혼자 살았고, 자식의 권유로 글을 깨우치거나 시를 쓰게 되었다.

다른 점도 많은데 그 중 가장 큰 것은, 황보출 할머니는 시바타와 달리 나이 70세까지도 까막눈이었다는 사실이다. 그녀는 막내딸의 권유로 서울 이문동에 있는 '푸른어머니학교'에서 한글을 배우기 전까지는 가, 나, 다도 몰랐다. 그녀의 말을 빌면 '가'자 뒷다리도 몰랐다. 한글을 깨우치며 기쁨을 느낀 그녀는 자서전 쓰기와 문학수업으로 한 걸음 더 나아갔다.

설레었던 시 쓰기 첫 번째 시간을 〈용기〉에서 이렇게 그렸다.

오늘 학교에서 시를 쓰라고 하는데
내 머리가 어지럽다.
느낌을 쓰라는데 느낌이 무엇인고?
모른다. 머리를 굴려도 잘 모른다.

그랬으리라. 이제 막 한글을 뗀 할머니에게 시 쓰기는 쉽지 않은 일이었을 터. 그래도 용기를 내 연필을 꼭 잡고 한 글자씩 팔십 평생 살아온 이야기를 적어나갔다. 시를 쓰면서 신기하게도 가슴 속에 맺혔던 한이 한올 한올 풀려나가고 마음이 밝아졌다.

지독히 가난했던 어린 시절

1933년 포항의 구룡포읍에서 태어난 그녀는 가난 때문에 아홉 살 때부터 식모살이와 행상을 시작했다. 고깃배가 들어오면 고등어, 꽁치 같은 생선을 한 '다라이' 받아서 팔았다. 여섯 살에 떠나온 구룡포리까지 먼 길을 마다않고 팔러가기도 했다. 나중에는 떡이나 담배도 팔고 그물 보수일도 했다. 그런 어린 시절의 아픔이 할머니의 몸속에 깊이 스며들었고, 〈배고픈 슬픔〉은 그 시절을 애달프게 그려냈다.

> 부잣집 가서 일해 주고 밥 얻어 와
> 바다 물나물 잔뜩 넣고 죽 끓여
> 가족이 배부르게 먹고 나니 눈이 뜨인 것 같았네.

김용택 시인에게 시를 쓸 수 있었던 원천은 섬진강이었다고 한다. 황보출 할머니에게는 구룡포와 가난이 그 노릇을 했다. 그래서 〈말봉재고개〉와 같은 뛰어난 작품이 나왔다.

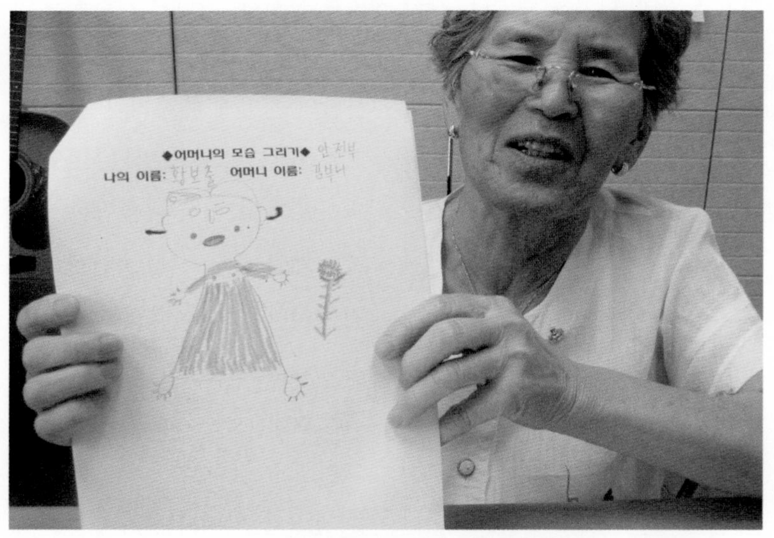

황보출 할머니가 어머니학교에서 그린 어머니. 황보출 할머니는 어머니와 함께한 가난한 어린시절의 추억을 시로 담아냈다. ⓒ 푸른사람들

봄나물 하러 밥 한 그릇 삼베 보자기에 싸고
엄마랑 둘이 산으로 갔네.
이 산 저 산 다니면 배가 고파서
냇가로 내려와 두 모녀가 밥을 먹었네.
엄마는 나에게 많이 먹으라 하네.
나는 엄마가 많이 힘드니 엄마가 많이 먹으라고 했네.

두 모녀가 얼마 안 되는 밥을 서로 먹으라고 티격태격하는 장면이 눈에 선연하다. 이렇게만 끝났으면 그저 슴슴한 풍경화에 머물렀을 텐데 황보출 시인은 마지막 구절에서 '산에 있는 배고픈 꽃들이 다들 입 벌리고 있네.'라고 끝맺는다. 가슴 저미는 문구다. 가난한 기억을 풀어놓는 데서 머무르지 않고, 모녀가 봄날의 진달래 개나리와 서로 배고픔을 나누고 위로하는 풍경을 그려냈다. 할머니는 추억을 넘어서는 시적 세계, 시적 공간을 빚어낸 것이다.

2105년 9월 17일 황보출
가을이 오면 아버지 엄마가 생각이 많이 났다.
왜냐 하면 엄마가 딸집에 와서 와서
딸 일도 와주고 가셨다.
9월이 엄마 재삿날이다.
고생만 하는 못난 딸 자식을 어머니는
얼마나 걱정 했을까
그래서 가을이 오면 내 가슴이 쓰리고
마음도 무겁다.

황보출 할머니의 일기장.
할머니는 매일 일기를 쓰려 노력한다.

겨울 빨래와 시어머니

황보출 할머니는 나이 스물에 "땅마지기 있는 집이니 밥은 굶지 않을 것"이라고 등 떠밀려, 홀시어머니에 상처를 한 22살 남정네와 결혼을 했다. 그녀는 시집간 첫날부터 주눅 들었다. 시댁 식구들이 친정에서 가져온 옷가지를 구경하겠다고 모여들었는데 내보일 것이 없었다.

다음 날부터 시어머니가 하루 열 가지도 넘는 일을 시키는 데, 새댁의 마음은 분주하고 발걸음은 종종댔다. 나중에는 인자하신 분이란 걸 알고 많이 의지를 했지만 그렇게 되기까진 오랜 세월이 필요했다. 〈삼삶을 때〉는 새댁 시절 아픔이 절절히 담겨있다.

잠자고 싶은 데 잘 수도 없네.
잠은 쏟아지고 허벅지에 피가 나고 일은 끝이 없고
마당에 나와서니 달은 밝은데
앞산이 첩첩 뒷산이 첩첩
친정 생각만 나면서 눈물이 핑 돌고

새댁의 아픔은 절절하게 이어진다. 우리네 어머니와 여인네들이 제일 어려워하던 게 엄동설한에 냇가에서 빨래하는 일이지 않은가. 세탁기도 건조기도 온수도 없던 시절, 언 손을 입김으로 녹이고 찬바람을 무명 목도리로 막으며 해야 했던 노동을 〈빨래〉에서 이렇게 노래했다.

동지섣달 폭풍 냇가에
고등얼음에 콩깍지 잿물 받아서 빨래하면
손발이 터져나갈 듯했네.

물을 팔팔 끓여 요강에 담아 가 손을 적셔가며 빨래를 했네.

밤에 손이 터서 피가 나고 따갑고 견디기 힘들 때

시어머니 하신 말씀

야야 오줌을 눠서 거기에 손을 담그라.

내 오줌을 눠서 아픈 내 손 담갔네.

'야야 오줌을 눠서 거기에 손을 담그라.'란 글귀는 불덩이같다. 미국의 시인 에밀리 디킨슨은 "머리 맨 위가 떨어져 나간 듯 몸이 반응하면, 나는 그것이 시인 줄 안다."고 했다. 바로 이런 느낌을 불러일으키는 시구가 아닌가?

이 구절에는 황보출 할머니의 아픔이 배어있지만, 시어머니의 아픔도 느껴진다. 지금이야 연고도 바르고 보습도 해주면 부르튼 손을 치료할 수 있다. 하지만 그 시절에 찬물 빨래는 피할 수 없는, 내일도 모레도 계속되어야 할 숙명. 며느리의 아픈 손을 지켜보기만 해야 하는 시어머니의 안타까움도 묻어난다.

그렇게 홀시어머니를 모시고 시작한 결혼 생활, 그녀는 8남매를 낳았다. 땅마지기 있는 집이래야 1,200평, 그 규모로 8남매를 키우는 게 쉽지 않았다. 몸이 가루가 되도록 일을 하는 세월이었다.

황보출은 밭농사만으로는 자식들을 키울 수 없어 담배 농사를 시작했다. 이랑 사이로는 호박, 무, 배추를 심었다. 밤 11시까지 일을 하고 새벽 4시에는 포항 죽도시장으로 한겨울 바닷바람을 맞으며 채소를 팔러 나갔다. 〈새벽에 시장 가면〉은 이런 사연을 절절히 보여준다.

황보출 할머니는 요즘도
텃밭에서 기른 쪽파, 마늘
등을 오천 오일장에서 판다.
시로 승화된 어린 시절 가난의
기억은 할머니의 삶 속에 깊이
배여 있음을 알 수 있다.

새벽에 시장 가면
검은 털신 신고 검은 비닐봉지도 같이 신었다,
새벽바람 불어 춥다. 나무 주워서 불 때고 발을 쬐는데
양말이 불에 타는 줄 몰랐다.
국수도 있고 미역국도 있지만 1,500원짜리 밥도 못 먹고
집에 돌아오면 허리가 휘청였다.
집에 와서 밥을 먹으면 목에 걸리지도 않고 잘 넘어갔다.
그 밥으로 한평생 살았다.

시장통에 밥집이며 죽집이 널려 있었지만, 그 돈을 아껴 장사를 마치고 집에 돌아와 밥을 먹었다는 얘기는 마음에 사무친다. 새벽시장으로 가는 길 또한 고단해, 두 시간 넘게 눈밭을 헤치며 가야 하는 태산 같은 길이었다.

남편이 그리워 쓴 시

황보출이 이런 세월을 이겨낸 것은 모두 자식 교육에 대한 열망 탓이었다. 초등학교 문턱도 못 밟았던 황보출은 어디서나 교복 입은 학생들만 눈에 들어왔다. 그 모습이 그렇게 부러울 수가 없었다. 그래서 허리가 내려앉을 정도로 일했고, 자식 여덟 중 여섯이나 대학을 보냈다.

그 고생 덕에 큰아들이 포항고등학교를 거쳐 서강대학교에 들어갔을 때는 온 마을이 난리였다. 나중에 대덕연구소에 합격했을 때는 전화가 없어서 이장 집에서 소식을 알려왔는데, 또 한 번 난리가 났다. 온 세상을 가진 느낌, 그런데 슬픔도 덩달아 일어났다. 큰딸은 중학교만 마치고 간호조무사 공부를 했고, 다섯째는 산업체 고등학교를 보내야 했고, 일곱째는 생활이 힘들어 대학을 자퇴시켜야 했으니…… 큰아들의 성취는 기쁨이었지만 다른 자식들을 생각하면 황보출에게 눈물이었다.

중매로, 재취로 들어간 시집, 결혼하자마자 군대에 갔던 남편. 경상도 남자가 그렇듯 무뚝뚝하고 밖으로만 돌았던 남편은 8남매를 함께 키워내며 늦정이 들었다. 그런데 남편이 예순둘에 골수암으로 세상을 떴다. 그때의 아픔을 황보출은 잊을 수 없다. 까막눈이었던 그녀에게 남편은 더할 나위 없는 의지였다.

"신랑 있을 땐 글자 한 자 몰라도 불편함이 없었어. 영감이 데불고 다니고, 은행이고 동사무소고 다 영감이 다니면서 했으니 아쉬울 일이 없었지. 그런데 우리 영감 가고 나니 참 막막하데요. 은행에 가서 돈을 찾으려니 이름을 쓸 줄 알아야지……"

그런 남편을 먼저 떠나보낸 아픔이 〈그 사람은 내 마음 알까〉에서 애련하게 그려졌다.

전국시화전에서 대상을 받은 시 〈좋은 기억 한가지〉. 남편과 함께 논 만들어 농사짓고 추수하는 모습이 정겹다.

산에 올라가서
'야호!' 산이 쩍쩍 울리는데
내가 좋아하는 사람은 불러도 소식 없네.
내 귀에는
그 사람 소리가 아지랑이처럼 들릴 듯한데

남편은 노력하는 사람이었다. 농사를 지으면서도 한문이나 철학 공부를 하며 밤을 지새우기도 했다. 집집마다 과일나무 한 그루만 심어도 흉년 때 밥은 안 굶는다는 편지를 청와대에 보내기도 했다. 속 깊은 정이 있어서, 무, 배추 농사를 지어 그것을 팔러 경운기를 타고 가야 할 때 "너는 추우니께 버스 타고 가라."고 배려해주던 남편이었다.

그래서 황보출이 낭군님을 그리워하는 시는 계속 이어진다.

입원한 지 삼 개월 만에 못 고치고
남들은 집으로 퇴원하는데
내 남편은 허공으로 퇴원했어요.

이렇게 〈내 남편님은〉으로 망부가를 불렀다. 2014년 개봉한, 98세 조병만 할아버지와 89세 강계열 할머니의 76년 사랑을 그린 영화 〈님아, 그 강을 건너지 마오〉를 떠오르게 하는 사랑가다. 그런데 황보출에게 남편을 떠나보낸 아픔도 아픔이지만, 더욱 힘들었던 것은 8남매를 키우면서 불어난 빚, 아직도 길러야 할 자식 걱정이었다. 그런 답답함이 〈내 영감은〉에서 잘 나타난다.

내 영감은
이 땅을 누구한테 맡기고 가고 못 올까.
둘이 해도 일손 모자란데
나는 어떻게 살라고 가고 안 올까.

황보출에게 그때가 특히 힘들었던 것은 줄초상이었기 때문이다. 아들의 죽음을 예감한 시어머니가, 남편이 죽기 3일 전에 신발을 가지런히

항보출 할머니가 8남매를 키우면서 늘 기도드리던 포항 운제산 자장암 앞에서.

놓고 아들보다 먼저 가는 길을 택해 농약을 마셨다. 남편도 어머니 발인이 끝나자 눈을 감았다. 시어머니와 남편을 한꺼번에 떠나보냈으니 죄인이 된 심정이었다. 그래서 그 후로 그녀는 얼굴은 수그리고 옷은 어둡게 입고 살았다.

매일 쓴다, 한 줄씩 한 줄씩

황보출은 70이 넘어서야, 이문동에 사는 막내딸 간청에 포항 일을 정리하고 서울로 올라왔다. 평생 들일, 물일만 하던 그녀가 서울 골목길에 들어앉아 있는 것은 답답한 노릇이었다.

그때 딸이 우연히 '한글교실'을 알게 되어 공부를 권했다. 그녀는

수업 중인 황보출 할머니. 그는 아무 욕심없는 땅처럼 자신을 품어준 학교 덕분에 글씨를 배우니 세상이 환해졌다고 말한다. ⓒ 푸른사람들

입학해서 정성껏 배웠다. 막내딸이 인천으로 이사를 하니 거기서 4시간을 들여 이문동을 오갔다. 셋째 딸네인 경기도 퇴촌에서 살았을 때는 시외버스를 타고 한강을 건너 지하철을 타야 했다. 다시 막내딸이 고향 포항으로 이사를 가게 되자, 한 달에 보름은 경기도 퇴촌 셋째딸네 살면서 푸른어머니학교를 다녔다.

황보출은 학교에 대한 고마움을 땅에 빗대어 이렇게 말했다.

"학교는 나에게 땅이야. 땅은 아무 욕심도 없어, 암만 사람이 후벼파고 생살을 내 먹어도 '니 와 그리 많이 내 먹노,' 하는 말 하나 없잖아, 최고 진실하지. 학교가 나를 땅처럼 품어줬어, 칠십 년을 산골에서 살던 무지랭이가 글씨를 배우니 세상이 환해졌어, 선생님들한테 고마워, 못해도 늘 격려해 주고 건강 염려까지 해주시니……"

어머니학교에서 인생을 찾았다는 그녀는 이런저런 경력도 쌓고 이름도 알렸다. KBS '낭독의 발견'에서 시 낭독을 했고, 전국문해교육협의회에서 주최한 제3회 한글날 글쓰기 대회에서 대상을 수상했다.

2019년에는 후쿠오카에 가서 늦깍이로 글자를 깨친 한국과 일본의 노인들이 교류하는 자리에 참여하기도 했다. 거기서 황보출은 "어렸을

황보출 할머니가 쓰고 그린 시와 그림

황보출 할머니는 글을 배우면서 평소 마음에 품었던 생각들을 글로 쏟아내기 시작했다. 평생 땅을 벗삼아 일하며 품었던 생각들이 잘 드러난 황보출 할머니의 글 몇 편을 소개한다.

흙은 보약이다

시골 공기가 그립다

새싹만 보면 좋다

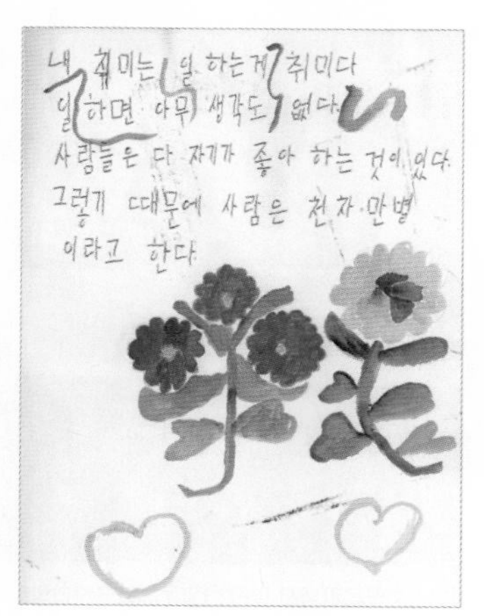

내 취미는 일

때 배우지 못했기 때문에 지금의 행복이 있습니다."라는 멋진 인사말을 했다.

황보출은 요즘 새벽 4시면 일어나 명상을 하고 부처님에게 절을 올린다. 그리고 법정스님의 '인생 응원가'를 베껴 쓰며 문장 공부를 하고 있다. 오일장 날이면 집 앞 밭때기에서 기른 쪽파와 마늘을 가지고 오천시장에 나간다. 쪽파를 팔아 15,000원을 벌기도 하고, 코로나로 오일장이 못 열릴 때는, 못 팔게 된 마늘을 근처 반찬가게에 '납품'해서 35,000원을 벌기도 했다. 그 돈으로 모시고 살아주는 사위에게 소주 한 잔 사는 게 큰 기쁨이다.

황보출은 지금도 매일 한 줄씩 쓴다. 예전에는 할머니가, 까막눈이었던 할머니가 쓴 시여서 주목을 받았다. 지금은 두 권의 책을 낸 할머

2019년 후꾸오카에서 열린 한일문해교육자협의회에서 선언문을 발표하고. 앞줄 오른쪽에서 세번째가 황보출 할머니 ⓒ 푸른사람들

니 시인, 아니 황보출 시인이다. 문장에는 의젓하게 향기와 숨결이 배어 나온다.

자연들이 아침 이슬을 받아먹고
빛이 은방울처럼 생긋 웃는다.

월정사의 아침 풍경을 묘사한 〈월정사 전나무숲길〉이다. 월정사에서 상원사로 가는 선재길을 걸어본 적이 있는가? 아침이면 숲속의 바람은 목탁소리와 새소리를 불러 오대산의 생명을 일깨운다. 계곡물은 햇살에 부딪히며 은빛으로 빛나 오대산의 생명을 일으켜 세운다. 그 선재길의 첫걸음이 되는 월정사 전나무숲에서 황보출 시인은 은방울을 '발견'한 것이다.

또 다른 시 〈나무에 앉은 새〉는 구순을 바라보는 시인답게 인생을 읊는 격조가 있다.

인생은 나무 밑에 앉았다가
새처럼 날아갔다.

짧은 두 구절이지만 법문을 듣는 듯하다. 불현듯 인생이란 무엇인가라는 화두가 다가오는 느낌이 들게 한다. 이번에 발간한 〈시인 할머니의 거짓 않는 자연〉에는 이런 문장도 있다.

가을바람 불어오고 내 머리에 억새 씨앗 날아왔네.
내년에는 머리에 억새꽃 새싹이 나올 것 같다.

이제는 황보출 시인만의 향기와 숨결이 느껴진다. 장식도 분칠도 없다. 그런데 여운이 긴 시다. 그래서 일본의 할머니 시인, 100세에 시집을 펴낸 시바타 도요는 〈약해지지 마〉에서 이런 글을 남긴 걸까?

있잖아 불행하다고 한숨 짓지 마.
햇살과 산들바람은 한쪽 편만 들지 않아.

[2020년 11월 21일 연재]

못 다 한 이 야 기 ……

* 푸른어머니학교는 사단법인 '푸른'에서 운영하고 있다. 문종석 교장님, 서화진 교감님이 26년간 꾸려왔다. 해마다 100여 명씩 꾸준히 수강생이 있고 더 많은 이야기를 홈페이지 푸른사람들(http://www.epurun.org)에서 볼 수 있다.
* 황보출의 첫 시집 《「가」자 뒷다리》는 이성수 시인이 세운 출판사 '돋보기'에서 펴냈다. 이성수 시인은 푸른어머니학교에서 황보출 할머니에게 시를 가르친 분이다.
* 이 글을 쓰는 데 김이경 작가의 《시 읽는 법》을 참조했고 본문 중에 있는 미국의 시인 에밀리 디킨슨의 시에 대한 정의는 위 책 24쪽의 번역을 다

소 가감해서 인용했다.

* 2020년 10월에는 시화집 4권을 푸른어머니학교에서 출간했다. 황보출의 그림과 직접 쓴 문구를 선정, 손에 꼭 쥘 수 있는 판형으로 《시인 할머니의 하루하루》, 《시인 할머니의 두근두근 사랑》, 《시인 할머니의 욕심 없는 삶》, 《시인 할머니의 거짓 않는 사연》 등 네 권의 책과 스티커 뱃지까지 곁들여져 출판되었다. 《「가」자 뒷다리》가 본격 시집이라고 한다면, 이 시화집 4권은 권당 3~40쪽 내외로 아기자기하게 구성이 되어 있다. 이 책들은 푸른어머니학교(02-964-7530)나 독립서점(스토리지 북앤필름 해방촌점, 스토리지 북앤필름 강남점, 이후북스, 커넥티드 북스터오, 고스트북스, 라바북스, 어떤 바람, 터무니책방), 그리고 네이버쇼핑(https://smartstore.naver.com/now_afterbooks/products/5162038117)에서 '시인 할머니'로 구매할 수 있다.

* 황보출의 유년 시절 기억 속에서 빼놓지 않는 장면이 있다. "식구가 모여 앉아서 밥을 먹으면 늘 부족한 데도 밥이 남았어. 서로 많이 먹으라고, 배부르다고, 아버지가 먼저 일어나고, 다른 식구들도 일어나고…" 이런 따뜻한 추억 덕에 할머니의 시는 어떤 작품에나 아랫목 온기같은 따뜻함이 있다.

* 황보출이 담배 농사를 추억하면서 털어놓은 얘기는 안쓰러웠다. "담배 농사는 안타깝게도 돈은 모이지 않았다. 외려 빚이 늘어갔다. 담배 농사를 지을 때, 수확하고 돈을 받아서 방바닥에 죽 펴놓았다. 그리고 아이들도 다 불러서 돈 구경하며 '우리 부자다.'하고 서로 웃었다. 그런데 다음 날 외상 갚고 빌린 돈 갚고 나면 꼴랑 5,000원이 남았던 적도 있다. 그때 대학생이 네 명씩이나 있던 때였다."는 애기였다.

21대 총선 기본소득당 후보
청년 정치인 신지혜

“

기본소득으로 평등한 세상 열어가겠습니다.
당신이 누구든 차별하지 않는
사회 만들겠습니다.

”

“후보토론회에 참여할 수 없대요.”

신지혜는 전화를 끊으며 이혜정 사무장에게 말했다. 혹시나 했지만 쓸데없는 기대였다.

“누가 거부했대요, 미래통합당 김현아? 민주당 이용우?”

대변인 준호가 재촉하듯 물었다.

“글쎄. 선관위에서 그것은 확인해줄 수 없대.”

신지혜는 힘없이 대답했다.

그의 사무실은 창고로 쓰는 2평 남짓 되는 방. 아마 2020년 21대 총선 출마자를 통틀어 가장 작을 것이다. 창문이 없어 늘 답답했는데 선관위로부터 ‘참석 불가’ 통지까지 받으니 머리가 아프다. “코로나로 주민들을 만날 기회가 별로 없는데 방송토론회까지 막으면 어떻게 하란 말이야?” 푸념하며 신지혜는 자리에서 일어섰다.

현행 선거법에 따르면 기본소득당 신지혜는 의석수와 지지율이 못 미쳐 후보초청토론회 참가 자격이 안 된다. 다만 초청 대상 후보들이 모두 동의하면 참여할 수 있지만 민주당과 미래통합당은 이를 거부했다.

30대 초반, LH임대주택에 사는 신지혜로서는 후보기탁금 1,500만 원을 비롯해 선거자금을 마련하는 것이 쉽지 않았다. 기탁금은 기본소득당 중앙당에서 지원했지만 나머지는 스스로 해결해야 했다. 그런데 현행 선거법은 출마자에게 기탁금을 비롯해 의무는 똑같이 지우면서, 방송토론과 같은 중요한 기회는 강한 자에게 보장하고 약한 자에게는 문턱을 높이 쌓아놓았다.

명함 배부도 마찬가지다. 기혼 출마자는 배우자나 자녀가 후보자의

신지혜후보는 선거 당시 선관위를 항의 방문해, 방송토론회 참여보장과 지방의원의 부당한 선거참여를 금지하는 질의서를 전달했다.

명함을 돌리며 홍보할 수 있지만, 결혼 안 한 청년 후보들은 혼자서 할 수밖에 없으니 이 또한 불리하다. '아프니까 청춘이다.'로 위안을 삼기엔 50대 이상 장년 후보에게 유리한 실정이다.

"누나 힘내요, 예상했던 일이잖아요!"

신지혜는 대변인이 말하는 소리를 뒤로 하고 밖으로 나왔다. 묵묵히 참아내는 사무장과 대변인, 회사 휴가까지 써가며 자원봉사하고 있는 운동원들을 생각하면 의연해야 하는데 속상한 건 어쩔 수 없다.

캠프 밖으로 나와보니 퇴근 무렵이어서 차량도 늘고 행인도 많아졌다. 봄바람에 선거캠프 외벽에 걸린 현수막이 날아갈 듯 펄럭인다. '기본소득으로 평등한 세상 열어가겠습니다.'라는 문구가 방금 들어온 가로등 불빛에 번쩍 빛난다.

올해 32살 젊은 나이지만, 청년 정치인 신지혜는 고양시에서 2014년 광역의원 선거와 2016년 국회의원 선거에 도전한 경력을 갖고 있다.

그는 2012년에 고양시에 정착했고 지역 청년 모임인 '고양청년네트워크파티'에 들어갔다. 2016년에는 이 단체에서 305명을 설문 조사하고 13명을 심층 인터뷰하면서 '고양시 청년 실태조사' 작업을 했다.

그 결과 '84%가 계층이동을 어려워하고, 34%가 주거비용을 부담스러워 하며, 60%가 비정규직임'을 확인했다. 이를 토대로 '고양시 청년 조례' 초안을 만들었고, 이의 제정과 '청년 정책위원' 신설을 제안했다.

다행히 시에서는 2017년에 조례 제정을 수용했고 청년 정책위원 구상도 받아들였다. 고양 청년네트워크파티 회원들은 고무되어 정책위원에 응모했는데, 어처구니없게도 압력단체로 찍혀 응모했던 회원들이 모두 떨어졌다. 너무나 기막혀 항의 기자회견을 하려니 고양시청은 출입문마저 봉쇄하며 저지했다. 3개월 이상을 발로 뛰고, 없는 돈 써가며 정책과 제도를 마련했건만…. 하도 서러워서 그날을 기점으로 청원은 그만하고 정치의 주역이 되리라 마음먹었다. 이때 결심으로 2016년에 이어 2020년에도 출마한 것이다.

“제가 우리 아빠에게 언니 찍어주라고 했어요.” 캠프 현수막을 바라보고 있던 신지혜에게 아까부터 주변에서 맴돌던 여자아이가 머뭇머뭇 다가오면서 말한다.

“아니, 왜요?” 신지혜는 깜짝 놀라 물었다.

“여자가 정치하면 멋있잖아요.” 아이는 대답하며 활짝 웃는다.

신지혜는 갑자기 뭉클했다. 선관위는 제도로서 배척하고 양대 정당은 기득권으로 차별하는데, ‘이 아이가 나를 안아주는구나!’ 생각하니 힘이 솟았다.

경남 통영여중 시절 학생회장 선거유세에서, 출마한 언니 하나가 ‘귀밑 3cm 길이 제한을 없애겠다, 두발 자유화를 하겠다’고 연설했다. 그 당당한 모습이 멋있고 부러웠다. 지금 자신도 이 아이 앞에 멋지고 당당한 모습으로 비춰진다니 갑자기 힘이 났다. 신지혜는 자신을 격려해 준 여자아이를 꼭 안아주고 2층 캠프로 서둘러 올라갔다.

주엽역에서 유세차가 충돌하다

4월 14일 선거운동 마지막 날, 신지혜는 저녁 7시 30분경 집중유세를 위해 주엽역으로 이동했다. 도착해 보니 김현아 후보 선거 차량이 먼저 와 있었다. 유세팀장이 협조 요청을 했지만 그들은 아랑곳하지 않고 1시간가량 연설을 계속했다.

선거기간 동안 유세차량이나 운동원들의 동선은 물론 공약이 첨예하게 부딪히는 경우가 많다. 미래통합당 김현아 후보 측과는 특히 심했다. 선거 마지막 주말인 4월 12일, 신지혜가 대화동 하나로마트 앞에 자리를 잡고 유세를 시작할 즈음, 김현아 후보 측이 뒤늦게 들어와서는 불과 50m 옆에 자리를 잡았다. 그리고 먼저 와 있던 기본소득당에게 어떤 양해도 없이 연설을 시작했다. 그때도 1시간가량이었다. 문제는 태도만이 아니었다. 그의 얘기는 '집값'에서 시작해서 '집값'으로 끝났다.

며칠 전에는 탄현역에서 김현아 측 운동원들이 "공공임대주택 입주

신지혜 후보의 유세차량. 신지혜는 중앙당의 지원과 후원회모금을 통해 저렴하게 어렵게 선거를 치뤄냈다.

를 막겠다."고 서슴없이 떠들었다. 옆에서 명함을 돌리던 신지혜는 귀를 의심했다. 이렇게 '차별과 배제'를 거리낌 없이 외칠 수 있다니, 너무 놀라웠다.

신지혜는 초등학교 시절 다섯 번 전학을 다니다가, 부산을 떠나 통영으로 이사했다. 아빠는 장애가 있었고 엄마는 이사 후 직장이 없었다. 그래서 무료 급식 대상이었는데 점심시간에는 교무실에서 밥을 받아와야 했다. 친구들의 묘한 눈길을 받으며 다녀와야 하는 길! 학교는 마치 가난을 부끄러워하라며 어린 마음에 낙인을 찍는 것 같았다.

그런데 지금 2020년 4월 국회의원 선거 현장에서, '국민임대주택 거주민'이 낙인이 되고 차별 대상이 될지 몰랐다. 무려 16번의 이사 끝에 안착한 'LH 임대주택'이었다. 신지혜가 입주했을 때 친구들은 모두 부러워했다. 한턱내라고 아우성이었다. 청년들은 국민주택 입주를 열망하는데 그 간절함을 막아서고 집값을 부추키는 선거운동을 하다니, 달려가 싸우고 싶었지만 겨우 참아냈다.

밤 8시 20분이 되어서야 김현아 후보 차량은 주엽역에서 떠났다. 그제야 겨우 신지혜는 "1987년 민주화 대투쟁이 일어난 해에 저는 태어났습니다."라고 연설을 시작했다.

퇴근 무렵이어서 8차선 도로에는 차가 넘쳐났고 유세차 앞은 건널목이어서 오가는 사람도 많았다. 신지혜의 연설이 조금씩 고조되니, 유세차량 뒤로 빛나는 상가 불빛과 그 옆 가로등은 무대조명인 듯 신지혜를 비춰줬다.

"당신이 누구든 차별하지 않고, 당신이 누구든 국가가 버리지 않는 사회 만들겠습니다."라고 외치니 '빠앙-'하는 자동차 경적 소리, '우웅-'하는 엔진 소리가 청아한 신지혜의 목소리와 묘하게 어우러졌다.

"카카오뱅크 전 대표였던 민주당 후보는 기업들의 인수합병을 이끌었다 자랑합니다. 그 과정에서 해고된 노동자에 대한 이야기는 없습니다. 부동산 전문가라는 미래통합당 후보는 창릉 신도시 계획을 폐기해 일산 집값 하락을 막고, 탄현 공공택지 계획도 막겠다고 합니다. 과연 이런 후보들이 청년과 서민을 대변할 수 있습니까?"

가슴속 꾹꾹 눌러뒀던 얘기를 신지혜는 토해내듯 쏟아냈다. 봄바람을 타고 그 목소리는 높이 올라가 주엽역을 에워싸고, 한 갈래는 대화역으로 한 갈래는 탄현역으로 퍼져나갔다.

신지혜가 마지막으로 "집 없는 사람, 가난한 청년들이 쫓겨날 걱정 없이 살아갈 수 있는 일산을 만들겠습니다."라고 소리치자 보랏빛 선거운동원들은 "모두의 것을 모두에게! 8번 신지혜! 8번 신지혜!"를 연호했다. 지나가던 시민들도 멈춰 서서 예사롭지 않은 눈길을 보냈다.

유세차량 옆, 떡볶이 사장님이 "애썼으니 배불리 먹고 가라."고 붙잡았지만 다음을 약속하고, 신지혜는 그날 마지막 일정인 대화역으로 향했다.

낙선 인사를 하며

4월 16일 신지혜는 낙선 인사 현수막에 "시대에 필요한 정치, 포기하지 않고 나아가겠습니다."라는 문구를 새겨 주엽역으로 향했다. 득표율 1.2%, 2,058표! 최종 성적표였다. 민주당은 180석에 환호했고 세상은 '코돌이' 탄생으로 떠들썩한데, 정의당을 비롯해 기본소득당 같은 진보정당의 성적은 초라했다. 사전투표에서 "신지혜를 찍었다."는 얘기도 많았고, 막바지에는 손잡아주는 사람도 많아져 기대도 컸건만…. 그래도 신지혜는 총선 기간에 기본소득이 쟁점으로 된 것을 위안 삼으며 마음을 정리하기로 했다.

돌아보면 정신없이 달려왔다. 신지혜는 용혜인, 신민주와 함께 2019년 1월 노동당 대표단이 되었다. 그 후 '기본소득'과 '페미니즘'을 당 중심노선으로 이끌고자 했지만 당내 합의가 쉽지 않았다. 신지혜를 비롯해 셋은 "이대로는 안되겠다."고 생각하면서도 대안이 마땅치 않았다.

"우리가 당 대표가 된 지 얼마나 되었다고 사퇴를 해."

선거 끝나고 떡볶이집 사장님과 함께. 신지혜와 운동원들에게 따뜻한 격려를 보내주신 분이다,
ⓒ 신지혜

"우리가 기본소득당을 만들려면 당원 5,000명은 있어야 해."

그렇게 푸념과 답답함을 늘어놓았다. 그런 얘기가 오갈 때면 어느새 불판에서 삼겹살이 타들어 갔고 소주병은 쌓여갔다. "까짓것 밑져야 본전이지 한번 해보자."며 신지혜와 동료들이 서로 다독일 때 커피잔은 바닥을 드러냈고, "기본소득이 시대정신이야, 국토보유세, 탄소세로 충분히 가능해."하며 열띠게 얘기하다 보면 새벽 여명이 다가와 있었다.

그렇게 부딪히고 고민하면서 "당신이 누구든 월 60만 원 기본소득!"을 표어로 세웠다. 그리고 2019년 9월 발기인대회, 2020년 1월 중앙당과 경기도당 창당, 이어서 출마까지 정신없이 달려왔다.

낙선 현수막을 주엽역에 달고 떡복이집 사장님에게도 인사를 드리니 마음이 홀가분하다. 이제 집으로 돌아가 야옹이 '지오'랑 놀아야 한다. 매일 늦게 들어가니 요즘 지오가 눈을 흘기며 쌀쌀맞게 대했다.

신지혜는 2006년 대학에 들어가 발달장애인을 돕는 '인연 맺기 학교' 교사를 했다. 2007년 4월 20일, 생애 처음으로 집회에 참석했고 '장애인 차별 철폐!'를 외쳤다. 대운하 건설, 광우병 수입 반대 집회 등에 참여하면서, 진압은 늘 시민들이 없는 새벽에 시작되고 물대포가 시민을 향해 직접 발사된다는 것을 알았다.

2011년 6월 12일 포이동 재건마을에서 화재가 났다. 그곳에도 인연 맺기 공부방 아이들이 있어 신지혜는 정신없이 달려갔다. 그때 알았다. 판잣집이 타는 것을 보고 눈물짓는 아이들을 향해, 기자들은 아무 거리낌 없이 사진 찍는다는 것을. 그때 알았다, 이참에 재건 마을을 통째

2011년 봉은사에서 겨울나기 후원금을 받고. 2011년 겨울 포이동 인연맺기 공부방 담당하고 있을 때 봉은사에서 겨울나기 후원금을 줬다. ⓒ 신지혜

로 철거하려는 강남구청과 맞서서 하얗게 새운 6월이 추운 계절이라는 것을.

그렇게 아파하고 흔들리면서 진보정당운동에 한 걸음씩 다가갔고, '고양시 청년정책 조례'를 만들 때 다짐했던 대로 청년 정치인으로 달려왔다. 물론 통영에 계신 엄마의 한숨은 해마다 깊어졌지만….

지오 생각을 하며 주엽 공원에서 집으로 발길을 돌리니 문득 황매화가 눈에 들어온다. 연녹색 잎 사이로 샛노란 꽃망울이 노랑나비처럼 춤추고 있었다. 옆에는 철쭉이 연분홍색을 뽐내며 봄볕에 긴 하품을 하고 있었다. 고개 들어보니 목련은 이미 투두둑 지고 있었고….

신지혜는 순간 "어머, 봄이구나!" 하고 손뼉을 쳤다.

[2020년 5월 2일 연재]

못 다 한 이야기……

* 이 글은 기본소득당 신지혜 후보가 고양시에서 21대 총선에서 출마한 이

야기를 쓴 글이다. 선거후 1년이 지났지만 청년 정치인의 의미 있는 도전이어서 이번 책에 싣는다.

신지혜 후보는 선거비용을 4,900만 원 정도 썼다. 기탁금 1,500만 원, 공보물 약 1,000만 원, 유세차량 800만 원 등이 큰 지출 항목이었다. 중앙당에서 총선을 치르기 위해 모금한 후원금으로 기탁금을 지원해주었고, 후원회를 통해 모금한 돈으로 선거를 치러 다행히 빚은 지지 않았다고 한다. 선거법상 10% 이상 득표하면 10%를 보전받고, 15% 이상 득표하면 절반을 받지만, 1.2%를 받은 신지혜 후보는 한 푼도 보전받지 못했다.

선거 이후 신지혜는 기본소득당의 당 대표가 되었고, 2021년 서울시장 보궐선거에 기본소득당 후보로 출마했다.

* 현행 공직선거법에서는 선관위 초청 방송토론회에 나가려면 '국회의원 5인 이상 정당이 추천한 후보자'거나 '직전 선거에서 전국 유효투표 총수의 3% 이상 득표한 정당이 추천한 후보자' 또는 '언론기관이 실시해 공표한 여론조사 결과를 평균한 지지율이 5% 이상인 후보자'여야 한다. 신지혜의 기본소득당은 2019년 9월 발기인대회를 열었고, 2020년 1월 공식 창당해서 이 요건을 갖출 수 없었다. 신생 정당에게 불리한 규정이다.

* 기본소득이 공론화된 것은 2007년, 금민씨가 한국사회당 후보로 대선에 출마해 국민기본소득을 공약으로 내걸면서부터다. 그 후 2016년 녹색당이 "월 40만 원 기본소득 단계적 지급(농어민, 장애인, 청년, 누진세, 생태세)"을 내걸었다. 2016년 노동당이 "월 30만 원을 전 국민에게"라고 내걸었고, 2020년에 기본소득당은 '기본소득'을 당명으로 내거는 시도를 했다.

장기수 박종린이 남녘 동포에게 전하는 인사

“

아흔 살을 눈앞에 둔 이 몸을 이제는 제 고향 북녘땅으로 보내주세요

”

올해 88살의 늙은이 박종린입니다

저는 1933년 중국 길림성 훈춘에서 태어나 해방되는 해에 함경북도 경원으로 들어왔지요. 통신부대 소좌시절인 1959년 남쪽에 내려왔다가 체포되어, 지금까지 예서 살고 있으니 60년이 흘렀네요. 북녘 땅에서 산 세월은 고작 15년. 이곳에서 보낸 시간이 몇 배 더 많습니다.

일가친척도 아무런 연고도 없었던 남녘땅, 1993년 대구교도소에서 출소한 이래 소중한 인연이 많았습니다. 용학교회 임영창 목사님과 안국 장로님, 학교 매점에서 일할 때 나를 '통일 할아버지'라고 부르며 따랐던 태훈이, 노동운동을 하는 청년들, 그리고 함께 고통을 겪었던 장기수 동지들…. 이들과 함께 한 시간은 행복했습니다. 지금 살고 있는 동네에도 정이 많이 들었고 주인집 내외도 따뜻하게 대해주고 있습니다. 아들처럼 제게 효성을 보여주는 이도 있구요.

나는 현재 기초생활수급자여서 한 달에 390,000원, 거기에 노인수당 300,000원을 합쳐서 690,000원을 정부로부터 꼬박꼬박 받고 있습니다. 얼마 전에는 4급 장애인 판정을 받아, 월요일부터 금요일까지 3시간씩 요양보호사가 나를 돌봐주고 있습니다. 당뇨, 고혈압에 2017년도부터 대장암을 앓고 있어서 약값과 건강식품비가 제법 들지만, 수급자인 덕에 약값은 공짜입니다. 그래서 병든 이 한 몸, 살아갈 만합니다. 이 모두 남쪽 동포들의 배려라고 생각합니다.

구십을 바라보는 나이이니 살날이 얼마나 남았을지…, 죽기 전에 북녘땅을 밟아 외동딸 옥희를 다시 볼 수 있을지 모르겠습니다. 이제 삶을 정리하는 마음으로 남녘 동포들에게 제가 살아온 이야기 한 토막 남기고자 합니다. 아스라한 기억들이어서 이제는 뿌옇고 그저 빈칸이 많을 뿐입니다.

60년 전 '모란봉 간첩단 사건' 당시의 기억을 되새기며 깊은 생각에 잠긴 박종린

불가에서는 "아니 온 듯 다녀가소서."란 말이 있지요. 이 늙은이가 욕심을 부린 바는 없지만, 이 땅이 안고 있는 상처만큼 제 삶에도 깊은 상흔이 있습니다. 이제 이런 아픔은 이 늙은 몸이 눈을 감을 때쯤 이 땅에서 사라졌으면 합니다.

나는 1959년 남파되어 '모란봉 간첩단' 사건으로, 또 1976년 대구교도소 내 '붉은 별' 사건으로, 두 번의 무기징역을 받아 34년간 교도소에서 있었습니다. 넬슨 만델라가 27년을 살았으나 수감 기간으로는 제가 형님뻘입니다. 물론 이 34년도, 45년 동안 수감되어 세계 최장기수의 기록을 갖고 있는 김선명[1] 선생에 비하면 한참이나 아래지요. 다만 쌍무기수라는 점은 좀처럼 찾아볼 수 없는 기록이더군요. 아픔 많은 저의 인생사 들어보시렵니까?

대리 남파되어 무기징역을 선고받다

"박종린을 무기징역에 처한다. 나머지 박선철, 임영찬 무죄, 박호련도 그간 대한민국에 세운 공로를 참작 무죄를 선고한다."

---

1) 김선명은 1951년 10월 15일 조선인민군 정찰대원으로 정찰하던 중에 유엔군 포로가 되었다. 서울고등군법회의에서 15년 징역형을 받았으나, 1953년 4월, "정찰대가 아니고 간첩부대인 526군부대에서 남파됐다."는 혐의로 간첩죄가 추가되어 사형이 선고되었다가 무기징역형으로 감형되었다. 1995년 광복절 특별사면으로 출소할 때까지 45년간 감옥에 있었는데, 《기네스 세계기록》에 세계 최장기수로 올라 있다. 2000년 6·15 남북 공동선언에 따라 북한으로 송환되어 평양에서 살다가, 2011년 1월 15일 사망했다. 김선명을 주인공으로 다큐멘터리 《송환》과 극영화 《선택》이 만들어졌다.('위키백과' 참조)

1960년 10월 28일, 서울고법 형사4부 재판장 임항절은 선고를 마치자마자 재판장을 빠져나갔다. 나는 판결이 내려지는 순간 얼떨떨했다. 방청석에서 지켜보다 무죄판결을 받은 이들의 가족은 박수를 치며 기뻐했다. 나의 망책이었던 박호련은 고개를 돌리며 눈길을 피했다. 교도관 두 명이 다가와 나의 옆구리에 팔짱을 끼고, 다른 두 명은 앞뒤로 서서 포승줄을 동여매며 수갑을 조였다.

호송차를 타고 서대문형무소로 돌아가는데, 창문 밖으로는 노랗게 물든 은행잎이 하나씩 떨어지고 플라타너스 잎사귀에도 스산함이 내려앉았다. 멀리 교도소 뒤 안산에는 어느새 단풍나무가 능금 빛깔을 잃어버렸다.

형무소로 돌아와 나는 사건을 되짚어보았다. 정리가 잘 안 되었다. 어떻게 박호련은 무죄가 되었나? 역공작의 공로를 참작하다니?

나는 1959년 남파될 때 소좌 계급으로 911 통신부대에서 일했다. 이 부대는 1953년 정전 후에 모든 통신 관련 부서들을 모아 만든 조직이었다. 나는 여기서 통일사업 일꾼들에게 모르스 부호나 난수표 등을 교육시켰다.

당시 48살의 지방 군당 조직부장 한 명이 파견을 앞두고 교육을 받았는데 난수표 교육을 힘들어했다. 접선 날짜가 다가와도 교육에 진전이 없자, 나는 책임감을 느껴 "남쪽에 대신 다녀오겠다."고 상부에 제안했다. 그런데 뜻밖에도 방학세 내무상이 나를 호출해 "나서지 말라!"고 주의를 주었다. 그는 해방 전 소련 정보기관 간부였고, 정권 수립 때 내무국 정보처장을 맡았던 인물이다.

그때 나는 오백룡 정보호위 국장에게도 자문을 구했는데, 그도 역시 반대하며 교관 업무에만 충실하라고 했다. 오백룡은 동북항일연군[2]에서 경위련 연장으로 보천보 전투[3]에 참가했고 1945년 8월 9일 88 여단과 함께 함경북도 웅기에 상륙하는 등 항일투쟁에 앞장섰던 인물이다. 이런 경력 덕에 조선인민군 8사단장을 맡았고 나중에는 당 중앙위원까지 되었다.

나는 1950년 '전쟁' 당시 18살로 만경대혁명학원 3학년이었다. 학교 방침을 무시하고 친구들과 뛰쳐나가 8사단이 있던 강릉으로 가서 오백룡 사단장의 호위부대에 들어갔다. 그 인연으로 중요한 결정을 내려야 할 때마다 그에게 의견을 묻곤 했다.

내가 대리 파견되는 데에는 만경대혁명학원 출신이라는 점이 걸림돌이었다. '만경대혁명학원'은 항일운동 열사들의 자녀를 위해서 세워진 학교였다. 1947년 10월 12일 평안남도 대성군에 세워져 처음 명칭은 '평양 혁명자 유가족 학원'이었다. 1948년 들어 평양 만경대에 교사를 신축 이전하면서 만경대혁명학원으로 이름이 바뀌었다.

---

2) 동북항일연군(東北抗日聯軍)은 1936년 만주에서 활동하고 있는 조선인과 중국인의 유격부대를 통합한 항일 군사조직이다. '조선민주주의인민공화국'의 주요 인사였던 김일성, 김책, 최현, 최용건 등도 이 항일연군에 참여했다. 당시 만주에 있던 수많은 항일계열 군사조직 중에 제일 큰 세력을 형성하였다.('위키백과' 참고)

3) 보천보 전투(普天堡 戰鬪)는 1937년 6월 4일 만주에서 활동하던 동북항일연군 소속의 최현, 김일성 부대와 박달, 박금철의 조국광복회 등이 함경남도 갑산군 보천면 보전리를 일시적으로 습격하고 퇴각한 사건이다.('위키백과' 참고)

'북조선'은 1946년부터 38선 이북과 만주지역 일대에서 항일혁명가 유자녀들을 모으기 위해 노력을 기울였다. 이 자녀들을 보살펴 향후 나라의 동량으로 키운다는 구상이었다. 그래서 만경대혁명학원 출신인 내가 직접 연락원으로 나가는 걸 주변에서는 좋아하지 않았다.

그렇지만 접선 날짜는 다가오고 다른 요원을 보내기가 여의치 않았다. 결국 내가 내려가기로 결정이 되어 일주일간 남쪽 사정에 대해 교육을 받았다. 전쟁 시기에 팔공산 쪽으로 내려간 이후 처음으로 남쪽 땅을 밟게 된 것이다.

내가 만날 남쪽의 선은 박호련, 그는 방학세 내무상이 직접 관리하는 인물이었다. 함북 길주가 고향인 그는 해방되는 날에 입당해서 38 보위부 정보과장을 맡았다. 그는 휘하의 임영찬이 배신해서 남쪽으로 내려가자, 문책을 받고 평양감옥에 갇혔다. 인천상륙작전 이후 남쪽 군대가 올라왔을 때, 미군은 그의 활용 가치가 높을 것으로 보고 대북 정보요원으로 포섭했다.

나중에 알고 보니, 방학세 내무상은 이런 가능성을 내다보고 박호련을 위장으로 투옥시킨 것이었다. 그는 정전 후에 남쪽 군대의 중령이 되어 특무대, 첩보부대, 미 정보기관에서 대북 첩보업무를 수행했다. 북에서는 박호련의 입지를 뒷받침하기 위해 적당한 때 적당한 정보를 대주었다.

내가 내려간 루트는 강원도 양구 문등리의 전방 GP, '북으로 파견되었던 요원이 귀환하는 형식'이었다. 전방 수색대가 나를 박호련에게 인계를 했고, 나는 그의 지프차를 타고 서울 장충동 안전가옥으로 가서 은신했다.

3개월 기한으로 왔는데 북쪽 요원 훈련이 지지부진해 다시 3개월 연장되었다. 귀환 전날 무전기를 켜니 뜻밖에도 얼마 안 남은 1960년 정·부통령 선거 결과까지 보고 오라는 지시가 내려왔다.

그래서 남쪽 체류가 길어지던 1959년 12월 어느 날, 장충동 안전가옥으로 들이닥친 특무대에 의해 나는 연행되었다. 한겨울이었는데 넓은 실내 훈련소가 취조실이었다. 벽난로 하나만 덩그러니 놓여있었고, 쇠꼬챙이 하나가 달아올라 붉은 혀를 날름대고 있었다. 수사관들은 그 꼬챙이를 들이밀면서 "사실대로 불라!"고 윽박질렀다.

취조를 받아보니, 이미 사실 관계와 조직도가 그려져 있었다. 박호련이 총책이고, 그의 수하로 남쪽에 와 중령 계급장을 달았던 임영찬 그리고 민주당 훈련부장인 박선철, 이 세 명이 방학세의 지시에 따라 '모란봉 간첩단'을 만들었고, 나는 무전기 2대를 가져와 연락 담당을 한 것으로 되어 있었다. 거기에 맞춰서 진술하는 것 외에는 달리 방도가 없었다.

牧丹峰網間諜事件全貌

一黨七名을拘束送廳코發表

工作金만六萬

裴는現役大領, 郭·林

朴宣哲엔事業費등으

모란봉 사건에 대한 1960년 1월 22일자 《동아일보》 기사. 사진 위의 왼쪽이 박종린이고, 가운데가 총책 박호련이다.

당시 이승만 정부는, 1960년 3월 15일 정·부통령선거를 앞두고 민주당에게 판세가 뒤지자 타개책이 필요했다. 그래서 민주당이 연루된 간첩단 사건으로 반전의 기회를 잡고자 '모란봉'이라 이름을 짓고 민주당 당료들과 의원들을 엮어 나간 것이다.

그런데 특무대의 이 작전은 당시 장도영 육군정보국장도 "잘못한 일이다. 박호련은 대북 첩보라인에서 중요한 인물인데 그렇게 써먹어서는 안 된다."며 직간접적인 불만을 드러냈다. 결국 2심 재판에서 박호련은 대한민국에 공을 많이 세웠다고 무죄 방면이 되었다. 그는 북쪽의 기대와 달리 남쪽에 더 충성하는 이중 스파이였던 것이다.

나는 2심 판결 이후 1961년 2월 18일, 대법원 형사부 오필선 재판장으로부터 무기징역 확정 선고를 받았다. 그리고 서울형무소에서 대구교도소로 이감을 갔다.

항일 독립운동가였던 아버지

해방이 되던 해는 내가 13살, 우리 가족이 압록강 건너 훈춘에서 살고 있을 때였다. 그때 조국광복회[4]에서 항일운동을 했던 아버지 박승진이 7년간 갇혀있던 연길감옥에서 나왔다. 동지들이 거적때기에 실어 아버지를 모시고 왔다. 우리 가족은 병든 아버지를 모시고 고향 경원으로 돌아왔다. 시름시름 앓던 아버지는 해방 후 3개월이 되었을 때 "나의 경력을 팔아 해방 조국에 부담을 주지 말라."는 유언을 남기고 돌아

4) 조국광복회(祖國光復會)는 1936년 6월, 동북항일연군의 조선인 지휘관들이 중심이 되어 만주지역의 민족주의자와 사회주의자를 포괄하는 통일전선으로 결성한 항일무장투쟁 조직이다.

가셨다. 나는 어린 나이여서 그 말이 무슨 뜻인지 몰랐다.

어머님은 까막눈이고 아버지는 바람 같은 존재였다. 몇 달에 한 번, 심하면 몇 년 만에 한 번 오시기도 했으니 내게는 늘 손님이었다. 어머니는 아버지 행적에 대해 잘 모르셨다. 형들도 어렸을 때였고…. 그래서 아버지의 죽음, 아버지의 장례는 안갯속을 걷는 느낌이었다.

아버지의 상을 치르고 나는 안농중학교에 편입했다가 1947년 만경대혁명학원에 중학교 3학년으로 들어갔다. 우리는 4형제였지만 어머니는 나만 학원으로 보냈다. 어머니는 "해방 조국에서 특혜를 바라지 말라."는 아버지의 말씀을 담아두었던 모양이다.

나는 만경대혁명학원에서 항일유격투쟁사와 군사학을 비롯한 여러 기초 과목을 배웠다. 교사들은 대부분 가족이나 친척이 항일투쟁 경력을 가진 인물이었다.

학제는 해방 직후라 수시로 바뀌었지만 특설반, 초급반, 고급반으로 구성되어, 인민학교에서 고급 중학교과정까지 있었다. 10개 학급에 약 350명 정도 유자녀가 공부했던 것으로 기억한다.

1950년에 나는 18살로 9월에 졸업예정인 만경대혁명학원 3학년이었다. 그런데 6월 25일 전쟁이 일어났고, 만경대혁명학원 학생들에게는 엄격한 통제가 내려졌다. 학원생들은 졸업하면 군관학교로 진학할 예정이었다. 러시아와 동유럽으로도 유학을 많이 갔는데, 만경대혁명학원생들에 대한 정부의 배려였다.

학교가 통제 상태였지만 항일운동가 유자녀들이 모인 곳이라 참전 열기가 뜨거웠다. 나는 친구 일곱 명과 기숙사를 빠져나와 학교 담을 뛰어넘었다. 기차를 타고 평양에서 원산을 거쳐 양양으로 갔다. 당시 1여단이 인민군 8사단으로 개편되어 그곳에 있었는데, 우리는 만경대혁명학원 출신임을 숨긴 채 부대에 넣어달라고 졸랐다. 입대 절차 없이 어린 학생들이 입대하겠다고 하니 부대에서는 의아하게 여겼지만, 고집을 부려 겨우 들어갔다.

6·25 전쟁에 참전하다

당시 8사단장 오백룡은 만경대혁명학원으로 강의를 나온 적이 있었다. 사단 순시 중에 모자를 푹 눌러쓴 우리를 알아보고 "야, 임마! 너희들 여기 왜 왔어. 빨리 돌아가, 학교에서 난리다."고 역정을 냈다. 나는 친구들과 함께 전선으로 가겠다고 버텼다. 오백룡은 할 수 없이 우리를 데려가기로 하고 비교적 안전한 사단 지휘부 호위소대에 배치했다. 지휘부를 따라 단양에서 안동, 의성, 그리고 대구 팔공산까지 나아갔다.

팔공산에 이르러서는 미군의 공중폭격에 병력 손실이 컸다. '쌕쌕이'라고 불리는 머스탱이 로켓탄을 들이붓고, B29 중폭격기는 네이팜탄을 끝없이 퍼부었다. 폭탄이 떨어질 때마다 폭탄 안의 기름이 함께 폭발해 온통 불바다가 되고 잿더미가 되어 타격이 컸다.

공습으로 길이 끊기고 수송 수단도 마땅치 않아 식량 공급이 제대로 안 되었다. 1950년 9월 15일 맥아더의 인천 상륙 이후는 더 심해져 주린 배와 싸우는 게 일이었다. 당시 전선이 위태로워 사단 지휘부는 연락병만 남기고 모든 병력을 일선으로 보냈다. 나도 친구들과 최전선으로 나갔다. 이때는 부대 편성조차 제대로 안 돼, 한 개 중대가 18명 이하인 경우도 있었다.

9월 하순 어느 날, 영천 부근 최전방에서 참호를 파고 공중폭격을 견디고 있을 때였다. 공중폭격이 끝나면 항상 지상전이 벌어졌다. 그날도 어김없이 폭격 후 육박전이 벌어졌는데, 대검을 차고 내려가면서 싸우다 남쪽 군인과 엉켜 산비탈을 굴렀다. 이때 구르면서 머리를 돌에 부딪혀 큰 부상을 입었다. 만경대혁명학원 친구가 구해줘 머리를 붕대로 동여매고, 우리는 낙오된 상태에서 서로 의지하며 걸었다. 기초군사학 공부를 한 덕분에 북두칠성을 보고 밤길을 걸었다.

나는 야전병원이 있는 안동에 도착해서야 제대로 치료를 받았다. 당시 야전병원에는 후송가야 할 사람이 수천 명이나 되었다. 전선이 더욱 밀리자 병원에서는 움직일 수 없는 사람에게 식량 일부와 모포만 주고, 나머지는 모두 조별 편성을 해서 후퇴하라고 명령했다.

나는 중좌 한 명이 50명으로 편성한 조에 들어갔다. 영주, 원주, 춘

70년 전 만경대학원 학생으로
6·25전쟁에 참전했던 당시를
담담하게 회고하는 박종린

천을 거쳐 38선을 향해 밤에만 움직이면서 나아갔다. 이미 남측 군대가 북으로 올라갔기에 그 뒤를 따라 행군하는 기묘한 상황이었다. 춘천에 도착해보니 함께 출발한 50명 중 남은 사람은 18명뿐. 이미 차가운 10월로 접어들어 야간 행군은 부상병들에게 힘에 부친 일이었다.

인솔자인 중좌는 산악 행군이 너무 더디니 해변으로 가야 한다며, 춘천에서 원산으로 방향을 바꿨다. 원산 앞바다가 보이는 안변에 이르니 거기도 점령지가 되어 있었다. 평양은 괜찮겠지 하는 기대로 서쪽으로 방향을 바꿨는데, 이미 압록강 부근까지 남쪽 군대가 올라갔다는 소식이 들렸다. 할 수 없이 태백산맥을 타고 자강도 쪽으로 나아갔다. 강계에 이르러서야 비로소 아군을 만나 옥수수를 먹으며 영양보충을 조금 했다. 야전병원도 있어서 한 달간 입원해 부상도 회복하고 몸을 추슬렀다.

퇴원 후 나는 평안북도 피현 골짜기에 있는 군관학교에서 1950년 말부터 3개월간 통신 훈련을 받았다. 그리고 최고사령부 통신연대의 1대대 1중대 1소대의 무선소대장이 되었고, 정전이 되는 해에 중대장이 되었다. 정전 후에는 제1 군관학교와 중급 군관학교를 거쳐서 통신참모가 되었다. 이후 911부대에 배속되어 예기치 않게 남쪽으로 대리 파견되었다가 결국 대구교도소에 수감되고 말았던 것이다.

재소자 인권투쟁과 라디오

"박종린 나와!" 어둠이 사동에 가득 내렸을 때 멀리서 발자국 소리가 들렸다. 늦은 시간에 군화발 소리를 내면서 서너 명이 복도 끝에서 다가올 때 두려운 마음이 들었다. 나는 교도관들에 이끌려 철창문을 두세 개 통과해서 보안과에 다다랐다. 보안과장 외에도 군복 점퍼를 입은 이들이 몇몇 있었다. 그들은 나를 쏘아보며 "가지!"하고 차갑게 내뱉었다. 수갑을 차고 교도소 마당을 걸어가니, 망루 탐조등이 쏟아지는 별빛을 거칠게 부서뜨리고, 높은 담장은 보드라운 저녁 바람마저 묶어두고 있었다.

오랜만의 외출이었다. 1961년 수감 된 이래 광주, 전주, 대전을 거쳐 대구교도소로 오기까지, 이감 갈 때마다 호송차를 타긴 했지만 승용차를 타고 나가는 건 처음이었다. 그들은 차에 타자마자 덮개로 내 얼굴을 씌우고 차 밑으로 머리를 박게 했다. 저승길일지도 모르니 대구 시내 구경이나 시켜주면 좋으련만….

도착한 장소는 중앙정보부 대구경북지부였다. 눈이 감긴 채 지하실로 내려갔다. 정신을 차려야 할 것 같아서 나는 속으로 한 계단 한 계단을 세었다. 모두 열여덟 계단이었다.

취조실에는 백열등 하나만 밝혀져 있었다. 그들은 "소니라디오에 송신기를 달아 북과 교신하지 않았냐?"고 물었다. 나는 "라디오를 들은 것은 사실이지만, 교도소 안에는 부품 한 조각 없는데 어떻게 송신기나 무전기를 만들 수 있겠냐? 내가 통신부대 출신이지만 통신장비 기술자는 아니다."라고 설명했다.

수사관들은 중앙정보부 본부에서 내려온 사람들이었다. 수사관 2명이 일어서더니 "야, 박종린! 오랜만에 세수 좀 할래?"하며 웃통을 벗었다. 나는 순간 움찔했다. 1960년, 특무대에 잡혀갔을 때 쇠꼬챙이로 당했던 고문이 떠올랐다. 그들이 얘기하는 세수는 바로 물고문이었다. '고춧가루'까지 탄 물을 마시며 이틀을 버텼다.

북과 어떻게 교신했는지를 말하라고 볶아대었지만, 상상력을 아무리 동원해도 그들 요구를 맞춰줄 수가 없었다. 3일째인가 서울에서 내려온 상급자가 대구교도소 내 자생적인 사건으로 정리하자고 매듭을 지었다. 그 후로도 10여 일을 매일 밤 8시부터 다음 날 새벽 5시까지 조사를 받았다.

그들이 만든 결론은 교도소 내 '지하조직 결성과 암약'이었다. 전영훈을 회장으로, 나와 15명 되는 재소자들이 '붉은 별'이란 조직을 만들어 북측 방송을 청취하고 고무 찬양했다는 것이다. 그들이 회장으로 그려 넣은 전영훈은 신안군 출신의 장기수였다. 남로당원으로 신안군 내무서장을 맡았다가 지리산에 입산, 유격대로 활동했던 인물이다. 그는 20년을 살고 출소한 상태였다.

그들은 재소자로만 이루어진 사건으로 하면 뭔가 약할 것 같으니, 출소한 그를 그림 속으로 끌어들여 밖으로 조직 확대를 시도했다는 상상력을 불어넣었다. 불행히도 전영훈은 다시 잡혀 온 충격과 고문 후유증으로 재판받는 도중에 자결을 하고 말았다.

나는 70년대 중반 대전교도소에서 대구교도소로 이감을 갔다. 그때는 전향공작 광풍이 한차례 몰아치고 갔었다. 그래서 전향 당한 장기수는 물론 일반수들까지 억눌린 분위기였다. 나는 '모란봉 간첩단 사건'

당시 변호인단이 '전향했다'고 자기들 마음대로 서류를 제출했다. 그래서 형이 확정된 이후, 나는 '전향'으로 분류되어 있었고 방도 '전향 사동'으로 배정을 받았다.

나는 대구교도소 내 전향 사동에서 사람들을 모아 재소자 인권투쟁을 시작했다. 우선 소지를 구워삶았다. 그를 통해 쓰레기가 된 신문 쪼가리를 얻어서 바깥소식을 파악했다.

당시에 재소자들의 인권은 열악해서 신문이나 방송 청취가 불가능함은 물론 종이와 연필조차도 쓸 수 없었다. 나의 은밀하면서도 적극적 행동에 장기수들은 다시 힘을 얻고, 일반수들도 교도소 내 처우 개선 문제에 대해 조금씩 눈떠갔다.

"라디오 하나 구할 수 없을까요?"

"네!? 너무 위험해요, 수시로 검방이 있는데…."

"1급수 중에 따르는 친구들이 몇몇 있으니 문제없을 겁니다."

나는 운동을 나갈 때 동행 간수에게 간곡히 부탁했다. 나의 징역 생활 태도에 감복하고 있던 그는 알게 모르게 신문이나 서책 등 편의를 봐 주고 있던 터였다.

"라디오를 어디 쓰려고 합니까?"

"바깥소식을 매일 들어야 합니다. 알다시피 신문이나 방송은 재소자들 권리예요"

"그걸 모르는 건 아니지만, 지금 긴급조치로 서슬이 퍼러니…."

"김형은 구해만 줘요, 내가 목숨 걸고 관리할 테니…."

운동장으로 나가면서 우리는 낮은 목소리로 속삭였다. 엿듣는 것은

장기수 동지들과 양심수후원회가 마련한 박종린의 팔순잔치 ⓒ 박종린

쇠창살과 높은 천장뿐이었다. 내가 거듭 간청하자, 교도관은 마침내 '소니 라디오'를 구해 야간 당직 때 내게 건네줬다. "이거 발각되면 모가지는 물론이요 콩밥까지 먹으니, 박선생님이 잘 관리해주세요."라고 여러 차례 당부를 했다.

그날 밤부터 나는 라디오를 이불 속에 품고, 국내 방송은 물론 주파수가 잡히는 평양, 일본, 블라디보스토크 방송까지 들었다. 아침에 일어나면 출역을 나갈 때 검신을 안 하는 1급수 중 한 명의 지지자 허벅지에 라디오를 차고 나가게 했다. 재소자들이 작업장으로 나가면 교도관들이 매일 검방을 하기 때문에 방에 두고 다닐 수는 없었다.

라디오를 듣게 되면서부터 교도소 내에 생기가 돌았다. 항상 새로운 정보가 정확하게 전달되자 나를 중심으로 단결도 잘 되었다. 또 부식

개선 투쟁도 나름대로 성과를 거두었다. 이렇게 3년간 별 탈없이 지나갔다.

'붉은 별 사건'으로 또 무기징역

그러던 어느 날, 작업장에서 망치와 벤치가 없어지는 사건이 발생했다. 소내에 비상이 걸렸다. 특히 망치는 흉기가 될 수 있으므로 작업장에서 1급수를 포함, 모든 출역자를 대상으로 검신이 진행되었다. 그때 나의 지지자는 당황해서 라디오를 허벅지에서 꺼내 공장에서 만든 제품 사이에 숨겼다. 그런데 이 장면을 어떤 재소자가 봤고 그는 교도관에게 신고를 했다. 즉시 1급수가 연행되었고 이어서 나도 끌려갔다.

"라디오를 언제 어떻게 구입했냐? 건전지는 어떻게 받았는냐?"는 추궁과 뭇매가 함께 들어왔다. 동시에 대구교도소는 내가 있던 사동의 교도관들에 대한 감찰에 들어갔고, 나를 도와준 교도관은 겁이 나 지레 자복하고 말았다.

어찌 보면 교도소 내 사소한 사건으로 끝날 수 있는 일이 법무부로 보고되면서 중앙정보부가 개입했다. 1976년은 박정희 정권의 위기가 촉발되던 해였다. 1972년 유신헌법을 선포하고 1974년에는 긴급조치를 발동하면서, 박정희는 종신 총통체제를 구축하고 있었다. 특히 1975년의 긴급조치 9호는 집회와 시위는 말할 것도 없고 유신헌법에 대한 일체의 논의를 금지시켰다.

여기에 파열구를 낸 함성이 1976년 3월 1일 '민주구국선언'이었다.

이 선언은 3·1운동 57주년을 기념하는 형식으로 명동성당에서 열린 신·구교 합동미사 중에 발표되었다. 함석헌, 문익환, 김대중, 이우정, 함세웅 등이 주도한 이 사건은 반향이 컸다. 이들 주모자들이 긴급조치 위반으로 입건되자, 종교계에서는 3.1 선언이 정당하다는 성명서가 잇달아 나왔다. 대학가에서는 이 선언문을 복사해 널리 배포하면서 유신체제에 대항하는 전선이 구축되었다.

이러한 정세에서 중앙정보부는 대구교도소 내에서 라디오로 북쪽 방송을 청취한 일로 뭔가 만들어보려 했다. '붉은 별'이라 이름 붙이고 조직도를 짜 맞췄다. 그렇지만 재판장은 내게 사형을 구형한 검찰에게 "관리가 소홀해서 발생한 사건인데 과하지 않냐?"며 훈계까지 했다. 아무리 부풀려도 그저 '교도소 내 인권투쟁'이었을 뿐이다. 하지만 반국가단체와 통신을 시도했다며 나는 다시 무기징역을 언도 받았다. 결국 '모란봉 사건'과 '붉은 별 사건'으로 두 번이나 무기형을 선고받은 쌍무기수가 된 것이다.

그 이후 나의 징역 생활은 힘들었다. '붉은 별 사건'으로 '전향' 분류는 무효가 되고, 진짜 전향공작이 다가왔다. 어렵사리 버텨내고서야 징역 생활은 평화(?)로워졌다. 특히 1980년 광주민주화운동 이후 학생운동 인사들이 대거 감옥에 들어오면서, 재소자들에 대한 인권이 많이 개선되었다. 서신과 집필이 자유로워지고 신문이나 방송도 접할 수 있게 되었다.

그렇지만 나는 전향 공작 때 당한 고문 후유증 때문인지 늘 시름시름 앓았다. 1993년에 접어들면서는 몸무게가 겨우 40kg이 넘을 정도로 위태로웠다. 그 무렵부터 병보석 얘기가 나왔지만, 법무부에서는 바깥에서 받아줄 인수자를 요구했다.

마침 같은 교도소에 있던 전국농민회 배종렬 회장이 무안의 용학교회 임영창 목사에게 연락을 했다. 임목사는 1989년 평양 방문 이래 장기수 구명을 위해 노력하는 문익환 목사의 제자였다. 덕분에 나는 바깥에 교회라는 끈이 만들어졌다.

그러자 대구교도소에서는 출소시켜줄 테니 전향하라고 다시 요구를 했다. 당시 학생들이 많이 들어올 때여서 학생들에게 요구하는 반성문 수준이라며 회유했다. 교회에서도 석방되기 위한 형식상 절차이니 써주라고 권유했다. 그렇지만 나는 모두 거부하고 차라리 징역을 더 살고 여기서 죽겠다고 버텼다.

몸 상태가 더욱 안 좋아지자, 대구교도소는 병보석을 하되, 교회와 목사가 쓴 '신병인수서'로 반성문을 대신한다고 결정했다. 마침내 나는 34년의 징역을 끝내고, 1993년 12월 24일 대구교도소 문을 열고 나왔다.

좌절된 1차 송환

"선생님은 전향자로 분류되어서 이번 송환에 해당이 안 됩니다."

"그게 무슨 소립니까? 나는 34년을 살면서 그 가혹한 전향 공작 때도 온몸으로 버틴 사람입니다."

나는 다급한 마음에 전화기를 붙잡고 사정하다시피 말했다. 2000년

평생 동지 강담 선생과 함께 한 박종린. 2차 송환을 기다리던 강담 선생은 끝내 고향땅을 밟지 못하고 2020년 8월 21일 폐암 4기로 별세했다. 강담 선생은 1965년 남파되었다가 체포돼 무기형을 선고받아 24년을 복역하고 1988년 출소했다. © 류경완

6·15선언으로 '비전향장기수' 송환이 합의되자, 나는 들뜬 마음에 고향 갈 날만 기다리고 있었다. 41년 만의 귀향인데 '전향자'여서 안 된다니……

알고 보니 목회자들의 신병인수서가 '종교를 받아들인 것'이고, '종교 활동'은 '사상적 전향'이라고 통일부에서는 판정했다는 것이다. 내가 전향자로 분류되어 송환 명단에서 탈락되었다는 소식을 접한 목사들은 통일부에 강하게 항의했다

"전향 여부를 기준으로 하다니, 강제 전향 공작을 당신들은 인정한다는 것이냐?"

"사상과 양심을 어떻게 강요할 수 있는냐?"

"박종린 선생은 우리 목사들이 신병인수서만 썼을 뿐이다. 전향의

‘전’자도 없었다.”

통일부에 여러 경로로 이의를 제기했지만, 방침이 그렇고 이미 결정되었다는 답변만 돌아왔다.

나는 할 수 없이 2000년 9월 2일의 1차 송환을 포기했다. 나중에 알고 보니 장기수들에게 더할 나위 없이 기뻤던 그 날, 내게는 혹독한 운명이 기다리고 있었다. 아내 로인숙이 평양으로 돌아온 장기수들 환영행사에 가서 나를 찾다가 그만 쓰러져 세상을 떠난 것이다. 북측에서 이번 명단에 없다고 알려 주었지만, 아내는 혹시나 하는 마음으로 나왔다가 상심이 커 실신하고 만 것이다.

남쪽으로 내려오는 날도 새벽공기가 차니 나오지 말라고 해도 아내는 기어이 옥희를 들쳐메고 따라나왔다. 아내는 그때 27살, 손도 변변히 잡아주지 못하고, 3개월 된 딸 옥희의 볼만 한 번 비벼주고 나왔을 뿐이다. 생사 연락도 못한 채로 41년이나 흘렀으니, 젊은 아내는 과부로 평생을 살아온 셈이다. 아내는 나를 기다리며 고맙게도 1988년까지 시어머니를 모시고 살았다. 송환된 장기수들 속에 내가 있었다면 그 오랜 응어리가 조금이나마 풀렸을 텐데….

기다렸던 2차 송환은 2004년 정동영 통일부장관이 취임하면서 뭔가 이루어질 듯한 분위기가 되었다. 마침, 의문사진상조사위원회에서도 강제 전향은 위법이며, 그렇게 이루어진 전향은 전향이 아니라는 판결도 나왔다.

하지만 안타깝게도 2005년을 지나면서 2차 송환 분위기는 급격히 시들해져 버렸다.

"박종린 선생, 저기 잠시만……"

6·15 공동선언 7주년을 기념하는 민족통일대축전 남측 참가단이 귀환하려고 버스에 오르고 있던 참에, 내 옆으로 북의 안내원이 다가와 말을 걸었다. 그리고 통제선 바깥에 있는 한 가족을 가리켰다. 손수건으로 입을 틀어막고 흐느끼면서 내게 깊은 절을 하는 여인, 그 옆에 중년 남자, 그리고 아이 둘. 폐막식이 열렸던 평양 태권도경기장에서도 내게 계속 눈길을 보냈던 그 여자였다. 아, 필경 옥희 그리고 옥희의 가족인 게다. 1959년, 떠나오는 날 엄마 품에서 빨리 돌아오라는 듯 옹아리하던 바로 그 딸이다.

눈물 속에서 한 발 한 발 다가오는 옥희의 모습은, 연길감옥으로 아버지 면회를 가려고 옥수수를 싸던 어머니의 작은 어깨와 닮았다. 내가 떠나오는 날, 고구마가 담긴 도시락을 건네며 눈물짓던 아내의 눈매와도 닮았다.

모란봉 간첩단 사건으로 무기징역을 받던 날, 내 품에서 잠들던 아내의 살 내음과 꼬물꼬물대던 옥희의 발가락이 떠올랐다. 전향하라는 고문을 받고 있을 때는, "금방 돌아올 거죠?"라고 애처롭게 묻는 아내의 목소리와 옥희의 옹알이가 들렸다. 1차 송환 명단에서 배제되었다는 소식을 들었을 때는, "언제 돌아올 거예요?"라는 물기 어린 아내 목소리와 옥희의 울음소리가 들렸다.

발걸음을 비틀대며 손을 추어올리고 옥희 쪽으로 한 걸음씩 한 걸

2007년 평양에서 열린 6.15선언 7주년 민족대축전에 참가했을 때의 박종린. 오른쪽은 당시 범민련 남측본부 이경원 전 사무처장. ⓒ 박종린

음씩 옮기는데, "버스가 출발할 예정이니 빨리 탑승해 달라."는 방송이 계속되었다. 1호 차는 조금씩 움직이기까지 했다. 영문을 모르는 우리 버스 일행들은 어서 올라오라고 손짓을 했다.

모든 게 뿌옇다. 아버지 상여가 나가는 날, 어머니는 우리 어린 형제들을 앞세우고 "에고 에고." 곡을 했다. 팔공산에서 네이팜탄으로 사방이 불바다가 될 때, 나는 엄마를 불렀다. 친구와 손을 잡고 무서워서 함께 울었다. 대구교도소 망루 밑 징벌방에서 새벽이슬을 덮고 잘 때, 아내의 분 냄새가 그리웠다. 떠나올 때 나를 꼭 잡아주던 따뜻한 손이 그리웠다. 아내가 1차 송환자 무리에서 미친 듯 나를 찾다 쓰러졌다는 얘기를 들었을 때, 나는 지팡이를 짚고 밤거리를 헤맸다. 소주도 들이켰고 내 운명을 욕하고 저주했다. 모든 게 뿌옇고 뿌열 뿐이다.

나는 2007년 6월 14일 '6·15 공동선언 7주년 민족통일대축전'에 참가했었다. 장기수 배려 차원으로 대표단에 선정되어 평양에 가게 된 것이다. 1차 송환은 좌절되었지만 꿈에 그리던 북녘땅을 밟았다. 근 50년 만에 발을 디딘 평양은 놀랍고 장대했다. 전후의 평양은 잿더미였다. 평양 시민이 42만이었는데, 미군이 퍼부은 폭탄이 무려 43만 발이었다. 시민 한 명당 폭탄 하나를 맞은 셈이었다. 그래서 정전 후 내가 소속되어 있던 부대는 사무실이 없어서 임시 막사나 토굴 같은 곳을 이용했을 정도다. 그 당시 재건 삽을 올린 곳은 노동당 당사, 최고인민회의 청사, 내각 청사 정도였다.

평양에 발을 디딘 것은 6월 14일이지만 주석단 배치에 대한 입장 차로, 떠나오는 날까지 거의 행사를 하지 못하고 호텔 방에만 묶여 있었다. 떠나는 날인 6월 17일에야 비로소 공식 행사가 폐회식을 겸해 열렸다. 나는 평양 체류 기간 중 필시 딸을 만나리라 기대했지만, 분위기가 그러니 마음만 초조했다.

마지막 순간까지 혹시나 하는 마음이었는데, 버스에 오르기 직전에야 얼굴을 본 것이다. 서울로 돌아오는 버스에서 "선생님 그리 우시면 몸 상해요." 라고 주변 사람들이 걱정을 많이 했다. 내려오는 길 내내 창밖에는 부슬비가 떠나질 않았다.

3,000만 원 보증금으로 살아가는 요령을 익히고

나는 지금 인천 근처에서 살고 있다. 무안에선 2000년 9월에 올라왔다. 언제가 이루어질 2차 송환을 가까이서 준비하고 싶었다. 마침 1

차 송환자들이 올라가면서 두 선생이 함께 살던 과천의 집이 비게 되었고, 남긴 보증금이 3천만 원이나 있었다. 덕분에 내가 그곳에서 기거하게 되었다.

그런데 얼마 안 있어 보증금을 올려달라고 해서 봉천동 옥탑방으로 이사를 갔다. 계단 때문에 올라가기는 힘들어도 서울대 근처이고 젊은 학생들도 더러 찾아와 정이 많이 들었다.

두 해가 지나고 이곳도 보증금을 올려달라고 했다. 여기저기 3,000만 원에 갈 수 있는 집을 알아보니 마침 부천 송내에 적당한 집이 있었다. 그래서 부천으로 이사해 지역 활동도 거들며 '민족21'[5]과 '범민련[6] 경인연합' 고문으로 일을 했다.

이곳도 2년이 지나니 다시 세를 올려달라고 했다. 이때 나도 요령이 생겼다. 서울에서 조금씩 멀어지면 싼 집을 구할 수 있었다. 부평에서 겨우 보금자리를 구했고, 여기서는 2년씩 네 번을 인상 없이 연장해줬다. 8년이 지나고서 주인집은 사정을 많이 봐줬다며 다음 계약에는 세를 올려달라고 했다.

---

5) '민족21'은 남북한이 함께 만드는 통일전문 미디어기업을 목표로 2000년 8월 설립한 주식회사이다. 사업영역은 언론, 출판, 전시, 홍보, 대북사업 컨설팅이며 매달 월간 《민족21》을 펴낸다. 2001년 3월 대한민국 최초로 평양에 특파원을 파견하여 최초로 남북 언론교류를 성사시켰다.('위키백과' 참고)

6) 정식 명칭은 '조국통일범민족연합'이다. 7·4남북공동성명에서 천명한 자주, 평화통일, 민족대단결의 조국통일 3대 원칙과 6·15공동선언 정신에 따라 범민족적인 통일국가 수립을 목적으로 결성한 통일운동단체로, 1990년 독일 베를린에서 해외본부 결성을 시작으로, 1991년 북측본부, 1995년 남측본부가 각각 결성되었다.(《한국민족문화대백과사전》 참고)

비전향 장기수 2차 송환 촉구 모임에 참석한 박종린. 2001년 2차 송환 신청자 33명중 박종린 선생까지 22명이 세상을 떠나고, 이제 11명만 남았다. ⓒ 박종린

돈을 늘릴 수 없는 나는 다시 서울에서 조금 더 먼 곳으로 이사를 했다. 마침 중국에서 조카들이 한국으로 나와 장사를 하게 되면서 함께 살게 되었다. 그들이 1,000만 원을 보태, 지금은 보증금 4,000만 원에 방 두 개, 화장실 하나가 있는 다세대주택의 한 층을 쓰고 있다.

나는 2017년 8월에 대장암 판정을 받았다. 고혈압과 당뇨병, 기관지, 천식까지 있는 상태다. 발병 초기에는 대장암 통증이 2~3시간 간격으로 와서 제대로 식사도 못했다. 다행히 지인을 통해 북에서 만든 약 '금당'[7] 30통을 구했고, 이 약의 효험 덕분인지 다소 좋아져 밥 먹는 게

7) 정식 명칭은 '금당-2 주사약'이다. 북한이 인삼에 희토류를 침투시켜 추출해 가공했다고 선전하는 약으로, 간염, 당뇨, 신경통 등은 물론 암이나 사스, 메르스, 에이즈 등 악성 바이러스 감염증을 예방, 치료할 수 있다고 알려져 있다.

편해졌다.

그렇지만 오늘도 암세포는 내 몸을 조금씩 갉아 먹고 있다. 기력도 하루하루가 다르다. 귀가 어두워져 대화도 힘들다.

두 개의 나라, 하나의 조국

여기까지가 남녘 동포들에게 남기고픈 제 인생역정이었습니다.

남녘 동포들이 힘들게 일해서 내는 세금으로 매달 69만 원, 거기에다 요양 보호까지 받고 있으니, 돌아보면 남녘 동포들은 제게 선물이고, 대한민국의 복지제도는 저를 지탱해주는 큰 힘입니다. 다시 한번 남녘 동포들에게 마음속 깊은 인사를 전합니다

마지막 소원이라면 1차 송환 때 못 갔던 10여 명 동지들과 판문점을 통해 북으로 가고 싶습니다. 가서 눈길만 주고받은 외동딸 옥희 그리고 사위와 손주들을 만나고 싶습니다. 어머니와 아내 묘소에도 참배를 하고 싶습니다. 고통만 안겨주었으니 그렇게나마 사죄를 드리고 싶습니다. 일본 감옥에서 고생하셨던 아버지 박승진의 묘소에도 술 한 잔 올리고, 당신 자식도 부끄럽지 않게 살았다고 고하고 싶습니다.

이 얘기들을 구술할 때 '남북연락사무소'가 폭파되었다는 소식을 접했습니다. 역사는 희생을 먹고 나아간다고 하지만 가슴이 철렁했고 마음이 아팠습니다. 길게 보면 가야 할 길로 흘러가는 게 역사라 생각합니다.

저는 34년간 교도소에 있었습니다. 그저 북측의 지시를 전달하고

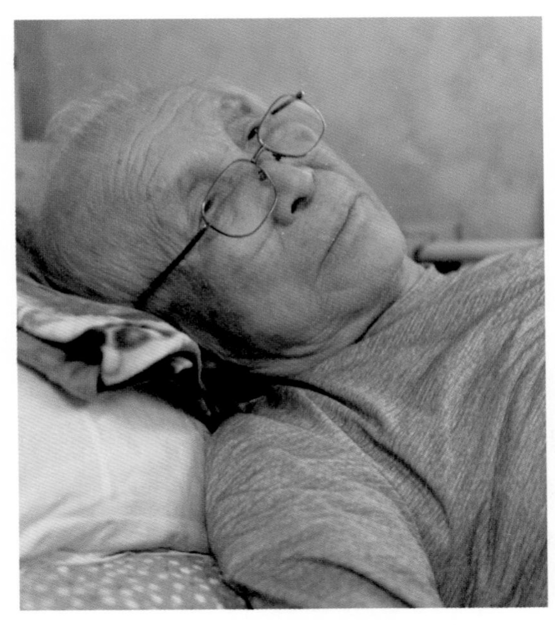

별세 몇 달 전 암 투병으로 병석에 누운 박종린. 분단의 한을 온몸으로 안고 살아온 박종린은 그토록 염원하던 통일 조국 '통일코리아'도, 꿈에 그리던 고향 땅도, 외동딸 옥희도 보지 못하고 2021년 1월 26일 세상을 떠나고 말았다.

교도소 내 인권투쟁을 벌인 정도였습니다. 내게 내려졌던 34년은 분단이 안긴 과도한 형벌이고, 양심과 사상을 옥죈 탓이라고 생각합니다. 제 죽음과 함께 이런 야만의 형벌이 끝나길 소망해봅니다.

제 마음에는 '대한민국'과 '조선민주주의인민공화국', 두 개의 나라가 있습니다. 그리고 '통일코리아'라는 하나의 조국이 있지요. 어서 하나의 나라가 되길 간절히 기원합니다.

1차 송환이 좌절되어 허망한 마음일 때, 송환된 장기수 환영행사에서 아내가 미친 듯 나를 찾아 헤매다 쓰려졌다는 소식을 듣고 그저 죽고 싶었습니다. 그때 한용운 선생의 시가 제 마음을 붙들어주었습니다.

이 시를 나누면서 제 얘기를 마칠까 합니다.

'나룻배와 행인'이란 시입니다.

나는 나룻배
당신은 행인
당신은 나를 흙발로 짓밟습니다.
나는 당신을 안고 물을 건너갑니다.
나는 당신을 안으면, 깊으나 옅으나
급한 여울이나 건너갑니다.

만일 당신이 아니 오시면, 나는 바람에 쐬고 눈비를 맞으며 밤에서 낮까지
당신을 기다리고 있습니다.
당신은 물만 건너면 나를 돌아보지도 않고 가십니다, 그려.
그러나 당신이 언제든지 오실 줄만은 알아요.
나는 당신을 기다리면서 날마다 날마다 낡아갑니다.

나는 나룻배
당신은 행인

[2020년 7월 13일 연재]

* 이 글은 박종린 선생의 구술을 최대한 살려서 정리했다. 구술은 3차례에 걸쳐 이루어졌다.

* '모란봉 사건'은 당시 사건 기사들을 통해 확인할 수 있다. '붉은 별 사건'은 기사나 판결문을 구할 수 없어, 박종린 선생의 기억에만 의존해 썼다.

* 두 번째 구술하는 날 '남북연락사무소'가 폭파되었다. 그 뉴스를 말없이 지켜보던 박종린 선생은 "역사는 희생을 먹고 나아간다고 하지만 가슴이 철렁하고 마음이 아프다. 길게 보면 가야 할 길로, 흘러가야 할 길로 가는 게 역사라 생각한다."고 느낌을 말했다.

* 박종린 선생은 1933년 3월 14일 중국 길림성 훈춘에서 태어나, 1945년 해방을 맞아 함경북도 경원군(현 새별군) 안농면으로 귀향했다. 그해 11월 조국광복회 항일투사였던 아버지 박승진이 작고하였다.

1947년 안농중학교에서 만경대혁명학원으로 편입해 다니던 중, 1950년 6·25전쟁에 참전했다.

1958년 로인숙과 결혼해 이듬해 딸 옥희가 태어났다. 1959년 6월 20일 911 통신부대 소좌로 남쪽에 대리 파견되었다가 12월 29일 체포돼, 이듬해 '모란봉 간첩단 사건'으로 무기징역을 선고받고 대구교도소에 복역 중, 1976년 '붉은 별 사건'으로 또다시 무기징역을 선고받았다.

1993년 12월 24일 성탄절 특사 형식으로 병보석 석방돼, 전남 무안의 용학교회 등에 거주하면서 중학교 매점에서 근무했다.

2000년 경기도 과천으로 이사 와서 고서적방을 인수해 운영했으며, 2001년 범민련 경기인천연합 고문과 《민족21》 창간에 참여하여 근무했다.

2005년 범민련 남측본부의 금강산 행사, 2007년 6월 14일 평양에서 열린 6.15 공동선언 7주년 민족통일대축전, 2008년 북경올림픽 남북공동응원단에 참가했으며, 2015년 범민련 남측본부 고문으로 위촉되었다.

2017년 대장암 판정을 받고 투병중 2021년 1월 26일 끝내 북녘의 고향에 돌아가지 못한 채 향년 89세로 별세했다,

여자 종합격투기 아톰급 선수 홍윤하

"
그녀는 작은 들소처럼
밀어붙이고 폭풍우처럼 몰아치는
'케이지의 악녀'
"

경기장에는 홍윤하의 입장을 앞두고 모든 불이 꺼졌다. 그녀는 가볍게 왼손 오른손을 툭툭 뻗어보면서 홀로 조명을 받는 케이지를 바라보았다.

2019년 9월 8일 대구체육관, 홍윤하가 종합격투기 일곱 번째 경기에 출전한 날이다. 그녀는 데뷔 후 4연패를 하고 2연승을 거뒀다. 이날 시합은 3연승으로 갈지 아니면 다시 침체에 빠질지를 가름하는 중요한 승부였다.

홍윤하는 케이지를 향해 한 걸음 한 걸음 걸어 나갔다. 어둠 속에서 관원들과 응원 온 친구들이 보였다. 모두 열렬히 '홍윤하! 홍윤하!'를 외쳤다. 손진호 관장과 남동생은 뒤에서 "가자! 가자! 이길 수 있어."하면서 용기를 불어넣어주었다.

4연패 후 3연승

그녀는 입장하면서 문득 프로 첫 무대에 오르던 날이 떠올랐다. 그

연습 때나 실전에서나 홍윤하는 '악바리'다. 매서운 눈빛으로 상대를 노려보는 홍윤하.

날 가슴은 터질 듯했다. 얼굴은 붉게 달아올랐고 라커룸에서 몸을 가볍게 풀어도 긴장감은 떠나지 않았다.

장내 아나운서가 "홍윤하 입장!"을 외치고, 손 관장과 세컨이 "자, 파이팅!"하며 등을 밀어줄 때, 홍윤하는 끌려가는 느낌이었다. 한 발씩 다가오는 케이지는 너무 광활했다. 사방이 철조망으로 된 감옥이며, 어디선가 사나운 들짐승들이 자기 살점을 노리며 달려들 것 같았다.

케이지 위에 올라섰는데 상대방 선수는 계체량 때보다 훨씬 더 커 보였다. 무섭고 입이 바짝바짝 말랐다. 결국 그 시합에서 1라운드에 기절하면서 패배했다. 그게 벌써 3년 전이었다.

선수 소개가 끝나고 1라운드 공이 '땡' 울렸다. 이날 마주한 상대는 1승 2패의 전적인 고등학생 선수 김교린이다. 그렇지만 방심할 수는 없다. 종합격투기 무대에 오를 때는 많은 준비를 한다. 언제든 기회가 오면 상대를 눕힐 수 있는 능력이 있기 때문이다.

홍윤하는 가볍게 발을 놀리며 가운데로 나아갔다. 8각의 케이지에 들어서면 검투사와 다를 바 없다. 사방이 철조망으로 둘러싸인 지름 11.5m 넓이의 케이지, 그 안에 들어가면 오직 전투만이, 격렬한 승부만

이 있을 뿐이다.

홍윤하는 김교린과 맞서자마자 앞으로 나가며 원투를 던졌다. 계속해서 원투를 치고 로킥(low kick)을 뻗었다. 경기 초반 주도권이 중요하다. 손 관장은 "밀어붙여!"라고 소리쳤고, 관중석에서도 "코치님 힘내요!"라며 관원들이 고함을 질렀다.

이날 작전은 '1라운드 1분'. '거세게 밀어붙여 초반에 혼을 빼자.'라는 것이었다. 상대가 아직 경기 경험이 많지 않기에 경기 초반 압박감을 이용하자는 전략이었다.

로드FC에서 첫 승을 이룬 날 손진호 관장과 함께. 4연패 후의 첫 승이다. ⓒ 홍윤하

홍윤하는 왼손, 오른손을 '쉭– 쉭–' 뻗으며 작은 들소처럼 철망 쪽으로 상대를 몰아붙였다. 그리고 목을 움켜쥐고 왼쪽, 오른쪽으로 니킥(knee kick)을 올렸다. 상대방 숨소리가 뜨겁게 얼굴에 와 닿았다.

홍윤하는 멈추지 않고 겨드랑이를 파고들어 상체를 제압하고, 바깥다리를 걸어 김교린을 매트 바닥으로 넘어뜨렸다. 곧이어 상체에 올라타서 왼손 오른손을 번갈아 얼굴에 꽂았다. 상대방은 버둥거리며 몸을 뒤로 비틀었다. 그때 홍윤하는 뒤에서 누르며 김교린을 감싸 안았다. 세컨에서는 "지금이야, 끝내! 끝내!"라고 외쳐댔다. 관중석에서도 함성이 끓어올랐다.

홍윤하가 뒤에서 오른손으로 얼굴을 내려칠 때 상대의 왼쪽 가드가 순간 약해졌다. 그 틈을 놓치지 않고, 홍윤하는 왼쪽 팔로 거칠게 김교린의 목을 감싸고 오른손으로 단단히 조였다. 심판이 "기브업(give up)?"을 물어봄과 동시에 상대는 급하게 바닥을 '탁, 탁' 두들겼다. 승부가 끝났다. 1라운드 1분 58초 만에 거둔 목조르기 승, 3연승을 거둔 순간이다.

홍윤하는 두 손을 치켜들고 '우와!' 하고 함성을 질렀다. 그리고 세컨 쪽으로 달려가서 얼싸안고 환호성을 질렀다. 관중석에서도 박수와 함성이 끓어올랐다. 홍윤하는 얼굴을 감싸 쥐었다가 하늘로 두 손을 뻗었다. 그리고 넙죽 큰 절을 하며 인사했다. 이러기를 몇 차례, 가쁜 숨은 진정되지 않았다.

이제 도쿄로 가야 한다

3연승의 기쁨도 잠시. 홍윤하는 10월이 되자 22일 도쿄에서 열리는 여성 파이터들의 경기 '딥쥬얼스'[1] 준비에 들어갔다. 이제는 그녀가 코치도 맡고 있는 '본주짓수 송탄MMA' 체육관에 아침 9시쯤이면 도착한다. 체육관 문을 열고 스위치를 '딱!' 누르면 불빛이 일제히 켜진다. 그러면 밤사이 적막감을 떨쳐내며 매트 바닥이 몸을 부르르 떨고, 어제

---

1) 딥 쥬얼스(Deep Jewels): 일본의 종합격투기 단체. 종합격투기 단체는 우리나라의 로드FC, TFC, 미국의 UFC, 벨라토르MMA 등을 비롯해 전 세계에 수백 개가 있다.

2연승을 하고 손진호 관장(오른쪽)과 동생(왼쪽)과 함께. ⓒ 홍윤하

땀범벅이 되었던 글러브도 얼굴을 내민다. 샌드백은 제 스스로 왔다 갔다 하며 인사를 한다. 이때부터 그녀는 2시간 정도 개인 훈련을 한다.

1990년생으로 올해 서른 살인 홍윤하가 종합격투기 선수가 된 것은 우연이었다. 그녀는 경찰관을 꿈꿨다. 교통경찰이었던 아빠는 늘 제복을 입었고 명절도 상관없이 당직이면 출근했다. 그런 아빠의 모습이 멋져 보였다. 이모부까지 경찰이어서 자연스레 경찰을 동경했고 법학과로 진학해서 경찰 시험에 응시했다. 두 번 낙방했지만 좌절하지 않고 체력 시험을 준비하기 위해 간 곳이 주짓수 도장이었다.

여기서 그녀는 손진호 관장을 다시 만났다. 손 관장은, 홍윤하가 중학교 때 남동생을 따라 나갔던 합기도 도장에서 만난 코치였다. 손 관장이 주짓수를 배워 송탄에 종합격투기 체육관을 열자 홍윤하가 여기에 다니면서 두 사람은 다시 스승과 제자로 인연을 맺게 된 것이다.

2013년 , 주짓수시합 2번째 출전때 홍윤하 첫 금메달을 딴 장면. 금메달을 따면 손진호 관장이 수상자들 목마를 태워준다. ⓒ 홍윤하

홍윤하는 개인 훈련에서 5km 달리기와 체력훈련을 충실히 한다. 최소 2라운드 10분을 버텨내기 위해서다. 자전거와 런닝머신은 전속력으로 달리다 천천히 달리기를 반복한다. 폭발력을 갖추기 위해서다. 이런 노력 덕분에 턱걸이는 한 번에 30개 이상, 윗몸일으키기는 1분에 80개를 거뜬히 한다.

경찰 시험을 위해 시작한 주짓수는 그녀를 흠뻑 사로잡았다. 합기도에 비해 실전에 가까웠고, 매트에서 거칠게 뒹굴며 꺾고 조르는 운동이 좋았다. 그러면서 주짓수 아마추어 대회에 꾸준히 출전했다. 그게 바탕이 되어 '로드FC'에 2016년 데뷔한 것이다.

종합격투기 선수가 되겠다고 했을 때 그녀의 부모는 "한 번만 더 생각해 보라."고 간청했다. 홍윤하는 딱 하루를 더 고민해보고 "매트 위를 구르면 행복해요. '격투가'의 길을 걸을래요."라고 말했다. 부모는 그저 몸 안 다치고 잘 되길 바라는 수밖에 없었다.

케이지 위의 악녀, 악바리

홍윤하는 웨이트를 마치면 타격기술을 훈련한다. 손등에 붕대를 감고 격투기용 글러브를 끼고 샌드백 앞에 선다. 잽과 스트레이트를 뻗고 미들킥을 찬다. 훅과 어퍼컷을 날리며 로킥을 찬다. 하루에도 수백 번씩 수천 번씩….

샌드백은 '퉁! 퉁!' 울음소리를 내고 천장으로 연결된 쇠줄은 '철컹! 철커덩!' 울린다. 머리는 이내 헝클어지고 이마에서는 맑은 땀방울이 '뚝! 뚝!' 떨어진다. 숨소리는 거칠어진다. 홍윤하는 이 느낌을 사랑한다. 숨을 헐떡일 정도까지 혹독하게 몰아가는 이 훈련을 즐거워한다.

데뷔하고 그녀는 좀처럼 승리하지 못하고 내리 4연패였다. 데뷔전에서는 1라운드 47초 만에 베테랑 후지노 에미에게 패했다. 3개월 뒤 일본 원정 경기에서는 판정으로 무릎을 꿇었다. 계체량을 통과하지 못해 감점을 받고 패한 경기도 있었다.

그때 체육관 분위기는 무거웠다. 손 관장도 가슴앓이를 많이 했다. "이겨낼 수 있어."라는 말은 그저 뻔한 말 같고, "이겨내야 해."라는 말은 압박이 될까 봐 조심스러워 했다. 홍윤하는 그저 말없이, 더욱 꾸준하게 훈련만 했다. 샌드백을 두들기고, 꺾고 조르고 메치기를 다듬어 나갔다. 그러면서 "잘하는 선수가 되겠다."고 끊임없이 다짐했다.

그 덕분인가. 2017년 10월 심유리와의 경기에서 판정승을 거뒀고, 2018년 12월에는 백현주를 1라운드 1분 44초 만에 리어 네이키드 초크[2]로 꺾으며 2연승을 달성했다. 2019년 9월에는 김교린을 꺾어 3연승 가도에 올라섰고, 그 후 후원사가 생기면서 운동에 전념할 수 있는 여건

---

2) 리어 네이키드 초크(Rear naked choke); 뒤에서 두 다리로 상대편의 허리를 감싸고 팔로 목을 감아 조르는 종합격투기 기술

이 마련되었다.

10월 22일이 다가오면서 홍윤하는 훈련 강도를 조금씩 높여갔다. 하루 스파링 횟수도 늘리고 아톰급 48kg에 맞춰 감량에도 들어갔다. 이번에 승리하면 4연승이다. 일본 선수에게 세 번이나 졌는데 설욕할 기회이기도 하다.

홍윤하, 그녀는 중학교 때 '슈퍼 과자'라고 불릴 정도로 과자를 좋아했다. 그 시절에는 피아노를 열심히 해 음대를 가려 했다. 대학에서는 법학을 공부하며 경찰관을 꿈꾼 적도 있고…. 그런데 사람들은 이제 그녀를 '케이지 위의 악녀, 악바리'라고 한다. 작은 들소처럼 밀어붙이고 폭풍우처럼 몰아치는 그녀의 경기를 보면 딱 어울리는 별명이다.

그녀는 언제 어디에서나 말하는 꿈이 있다. "잘하는 선수가 되겠다."는 큰 꿈이다. 그것은 4연승으로 가둘 수 있는 꿈도 아니고 '챔피언'이 된 날 달성되는 꿈도 아니다.

"꾸준하게 성장하겠다.", "높은 경지에 오르겠다."는, 그리고 "하루하루 '격투가'로서 정진하고 살아가겠다."는 꿈이다. 그 마음으로 4연패를 당했던 어려운 시기도 넘어섰다. 그렇기에 이번 10월 22일 승부는 매우 중요하지만, 그것은 그저 넘어야 할 작은 고갯마루일 뿐이다. 홍윤하는 그런 마음으로 도쿄행 비행기에 오를 것이다.

인천행 비행기를 타고 돌아올 때, 그녀는 얼마나 더 '성숙한 악바리'가 되어있을까?

그녀는 얼마나 더 '이쁜 악녀'가 되어있을까? 못내 기다려진다.

[2019년 10월 18일 연재]

못 다 한 이 야 기 ……

* 홍윤하 선수는 1990년 1월 4일생이다. 그녀가 종합격투기에 입문해서 거둔 경력은 아래와 같다.

2016.5 로드FC 031 (VS 후지노 에미) 패

2016.10 딥 쥬얼스 13 (vs 아사쿠라 칸나) 패

2017.3 로드FC 037 (VS 왕 시안지에) 패

2017.06 로드FC 영건스 34 (vs 아라이미카) 패

2017.10 로드FC 영건스 37 (VS 심유리) 승

2018.12 로드FC 051 (VS 백현주) 승

2019.9 로드FC 055 (VS 김교린) 승

2019.10. 딥 쥬얼스(VS 수와난 분손) 패

2019.12. 로드FC (VS 토미마츠 에미) 승

* 2019년 10월 22일 딥 쥬얼스 경기에서 수와난 분손과 겨뤘는데 패배했다. 2019년 12월 서울에서 열린 로드FC 경기에서 토미마츠 에미 선수에게는 승리했다. 2020년 이후에는 코로나19로 경기를 할 수 없었다.

우리나라 '콩' 독립군
함정희입니다

“

수입콩과 GMO콩에 맞선
나의 분투기
들어보시렵니까?

”

함정희. 그는 1953년생으로 칠십을 바라보고 손주도 둔 나이건만, 지금도 전북 전주에서 '함씨네식품'의 대표로 열심히 뛰고 있다.

그는 '쥐눈이콩 마늘 청국장환'을 개발해 2007년에 229번째 '신지식농업인장'이 되었고, 2010년에는 대통령 표창까지 받았다. 2021년 2월에는 원광대학교에서 박사과정을 수료하고 '한국이 콩의 원산지임을 입증'하는 박사학위 논문을 준비 중이다.

그는 강연도 많이 했다. 농림부 농업연수원에서 '농업 CEO의 경영철학'을, 중앙공무원교육원에서는 '고위 정책과정 특강'을 했다. 총경들을 대상으로 '토종 콩 세계화 프로젝트'를 7년 동안 강의했는데 평가점수가 최고일 정도로 반응이 좋았다. 그래서 그녀를 누님, 누님하고 따르는 총경들이 생겼고 명예 경감직도 받았다.

이런 그의 이력을 보면, 도전하는 여성 CEO처럼 보인다. 그렇지만 그를 진취적인 기업가라고만 표현하기에는 뭔가 부족하다. 그는 콩 식품 사업가이면서 '국산 콩 광복군'이다. 그가 스스로 얘기하듯 유관순을 이어가는 함정희, 아니 '함관순'이다.

그는 2001년 가을 갑자기 '콩 독립군'이 되었다. 전주시청에서 고려대 안학수 박사의 초청 강연이 있었는데 "GMO 콩이 1990년대 중반부터 무분별하게 수입되어 우리 식탁과 건강을 망친다. 더더욱 미국, 브라질, 아르헨티나에서 배로 긴 시간 동안 운송하기 때문에 방부제 등을 많이 첨가한다."는 내용이었다.

당시 그는 남편과 함께 콩 가공식품 공장을 하고 있었는데, 취급하는 원료 대부분이 수입 콩이었다. 대형마트를 비롯 전북대, 한솔제지 등 큰 거래처가 많았다. 직원 10명이 2교대로 근무했고, 수금할 때는 돈을 세기가 바쁠 정도였다.

강연이 끝나고 전주시청을 빠져나오면서 함정희는 고민에 빠졌다. GMO 콩에 스며든 글리포세이트가 발암물질이며 인체의 호르몬 계통을 교란할 수 있다는 것, 인체 안전성에 대한 검증은 물론 시험조차 제대로 이뤄지지 않았다는 사실이 놀랍게 다가왔다.

시청에서 공장으로 돌아가는 길, 바람이 을씨년스러웠다. 정겨웠던 전주 시내 거리는 온통 칠흑같은 아스팔트와 회색 시멘트뿐이었다. 어디선가 차가운 가을비 한 방울이 목덜미에 파고 들어왔다.

갑자기 '좋은 콩 식품'을 만든다는 자부심이 뿌리째 흔들렸다. 그 강연 내용이 옳다면 내가 전주시민들에게 해가 될 수 있는 두부를 팔고 돈을 벌었다는 건가? 우리 아이들이 이 사실을 알게 된다면 고개를 어떻게 들지? 돌아가는 내내 가슴 한편이 아릴 정도로 아픈 질문이 올라

'함씨네식품'의 대표 함정희는 수입콩으로부터 국산콩의 광복운동을 하고 있다.

왔다.

얼마 후인 10월 21일 함정희는 국산 콩만으로 두부를 만들겠다고 결심했다. 가장 먼저 대형마트를 찾아가 "수입 콩 제품을 납품할 수 없으니 계약을 해지해 달라."고 요청했다. 그때 구매 담당 과장은 "지금 우리 매장에 들어오려고 다들 줄 서 있는데 농담하세요?"라며 어처구니없는 표정을 지었다. 요구하는 '자술서'를 써주고서야 겨우 계약을 해지했다.

함정희는 내친 김에 한솔제지 같은 주요 거래처도 동종업체들에 '권리금' 없이 넘겨주었다. 그렇게 거래처 정리를 다 한 후에야 남편에게 사실을 털어놨다. 남편은 당시 전주시 수입 콩 업자들의 협의체인 전북연식품 협동조합의 이사장을 맡고 있었다.

"나라도 못하고 대기업도 못하는데 당신 너무한 거 아니야? 각시 잘못 만나서 탄탄한 거래처를 다 잃어버리네, 이게 우리 아버지 때부터 이끌어 온 50년 가업이여, 50년!"

남편은 함정희에게 읍소도 하고 이혼 서류도 내밀었다. 아이들을 붙잡고 엄마를 정신병원으로 보내야 한다고 하소연도 했다.

그도 그럴 것이 당시 수입 콩이 kg당 600원이었고 국산 콩은 6,000원 내외였다. 50kg 한 포대 기준으로 하면 3만 원과 30만 원이었다. 이때 함정희의 공장은 하루에 50kg 30포대를 쓰고 있었는데 국산 콩으로 바꾸면 원가가 열 배나 껑충 오르는 상황이었다.

남편의 반대에 맞서 함정희는 아이들을 데리고 집을 나와 버렸다. 대학에 다니던 두 딸은 "우리 밥벌이가 다른 사람의 건강을 해쳐서는 안된다."며 선뜻 엄마를 지지했다. 자식들도 함께 농성한 덕에 남편은 "자네 뜻대로 한번 해보소."라고 한발 물러섰다.

난관은 많았다. 수입 콩이 들어오면서 국산 콩 재배 농가가 무너진 터라 국산 콩 자체를 구하기가 어려웠다. 함정희는 호남농업시험장을 찾아갔다. 거기서 박호기박사의 도움으로 이 시험장에 콩 종자를 납품하는 고창의 김복성을 소개받았다. 그는 풍산 콩나물 콩 종자도 기르고 있었다. 또 장엽 콩과 황금 콩을 기르는 진영호, 쥐눈이콩을 기르는 안성의 오세철, 유기농 1호로 새농민상을 받은 김제의 한강희, 정읍의 은재익 등등. 전국을 돌아다니며 우리 콩 종자를 보존하고 제대로 기르는 콩 독립군들을 만났다.

이들로부터 국산 콩을 받긴 했는데 정작 난관은 판로였다. 당시 두부 한 모 가격이 보통 700~800원 수준이었는데, 국산 콩으로 만든 두부는 4,000원이 넘었다. 함정희의 가상한 뜻은 이해할지 몰라도 이 '금값' 두부를 사 먹을지는 모를 일이었다.

아니나 다를까 매출이 곤두박질쳐 위기는 빠르게 다가왔다. 자금난이 오자 남편은 다시 수입 콩을 하자고, 병행해도 되지 않냐고 함정희를 설득했다.

남편에게 포기각서를 쓰다

그러나 함정희는 마침 주차장 부지를 물색하던 인근 동사무소에 공장 땅 100평을 팔아 돈을 만들었다. 이때도 남편과 상의 없이 일을 저질렀다. 남편은 "네 뜻이 아무리 좋아도 이렇게 나를 무시할 수 있냐!"고 공장의 집기를 내던지고 불같이 화를 냈다.

함정희는 다시 아이들과 가출했다. 애들은 "아빠 입장에서 서운할 수도 있다, 그런데 몸에 좋은 음식을 만들면 언젠가는 사람들이 우리를 믿는다, 그러면 성공하고 승리한다."며 함정희를 오히려 격려해 줬다.

그때 추석을 앞두고 있었는데 공교롭게 전주에서 일가족 변사사건이 있었다. 남편은 혹시 "우리 가족이 잘못되었나?" 놀라며 함정희에게 '집으로 돌아오라.'고 문자를 보냈다. 함정희는 못 이기는 척 다시 귀가해서 국산 콩 만들기를 계속했지만, 판매는 개선되지 않았고 경영은 만성적인 적자였다.

그래서 등장한 것이 2003년 4월 15일 '포기각서', 함정희는 다음과 같이 각서를 쓰고 도장을 찍었다.

함정희는 '함씨네밥상'을 운영할 때 모든 장을 직접 담궈 손님 상에 내놓았다.

함정희 본인은 남편 박성기가 운영하던 수입 콩 두부 제조를 중지하고 국산 토종 콩 두부 제조를 고집하여, 막대한 재산상 손해와 남편 박성기의 사회적 명예를 실추시키고 사회생활 활동을 고립시켰으므로, 이에 전적으로 책임지고 6월 30일까지 판로가 확보되지 않고 판매 가능성이 없으면 함정희는 손을 뗀다.

만약 약속을 어길 시 그간 모든 손해에 대한 민사상, 형사상 어떠한 처벌도 달게 받겠음을 각서합니다

(단, 남편 박성기는 6월 30일 되기 이전에 아내에 대한 원망, 불평을 하면 각서는 무효임).

딱 한 달 반의 유예기간이 있는 휴전협정이었다. 사실 함정희도 자포자기하는 마음이었다. 단가가 안 맞으니 학교급식과 같은 기관 거래

처를 뚫는 일이 너무 힘들었다.

각서 만기일이 다가오던 6월 19일, 남편이 배달을 갔다 왔는데 공장 정화배수 장치가 서버렸다. 24시간 가동해야 하는 시설이어서 남편이 그 장치를 고친다고 손을 밀어 넣었다. 그런데 갑자기 기계가 돌아가면서 장갑이 빨려 들어가 손가락 두 개가 으스러지고 말았다.

남편은 우석대 병원에서 꼬박 한 달을 치료받고 7월 20일 퇴원했다. 집게와 중지를 잃어버린 손을 함정희는 쳐다볼 수가 없었다. 모두 자신이 쓸데없는 고집을 부린 탓에 불행이 찾아온 것 같았다. 각서에서 약속한 6월 30일도 이미 훌쩍 넘긴 상태였다.

콩의 꽃말은 '언젠가 올 행복'

이제 그만 깃발을 내리려는 찰나, 100여 개 점포를 가진 유기농 유통업체 초록마을에서 납품해 달라는 연락이 왔다. 막 숨이 넘어가려는 때에 산소호흡기가 찾아온 것이다. 2016년에는 'Buy 전주업체'로 선정돼, 함정희의 콩 제품이 전주 시내 30~40군데 학교에 급식으로 들어갔다. 시간이 좀 걸렸지만 조금씩 국산콩 식품의 판로가 열린 것이다.

함정희는 전북 완주에서 태어났다. 8남매의 둘째로 고등학교를 졸업하고 20살에 전라북도 공무원이 되었다. 27살에 남편과 선을 봤는데 두부 공장을 한다는 얘기에 반했다. 평생 두부는 원 없이 먹을 것 같아 결혼을 결심했다. 그만큼 함정희는 콩을 좋아했고 콩자반 없이는 밥을 안 먹을 정도였다. 얼굴 모양도 둥글둥글 콩을 닮았다.

콩의 꽃말은 '언젠가 올 행복', 함정희는 이를 신념처럼 믿었다. 덕분에 여러 콩 독립군을 만나고 좋은 거래처도 하나씩 만들어왔다. 이제는 본인 성을 따고 '다 함께 가자'는 뜻도 담아 '함씨네식품'으로 상호도 바꿨다.

그리고 국산콩을 이용한 연구개발도 시작했다. 소기업이고 전통 공법에만 의존했던 터라 두부 외의 제품 개발은 꿈도 못 꿨다. 그런 그를 대학으로, 연구개발로 이끈 게 막내아들이었다.

함정희는 46살이던 1998년에 막내를 가졌다. 노산이어서 걱정을 많이 했지만 함정희는 순산했다. 그리고 자랑스런 엄마가 되겠다고 다짐했다. 막내가 초등학교에 들어가던 54살에 기전대학 식품과학과에 야간으로 입학했다. 주경야독한 덕에 과 수석으로 장학금도 탔고 석사, 박사 공부를 이어갔다.

그의 저서 《기적의 콩》에 사인하는 함정희. 함정희는 54살에 야간대학에 들어가 식품학을 공부했다.

이렇게 해서 태어난 제품이 바로 '쥐눈이콩 마늘 청국장 환'이다. 함정희는 한방에서 약콩으로 여기는 쥐눈이콩을 선택해 청국장을 만들었다. 그해 수확해서 10도 이하에서 신선하게 보관한 콩을 숨 쉬는 솥단지에서 뭉근하게 7~8시간을 끓여낸다. 그리고 40도가 넘는 온돌방에서 훈훈한 기운으로 꼬박 3일을 띄운다.

이렇게 공을 들인 청국장에 마늘을 배합했다. 그런데 마늘을 갈아서 첨가하면 끈적거리는 현상 때문에 약품 처리가 필수적이었다. 함정희는 약품이 들어가지 않은 제품을 만들고 싶었다. 그래서 마늘 성분을 5%에서 35%까지 다양하게 조절하면서, 마침내 화학적 첨가 없이 '환'을 개발하는 데 성공했다. 이 노력으로 제조과정 특허와 함께 2007년 농림부 '신지식 농업인장'을 받았다. 게다가 상온에서 '2년 보관 가능' 허가까지 받았다.

메주가 혼수품이던 우리 조상님들

콩은 우리나라와 만주 일대가 원산지로, 철기시대부터 재배됐다고 알려져 있다. 《삼국사기》에는 그 시절 메주가 혼수품이었다는 기록도 있다.

이런 콩의 종자를 일본은 정부 차원에서 3,000종, 중국은 6,000종을 발굴 보존하고 있다. 우리나라는 정부 차원보다는 전남대 정규화 교수가 일생 동안 우리나라 산하의 콩 종자를 찾아다니며, 현재 7,500여 종을 발굴 보존하고 있다. 함정희는 정규화 교수와도 손을 잡았다. 국산 콩 식품이 잘되려면 재배 콩이 좋아야 하고 재배 콩은 그 뿌리인 야생 콩 종자가 버텨줘야 하기 때문이다.

함정희는 2001년에 돌아갈 길을 끊어버렸다. 그의 말대로 수십억 원 이상을 '국산 콩 독립'을 위해 쏟아부었고, 남편을 포함해 여섯 가족의 애환을 여기에 쏟아부었다. 콩은 자기희생을 통해 된장, 간장, 청국장 같은 새로운 먹거리로 탄생한다. 이런 장류나 콩나물을 먹는 민족은 우리가 유일하다. 그러니 콩과 장류는 우리 역사와 함께 걸어온 셈이다.

함정희가 원하는 것은 '성공한 여류기업가'나 '독립군'이라는 칭호, 대통령 표창이 아니다. 콩을 뭉근하게 끓여내는 정성, 메주를 띄우면서 기다리는 마음, 거기에 바람을 포개어 넣고 햇빛 줄기를 담아낼 줄 알았던 선조들의 지혜, 그것을 지금 우리네 삶 속에서 되살리는 게 그의 진정한 바람이다.

*　　　*　　　*

'함씨네밥상'에 남긴 손님들의 이야기

아쉽게 지금은 휴업 중이지만 함정희는 전주 한옥마을에서 콩 음식 전문점 '함씨네 밥상' 3년간 운영했다. 함씨네 밥상을 찾은 수천 명의 손님들

'함씨네밥상'은 많은 이들의 아쉬움 속에서 문을 닫았다.

이 '방명록'에 소감과 격려의 글을 남겼다. 전주시장을 비롯해 각계각층의 다양한 사람들의 글이 담겨 있는데, 모두 함정희의 노력과 정성을 엿볼 수 있는 글들이다. 여기 그중 몇 개를 소개한다.

[2020년 6월 27일 연재]

'함씨네밥상' 방명록 ⓒ 함씨네 밥상

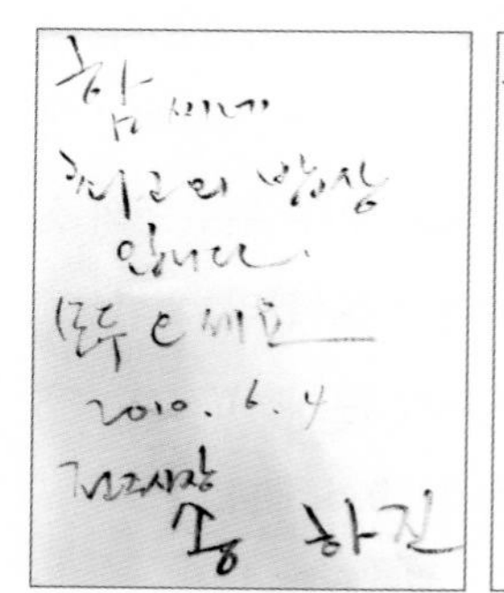
함씨네 최고의 밥상 입니다. 모두 오세요 2010. 6. 4 전주시장 송하진

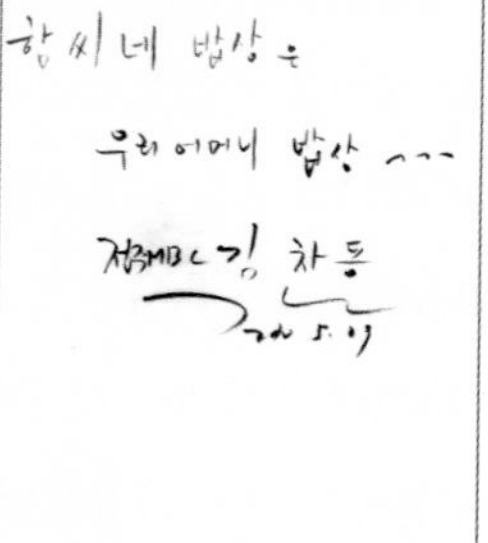
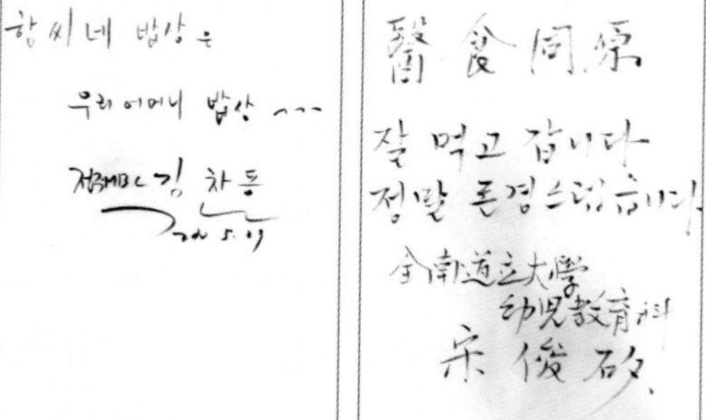
함씨네 밥상은 우리 어머니 밥상~~~ 전주MBC 김차동

醫食同源 잘 먹고 갑니다 정말 존경스럽습니다! 全南道立大學 幼兒敎育과 宋俊石

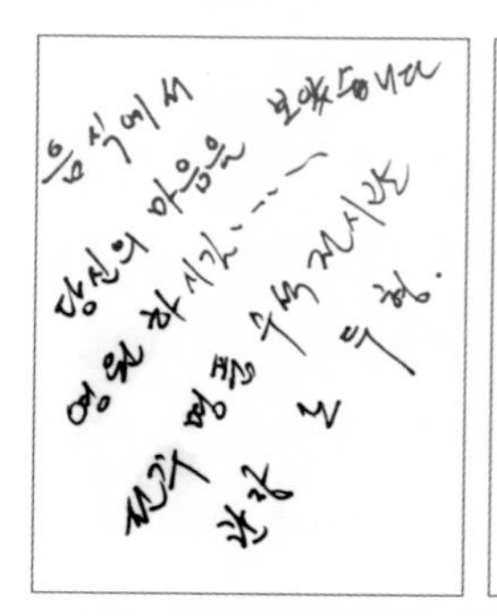
음식에서 당신의 마음을 보았습니다 영원 하시길……

어릴적 어머니의 손맛을 그대로 느끼고 갑니다 잘먹고 추억에 잠기고 갑니다 항상 더욱더 맛있는 밥상 만들어 주세요 "감사합니다"

시골 외갓집 할머니가 차려준 밥상이 생각나 눈물이 핑…… 너무나 맛있고 배부르게 잘 먹고 갑니다 사업 크게 번창 하세요 효자동 임란이

'함씨네밥상' 방명록에는 전주시장을 비롯해 각계각층의 다양한 사람들의 글이 담겨있다. ⓒ 함씨네 밥상

못 다 한 이 야 기 ……

* 함정희는 1953년 전북 완주에서 태어나 전주여고와 전주대학교를 거쳐 원광대학교 대학원에서 보건행정학 박사를 수료했다. 2007년 농림부 신지식농업장 2010년 대통령상 표창을 받았다. 고려대, 경찰대학교, 중앙공무원교육원 등에서 '토종 콩 세계화 프로젝트'를 주제로 강의를 했다.
* 《식품음료신문》 2005년 4월 25일자에 따르면, 당시 국내 콩 수요량은 총 171만 톤이고 자급률은 불과 8%인 13만 톤 내외였다. 그 외에는 다 수입 콩이었는데, NonGMO 콩뿐만 아니라 GMO 콩도 포함되어 있었다. 현재 수입 GMO 콩은 주로 콩기름에 쓰이고, 다른 식품에는 사용하지 못하게 되어 있다. 수입 NonGMO 콩은 식용유와 함께 장류, 두부 등의 식품에도 사용된다. 2001년 이전에는 GMO 식품의 분류, 관리, 위험성에 대한 인식이 미흡해서, 2001년 당시 함정희 공장에서는 NonGMO 수입 콩과 GMO 수입 콩을 구분하지 않고 사용했던 것으로 보인다.
* 현재 초록마을은 대상그룹의 계열사가 되었고 함씨네식품과는 거래가 중단된 상태다.
* 다큐멘터리 영화제작사 ㈜하세에서 윤학렬 감독이 메가폰을 잡고, '함씨네식품' 함정희 대표의 토종 콩 분투기를 영화로 제작 중이다. 2021년 칸 영화제에 출품할 예정이었으나 코로나로 중단되었다.
* 2018년 11월 22일, 서울시 마포구 신촌 케이터틀에서 함씨네토종콩식품 함정희 대표가 대한민국 노벨재단으로부터 노벨생리의학상 대한민국 후보로 인증되어 인증패를 전달받았다.

* 함정희는 앞으로 우리 토종인 '앉은뱅이 밀'과 '국산 유기농 콩'으로 콩국수 음식점을 선보여, 우리 밀도 지켜내고 건강한 먹거리를 보급하고자 한다. 앉은뱅이 밀은 이름대로 키가 50~80cm 밖에 안 되지만 수확량이 많고 병충해에 강하다. 이를 미국의 농학자 노먼 블로그가 '소노라 64'로 개량, 멕시코에 보급했다. 이 종자로 멕시코는 밀 수입국에서 밀 수출국이 되었고, 노먼 블로그는 식량 증산과 녹색혁명을 이끈 공로로 1970년 노벨평화상을 받았다.

 그런데 이 앉은뱅이 밀이 정작 우리나라에선 천덕꾸러기 신세였다. 60년대에 값싼 밀이 들어오고 1982년 밀 수입자유화, 1984년에는 정부가 밀 수매를 중단하면서 우리 밀은 거의 자취를 감춰버렸다. 그런데 진주에서 백관실이 금곡정미소를 하면서 우리 고유 종자 앉은뱅이 밀을 보존하고 있었던 것이다. 그래서 함정희는 '함씨네 밥상'은 비록 성공을 거두지 못했지만, 우리 밀과 국산 콩을 결합한 '콩국수 음식점'은 꼭 성공을 해내겠다는 마음을 벼리고 있다.

* 안학수 교수와 함께 함정희에게 영향을 많이 미친 분으로 이경해 열사가 있다. 그는 전라북도 장수군 출신으로 2003년 멕시코 칸쿤에서 WTO 반대 집회를 하면서 스스로 목숨을 끊은 농민운동가다. 함정희는 국산 콩 독립선언을 한 이래, 농민운동가 이경해의 묘소를 한 해도 빠지지 않고 기일이면 참배를 한다. 이경해의 삶이 의미있게 다가와서다. 이전에는 존재조차 몰랐지만, '국산콩 독립운동'을 하면서 새로운 세계를 만나게 되었다고 힘주어 말한다.

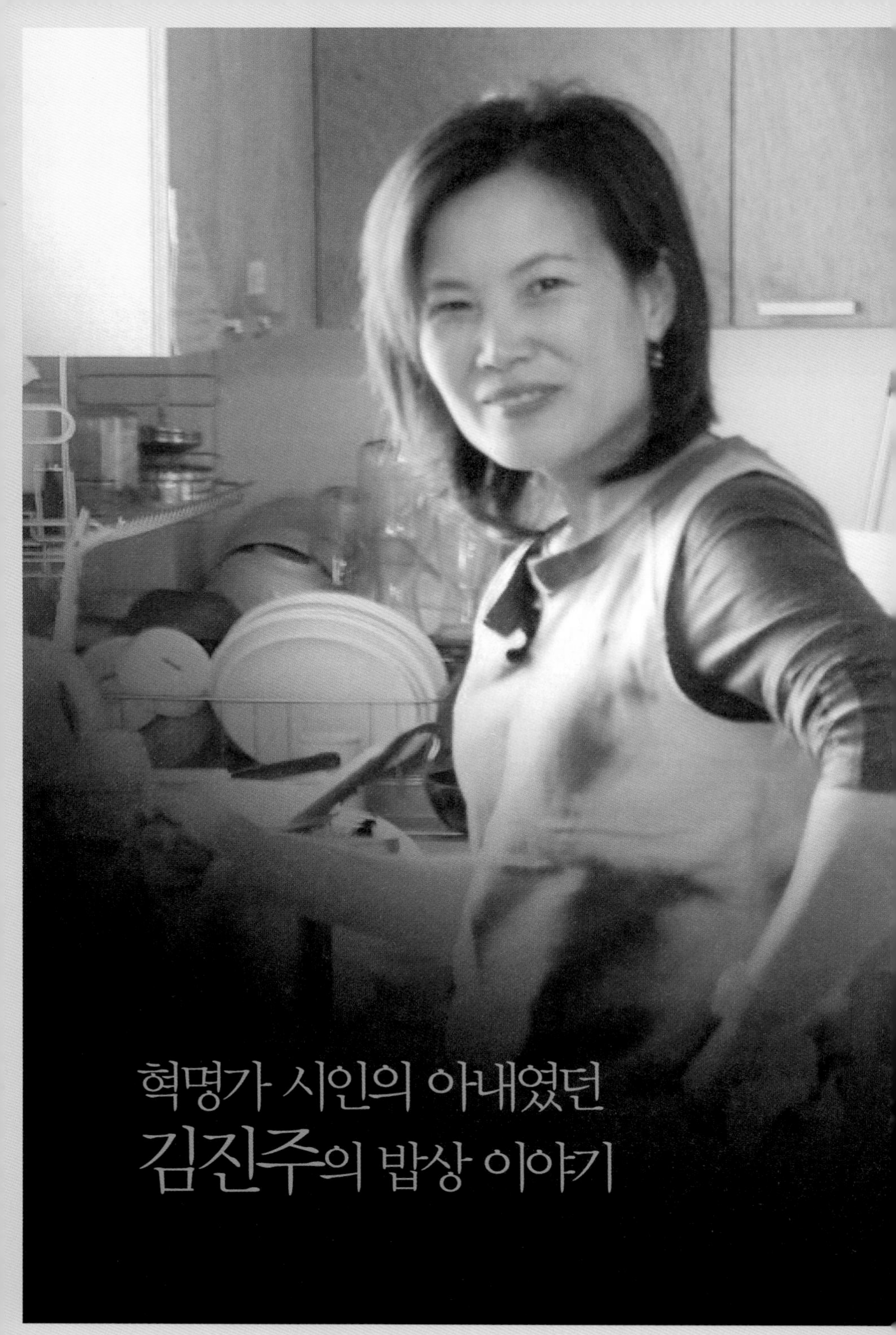
혁명가 시인의 아내였던
김진주의 밥상 이야기

“

밥짓는 일을 천직으로
받아들이며 거제 이진암에서
수양합니다.

”

흐린 하늘에서 겨울비가 추적추적 내리는 날, 김진주는 어머니를 만나러 미아리 현대백화점에 10시경 도착했다. 이제 막 문을 연 매장은 공기가 차가웠다.

김진주가 엘리베이터 안에서 버튼을 누를 때 밖에서 부산한 발자국 소리가 들렸다. 문이 닫히는데, “올라가는 중”이란 말이 김진주의 귀를 파고들었다. 그는 순간 움찔했다. 내가 미행을 당했나? 아님 엄마가? 엄마라면 집이 도청된 건가? 머릿속이 복잡해졌다.

그도 잠시, ‘땡’소리와 함께 10층 문이 열렸다. 김진주가 한발을 천천히 내미는데 심장이 쿵쾅거려 발걸음이 흔들렸다. 엄마가 커피숍에서 반갑게 손을 흔든다. 떨리는 마음을 달래고 겨우 자리에 앉았다. 밖에서는 가는 천둥소리가 연이어 울렸다

그때, “잡아!” 외치는 소리와 함께 서너 명이 달려들면서 김진주의 입을 틀어막고 양팔을 움켜잡았다. 김진주는 “너희 뭐야?” 하며 몸부림쳤다. 탁자가 ‘쿵’ 넘어가고 커피가 바닥에 쏟아졌다. 엄마도 놀라 “야, 이놈들!” 하고 소리쳤다. 그러면서 “박노해 부인 김진주가 잡혀갑

니다, 신문사에 알려주세요."하고 외쳤다. "야, 여기도 잡아가!"하는 소리에 제보해달라는 엄마의 목소리는 금방 끊기고 말았다.

"박노해 어딨어?"

김진주는 흠칫 잠에서 깼다. 벌써 30여년 전 일이지만 무슨 미련이 남아선 지 종종 꿈에 나타나는 1991년 2월 28일이다. 창문으로는 겨우 별빛 한 점만 가냘프게 들어와 베갯잇을 비췄다. 잠은 깼지만 꿈의 잔영은 또렷했다. 그날은 긴 고통의 시작이었다.

"박노해 어딨어?" 미아리에서 연행되자마자 받은 첫 번째 질문이었다. 김진주가 도착했을 때 남산은 들떠 있었다. 연행조에게 박수를 치고 수고했다며 서로 격려했다. 당시 안기부는 사노맹 검거에 집중하고 있었고, 그들은 김진주를 박노해와 다른 중앙위원 검거의 주요 고리로 보았다.

피검될 당시 김진주는 중앙위원 직책과 지하 인쇄소 책임자에서 물러나 발령 대기 상태였다. 때맞춰 인쇄소도 보안상 김진주 모르게 다른 곳으로 옮겨갔는데, 김진주는 "유럽풍 건물에 먹자골목이다."라는 얘기를 뜻하지 않게 들었을 뿐이다.

잡혀간 처음 3일 동안, 어머니가 소리쳐 《한겨레신문》에 보도가 된 덕이었는지 매타작이나 손찌검은 없었다. 대신 그들은 다섯 명이 한 조로 3교대를 하며 잠을 안 재웠다. 그런데 중부서에서 영장실질심사를 받고 나서부터 수사 강도가 달라졌다. 잠을 못 자 몸은 천근인데,

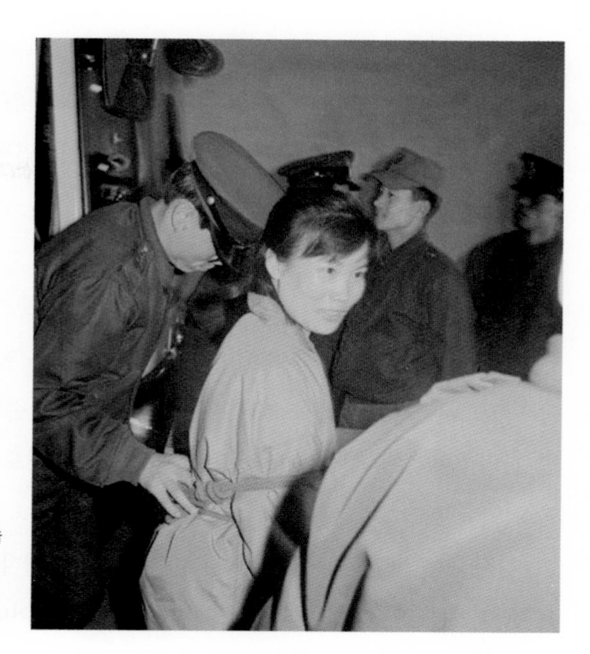
1991년 11월 5일
국가보안법위반 혐의로 구속
기소된 김진주가 항소심
공판을 받기 위해 법정으로
가고 있다. ⓒ 연합뉴스

'어서 불'라며 쪼그려뛰기와 오리걸음을 시켰다. "야, 이년아! 빨리 뛰어!……"하며 계속 욕설도 퍼부었다. 남으로부터 욕을 들어본 적이 없었던 김진주는 그게 주먹보다 더 아팠다.

견디다 못해 멱살을 잡고 대들었다. 세찬 매가 날아들었다. 김진주는 바닥에 쓰러져 "니들이 뭔데 나를 때려! 내가 뭘 잘못했다고……"하면서 흐느꼈다. 김진주는 혀를 깨물었다. 힘을 다해 물었지만 혀는 잘려지지 않았다. 울고 있는 김진주의 귀에 "박노해 어딨어? 말해 봐, 재워줄게."라는 음성이 뱀같이 파고들었다.

그때 김진주는 나도 모르게 내 입에서 중요한 사실이 나올 수도 있다는 두려움에, 중앙위원을 지키자면 다른 것을 내줘야겠다고 생각했다. 그래서 눈물이 범벅된 채로 설핏 들은 인쇄소 위치를 진술했다. 후다닥 밖으로 뛰어나가는 구두 발자국 소리가 어지러웠다.

"아, 나 때문에 잡혔구나."

김진주는 꿈의 여진을 털어내느라 몸을 부르르 떨었다. 땀도 훔쳐내고 머리도 추슬렀다. 불을 켜니 3시 반, 새벽 예불 준비하기에는 이르지만 자리에서 일어났다. 법당으로 오르는 계단에서도 그때의 기억은 계속 이어졌다.

김진주는 안기부에서 영등포구치소로 넘어가자마자 20여 일간 단식을 했다. 물도 안 마셨다. 구치소에서는 김진주의 어머니를 특별면회 형식으로 그의 방까지 안내해 강제로 링거주사를 맞게 했다.

김진주의 가슴이 무너진 것은 그가 잡힌 날로부터 열이틀 뒤인 3월 12일, 박노해가 검거되었기 때문이다. 김진주가 준 단서를 가지고 안기부는 서울 전역을 뒤졌고 기어코 가락동 사거리 뒤 비밀 인쇄소 위치를 파악했다. 결국 (김진주가 체포된 이후) 인쇄소 관리를 직접 맡은 박노해와 정주용, 이중섭, 최성철 등 실무 조직원들이 붙잡히고 말았다.

안기부에 있던 어느 날, 김진주는 잠결에 복도 먼 곳에서 환청처럼 울리는 박노해의 음성을 느꼈다. 수사관들이 들락거리며, 사실 확인을 요청하는 메모에서 박노해의 글씨를 발견하고, '아, 나 때문에 잡혔구나!'하는 생각에 눈물이 왈칵 쏟아졌다. 복도 너머 그 목소리는 자신이 잡혀왔음을 알리는 박노해의 진짜 목소리였던 것이다. 함께 잡힌 인쇄소의 어린 동지들은 사노맹 선전물을 찍기 위해 철야도 자주하고 늘 긴장 속에서 살았다. 그 흔한 감자탕 한번 제대로 못 사준 걸 생각하니 죽고만 싶었다.

홍성교도소에서 되찾은 삶의 의지

김진주는 홍성교도소로 이감가서야 마음을 조금씩 추수렸다. 영등포구치소에서는 먼저 잡혀 있던 《노동해방문학》 동지들이나 여타 보안사범들이 "국가보안법 철폐하라!"고 옥중 투쟁을 전개할 때 그저 바라만 보았다. 단식이 강제로 중단된 이후에는 "그런다고 바뀌나?"하며 허무주의와 패배감에 빠져버렸다.

그런데 홍성교도소에 가니, "언니 탄원서 좀 써주세요?", "진주씨, 항소이유서 좀 써줄래요?"하며, 거기 있던 열네 명의 여죄수들이 김진주를 의지하며 다가왔다. 고맙다고 독방에 있는 김진주에게 삶은 계란을 주기도 하고, 식당에서 김치를 훔쳐다 주기도 했다. 낮에는 '운동하세유'라며 교도관들이 사방 문을 따주면, 구수한 충청도 햇빛을 친구삼아 배드민턴을 쳤다. 밖에 있는 애인에게 기다려달라는 연애편지를 대신 써주기도 했다. 그러면서 살아야겠다는 생각을 조금씩 조금씩 가졌다. 그렇게 꼬박 4년을 살고, 1995년 5월 1일 석방되었다.

2006년 다시 찾은 경주에서.
김진주는 1995년 5월 1일
출소한 뒤, 경주교도소로 남편
박노해를 면회갔다.
ⓒ 김진주

김진주는 새벽예불 상을 차리고 법당에서 나왔다. 멀리 남해 바다에 아침햇살이 부서졌다가 다시 모이고 흩어졌다가 다시 모인다. 어둑새벽에 비꽃이 제법 내린 탓인가 거제 앞바다는 진청색 물감으로 분탕질한 듯 파랬다. 김진주는 바다를 바라보며 다시 상념에 잠겼다.

김진주는 출소해서 박노해를 만나러 경주교도소에 갔다. 5년여 만에 보건만 시간은 불과 5분뿐. 면회소를 나서는 발걸음은 허허로웠다. 남편은 먼 산을 바라보며 “나에게 아무 기대도 말고 자기의 길을 가라.”고 했다. 무기수라 언제 나갈지 기약할 수 없는 몸이니 하고 싶은 말을 꾹꾹 삼켰으리라. 사실 남편과는 피검 전에 보안상 이유도 있어서 별거했다. 그 탓인가 마음도 멀어졌었는데…… 서울행 버스터미널로 가는 길, 5월인데도 마른 낙엽이 발에 채이고 바람은 스산했다.

경주에서 박노해와 첫 면회를 마치고 서울로 올라온 김진주는 곧바로 '박노해석방대책위' 활동을 시작했다. 존재적 결단을 이끌어 준 동지였고, 새로운 글쓰기의 세계를 열어준 스승이었다. 그리고 사랑이었다. 각자의 길을 가는 것도 좋지만 박노해를 꺼내놓아야 김진주는 온전히 자기 삶을 살아갈 수 있을 것 같았고, 그게 책임을 다하는 길이라 생각했다.

박노해를 만나다

이화여대 약학과 74학번이었던 김진주는 1978년, 명동에 있는 백병원 약국에 취직했다. 평범한 약사의 길을 흔든 사건은 1977년에 있었다. "글쎄, 너희 오빠가……" 엄마는 가슴을 쓸어내리며 이종오빠가 긴급조치 위반으로 연행된 소식을 전했다.

그 일은 백병원의 약사 김진주를 경동교회로 이끌었다. 당시 민주화운동세력은 새문안이나 향린같은 교회 울타리 내에 있었다. 조희연, 문성현 같은 사람들이 활동하던 때였다. 경동교회에서 김진주는 '젊은 둘째'라는 청년부에서 '루카치'를 읽었다. 숙명여고에서 《데미안》을 읽으며 성장했던, 백병원의 어여쁜 약사 김진주는 뭔가 도움되는 일을 찾고 싶었다. 애쓰는 청년부 친구들에게 밥이라도 사고 싶었다.

그때 한 청년부 회원이 군대를 가면서, 향린교회에 다니던 박노해를 소개시켜줬다. 둘이 사귀라는 건지, 자신이 제대할 때까지 노동자 청년을 관리(?)하라는 건지 분명치 않았다. 그래서 첫 만남 장소 '가스등'으로 향하는 발걸음은 심란했다.

23살 김진주는 덕수궁에서 그를 두 번째로 만났다. 대한문 앞에서 만나 말없이 오래도록 걸었다. 연록색 은행나무 향이 두 사람을 오가며 말 좀 하라고 보챘다. 그리고 봄바람이 저녁노을을 불러올 때쯤, 김진주는 21살 박노해의 얘기에 푹 젖어들었다. 며칠 후 박노해는 김진주에게 '위대한 긍정'을 만나 기쁘다는 편지를 보내왔다.

약사에서 여공으로

1982년 10월 13일, 김진주는 집안을 설득해 박노해와 결혼했다. 신혼집은 안양의 버스 종점. 김진주는 남편의 권고를 받아들여 약사에서 구로공단의 여공이 되었다. 가죽 봉제공장 '와이비상사'에서 본드 칠을 하고 망치로 두드리는 시다 일과 미싱사 일을 5년간 했다. 숨쉬기도 힘들고 손마디가 부르트며 쩍쩍 갈라지는 노동이었다.

백병원에서 약사로 일할 때는 월급 30만 원을 받았다. 봉천동에서 잠시 약국을 열었을 때는 언제나 손님들로 붐볐다. 구로공단에서는 하루 열두 시간 일해 겨우 6만 원을 받았다. 6년 동안 계속된 여공의 처지는 늘 똑같았다. 잠이 부족하고 항상 배가 고팠다. 그런 상황에서도 '서울지역노동운동연합(서노련)'에 가입해 열심히 활동했다.

그때 남편은 안남운수에서 정비공으로 일을 했다. 운전기사로 승진하기 전 짬이 있었을 때 그는 종일토록 시를 썼다. '새벽 쓰린 가슴 위로 찬 소주를 붓는다.'라는 '노동의 새벽' 구절도 이때 쓰여졌다. 버스회사 정비일이 막차가 들어오면 시작해 새벽녘이 되어서야 끝났던 까닭에 나온 문장이었다. 박노해는 이런 시를 김진주에게 보여주며 평을 요청했다. '헤르만 헤세'를 좋아해 숙명여고에서 문학상을 받았던 그에게 박노해의 시는 낯선 정서였다.

풀빛출판사를 통해 발간한 《노동의 새벽》으로 '얼굴 없는 시인' 박노해는 수배가 되었다. 그런데 버스회사에서 노동조합 결성을 시도하다가 파업을 벌여 또 수배가 되었다. 결국 이중 수배자 처지가 되어 집을 옮길 수 밖에 없었다. 김진주도 공장을 나와야 했다.

북아현동으로 이사를 한 김진주는 이때부터 본격적으로 박노해와 함께 혁명적 조직운동에 뛰어들었다. 1989년 11월 사노맹 출범에 참여

나눔 문화는 월례포럼이 끝나면 밥상나눔을 했다. 김진주는 이 밥상을 담당했다. © 김진주

했다. 그리고 피검될 때까지 지하 인쇄소의 책임자이면서 선전 업무를 맡아 《노동해방문학》에 '한승호'란 필명으로 고정 기고를 했다.

나눔 밥상을 차리다

남해바다를 바라보며 상념에 젖어있던 김진주는 새벽 한기에 몸을 부르르 떨었다. 거제 장승포에서 지세포로 넘어가는 길, 왼쪽으로는 바다가 일렁이고 그 물결을 헤치며 부산항에서 제주도 가는 뱃길이 분주하다. 그 오른편에 바닷가 앞에서 돌연 솟구친 옥녀봉이 있고 그 중턱에 '이진암'이 자리하고 있다. 김진주의 고모가 창건한 작은 사찰, 김진주는 박노해 시인과 함께 '나눔문화운동'을 하다가 2009년 이곳으로 왔다.

박 시인은 경주교도소에서 1998년 석방되자 김진주에게 나눔문화운동을 제안했다. 생태 재앙, 전쟁과 기아, 영혼의 상실이 '문명사적 문제'라고 그는 말했다. 전위운동, 계급운동에서 벗어나 문화와 시민이 중심이 되고, 정부와 자본으로부터 독립된 시민운동, 이것이 7년 징역에서 얻은 깨달음이라며 '동지적 동행'을 요청했다.

김진주는 이 제안을 받아들여 나눔문화에서 기획위원을 맡았다. 사단법인 설립 작업을 하고 회원 모집 사업과 포럼 기획을 했다. 처음에는 5~6명이 시작했는데, 2008년에 이르러 연구원도 10여 명이 되었고 후원회원도 2,000명을 넘어섰다. 김진주가 여기서 특히 노력했던 일은 '나눔 밥상'. 월례 포럼이 끝나면 나눔문화 회원들은 같이 둘러앉아 밥을 먹었다. 김진주는 나무 쟁반에 김치와 나물, 고기반찬, 계절 반찬으로 밥상을 꾸몄다. 또 단풍잎을 씻어 그 위에 두부김치전을 올리고 홍합국물을 곁들여 막걸리 안주를 내놓기도 했다.

김진주는 "소박하고 깊은 맛을 추구하는 밥상, 꿈과 생명의 밥상에 둘러앉은 우리들은 향기롭게 익어가겠지요?"라는 인사말을 빼놓지 않았다. 포럼 사나흘 전부터 새벽 4시에 일어나 '알맞게 익은 김치'를 상에 내놓으려고 '살벌'하게 일했다.

'자신의 진리'를 찾아 이진암으로

그렇게 8년, 나눔문화의 리더십은 박 시인이었다. 젊은 연구원들도 많이 성장했고 밥상도 궤도에 올랐을 때, 김진주는 '동지적 동행'을 마치고 '자신의 자리'를 찾기로 했다. 여행가방 하나를 꾸려 이진암으로 온 것이다.

새벽 한기에 몸을 움추렸던 김진주는 머릿결을 다듬고 부엌으로 향했다. 오늘 수행차 몇몇 보살이 이진암에 온다. 한 끼 밥상을 정성스레 준비해야 한다. 구로공단에서 6년 동안 미싱공을 하면서 늘 배고팠다. 징역 생활 5년 그저 목숨 끊어지지 않을 정도, 아무런 정성이 없는 교도소 밥에 진저리를 쳤다. 그렇게 10년을 보내면서 정겹고 따뜻한 밥상을 꿈꿨다. 이를 나눔문화에서 '나눔 밥상'으로 작게나마 실천했다. 이진암에 와서 "정성스레 밥을 짓는 일은 사랑의 실천이고, 공평하게 밥

이진암에서 장독을 돌보는 김진주. 김치와 청국장을 좋아하는 김진주는 장을 소중히 여긴다.

을 나누는 일은 정의의 실천"이라는 믿음이 더욱 깊어졌다.

김진주는 오늘 '청국장'을 대접할 생각이다. 청국장은 화려하지 않으면서 맛은 깊고 조미료 없이도 오묘한 맛을 내는 음식이다. 황교익은 "청국장을 끓일 때 과한 양념은 외려 맛을 죽인다."고 했다. 김진주도 공감한다. 김치, 파, 두부만 있어도 충분하다. 도마에 올려 두부를 자르니 물컹 미끄러져 들어간다. 주방으로 들어온 오월 햇빛이 칼등으로 살포시 내려온다. 배추김치는 얄팍 썰고 파는 비스듬히 어슷 썰어 뚝배기에 담았다. 도마에서 '통통'하며 울려오는 리듬이 사랑스럽다. 이제 보글보글 냄새를 피어올리면 된다.

작년 겨울에 담근 배추김치는 묵은지가 되었다. 부엌동자 아니랄까 봐 김진주는 이진암에서 일년 내내 김치를 한다. 김장은 말할 것도 없고, 가을에는 지레김치를 이른 봄이면 푸성귀로 얼갈이김치를 만든다. 5월에는 열무를 다듬어 절이김치를 담궜다. 올해는 둥둥이김치도 좀 하고 배추나 무를 널찍하게 썰어 섞박지도 할 요량이다. 거제 앞바다의 짠 바람이 한 점 들어가면 맛은 더할 나위 없으리라.

김진주는 말 중의 말이 시(詩)라면 맛 중의 맛은 김치라 생각한다. 김치 앞에서 겸손하고 김치 앞에서 경건해야 한다. 김치를 버무리는 그의 손길은 합장기도와 다를 바 없다. 그래서 김진주가 준비하는 밥상은 이런 김치 한 보시기가 곁들여질 때만이 완성된다. 어느 결에 청국장이 보글보글 끓는다. 이제 점심 나절 도착할 도반들과 음식과 웃음을 나눌 생각을 하니 절로 웃음이 나온다.

점심 준비를 마치고 김진주는 다시 법당으로 오른다. 어머니가 돌아가신 지 이태, 아버지는 벌써 15년이다. 요즘 부쩍 두 분 생각이 나 치성드리는 느낌으로 백팔배를 하고 있다.

《아버지와 라디오》

나눔문화 일이 한참 바빴던 2003년, 김진주의 아버지 김해수는 병마에 시달렸다. 김진주는 마지막으로 해드릴 효도가 없을까 궁리하다가 아빠 인생을 기록으로 남겨야겠다고 생각했다. 아빠는 엔지니어로서 국산 라디오 1호 '금성A-501'를 설계했다. 이 라디오는 지금 등록

문화재가 되었다. 그 덕에 박정희로부터 '대통령산업포장'이란 훈장까지 받았다.

아빠는 당신이 좋아하던 작가 펄벅의 이름을 빌려 '진주', 김진주라는 이름을 외동딸에게 지어주었다. 덕분인가 부산의 파도소리와 남포동 시장의 활기를 원고지에 담아 문학소녀가 되었다. 하지만 고향에서 딸과 약국을 운영하는 게 꿈인 아빠의 뜻에 따라 국문과 대신 약대에 진학했다.

그런 아빠와 많이 다퉜고 미워했다. 약사를 그만두고 공장에 가는 딸을 아빠는 이해하지 못했다. 밤새워 두드려 맞기도 했다. 당신이 갔

김진주와 아버지. 아버지는 펄 벅의 이름을 따 '진주'라는 이름을 지어주었다. ⓒ 김진주

이진암에서 바라보는 동해바다 풍경 옥녀봉에 자리잡은 이진암 일출은 장관이다.

던 길만 옳은 양 늘 타박했다. 그러나 아빠는 '노동자 사위'를 받아들였다. 김진주가 구속되었을 때, 당신이 운영하던 '신기상역'으로 국세청 관리 30명이 들이닥쳤고, 부당한 세무조사로 1억8천만 원의 과징금을 부과받아 큰 타격을 받기도 했다.

그런 아빠에게 용서를 구하는 마음으로 아빠와 함께 당신의 회고록을 만들기로 했다. 글을 시작할 때는 세상에 널리 알리기보다 대화를 한다는 마음이었다. 아빠가 꼭지별로 초고를 써서 보내주면 김진주는 수정할 부분을 표시했다. 아빠는 수정한 원고에 '고맙다, 수고시켜서 미안하다.'는 메모를 곁들여 다시 글을 보냈다. 매주 한 번씩 만났고 이야기는 넘쳐났다. 그렇게 해서 아빠는 1년여에 걸쳐 육필 원고를 남기고 두 눈을 감으셨다.

김진주는 이를 다듬어 3년 상을 맞는 2007년에 아빠에게 헌정하는 《아버지의 라디오》 초판을, 2016년에는 개정판을 냈다.

아버지, 어머니를 생각하며 백팔배를 드리면 마음이 차분해진다. 김진주는 절을 드리며 앞으로를 구상한다. 고모가 2012년에 노환으로 돌아가셔서 김진주는 뜻하지 않게 이진암의 대표가 되었다. 김진주는 이제 이진암을 수행문화원으로 만들고자 한다. 쉬고 싶을 때 와서 쉬고, 어떤 프로그램에도 구속되지 않으며, 명상하고 싶으면 명상하는 그런 장소였으면 한다.

물론 소박하고 따뜻한 밥 한끼를 빼놓을 수 없다. '이진암 밥상'만 잘 차려내도 지친 영혼에게 이곳은 소중한 공간이리라. 그래서 김진주는 스스로를 이진암의 법적 대표라기보다는 절집에서 밥을 하는 공양주 보살, 부엌동자라 자처한다.

김진주는 언제가 박 시인 어머니의 삶을 '어머니의 꽃밭'으로, 친정어머니의 삶을 '어머니의 덧버선'으로 써서 두 분에게 글로 지은 밥상을 올리려 한다. 김진주에게 누군가를 위해 '밥상'을 차리는 일은 아마도 전생의 업보였나보다.

백팔배를 마치고 법당문을 나서니 절집 마당에 파도소리, 웃음소리가 드높다. 손님들이 벌써 온 모양이다. 김진주는 부엌으로 가서 청국장에 불부터 지폈다.

*　　　　*　　　　*

사노맹의 비밀 인쇄소 구축과 운영 과정

김진주는 1989년 11월 박노해(시인, 사진작가, 나눔문화 상임이사), 백태웅(하와이대 교수, 유엔 인권이사회 '강제실종 실무그룹' 의장) 등과 함께 사노맹(사회주의노동자동맹) 결성에 참여했다. 1985년 8월 김문수, 심상정, 박노해 등이 구로공단의 노동자들을 중심으로 결성한 서울노동운동연합(서노련)이 1년도 채 안 돼 와해되자, 박노해, 백태웅 등은 새로운 모색 끝에 우리 사회의 '사회주의적 개조'가 대안이라는 판단을 했다. 모두가 금기라는 그 길, 분단 체제에서 넘을 수 없는 그 길을 돌파한다는 구상이었다. 당당히 사회주의자임을 내세우며…… 김진주가 맡은 역할은 선전, 홍보 업무였다. 당시 사노맹이 운영하는 지하 인쇄소를 책임 관리하고, 외곽조직에서 발행하던 《노동해방문학》에 '한승호'란 필명으로 기고를 하는 역할이었다.

당시 사노맹은 장위동에 합법 인쇄소를, 그리고 쌍문동에 화장지 가게로 위장한 지하 인쇄소를 운영하고 있었다. 김진주는 두 인쇄소를 책임지는 역할을 맡았다. 당시 사노맹의 출범 선언문을 비롯 모든 발간물은 지하 인쇄소에서 찍었다. 실제 작업장도 지하여서 종이를 내리는 일, 완성된 인쇄물을 올리는 일, 모두 중노동이었다. 1989년을 전후해서 사노맹의 활동이 활발했던 터라 인쇄 물량이 많았다.

중앙위원과 인쇄소 성원들은 안기부가 검거의 최대 목표로 두었기 때문에 인쇄소에 쉽사리 사람을 늘리지 못했다. 인쇄소 소재지를 아는 사람은 인쇄소 실무담당자 외에는 백태웅, 박노해, 김진주 밖에 없을 정도였고, 점과 점으로 연결되는 인쇄물의 배포 과정은 극도로 긴장의 연속이었다.

한편 김진주는 사노맹의 대내외 발표 문서 작성과 《노동해방문학》의 기고를 병행해야 했다. 당시 사노맹의 주요 발간물은 주로 박노해가 초안을 쓰고, 백태웅, 김진주가 감수와 보완을 했다. 그리고 김진주가 쓴 기고문은 박노해, 백태웅이 합평해주면 김진주가 다듬어서 넘겼다.

김진주는 숙명여고 시절 교내 문학상을 독차지했던 문학소녀였다. 즉흥시 부에서 장원을 하고, 그 다음에 또 수필에서 3등을 하고…… 한 해에 상 세 개를 한꺼번에 탄 적도 있었다. 하지만 엄정한 논리적인 글쓰기는 사노맹활동 과정에서 배웠다. 여기에서 단련한 역량은 나중에 《아버지의 라디오》를 쓰는데도 큰 힘이 되었다고 밝혔다.

[2020년 5월 30일 연재]

못	다	한		이	야	기	……

* 박노해가 구속되어 있을 당시 그의 사면과 석방은 큰 관심이었다. 1995년, 천주교 사제와 수도자 427명이 서명하고, 천주교인권위원회(고문 김승훈 신부)가 광복 50주년을 기념해 박노해의 석방을 건의했다. '박노해석방대책위'는 김영삼대통령에게 '박노해는 이제 더 이상 사회주의 혁명가가 아니고 지금 그는 참된 시작을 위한 구도자입니다. 새롭게 자신을 정립하여 참된 시작의 길로 나아가기 위해 치열하게 공부하며 수도 정진하고 있는 박노해가 갇혀 있다는 것은 사상·표현의 자유에 대한 군사 정권의 억압을 상징적으로 보여주는 사실에 다름 아닙니다. 그가 자유로울 때 비로소 우리나라는 대내외적으로 진정한 자유민주주의 국가로서 인정될 수 있을 것입니다.' 라고 탄원서가 전달되었다.

김진주의 노력과 많은 사람들의 관심 덕분에, 박노해는 《참된 시작》과 《사람만이 희망이다》라는 책 두 권과 함께 1998년 8월 15일 석방되었다. 석방과 출판을 기념하는 행사가 백낙청, 황지우, 최은미, 천주교인권위원회 등이 참석한 가운데 열렸다.

엄마와 딸, 대를 이은 만신 양현주, 박수진 이야기

"

세상사 근심은 마음의 병,
무당의 길은
마음을 달래주는 일입니다.

"

서른일곱 살 박수진, 그녀의 일터는 신당 '혜명화'다. 해운대 바닷가에서 조금 물러서 있는 기장군 대라리에 있다. 집에서 30분 남짓 거리, 아침이면 스포티지를 몰고 출근한다. 남편 회사 보내고 딸 유치원 데려다주고 무당으로서 하루 일과를 시작하는 것이다.

엄마를 신어머니로 모시고

그녀는 엄마 양현주를 '신어머니'로 모시고 2년 전에 내림굿을 받았다. 그 후 1년 안팎, 새내기 무당으로서 이런저런 수련을 했다. 무당으로서 홀로 서는 것은 쉽지 않다. 신어머니들은 엄격할 뿐 찬찬히 일러주는 게 없다. 모두 혼자서 깨치고 터득해야만 한다. 열두거리굿[1]과 의례를 익혀야 한다. 또 타령을 늘어놓고 춤사위를 펼치며 악사와 호흡을 맞추는 단계로 올라서야 한다.

---

1) 열두거리굿: 열두거리로 이루어진 중부지방의 굿. 여러 신을 모셔다 두루 보호를 받자는 데서 나온 굿

그래도 박수진은 친엄마를 '신어머니'로 둔 덕에 맘 편히 하나씩 배워나갔다. 내림굿을 받던 날, 엄마 양현주의 기도는 간절했다.

"칠성님을 모십니다. 인간 세계에선 저의 귀한 딸이지만 신의 길에서는 부족하고 어린애 같은 신딸 수진이옵니다. 맑고 맑은 정기를 내리시어 모쪼록 바르게 인도하여 주십시오."

그렇게 해서 2018년 1월 신당을 열었다. 오방신장과 장군대감, 할아버지, 할머니 신령을 모셨다. 예지력을 도와주는 놋쇠방울과 삼지창을 장만하고 '소원성취' 축원문을 붙였다.

신기하게도 첫 달에 이틀 빼고 일이 들어왔다. 일을 하려면 먼저 '표적'이 왔다. 다리 아픈 사람이 올 예정이면 다리가 쑤셨다. 허리 아픈 사람이 올참이면 허리가 욱신거렸다. 그렇게 한 달 동안 박수진은 몸과 마음이 고되어 쓰러질 지경이었다.

박수진이 "엄마야, 나 힘들어 몬하겠다."고 하니 엄마는 "신명[2]이 노하신다."고 야단을 쳤다. "신들이 주셨으니 머리도 함부로 자르지 마라."고 했다. "징 소리를 많이 들어야 귀가 열린다."고도 했다. 엄마가 옆에서 '신어머니'로서 힘들 때 부축해주고 엄격한 가르침도 줘서 박수진은 첫 고비를 그런 대로 넘겼다.

박수진의 엄마 양현주는 타고난 무당이다. 58년 개띠인 그녀는 열다섯 살에 신병(神病)이 와 무당이 되었고 지금 동해안 별신굿을 계승하고 있다.

양현주는 어려서 소꿉놀이를 할 때도 풀잎을 뜯어 노래를 부르며,

---

2) 신명(神明): 하늘과 땅의 신령

박수진의 신어머니 양현주. 친어머니이기도 한 양현주는 타고난 무당이다.

"나는 무당할 게 너희는 당가[3]해라."라고 하며 놀았다. 사람을 부를 때도 "울 엄마야~~"하며 곡을 하듯이 불렀다. 북소리를 들으면 장구를 쳤고, 장구소리를 들으면 북을 쳤다. 소리학원도 안 다녔는데 목청이 트였다. 굿을 보면 밤을 새워서 외우고 해독을 했다.

그리고 스스로 굿거리[4]를 짰다. 그것이 동해안 수망굿[5], "뱃사람들의 안녕과 원혼을 빌어주는 굿"이 되었다.

---

3) 당가: 점이나 굿을 하기 위해 무당을 찾아온 손님
4) 굿거리: 무당이 굿을 할 때 치는 9박자의 장단
5) 수망굿: 물에 빠져 죽은 사람의 영혼을 건져서 극락으로 인도하는 굿

이런 '신어머니'를 모신 덕에 새내기 무당 박수진은 마음이 든든하지만 이래저래 고민이 많다. 아직도 굿거리를 제대로 익히지 못했다. 무가(巫歌)도 제대로 외지를 못해 끊기기가 일쑤다. 장구의 북채도 어설프고 신통(神通)이 부족해 점사(占辭)가 풀리지 않는 날들이 있다. 그녀는 육각통을 이용해 혼점[6]을 주로 보는데 공수[7]를 제대로 못 받는 경우가 적지 않다. 그럼 오신 당가들과 어울려 그저 수다를 떤다.

"남편이 매일 밤 늦는 게 수상해? 그래서 내가 우울증이 왔다니까?"

"고3 아들놈이 잠만 퍼져자니 대학은 갈래나?"

"친정 엄마가 누우신 지 1년인데, 빨리 돌아가셨으면 하는 마음이야, 벌 받겠지?"

정신과에서 상담할 때의 거리감도 고해성사의 은밀함도 없이 다 풀어헤쳐 놓고 근심사를 털어놓는다. 함께 점사를 보면서 토론도 마다하지 않는다.

그렇게 손님들과 어우러지다 보면 커피잔이 치워지고 부침개에 막걸리 사발이 돌고, 때로는 해운대 바닷가로 자리를 옮겨 소주잔도 기울인다. 이게 그녀의 하루하루 무당살이다.

---

6) 혼점: 혼(魂)과 관련된 점으로서 이유 없이 아플 때 갑자기 부모님이 돌아가실 때 조상들의 억울함이 있는 지를 살피는 점.

7) 공수: 신령님이나 죽은 사람의 넋이 무당을 통해서 당가(손님)에게 전해주고자 하는 말.

무당이 되기 전인 27살 무렵의 박수진. 피할 수 없는 운명은 29살의 그녀를 무당으로 이끌었다. ⓒ 박수진

그녀는 고등학교를 졸업하고 20대 시절에는 객지에서 미용실을 전전했다. 10년 만에 고향으로 돌아와 남편도 만났고 예쁜 딸도 뒀다. 그런 박수진에게 신병이 오기 시작한 것은 스물아홉 무렵이었다. 간간이 찾아오던 신병은 드나들기를 반복하다가 그 날은 사지가 마비될 정도로 심했다. 남편을 깨우고 싶었지만 새벽에 출근하는 그를 힘들게 하고 싶지는 않았다.

전화를 끊었나 싶었는데 "골메기 당산 서낭당[8]으로 가자."며 엄마가 달려왔다. 대변리 바닷가를 바라보는 그곳은 거북등 같은 산길을 올라야 했다. 눈에는 저만치 보이는데 억새가 많아 길 찾기가 쉽지 않았다. 박수진은 몸까지 굳어져 있어 발을 내딛기가 어려웠다. 새벽녘 한기에도 송알송알 알땀이 이마에 맺혔다.

겨우 당산에 이르러 양현주는 박수진에게 오방기를 쥐어주고 치성을 드렸다. "뭐하러 오셨는교?", "와 내 딸까지 데려가려 하시는교?"

8) 서낭당: 마을과 땅을 지켜주는 서낭신을 모신 곳

엄마가 신령님께 타박하듯 애원하듯 기도를 드리자, 몸이 열리고 마비가 조금씩 풀리기 시작했다. 오방기를 든 손이 조금씩 위아래로 흔들렸다.

먼바다에는 돋을볕이 올라오면서 햇살이 펼쳐져 눈이 부셨다. 손갓을 하고 둘러보니 햇무리를 뒤로 하고 하늘 한가운데서 아슴아슴 의젓한 걸음걸이가 보였다. 엄마가 "누구신교?" 물어보니, "내다. 할아버지다." 다시 "누구신교?" 여쭈니 "내다, 할머니다."하는 진중한 음성이 울려 퍼졌다.

하늘 먼 곳에서 제금이 나지막하게 챙챙대더니 문득 커져갔다. 별은 어느새 아침 해로 바뀌었다. 오방기를 든 손은 제멋대로 놀더니 팔이 오방기를 휘두르는지 오방기가 팔을 잡아 이끄는지 모를 정도가 되

양현주와 박수진. 어머니 양현주는 딸이 무당이 되는 것을 원하지 않았다.

었다. 마비가 풀린 발에 힘이 들어가더니 겅중겅중 저절로 놀았다. 세찬 몸짓 탓에 머리는 산발이고 옷고름은 풀어 헤쳐졌다.

박수진의 눈에 어슴프레 9대조 할아버지가 선화줄(메꽃줄기)을 타고 내려오는 게 보였다. 발밑 낭떠러지에서는 할머니가 고운 자태로 계단을 타고 올라왔다. 동이를 등에 지고 오시며 "만신제자 내 제자, 이 물동이 모시고 만중생 받들 '업(業)' 주러 내가 왔다."고 하셨다. 박수진의 겅중대는 발걸음은 더욱 빨라졌다. 두 팔을 들고 고개를 젖히면 하늘 저 멀리 빨려 올라갈 듯했고 땀은 바닷물을 보탤 만큼 흘렀다.

그때 박수진의 입에서 "걱정 마라, 도와줄게. 같이 닦자, 너무너무 돌아왔다."란 말이 튀어나왔다. 그게 첫 공수였다. 그의 옆에는 어느결에 할아버지, 할머니, 장군대감, 오방신장, 별상동자[9]가 옆에 서 있었고 다스한 기운이 그의 어깨를 어루만졌다.

결국 그 날, 2017년 음력 3월 8일이 박수진의 내림굿 날이 되었다. 사실 양현주는 딸 박수진이 무당되는 게 싫었다. 양현주가 신내림을 받았던 70년대는 수난시대였다.

새마을운동이 벌어지자 동네마다 '미신 타파'를 한다며 모든 신령을 내쫓았다. 장구와 놋쇠방울, 삼지창을 짓밟고 태웠다. 어렵게 굿판을 벌이면 경찰들이 '무조건' 잡아갔다. 사람들이 미신이라고 수근거리고 애들은 반말이었으며 사탄이라는 손가락질도 받았다.

그렇게 걸어온 무당의 길, 양현주에겐 운명이면서 가시밭길이었다.

---

9) 별상동자: 집집마다 찾아다니며 천연두를 앓게 한다는 여신. 강남에서 특별한 사명을 띠고 주기적으로 찾아온다고 한다. '호구별성'이라고도 한다.

그래서 딸이 이 길을 걷지 않았으면 했다.

그런데 외면하고 싶어도 딸은 신병을 앓기 시작했다. 박수진이 29살 무렵 간간이 사지에 마비가 오기 시작했다. "병원 가 봐라."하면서도 그렇게 해서 풀릴 일이 아니기에 근심이 깊어갔다. 더구나 그때는 박수진의 딸이 두 살이어서 걱정이 더 컸다.

그래서 "딸의 곁에서 떠나가 달라."고 남몰래 눌림굿을 했다. 기도가 통했는지 잠시 머물렀던 할아버지, 할머니는 오간다는 말도 없이 떠나갔다. 하지만 눌림굿 효험은 잠시, 딸의 얼굴에는 다시금 신이 눌러앉은 기색이 완연해졌다. 그래서 양현주는 언젠가 올 것이기에 마음의 준비를 했다. 그랬던 터에 "사지가 마비되었다."고 딸이 연락하자 그날 결심했다. 이왕 오신 거면 제대로 받자고. 그래서 허겁지겁 내림굿을 했다. 제물을 제대로 못 갖춘 것이 못내 마음에 걸렸지만…….

"무당의 길은 마음을 달래주는 일"

신당 혜명화에서 박수진의 하루하루는 즐겁다. 그렇지만 짜증날 때도 많다. 간 보러 오는 당가들이 더러 있기 때문이다. 그러면 대감할아버지가 "커피 한 잔 주고 좋은 말해서 보내라."고 일러주신다. 건달들도 더러 오는 편이다. 한 해 '관재수'를 물어보는 것에서 시작하지만 지분대며 농이 걸어진다.

딱한 처지의 당가들도 많다. 굿은 말할 것도 없고 점사 볼 돈도 없어 과일 한 꾸러미 사 들고 와서 쭈뼛거린다. 그러면 북어포 하나 들고

신당 혜명화에서 기도하는 박수진. 놋쇠방울은 예지력을 도와주는 무구다.

같이 바닷가에 가서 용왕님께 청배[10]한다.

그녀는 무당의 길이 "마음을 달래주는 일"이라고 말한다. 세상사 근심은 모두 '마음의 병'이기에 "굿도 점사도 마음 둘 곳을 정해주는 일"이라고 말한다.

신당 혜명화의 일과가 끝나면 그녀는 바닷가 길을 따라 집으로 간다. 그녀는 내림굿을 받을 때 남편이 제일 걸렸다. 고맙게도 그는 "당신 옆에 신령님이 있으면 내게도 힘이 된다."고 받아들였다. 그런 남편의

---

10) 청배(請陪): 무당굿에서, 신령이나 조상의 혼령을 불러 모시는 일

이해 덕에 박수진은 힘이 난다. 내 가정이 평안해야 남의 가정도 편안하고, 그래야 신명도 잘 들어오시는 까닭에서다.

다섯 살 딸은, 할머니 양현주의 내림을 받아서인지, 노래며 춤이 남다르다. 박수진은 딸에게도 "신병이 오면 어쩌지?" 문득문득 겁이 난다. 진도씻김굿 송순단 선생의 딸 '송가인'처럼 예인(藝人)으로 성장해줬으면 하는 바람이 간절하다.

바닷가로 이어지는 귀갓길, 그녀의 입에서 이젠 제법 무가가 흘러나온다.

활등처럼 굽은 길을 화살처럼 달려갈 때
저승길이 멀다 하니 문턱 밖이로구나.

꿈결 같은 세상살이 헌신같이 저버리고
사람은 죽어 범이 되고 범은 죽어 꽃이 되네.
다 겪고 겪다 보면 지친다. 지치면 넘어진다.
넘어지면 일어나거라. 일어나면 또 넘어진다.

또다시 일어나야 하느니라, 수없이 넘어지고 수없이 일어나거라.
넘어지고 넘어지다 보면, 마침내 네가 설 곳이 있느니라.

[2019년 8월 23일 연재]

못 다 한 이 야 기……

* 이 글을 쓰는데 양현주, 박수진 만신과의 인터뷰를 기초로 《만신 김금화》라는 김금화의 자서전, 로렐 켄달의 《무당, 여성, 신령들》 등의 저서를 참고했다. 로렐 켄달(Laurel Kendall, 1947~) 박사는 한국 여성의 삶과 무속 문화 등 한국의 전통문화를 연구한 인류학자다. 미국 자연사박물관 인류학 분과장, 컬럼비아대 교수 등을 역임했고, '경달래'라는 한국 이름을 소중히 여긴다고 한다.
* 이 글에서 '일'이라는 개념은 무당이 굿이나 점사 요청을 받은 때를 말하는 데 보통은 굿을 뜻한다.
* 글 마지막에 나오는 무가는 《김금화의 무가집》에 나오는 구절이다.

노숙인 생활을 딛고 일어선 사회복지사 문점승

"

이혼당하고도
못 빠져나온 지독한 술독,
이렇게 탈출했습니다.

"

문점승은 몸을 일으켜 창밖을 바라보았다. 언제 병실에 들어왔는지 기억이 없다. 멀리 은행나무는 새벽 찬비 탓인가? 여윈 가지들이 똑똑 부러진다. 창틀에는 젖은 낙엽 두어 장이 위태롭게 매달려 있다. 그는 여윈 팔을 들어 창문을 열었다. 찬 바람이 날카롭게 맨살을 파고든다. 문점승은 진저리치면서 한 뼘 간격으로 창문을 가로지르는 쇠창살을 만져보았다. 손아귀에 꽉 들어차는 굵기다.

정신병원 폐쇄병동에 갇혀서

2005년 3월, 문점승은 용비교 밑에서 응봉산을 바라보며 막걸리를 마시고 있었다. 응봉산을 뒤덮은 개나리는 술 한 잔이 들어가면 물결쳤고, 또 한 잔이 들어가면 날갯짓을 하고, 다시 한 잔이 들어가면 커다란 나비가 되어 훨훨 날아올랐다.

한 잔 한 잔 들어갈 때마다 황홀했다. 용비교는 하늘로 이어지는 구름다리이고 눈앞에 흐르는 중랑천은 별천지로 이어지는 물길이었다. 입가에는 그윽한 미소가 번져나가고 몸은 가벼이 떠다니는 새털구름이었다. 땅을 베개 삼아 하늘을 이불 삼아 거리를 헤맨 지 벌써 몇 해이던가? 다시 문점승은 막걸리병을 땄다. 나비는 하늘 높이 오르며 함께 가자고 문점승에게 손짓을 한다. 나비가 멀어져 어슴푸레 보일 때 문점승은 비틀대며 일어났다. 그때 갑자기 나비가 땅 밑으로 곤두박질쳤다.

이렇게 쓰러진 문점승을 그의 형이 긴급 치료를 받게 한 후 청량리에 있는 정신병원에 입원을 시켰다. 폐쇄 병동 신세가 벌써 세 번째다. 문점승이 정신이 들어 병실 창살을 만졌을 때는, 정신을 잃은 지 6개월이나 지난 어느 가을날 아침이었다.

"'너네 아빠 술 취해서 길거리에서 잔다.'고 애들이 놀릴 때 창피했어요. 아빠는 술 먹으면 동네 강아지들하고 싸워서 엄마랑 같이 끌고 올 때가 많았어요. 아빠가 술 먹고 일도 안 나가서 엄마가 여관에 다니며 청소를 했어요. 엄마 도와주려고 주유소에도 가보고 신문 배달도 하려고 했는데 어려서 안 된다고 해 속상했어요."

판사의 물음에 아들은 또박또박 대답했다. 문점승은 초등학교 5학년 아들이 하는 얘기에 정신이 퍼뜩 들었다. '저 녀석이 저렇게 말을 야무지게 했나? 지 엄마가 시켰나?' 돌아보니 아내는 눈물만 흘리고 있었다. 2003년, 이혼소송에 출두하라는 통보를 받고 나간 법정에서 아들의 증언은 판사의 마음을 움직였다. 법정을 나서니, 어느새 아들과 애 엄마는 종종걸음으로 멀어져갔다.

가족은 다 떠나가고, 노숙계에 입문하다

경남 진주가 고향인 문점승은 중학교 때 풋술을 배워 술꼬가 터진 인생을 살았다. 가을 추수 때 문점승의 아버지는 벼베기를 마치고 막걸리를 사발에 철철 넘치게 따라 한 잔을 마셨다. 벌컥벌컥 들이키니 막걸리는 입술 옆으로 흘러내렸고 아버지는 '캬-' 하며 손등으로 입술을 훔쳤다. 논두렁에서 일손을 돕던 문점승에게 그 모습은 눈부시게 다가왔다. 이웃집 수확을 도와주러 아버지가 걸음을 옮기자, 문점승은 몰래 막걸리를 한 대접 그득 따라 한 모금씩 마셨다. 한 번도 쉬지 않고 들이키니, 멀리 아버지의 뒷모습이 기우뚱거렸고 나중에는 시계추처럼 왔다 갔다 했다. 그가 깨어난 것은 다음 날 아침, 집이었다.

진주중학교 운동장에 모여 입대를 하는 날 친구들은 기차로 갔지만, 그는 술에 곯아떨어져 다음 날 혼자 헌병대 지프차를 타고 춘천에 있는 103 보충대에 들어갔다. 입대하는 날부터 관심사병이 되었고, 제대할 때는 승리부대 15사단의 꼴통이 되었다. 1988년 결혼해서 제주도로 신혼여행 간 날, 군대 선임을 만나 밤새 술을 먹고 그를 끌고 아내가 있는 여관방에 들어가 잠을 자기도 했다.

성수동에 신접살림을 차리고 그는 본격적으로 술독에 빠져 살았다. 성수동 작은 공장에서 쇠를 깍던 그는, 점심에 반주로 시작해 야근이 끝나면 세 병이고 네 병이고 끝이 없이 마셨다. 문점승이 술에 취해 골목길에 들어서면 동네 강아지들이 몰려나와 으르렁거렸다. 뚝섬에서 원정 온 개도 있었다. 문점승은 발로 내지르고 소리 지르다 제풀에 지쳐

길거리에 누워 잠들었다. 아내와 아들이 "동네 창피하다."고 끌어다 집에 눕힌 게 부지기수, 다음 날은 해장술을 먹는다고 회사를 안 나갔다.

1998년 아내는 지친 나머지 애들을 데리고 친정으로 갔다.

아내가 떠나간 후, 그는 술 한 병을 옆에 차고 아침이면 성수동을 출발 중랑천과 뚝섬 일대를 돌아다녔다. 어느 날은 서울역까지 진출했다. 그곳에서 노숙인들과 오랜 벗을 만난 듯 술잔을 나누었다. 이름도 알 필요 없고 나이도 상관없고 서울역에 온 연유도 묻지 않고 술을 주고받고, 취하면 쓰러져 자는 '노숙계', 그는 기꺼이 입문했다. 성수동에 집은 그대로 있었지만 빈 집에서 혼자 먹는 술은 맛이 없어 아예 서울역에 둥지를 틀었다.

그렇게 몇 해를 보내니 쉰도 안 된 그에게 간경화와 황달, 알코올성 당뇨에 조울증이 찾아왔다. 복수까지 차올라 어느 날은 술병을 꺼내려 진열장을 열다가 쓰러지기도 했다. 그날로 병원에 옮겨졌고 나중에는 정신병원 신세까지 지게 되었던 것이다.

노숙인을 위한 성프란시스대학에 입학하다

"문점승씨, 성프란시스대학에 한번 들어가 볼래요?"

"네, 그게 뭔데요??"

"'노숙인 다시서기센터' 센터장 임영인 신부님이 노숙인을 위해 만든 인문학 학교예요"

문점승은 용비교에서 쓰러져 입원했던 청량리정신병원에서 은인을

성프란시스대학 4기
졸업식 때의 문점승.
성프란시스대학은 문점승이
알코올 중독에서 벗어나는
첫걸음이 떼게 해 준 곳이었다.
ⓒ 문점승

만났다. 그는 대학교수였다가 알코올중독자가 되어 학교에서 쫓겨 나고, 폐쇄병동에까지 입원했던 인물이다. 나중에 재활에 성공한 후, 알코올 중독 환자를 위해 살겠다고 중독치료상담사가 되었다. 문점승은 그의 손에 이끌려 단주 모임에 참여했고 처음으로 "다시 태어나야겠다."는 마음을 먹었다. 그의 권유로 정신병원을 퇴원한 뒤, 알코올중독자 재활 시설 '감나무집'에 입소했다. 그곳에서 공동체생활을 하던 중에 감나무집 소장으로부터 성프란시스대학 입학을 권유받은 것이다.

문점승은 2008년 4기로 입학했다. 수업 첫날 그는 입학 동기생들과 "인문학이 밥이 되냐, 돈이 되냐?"를 놓고 열띠게 얘기를 나눴다. 첫 수업을 마치고 서울역에서 연남동 감나무집으로 돌아갈 때 지하철에서 예술사 교재를 펼쳤다. 승객들 시선이 쏠리고 발음이 어려웠지만 '알타

미라 동굴벽화'라고 또박또박 읽었다. 그리고 철학 교재《플라톤의 국가론》을 꺼냈다. 무슨 소린지 모르지만 첫 장을 크게 읽었다. 승객들 시선이 더욱 쏠렸다. 그는 '국가론'을 더 큰 목소리로 읽다가 그만 내려야 할 홍대입구역을 지나치고 말았다.

문점승은 박경장교수와 함께하는 글쓰기 수업을 좋아했다. 초등학교 이래 처음 하는 작문이었다. 살아온 얘기를 적어보니 술 얘기가 전부다. 한 줄 한 줄 써가니, 신혼 첫날 여관방에서 밤새 자신을 기다렸던 아내 얼굴과 1998년 아내가 떠나가면서 남긴 편지가 생각났다. 한 장을 다 채우니 이혼 법정을 울린 아들의 목소리가 되살아나고, 두 장을 마저 채우니 눈물에 콧물까지 종이에 번져 간다.

2008년 서울역 광장에서 열린 문예한마당 '세상에 희망을 전하다'에서 '두드림'의 풍물공연을 하고 있는 문점승. 가운데가 문점승. © 문점승

문점승은 "나는 알콜 중독 노숙인이다. 극복하고 새 삶을 살겠다." 고 쓴 글을 기꺼이 발표했다. 다른 노숙인들도 살아온 얘기를 털어놨다. 문점승은 박수를 쳤고 박수를 받았다. 태어나 처음 하는 발표, 처음 받아 보는 박수, 내게도 칭찬해주는 친구와 학우들이 있다니! 심지어 교수님까지 잘했다고 격려를 해줬다.

그는 성프란시스대학 풍물패 '두드림'에도 가입했다. 일주일에 한 번 천호동에 있는 향린교회에 가서 유은하, 유은진 두 선생에게 배웠다. 북을 두드리면 술 한 병씩이 게워지는 느낌이었다. 이 북을 얼마나 치고 꽹과리를 얼마나 두드려야 술로 흘려보낸 시간을 되살릴 수 있을까? 그는 치고 또 쳤다. 두드림이 서울역 광장에서 노숙인을 위해 펼친 풍물공연에서 그는 북채를 높이 들고 마냥 뛰었다. 이날 맑은 땀방울이 등 뒤에서 샘처럼 솟았다.

감나무집을 나와 홀로 서다

성프란시스대학을 졸업하고 그는 감나무집에서 나와 홀로서기를 시작했다. 2009년 인천 동수역 근처에 쪽방을 얻었다. 혼자 살면서도 '단주'를 할 수 있다는 자신감이 생겼다. 그동안 잔잔한 유혹은 하루에도 몇 번씩 오고 갔다. 그래도 청량리정신병원에서 퇴원한 이래 4년간 술을 한 모금도 입에 안 댔다.

그런데 이 쪽방에서 위기가 찾아왔다. 2008년 인문학 과정을 다닐 때, 성프란시스대학 교수님들 권유로 요양보호사, 중독치료전문가 자격증을 땄다. 또 사이버대학에서 2년간 사회복지학을 공부해 전문학사가 되었다. 2009년에는 사회복지사 1급 자격증을 땄다. 네 번 떨어지고, 다섯 번 도전 끝에 이룬 결실이었다. 교수님들과 4기 동기생들이 격려해 준 덕분이었다.

하지만 많은 자격증에도 불구하고 취직이 안 되었다. 이력서를 마흔 군데 넘게 넣었지만, "나중에 전화 드릴게요, 역경을 딛고 일어서셨네요."라는 말이 전부였다. 알코올 상담센터나 중독통합센터의 시설장들이 대부분 사십 대들이니, 오십 대에 접어든 문점승을 쓰는 게 쉽지는 않을 터였다. 수입은 기초 생활 수급자로서 받는 14만 원과 다시서기센터에서 3시간 아르바이트로 받는 돈이 전부여서 방세 내기도 바빴다.

이런 상황에서 어느 날 우울증이 찾아왔다. "나는 결국 안되는 놈인가?" 하는 체념이 온몸을 휘감으며 눈앞에서 술병이 어른거렸다. 딱 한 잔, 정말 딱 한 잔만으로 이 마음을 달래고 싶었다. 어두컴컴한 쪽방에서 불도 안 켠 채로 몇 시간을 씨름했다. 소주를 넘길 때 나는 '캬' 소리, '콸콸콸' 막걸리가 쏟아지는 소리, 맥주병을 따는 '쉭' 소리가 방 안에 떠다녔고 눈에는 응봉산의 나비가 어른거렸다.

허벅지를 찌르고 자기 뺨을 갈기며 버티던 문점승은 단주 모임으로 자신을 이끌었던 사회복지사에게 황급히 전화를 걸었다. 그는 전화를 받자마자 "술 마셨어?"하고 물었다. '아직'이라는 대답에 "잘했어, 한 방울도 안 되는 거 알지?" 하며 당장 만나자고 했다. 그의 손에 이끌려 인천 제물포병원에 입원했다. 3일 정도 지나서야 다소 안정을 찾았다.

취직이 여의치 않은 문점승에게 다시서기센터에서는 공공근로를 알선해주었다. 서울역 일대 노숙인에 대한 상담 업무였다. 하루 8시간 근무하고 얼마간 급여를 받았다. 2012년에는 연남동에 있는 방 두 칸짜리 노숙인 자활 주택에 입주하였다. 덕분에 다소 안정된 생활을 이어가던 어느 날 밤, 뜻하지 않게 아들에게서 전화가 걸려왔다.

"아빠, 저예요. 아빠 집 옆에 놀이터 있죠? 거기로 잠깐 나오세요."

2003년 이혼 법정에서 본 이래 한 번도 보지 못하고 통화도 못한 아들이다. 내가 여기 사는 건 어떻게 알았을까? 무슨 까닭에 이 밤에 왔을까? 문점승은 서둘러 나갔다.

10여 년 만에 보는 아들, 가로등을 등지고 있어도 한눈에 알아볼 수 있었다. 의젓한 청년의 풍채였다. 다가가니 녀석은 담배를 비벼끄고 술 냄새를 풍기며 대뜸 말했다.

"아빠, 나 결혼해요. 엄마랑 동생이랑 외할머니네 근처 화천에서 살고 있으니 같이 가요. 갈래요? 안 갈래요?"

공원 벤치에서 아들은 소주를 마시고 문점승은 담배를 피며 밤새 많은 얘기를 나눴다. 엄마는 화천에서 요양보호사 자격증을 따 그 일을 하고 있고, 자기는 중학교 때 엄마랑 헤어져 친구 집에서 대학 때까지 얹혀살았고, 동생은 간호대학에 들어갔고, 외할머니가 학비를 대 주셨고, 끝없는 얘기가 이어졌다.

10월의 쌀쌀한 밤공기가 느껴질 때 어디선가 조막만한 길고양이 한 마리가 다가와 문점승의 허벅지에 파고들었다. 가로등이 깜박 졸고 새벽 별도 아슴해질 때, 문점승과 아들은 손을 잡고 일어섰다. 해장 라면을 끓여 먹고 함께 짐을 쌌다. 이불 한 채, 옷 몇 가지, 거리에서 주워 온 책상, 전기밥솥, 성프란시스대학 교재, 글쓰기 노트, 트럭 한 대분도 안 되는 살림살이였다.

알코올중독자들에게 재활 경험을 들려주고 격려하다

화천에 가서 가족과 재회한 후 문점승은 다행히 춘천 예현병원에 취직이 되었다. 병상이 300개가 넘고, 상주 의사가 여섯 명인 제법 큰 요양병원이다. 벌써 6년째 근무하고 있다.

문점승이 사회복지사로 일하고 있는 춘천 예현병원 앞에서

이곳에도 알코올중독증 환자들이 있다. 이들이 탈출해서 병원 뒷산을 넘어가면 찾느라고 여간 애를 먹는 게 아니다. 서울역에서 공공근로를 할 때, 거리에 있는 알코올 중독자들을 상담해서 치료센터에 들여보내는 일을 했다. 입소시키고 서울역으로 돌아오면 그들이 자신보다 먼저 와 있는 모습을 여러 번 목격했다. 중독자들은 자신이 환자임을 받아들이지

못한다. 받아들여도 탈출을 시도한다. 겨울에 눈 속으로 맨발인 채 도망 나간 환자까지 있었을 정도니…….

문점승은 2005년부터 16년째 단주 중이다. 본인이 중독을 겪었기에 문점승이 이들을 대하는 태도는 각별하다. 자신이 재활한 이야기를 들려주고 성프란시스대학 교수들에게 받은 것처럼 그들을 격려하고 다독인다. 즐겁지만 고되기도 하다. 병원에서 힘들었던 날은 퇴근 무렵에 소주병이 삼삼하게 눈앞에 어른거린다. 목젖은 스스로 꼴깍꼴깍한다. 묘하게도 이런 날은 어김없이 딸에게서 전화가 온다.

"아빠 나 오늘 저녁 먹고 가. 엄마한테 잘 말해줘. 얼큰한 순댓국에 친구들하고 소주 한잔할 거야. 아빠는 안 되는 거 알지. 집에 가서 엄마하고 밥만 맛있게 먹어!"

이쁜 딸이 웬수같은 말만 골라서 한다. 그래도 달콤하다.

[2020년 9월 12일 연재]

못 다 한 이 야 기 ……

* 문점승은 현재 춘천 예현병원에 사회복지사로 일하고 있다. 이곳에서 알콜중독상담사 역할도 하며, 지금도 단주모임에 나가서 서로를 격려하며 금주를 실천하고 있다.

* 어려운 상황 속에서도 문점승의 아들, 딸은 훌륭하게 성장하여, 아들은 강원도 공무원으로, 딸은 간호학과에서 간호사가 될 준비를 하고 있다.

김종분의
왕십리 노점 30년 세월

"

내 이름은 김종분,
1991년 백골단에 밟혀 죽은
김귀정이 엄마여!

"

봄볕이 꽃망울을 터트리며 어깨 위에서 놀던 게 어제였다. 그런데 오늘 아침, 봄기운이 홀연히 사라지고 꾸물꾸물한 날씨에 찬바람까지 더해져 겨울이 다시 온 듯하다.

'그 날' 이후 김종분의 옷은 늘 홑겹이다

김종분은 이러나저러나 몸을 추스려 경동시장(서울 동대문구)을 향한다. 언제부턴가 비탈에 선 나무처럼 기울어진 몸, 아직 지팡이 없이도 걸을 수 있음을 고마워하며 버스에 올랐다. 남들은 꽃샘추위라며 겨울 외투를 다시 꺼내고 목도리까지 챙겼건만, 김종분은 홑겹 옷차림에 전대를 하나 걸쳤을 뿐이다.

"에구. 만 원에 가, 가자구."

"아이구! 할머니, 너무 하세요. 용달 기본요금이 2만 원이에요."

"무신 소리야, 요 건너가 왕십린데. 늘 그렇게 갔어."

잠시 실랑이를 했지만 흥정은 싱겁게 끝났다. 김종분이 경동시장에서 호박, 오이, 옥수수 등을 떼다가 왕십리 노점에서 판 세월이 벌써 삼십 년이다. 38년생이니 올해 팔순이 넘은 나이. 기계 운반 일을 하던 남편이 50대 중반에 뇌진탕으로 세상을 등지자 그녀는 거리로 나섰다. 그때 나이 쉰 살, 삼 남매는 아직 어렸다. 그래서 왕십리 행당시장 건널목 바로 옆에 무작정 좌판을 펼쳤다.

경동시장에서 왕십리까지는 용달차로 10분 남짓 거리, 고산자로를 따라가다가 청계천을 건너면 손에 닿을 듯한 거리에 있다. 채소 상자를 내려놓는데 바람이 매서워 천막으로 만든 그의 가게(?)가 흔들린다. 구청에서 무허가 노점을 단속한다고 천막을 뜯어간 게 한두 번이 아니다. 하지만 뜯어가면 뜯어가는 대로, 전기를 끊으면 끊는 대로 버티고 버티며 오늘까지 왔다.

쪽파와 푸성귀를 파는 김종분. 김종분은 외상도 흔쾌히 달아준다,

"할머니, 요 오이 한 봉지 값 낼모레 줄게!"

"그려, 가지고 가. 요담에 줘."

오후 3시경, 막 장사를 시작할 때면 나타나는 동네 할머니다. 김종분은 2,000원짜리 외상을 흔쾌히 달아준다. 그렇다고 장부가 있는 건 아니다. 그저 머릿속에 기억해두고 잊으면 잊는 대로 장사를 한다. 30년 세월, 한자리를 지켰으니 이제는 거리 사랑방이다.

김종분의 가게는 두 평이 채 안 된다. 천막 한구석에는 강냉이며 튀밥이, 앞에는 오이, 호박, 깐마늘 등이 귀한 손님상 보듯 가지런히 놓여 있다. 안쪽으로는 옥수수 삶는 큰 솥이 의젓하게, 가래떡 굽는 연탄 화로는 얌전하게 자리 잡고 있다. 네 귀퉁이에는 얇은 쇠기둥이 한길 남짓 올라가 천막을 지탱해 준다.

여기가 그의 일터이며 생활 터전이다. 늦은 시간엔 여기서 잠도 청했다. 자정 넘어 들어가면 아이들이 깰까 봐 걱정도 되고, 다음 날 새벽 시장에 늦지 않으려고 왕십리 대로변에서 경적 소리를 벗 삼아 잠들기도 했다.

김종분이 앉은 자리는 남향이지만 큰 건물이 앞에 있어 온종일 볕이 들지 않는다. 그래도 해가 있으면 견딜만 하지만 날이 저물면 여름 말고는 한기가 느껴진다. 도로를 내달리는 차들의 바람까지 더해지니 오늘 꽃샘추위는 한겨울 매운 추위와 다를 바 없다.

하지만 김종분의 옷은 늘 홑겹이다. '그날' 이후 몸에 천불이 나서 옷을 여미지도 못한다. 몸을 풀어헤쳐야만 열을 식힐 수 있다.

성균관대 불문과 88학번이던 둘째 딸 귀정이가 숨진 날이 1991년 5월 25일이다. 벌써 28년이 지났다. 그날 귀정이는 학교 가는 길에 치마를 입고 나갔다가 황급히 돌아와 청바지로 갈아입었다. 그러려니 했다. 예전에도 아버지가 마신 소주병을 부지런히 나르기에 걱정이 되었지만 별 일 없으려니 생각했다. 알고 보니 딸은 그날 '공안통치 민생파탄 노태우정권 퇴진을 위한 제3차 범국민대회'에 참가했었다.

어떻게 소식을 들었는지, 아들 친구가 늦은 오후에 노점으로 찾아왔다. "귀정이 누나가 다쳐서 백병원에 입원해 있으니 가보셔야 한다."는 애기였다. 장사하던 중에 좌판을 치울 수도 없어 아들 친구에게 먼저 가보라고 택시비를 쥐어줬다.

그렇지만 김종분도 마음이 불안해, 장사를 그냥 벌려놓은 채 백병원을 찾아 나섰다. 나중에 들은 바로는 박종철 아버지가 '귀정이 어머니'를 찾아 왕십리를 헤매고 다녔다고 한다. 도착하니 이미 백병원 앞은 시위대와 경찰이 거친 몸싸움을 벌이며 난리 통이었다.

"왜 막아!! 폭력경찰 물러가라!!"

고함소리가 곳곳에서 일어나 귀청이 떨어져 나갈 듯했다.

경찰이 병원을 빈틈없이 에워싸 김종분은 들어가려 해도 계속 밀려나고 말았다. 그때 민가협(민주화실천가족운동협의회) 아버님 한 분이 "가족이니 길을 열어주라."고 해서 겨우 들어갔다.

입원했다는 딸을 보러왔건만, 병실로 안내하지 않았다. "왜 병실로 안 가냐고?” 물었지만 모두 대답없이 고개를 돌렸다. 설마 했지만 영안실로 인도받았을 땐 가슴이 철렁 내려앉았다. 가슴 고동이 쿵쾅대고 터져나갈 것 같았다. 다리에는 힘이 쭉 빠져나갔다.

영안실은 점점 눈앞에 다가왔다. 천천히 방안에 들어서니 흰 천으로 덮인 몸뚱이가 뎅그러니 놓여 있었다. 사방 벽은 시퍼런, 징그럽게 시퍼런 색이었다. 고개를 돌려 외면하고 또 외면하려 해도 몸뚱이는 눈에 박히듯 들어왔다. 비틀대며 거의 무릎걸음으로 다가가 흰 천을 걷어냈다. 눈에 들어온 것은 곱디고운 둘째 딸 귀정이었다.

그날 이후 김종분은 몸에서 늘 열이 나 식혀야만 했다. 그래서 옷을 여미고는 살 수 없었다. 살을 에는 한겨울 추위가 아니면 옷을 벌려놓고 있어야 열을 풀어낼 수 있었다.

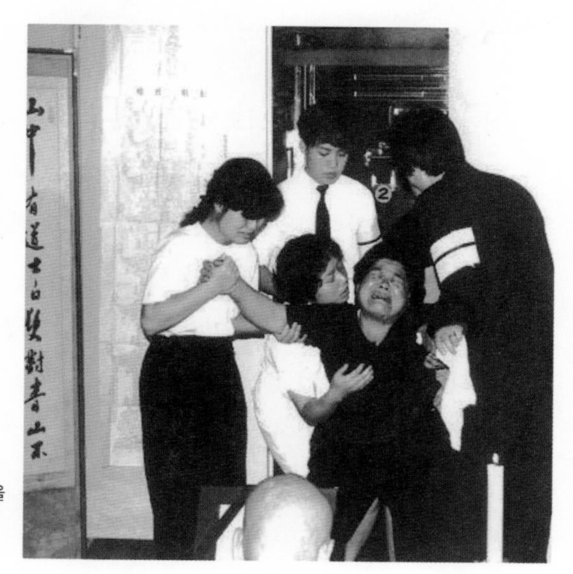

입원해 있다던 딸 귀정은 영안실에 있었다. 딸의 죽음을 알고 통곡하는 김종분.
ⓒ 김귀정추모사업회

옥수수를 쪄내는 김종분. 찐 옥수수는 가래떡과 함께 가장 인기가 있다.

"어머니 추운데 오늘도 나오셨어요? 옥수수 두 봉지만 주세요."

귀에 익은 목소리에 고개를 들어 바라보니 구청 직원이다. 천막을 뜯어가며 못내 미안해하던 단속반 사람이다. 그 뒤부터 퇴근 무렵이면 가끔씩 들러 가래떡이며 땅콩을 한 봉지씩 사간다. 김종분은 옥수수에 가래떡까지 얹어주며 "어서 들어가 안식구하고 따순 밥 먹으라."고 인사를 했다. 어쩜 이 맛에 장사를 하는 지도 모른다.

저녁이 되고 해가 떨어지니 더욱 쌀쌀하다. 한기가 느껴진다. 그제야 김종분은 바람막이 하나를 꺼내 몸에 걸쳤다. 귀정이가 좋아하던 꽃분홍색이다.

김종분은 백병원 영안실에서 5월 25일부터 6월 11일 장례식 전날까지 꼬박 18일을 보냈다. 몸이 무너져 내렸지만 귀정이의 친구들이 손잡아주고 어깨도 주물러주며 곁에 있었다. 그때 형집행정지로 출소했던 문익환 목사님, 지선 스님, 이소선 어머니 등이 함께 지내며 용기를 북돋아주었다. 민가협 어머니들도 마찬가지였다. 그런 도움 덕에 간신히 귀정이 옆을 지켜낼 수 있었다.

하지만 경찰이 부검하겠다고 병원 난입을 시도한 그 날은 정말 고통스러웠다. 귀정이가 대한극장 건너편 골목에서 경찰의 공세에 밀리다 압사한 날은, 명지대생 강경대가 백골단에 맞아 숨진 날로부터 한 달 뒤였다. 노태우 정부는 김귀정 사망으로 정세가 불리하게 되자 부검을 명분삼아 시신을 빼앗고 상황을 서둘러 끝내려 했다.

그래서 '김귀정열사폭력살인대책위'의 사수대는 경찰과 매일 치열하게 싸웠다. 특히 격렬했던 날은 5월 30일이었다. 나중에 확인된 일이지만, 경찰은 '새벽 5시에 백골단과 전경을 세 방면으로 한꺼번에 투입하는 작전'을 세웠다.

첫 번째는 일명 '엘레베이터작전'. 80여 명의 백골단이 환자의 보호자와 방문객으로 가장해서 병원 13층에 집결, 작전 개시와 함께 엘리베이터를 타고 급강하한 뒤 영안실로 난입하는 것이었다. 두 번째는 '관제데모작전'. 시위대로 위장한 경찰 사복조들이 을지로 일대에서 전경과 싸우다 쫓기는 척하며 병원 바리케이드 안으로 들어가는 것이었다. 세 번째는 백병원 뒤 중부세무서의 담을 굴삭기로 헐고 병력을 투입, 병원 정문을 장악하는 것이었다.

그렇게 경찰은 병력을 전개하며 침탈을 꾀했지만 사수대의 결사항전에 밀려 시신 탈취를 포기하고 철수했다. 부상자가 제일 많이 발생한 날이 바로 이 날이었다.

김종분은 딸의 친구들이 피 터지며 다치고 밤새우며 지쳐가는 모습을 보기가 힘들었다. "우리 딸 때문에 많은 아이들이 상하는구나."하는 생각에 속상하고 안타까울 뿐이었다. 그렇지만 할 수 있는 일이 없었다. 그저 바라보면서 눈만 껌벅껌벅할 뿐, 천불을 안으로 안으로 삭힐 수밖에 없었다.

"저녁밥은 어떻게 할래요? 동태찜 시켜 먹을까?"

생각에 잠겨있던 김종분에게 꽃집 아줌마가 말을 건넸다. 행당시장 앞, 손바닥만한 땅뙈기에서 어깨 나란히 노점하는 이웃이다. 그 집 말고도 토스트, 칼국수, 군밤 장사 이렇게 서넛이 (지금은 칼국수 장사가 죽었지만) 서로 수십 년을 의지하며 함께 지냈다. 끼니때가 되면 라면을 끓이기도 하고, 짜장면도 시켜 먹으며 고락을 나눈 사이다.

동태찜을 나눠 먹고 가래떡과 옥수수를 몇 봉지 더 팔고 나니 어느덧 자정이 가까이 다가왔다. 밤이 깊어지니 몸이 한결 더 춥다. 김종분은 연탄난로를 몸 가까이 끌어당겼다. 그는 자정을 넘겨 한 시까지 장사를 한다. 밤 11시가 넘어 사람들 발길이 뜸해지면 장사도 시원찮다. 그렇지만 김종분은 늘 새벽 1시쯤까지 거리를 지킨다. 아니 졸음에 못 이길 시간까지 스스로를 가둬둔다.

그날 6월 12일은 참으로 길었다. 아니 11일부터 헤아려보면 더 긴 긴 날이었다. 장례식을 위해 귀정이를 성균관대로 옮길 때, 뜻하지 않게 성균관 유림들이 교문 앞에서 학교 진입을 막았다. "성균관에는 정몽주, 퇴계 선생 등 성현 서른아홉 분의 위패가 모셔져 있고, 초대 총장 김창숙 선생 장례 때도 시신이 들어오지 않았다."며 운구를 저지했다.

그날따라 비는 추적추적 내렸고 늦은 오후여서 땅거미까지 지고 있었다. 누가 먼저랄 것도 없이 학생들은 무릎을 꿇었다. 여학생들은 치마를 입은 채 맨살을 아스팔트에 드러내놓고 애원했다. "귀정이가 마지막으로 교정을 볼 수 있게 해 주세요..."라며. 그 간청 덕에 운구는 정문을 피해 명륜동주민센터 옆쪽 담장을 허물어 겨우 들어갔다.

▼ 김귀정의 시신을 모교인 성균관대 교정으로 옮기려 했으나, 성균관 유림들이 막아서자 무릎을 꿇고 운구를 간청하는 여학생들.

▲ 장례 행렬이 도심을 지날 때 수만 명의 시민들이 길가에서 김귀정의 마지막 가는 길을 애도했다.

◀ 마석 모란공원 민주열사 묘역에 딸을 안장하고 묘비를 부여안고 울부짖는 김종분.

ⓒ 김귀정추모사업회

그렇게 해서 6월 12일 성균관대 금잔디광장을 출발한 장례행렬은 파고다 공원 앞에서 1차 노제, 대한극장 앞에서 2차 노제를 치렀다. 그리고 귀정이가 다녔던 무학여고 앞을 거쳐 밤늦게 모란공원에 묻혔다.

귀정이 친구들이 찾아오는 이곳을 떠날 수 없다.

귀정이를 떠나보내고 난 뒤부터 김종분은 자정을 넘기고 나서야 노점을 걷기 시작했다. 그렇게 몸을 부대껴야 집에 가서 잠이 들 수 있었다. 그렇지만 문을 열고 자야 했다. 옷을 풀어헤쳐야 하는 것처럼 문을 열어놓아야 겨우 잠을 잘 수 있었다.

자정이 넘으니 저 멀리 달빛은 맑아지는데 가로등은 꾸벅꾸벅 졸기 시작했다. 왕십리 큰 도로에 차 소리도 조금씩 잦아든다. 이때가 장사를 거둘 시간이다.

김종분은 연탄난로 불을 끄고, 몸을 일으켜 세운다. 전기가 끊긴 이후에는 가로등 불빛에만 의지해 야간장사를 한 지 오래되었다. 분홍빛 바람막이에 묻은 먼지를 툴툴 털고, 남은 오이며 호박을 대충 수습해 천막 안으로 밀어 넣고 얼기설기 쇳대를 채웠다.

예전에는 이 천막 안에서 많이 잤다. 그런 다음 날이면 귀정이와 큰딸은 성화를 부렸다.

엄마 기다렸는데 왜 안 왔냐고,

너희들 잠 깨울까 봐 그냥 거기서 잤다고,

다음부터는 그러지 말라고, 엄마 몸 상한다고.

그렇게 티격태격 말다툼을 했다.

그렇게 살가웠던 귀정이. 이제 한 달 남짓이면 28주기 기일이 다가온다.

고맙게도 딸의 친구들은 '김귀정추모사업회'를 만들어 1년에 세 번, 어버이날, 설날, 자신의 생일날을 잊지 않고 찾아와주었다. 그것도 수십 년 동안 한 번도 거르지 않고. 그게 힘이 되었다. 그리고 왕십리의 무학여고 동창들도 종종 찾아왔다. 와선 쪽파 한 단 사고 몇 만 원씩 전대에 밀어 넣어주고 "어머니 감기 든다."며 목도리를 둘러주고 갔다. 작년에는 팔순잔치를 마련해줬다. 귀정이를 잃어 아팠지만 더 많은 딸과 아들을 얻어 행복했다.

귀정이의 언니인 큰딸과 막내아들 녀석은 늘 야단이다. 간청도 많이 한다. "이제 그만 노점 일 걷으라고, 쉬셔야 한다."고.

그렇지만 김종분은 행당시장 건널목 앞 이곳을 떠날 수 없다.

귀정이와 3남매를 키워낸 이곳,

귀정이의 친구들이 찾아오는 이곳,

왕십리의 거리 사랑방이 된 이곳을 벗어날 수 없다.

산동네에 판잣집이었지만 첫 집을 장만했던 이곳을 떠날 수가 없다.

김종분은 몸을 기우뚱거리며 집을 향해 발걸음을 내디뎠다. 천막 노점을 비추던 가로등도 졸린 눈을 비비며 따라 일어섰다. 앞서서 종종 걸으며 찬 바람을 막아주고 길을 비춰준다.

왕십리의 별빛 달빛도 앞서거니 뒤서거니 그녀가 가는 길에 빛살을 보태준다.

밤하늘 어스름 어딘가에는 귀정이의 웃음, 귀정이의 속삭임이 번지는 듯하다.

"엄마 오늘도 고생했어, 사랑해..."

김종분은 눈을 꿈벅꿈벅하며 한마디 내뱉는다. 썩을 년, 꿈에 한 번도 안보이면서……

*　　　*　　　*

김종분이 가슴에 묻은 딸 김귀정

1991년 5월 25일 이후 김종분은 둘째딸 김귀정을 가슴에 묻고 산다. 김귀정은 경찰의 무리한 시위 진압 과정에서 압살당했다.

김귀정이 사망한 1991년 5월은 사회 전반의 민주화를 요구하는 세력과 민주화를 거슬러 역행하려는 세력이 첨예하게 맞붙은 때였다. 당시 노태우 정권은 경찰 등을 앞세운 공안통치로 사회 전반의 민주화와 민중 생존권 요구를 탄압했다. 그러던 중에 4월 26일 명지대에서 시위 도중 백골단의 쇠파이프에 강경대가 사망하는 사건이 일어났다. 시위는 더욱 거세어졌다. 여러 명의 학생과 시민이 민주화와 노태우 정권 퇴진을 요구하며 스스로 목숨을 내던지기까지 했다. 그리고 5월 25일 경찰의 폭력적인 시위 진압 과정에서 김귀정이 목숨을 잃고 만 것이다.

귀정이는 그렇게 갔지만 김종분은 늘 딸과 함께 했다. 귀정이와 뜻을 같이 했던 동료, 선후배, 지인들이 종종 왕십리 노점을 찾아온다. 설날, 어버이날, 생일날이면 잊지 않고 찾아주고, 귀정이의 기일이면 묘소에서 함께 추모제를 지낸다. 그들 속에 늘 귀정이가 있다.

김귀정의 묘는 1991년 6월 12일 마석 모란공원묘지 민주열사묘역에 안장되었다가, 2014년 4월 이천 민주화운동기념공원 묘역으로 이장했다.

2019년 11월 4일, 김귀정이 희생된 충무로 대한극장 건너편(충무로역 8번 출구에서 진양상가쪽 50m 지점) 인도에 '서울시 인권현장 표지석'의 하나로 '김귀정 희생터 표지석'이 설치되었다. '서울시 인권현장 표지석'은 인권을 탄압하는 권력에 맞서 투쟁한 시민들의 흔적이 뚜렷한 곳에 설치되고 있다.

2021년 김귀정이 떠난 지 30주년이 되는 해를 맞아, 그를 기리는 사람들은 '귀정, 2021 준비위원회'를 조직해 추모시집 《누가 내 누이의 이름을 묻거든》과 추모집 《귀정, 추모에서 일상의 기억으로》를 펴냈다. 또 ㈜인디스토리와 함

께 추모다큐멘터리 '왕십리 김종분'을 만들어 5월 25일 대한극장에서 시사회를 가졌다. '나쁜 나라'를 제작한 김진열이 감독을 맡아 제작한 90분 분량의 이 영화는 2021년 11월에 극장에서 정식으로 상영될 예정이다.

해마다 5월 25일이면 김귀정을 기리는 이들은 경기도 이천 민주화운동기념공원 김귀정의 묘소에서 추모제를 지낸다. 30주기인 2021년에는 예년보다 많은 사람이 참여했다.(사진 제공 김귀정추모사업회)

[2019년 4월 19일 연재]

* 2018년 팔순을 맞은 김종분을 위해, 김귀정의 동료, 선후배, 지인들 몇백 명이 김종분의 가족, 친지들과 함께 성대한 팔순잔치를 열었다.

* 김종분 어머님은 1938년 경기도 화성에서 태어나, 1962년 인천으로 시집을 갔다. 1967년 서울 왕십리로 이주했다. 1988년 남편과 사별하고 그해부터 왕십리 행당시장 앞에서 노점을 시작해, 팔순이 넘은 지금도 그 자리에서 노점을 하고 있다.
* 경찰의 백병원 난입작전 개요는 2018년 '성균관대민주동문회 30년사 편찬위원회'에서 펴낸 《성민동 30년》 95쪽을 참조했다. 김귀정의 시신 운구 과정에서 담장을 허물고 들어간 경위는 성균관대 경제과 83학번 송승진의 증언을 토대로 서술했다.

방앗간 사역하는 예수사랑교회
오윤주 목사

"

교회는 큰 건물, 화려한 장식이
아닙니다. 가난하고 병든 이들을 돌보고자 하는
섬기는 마음이 교회입니다.

"

"아, 기도가 밥 먹여줘?"

사촌 형님의 푸념은 멈추지 않았다.

"그 돈, 그 시간이 있으면 가족부터 챙겨야지." 수화기 건너에선 "에고, 참 내~"라는 한숨이 들려오더니 전화는 끊겼다. 성탄 전야부터 흐리던 하늘은 방앗간 유리창에 눈 대신 빗방울을 몇 가닥 뿌렸다.

새벽 기도를 마친 오윤주는 가래떡을 뽑으려는 참에 전화를 받고는 마음이 불편해졌다. 11시에는 성탄절 예배도 드려야 하는데…… "아, 목사가 그 정도 능력도 없어? 교회에 돈이 있을 거 아니야?"라던 형님의 말이 귀에서 맴맴 돌았다. "내가 방앗간에서 돈 벌어 교회 꾸려가는 걸 알 리가 없을 테지……" 하면서 오윤주는 마음을 다독였다.

방앗간 위의 교회

떡시루 앞에는 밤새 불린 쌀이 무심하게 누워있고 칠칠한 형광등엔 겨울 추위가 단단히 붙어 있었다. 오윤주의 한숨을 밀어내며 벽에 걸

오윤주 목사 부부가 꾸려가는 대성방앗간

린 TV에선 "하나님 꼼짝 마……"라는 소리가 들렸다. ㅈ목사가 종로경찰서에 출두하는 모습이 보인다. 크리스마스를 맞아 진행하는 '교회 개혁' 관련 토론 프로그램 같았다.

오윤주는 ㅈ목사를 반복해서 비춰주는 화면에 깊은 한숨을 내쉬며 불린 쌀을 기계에 넣어 빻기 시작했다. '덜덜덜…' 기계가 돌자 쌀가루는 하얀 눈꽃처럼 쏟아져 나왔다. 연탄난로 하나로 버티는 방앗간에도 설핏 온기가 돌기 시작했다.

"벌써 작업 들어갔어요?" 삐익 소리와 함께 오윤주의 아내가 검은 바람을 등지고 들어온다. "아침에 편히 자고 예배시간 맞춰서 오래두…" 그가 잔소리를 하지만 아내는 "내일까지 쌀 두 가마를 해야 하는데 혼자 되겠어요."하며 어느새 앞치마를 두르고 고무장갑을 낀다.

오윤주는 겉으로 타박하지만 속으론 반가웠다. 성탄절 설교도 다시 점검해야 하고 이래저래 시간이 빠듯했다. 마음까지 심란해서 일손이 안 잡히던 차에 아내가 들어오니 힘이 났다.

서울 경희대 앞 책방을 정리하고 장안동으로 옮겨온 때가 1993년, 마흔네 살 때였다. 아내는 "우리 방앗간 해봐요, 책방보다는 나을 거예요."라며 권했다. 처갓집은 대를 이어 방앗간을 했다. 그렇게 아내 손에 이끌려 터 잡은 곳이 동대문구 장안동의 어느 골목이었다. 쌀과 기름, 고추 빻는 기계 세 대, 찜을 할 수 있는 보일러, 가래떡과 절편을 뽑는 기계 등을 갖췄다. 그때 두 딸아이가 초등학교 4학년과 1학년. 아이들을 방앗간 창고 방에 재워가면서 지내온 세월이 벌써 26년이다.

오윤주가 곱게 빻은 쌀가루를 떡시루에 담아 올려놓으니 아내는 불을 지폈다. 이내 증기가 '쉭쉭–' 소리를 내며 나오기 시작한다. 조금 있으면 한 아름 되는 떡이 눈사람 몸통처럼 쪄져 나올 것이다. 아내가 불도 조절하고 간도 맞추는 시간, 오윤주는 난로 옆에 앉아 물끄러미 아내를 바라보았다.

1층에서는 '대성 방앗간 사장님'이고, 3층에서는 '예수생명교회 목사님'인 그는 전북 남원 가산리, 가난한 농군 집에서 태어났다. 전주공고를 마치고 군대에서 제대한 스물네 살 무렵, 검찰 사무직 시험을 준비하다가 여의치 않아 고향 형님댁에서 소 치는 일을 했다.

그런데 '지인'이 이문동에 있는 중앙정보부에 취업을 시켜주겠다고 해 서울로 왔다. 결과는 취업 사기. 그때부터 청량리 부근에서 과일 장사와 고물 장사를 했다. 잠은 청량리역 부근, 독방은 250원이고, 여럿

이 자는 방은 하루 150원 하는 합숙소에서 비닐을 덮고 잤다.

그러던 어느 날, 오윤주는 정화여상 앞으로 손수레 가득 온종일 책을 날라주고 2만 원을 받았다. 그날 헌책이 돈이 된다는 걸 깨달았다. 그 후 닥치는 대로 《선데이서울》 같은 잡지와 단행본들을 모아 청계 8가로 싣고 갔다. 그렇게 눈을 떠 정릉에 조그만 책방을 열었다.

하지만 아내를 만났을 때는 빚이 400만 원이나 있고 겨우 서너 평 되는 책방에 매달려 있는 청년이었다. 아내는 "열심히 사는 사람으로 보여 마음을 줬다."고 했다. 그런데 지금도 한 뼘짜리 방앗간에 매어 있게 하니 미안할 뿐이다.

떡의 달인이 된 목사님

십 분이나 지났을까? 아내가 서 있는 찜통에서는 기세 좋게 김이 올라왔다. 방앗간에는 금세 안개가 펴진 듯했다. TV에선 '교회 개혁' 얘기가 계속됐다. "명성교회 세습 문제는 한국 교회의 큰 상처입니다. 지켜보던 다른 교회에서도 세습 시도를 할 것입니다.", "사회가 교회를 걱정하고 있어요."하며 이어지는 발언에 오윤주는 마음이 답답해 리모컨을 찾았다.

그때 "이제 날라요!"라며 아내가 찜이 다 됐다고 소리친다. 오윤주는 손바닥을 비비며 다가가 시루를 번쩍 들었다. 뒤에서 아내가 "밑에 물기 조심해요."라고 일러준다. 30년 가까이 한 일이지만 칠십 줄에 이르니 이젠 손목도 허리도 예전 같지가 않다. '끙' 소리를 내며 찐 떡을

가래떡을 뽑는 부부. 이 작업은 부부의 살가운 호흡이 중요하다.

가래떡 뽑는 기계에 얹어 놓았다.

그리곤 떡칼을 들어 큼직큼직 갈라 가래떡기계 입구로 밀어 넣었다. 곧이어 포동포동한 굵기로, 윤기마저 반지르르한 긴 가래떡이 나오기 시작한다. 순순한 하얀 빛의 결정으로 새 생명처럼 쏟아져 나온다. 조금 전만 해도 그저 무심히 천장만 바라보던 쌀 알갱이들이었다.

아내는 뽑혀져 나오는 녀석들을 찬물 가득한 '다라이'에 식힌 다음, 맞춤 맞게 잘라 떡판에 가지런히 늘어놓는다. 열다섯 줄씩 한판, 그 위에 한 층을 올리고 또 한 층을 올리고… 세 판 정도가 쌓이면 부부는 함께 들어 고추 빻는 기계 앞으로 가져다 놓는다. 시간이 지나면 적당히 굳을 것이고, 떡국떡으로 모양 좋게 썰어내면 끝이다.

오윤주 부부가 이곳에 왔을 때 장안동에만 방앗간이 28군데였다. 그때는 나름 장사가 재미있었다. 결혼 성수기나 설날에는 며칠씩 밤도

뽑은 가래떡을 말리기 위해 부부가 호흡을 맞춰서 맞들어 옮기고 있다.

샜다. 어느 날은 밤을 꼴딱 새고 새벽을 맞았을 때, 동네 할머니가 "젊은 부부들이 밥은 먹으면서 일하느냐?"며 따뜻한 국밥을 담아 오신 적도 있었다.

그랬던 방앗간이 꺾이기 시작한 것은 IMF 직후였다. 동대문 원단시장이 가까워 집집마다 편직기를 돌렸던 장안동에도 그늘이 드리워져, 이전이나 확장 고사떡이 줄어들었다. 또 대형마트에서 고춧가루와 기름을 편히 살 수 있고, 중국산 때문에 가격도 낮아져 재래식 방앗간은 점점 설 자리가 없어졌다. 그래도 30년 가까운 세월을 버텼다.

새벽 기도를 마치고 시작한 가래떡 작업은 어느덧 오전 아홉 시를 가리킬 때까지 이어졌다. 바깥 날씨는 꾸물꾸물할 뿐 눈 올 기미는 없다. 시계를 보던 아내가 "이제 올라가서 아침 드시고 설교 준비하세요."라고 재촉한다. 성화에 못 이겨 오윤주가 떡가루를 훔쳐내고 옷매무새를 다듬는데, "안녕하세요. 오늘 성탄절인데 예수 믿고 부자되세요."하며 나이 지긋한 여자 둘이 성경을 끼고 들어왔다. 두 사람은 "우리 교회 엄청 커요. 목사님이 능력 있어서 성전을 크게 지었어요."하며 시키지도 않은 말을 늘어놓았다.

오윤주는, "여기 이 양반도 목사님이에요."라는 아내의 목소리, 당황하는 두 여자의 표정을 뒤로 하고 방앗간을 나섰다.

'딱한 어르신 모시는' 교회

3층 교회로 들어서는 계단 앞에는 벌써 유모차와 보행기들이 여러 대 줄지어 서 있다. 예수생명교회 신도들은 대부분 노인들이다. 거동이 시원치 않아, 노인들이 의지해온 보호 장구들이 예배 때면 길게 줄을 선다.

오윤주가 기독교 신앙을 갖게 된 계기는 고물 장수를 하던 총각 시절, 어머니처럼 따뜻한 신도를 만난 덕분이었다. 그 후 경희대 앞에서 책방을 하던 1976년, 근처 산정현 교회를 다니면서 제대로 신앙 생활을 하게 됐다. 그때 평양 산정현 교회 주기철 목사가 신사참배를 거부하다가 49살의 나이에 감옥에서 순교한 사실을 알았고, 이는 청년 오윤주에게 큰 가르침이 되었다.

그 후 평범한 교인 생활을 하던 그는 장안동에 와서 큰 변화를 겪게 된다. 방앗간 건물 3층에 교회가 있었다. 젊은 목사가 운영을 했는데 성도를 위한 프로그램도, 새벽 예배도 없었다. 목사가 성인게임방에 빠졌다느니, 다른 직업이 있다느니, 이런저런 소문이 돌았다. 안타까운 마음에 오윤주는 안수 집사와 장로를 거치면서 7년 동안 목사를 대신해 4시 30분에 하루도 거르지 않고 새벽 기도를 이끌었다.

그런 그에게 사람들은 목사 안수를 받으라고 권했다. 그래서 오윤주는 김국경 목사가 총장으로 있는 합동선목총회 신학원을 다녔다. 여기서 속성으로, 8학기를 2년으로 마치고, 1년 반 동안 대학원을 다녀 목사가 되었다. 그때 따가운 눈초리들이 많았다. "군소 신학교에서 무자격 목회자를 양산한다.", "영적 수준이 낮다." 등등 그런 말들이 수군수군 들렸다.

예배를 집전하는 오윤주 목사. 예배를 모실 때는 근엄하면서도 다정한 모습이다.

그는 아랑곳하지 않고 2000년, 방앗간의 3층 교회를 인수했다. 새롭게 꾸미면서 적지 않은 돈이 들어갔지만 모두 개인 헌금으로 처리했다. 워낙 신도들이 적고, 형편 어려운 노인들이어서 헌금이래야 일, 이천 원이 고작이었다. 그래서 그는 사례비와 목사 월급을 받지 않기로 마음먹었다. 지금까지 그렇게 실천했다. 심방비는 모두 교회에 헌금했다.

이때 오윤주는 교회 이름을 '예수생명교회'라 바꾸고 '딱한 어르신 모시기'로 사목 방향을 세웠다. 노인대학도 만들어 장안동과 전농동 노인정을 돌며 홍보했다. 예배를 마치면 점심 끼니를 대접했고, 돌아갈 때는 쌀 1kg을 봉지에 담아 나눠줬다. 그러다 보니 교회 재정은 늘 쪼들릴 수밖에 없었다. 그런 세월이 벌써 19년이다.

가난한 교회의 성탄 풍경

30평 남짓 되는, 소박한 제단에 양옆으로 신도들이 앉는 의자가 열 줄 정도 놓여있는 교회당, 예수생명교회의 11시 성탄절 예배가 시작되었다. 신도들이 대부분 노인이라 성가대의 찬송가는 긴 고갯길을 넘어가는 발걸음 같았다. 앉고 서는 예배 동작은 느린 화면으로 재생되는 듯했다. 그래도 성탄 예배 덕인가, 오늘은 제법 자리가 찼고 북적거린다.

사실 초빙 전도사 중에는 "목사님, 우리도 부흥회 한번 합시다."라고 권유하는 이도 적지 않았다. "우리도 교회 신축 사업 벌려 성전 헌금을 받자."는 제안도 있었다. 오윤주는 다 마다했다. 성도들에게 부담 주지 말고 내가 '방앗간 사역'을 더 하면 된다고 하면서 여기까지 왔다.

찬송가가 끝나고 오윤주는 천천히 성탄 설교 말머리를 열었다. 어느결에 올라와 성도들 식사 준비까지 마친 아내가 뒤쪽에 보였다.

"교회는 큰 건물이 아닙니다. 화려한 장식이 아닙니다. 빛과 소금이 되고자 하는 마음입니다. 낮은 곳에 임해 가난하고 병든 이들을 돌보고자 하는 섬기는 마음이 교회입니다."

오윤주의 음성이 조금씩 높아진다. 창가에는 꾸물대는 하늘만 보일 뿐, 아직도 성탄을 축하하는 눈 소식은 기미가 없다. 설교가 달아올라도 까뭇 조는 할머니, 긴 하품에 주름을 더하는 할아버지, 그저 "아멘, 아멘!"만 읊조리는 아주머니들, 오윤주는 이 모습, 이런 예배 장면을 사랑한다.

그런데 걱정이다. 자신도 이제 칠십이 넘어 예수생명교회를 이끌어 갈 수 있는 후배 목사를 발굴해서 키우고 싶다. 하지만 젊은 목회자들은 대형 교회에 취직(?)을 하려고 할 뿐 작고 힘없는 교회는 외면한다.

문득 돌아본 창가에 뽀얀 쌀가루 같은 눈 한 송이가 미끄러져 내려간다. 눈송이는 바람에 잠시 주춤하더니, 26년 된 방앗간 간판의 해진 글씨 '대'자에서, 다시 '성'자에서 잠시 머무른다. 오윤주가 설교를 마치니 긴 고갯길을 넘어가는 찬송가가 다시 느릿느릿 시작되었다.

[2019년 12월 25일 연재]

못	다	한		이	야	기	……

* 방앗간 창고방에서 재우기까지 하며 키운 두 따님은 훌륭히 성장, 한 분은 민주노총 소속 변호사로 활동하는 등 '낮은 데로 임하는' 변론 활동을 하고 있다.

* 오윤주 목사님은 늘 가슴에 새기는 성경 구절로 마태오복음 9장 12절과 13절, 20장 28절을 꼽는다. 각각 인용하면,

"예수께서 들으시고 이르시되 건강한 자에게는 의원이 쓸 데 없고 병든 자에게라야 쓸 데 있느니라. 너희는 가서 내가 긍휼을 원하고 제사를 원치 아니하노라 한 뜻이 무엇인지 배우라. 내가 의인을 부르러 온 것이 아니라 죄인을 부르러 왔느니라 하시니라."(마태오복음 9장 12절, 13절)

"인자가 온 것은 섬김을 받으려 함이 아니라 도리어 섬기려 하고 자기 목숨을 많은 사람의 대속물로 주려 함이라."(마태오복음 20장 28절)

* 오윤주 목사님은 많은 존경하는 분들을 통해 배웠지만, 특히 세 분 목사님이 자신을 어려움 속에서 잘 인도해준 표상이라고 말한다.

직접 만나뵈지는 못했지만 신사참배를 끝까지 거부하고 순교하신 주기철 목사님과 결혼 주례를 서주시고 신앙 생활로 인도하신 회기동 산정현교회 김광수 목사님, 그리고 목사의 길로 안수해주신 합동선목총회 김국경 목사님이 그분들이다.

청년 예술가 문우림과 엠마누엘의 좌충우돌 성장기

"

우린 파리에서
짝퉁을 만들었어,
그게 어때서?

"

2m나 되는 화폭이 조금씩 펼쳐지니 학생들은 "와! 뭐야? 큰데" 두런두런 소리를 냈다. 그러면서 설명을 기다리는 눈초리로 한 걸음씩 가까이 다가갔다. 강의실 분위기는 갑자기 달아올랐다.

"우리나라 한국에서는 세월호가 침몰했습니다. 유럽으로 오는 난민들 배가 난파하는 일은 아주 흔한 일이구요. 그래서 엠마누엘과 함께 '침몰과 재앙'을 주제로 작업했습니다."

그림에는 검은 수평선이 말없이 누워있고 절반 가까운 크기로 배 한 척이, 그 옆으로는 한 뼘 크기 배 하나가 뒤집혀 있다. 사람들이 물에 빠져 허우적거리고 있는데, 가장자리 모래사장에서는 한 무리의 사람들이 태연하게 일광욕을 즐기고 있다.

우림의 발표가 끝나자 교수와 학생들이 힘찬 박수를 보내주었다. 우림은 충만한 기분이 들었다. 우연히 엠마누엘과 하게 된 공동작업이었는데…

그날 우림과 엠마뉴엘은 발표를 마치고 노르망디 해변으로 가서 캔맥주와 2유로짜리 육포를 샀다.

문우림은 프랑스 껑예술대학과 소르본대학에서 미술을 공부했다. 2019년 귀국해 성수동을 둘러보며 찍은 사진.

"우리 듀오를 만들어볼까?" 기러기가 '꾸룩'하고 지나갈 때, 바닷바람의 짠 내가 훅 풍겨왔다. 둘은 맥주를 홀짝이며 누가 먼저랄 것도 없이 속마음을 털어놨다. 축가라도 불러주는 듯 파도가 '쏴아'하고 밀려왔다. 매운 겨울바람에 손을 호호 불며 그들은 건배를 했다.

그렇게 해서 2015년 12월 겨울, 껑예술대학 동기로 한국과 프랑스의 두 청년이 만든 '75070'이란 듀오가 결성되었다. '75'는 엠마누엘이 태어난 파리를, '0'은 슬러시, '70'은 문우림이 사는 서울을 뜻해, '파리-서울'이라고 작명한 것이다.

넓은 세상 보고 오라고 등 떠민 아빠

"우림아, 이거 프랑스 가는 비행기표야."

2010년 수능을 망친 우림이는 미술대학 진학을 포기하고 집에서 잠만 자며 시간을 보냈다. 그날도 눈을 떠보니 점심 무렵이었다. 아빠는 슬그머니 방으로 들어와 티켓을 내밀었다. 우림이는 잠이 덜 깬 눈을 비비며 표를 바라보았다.

그렇게 "넓은 세상 보고 오라."는 말에 떠밀려 친구들이 입학식을 치르는 3월 2일, 우림이는 파리행 비행기에 몸을 실었다. 혼자서 하는 첫 번째 해외여행! 입국 절차를 밟고 나오니 드골공항 로비는 넓디넓은 광장이었다. 파리 시내로 가는 전철을 타야 하는데…… 우림은 흑백으로 출력된 공항 지도만 하염없이 바라보았다. 우림은 아빠가 원망스러웠다. "나보고 어떡하라고!?"

2019년 문우림과 함께 서울에 온 엠마누엘. 문우림은 껑예술대학에서 엠마누엘과 '75070'이란 이름의 듀오를 결성하고 공동 작업을 했다. 엠마누엘은 펜과 종이를 든 성직자 같은 느낌으로 살겠다고 말한다.

그렇게 발을 들여놓은 프랑스에서 우림이는 노르망디에 있는 껑예술대학에서 학·석사를 마치고 2019년 '경계인'이란 논문으로 소르본대학에서 석사학위를 하나 더 받았다.

티격태격, 짝퉁 퍼포먼스

"우림. 우리 보따리 장사, 짝퉁 전시회 한번 할까?"

엠마뉴엘이 조심스레 다음 작업 이야기를 꺼냈다. 껑에서 석사를 마치고 2018년 우림은 파리에 있는 소르본대학에 편입을 했다. 엠마뉴엘도 파리에 있는 자기 집으로 왔다. 두 청년은 엠마뉴엘 집을 작업실로 썼다.

"우리 동네에 노점상들이 많잖아? 대개 짝퉁이나 헌 옷을 팔고……"

어디나 마찬가지지만 프랑스에서는 '짝퉁'에 대한 시선이 안 좋다. 미디어에서는 완전 위조가 아님에도 거의 범죄자 취급을 했다. 짝퉁을 사고파는 이들이 주로 이민자나 노숙자인 점도 작용을 했다. 그런데 그들은 우림과 엠마뉴엘에게는 늘 만나는 친구들이었다. 할렘가에서 반갑게 인사하고 힘들 때 서로 말을 건네는 이웃들이었다. 엠마뉴엘은 이 퍼포먼스를 통해 그들이 살아가는 이야기를 세상에 전하고 싶었다.

노점 전시회. 문우림과 엠마누엘은 파리 곳곳의 길바닥에서 '100% 페이크' 짝퉁 전시회 좌판을 펼쳤다.
ⓒ 문우림

엠마누엘이 태어난 곳은 파리 할렘가 18구역. 집을 나서면 아랍 케밥, 중국요리, 베트남 쌀국수 등 여러 나라 음식점이 즐비했다. 그 동네는 지구촌 인종전시장이었다. 골목골목에는 이민자들 좌판이 넘쳐났고 노숙자들은 담배 한 개비를 청하곤 했다. 그래서인가 엠마누엘은 다양한 인종, 다양한 국적 사람들의 이야기에 귀를 기울이고 공감을 잘했다.

또 엠마뉴엘은 동화책과 사진집을 보면서 자라났다. 그의 아버지는 영화감독, 할머니는 동화작가였던 집안 분위기 덕분이었다. 그런 집안 내력과 동네 분위기 영향으로 어릴 적부터 예술은 자연스레 그에게 스며들었다. '살아 있고 살아감을 확인해주는 행위'였다. 그래서 그는

'100% Fake', oct 2019, 100% 페이크 단체전. 이날은 좌판을 제법 크게 벌렸다. ⓒ 문우림

“펜과 종이를 든 성직자라는 느낌으로 살겠다.”고 자주 말했다.

엠마누엘의 제안대로 둘은 작업을 시작했다. 우림과 엠마뉴엘은 짝퉁이지만 하나뿐인 진품을 만들었다. 필라는 ‘폴라’로 노스페이스는 ‘노피스’로 살짝 틀었다. 나이키 신발, 말보로 레드, 모토롤라 휴대폰을 시멘트나 흙, 티셔츠를 이용해 세상에 하나밖에 없는 독특한 ‘짝퉁’을 만들었다.

“엠마뉴엘, 이거 얼마에 팔까?”

“우림. 네가 알아서 해.”

75070 결성 이래 엠마뉴엘은 늘 이런 식이었다. 그는 작품 판매에는 도통 관심이 없었다. 그래서 전시를 하면 기획과 운영은 우림이 맡았다.

“Friche Etex”, sep 2019, 프랑스 파리에서 2019년 9월에 열린 에텍스 단체전 © 문우림

'짝퉁 전시회'를 진행하면서도 둘은 티격태격한다.

"이거 50유로는 받아야 해."

"너무 비싸지 않을까?"

그러고는 엠마뉴엘은 돌아앉으며, "우림, 네가 알아서 정해."라고 한다.

이럴 때마다 우림은 짜증이 났다.

"엠마뉴엘, 관객이 작품을 사는 건, 우리 이야기 우리가 흘린 땀을 사주는 거야!"

우림의 음성이 커진다. 그의 목소리가 높아질 때마다 근심이 돼서인지 엠마뉴엘의 할머니는 방 밖에서 기웃거렸다. 엠마뉴엘은 그저 검은 눈만 끔벅일 뿐이다. 우림은 체념하고 혼자서 가격을 정한다. 우림이 판매가를 결정하는 기준은 간단하다. 재료비와 생활비다.

우림은 가난한 유학생이다. 시민운동가인 아빠가 보내주는 학비는 고작 30만 원. 다행히 국립대학이어서 학비는 없었다. 그렇지만 방세와 생활비, 재료비 부담이 컸다. 껑예술대학에서는 생활비가 60만 원 정도 들었다. 소르본대학원에 편입, 파리로 오게 되면서 100만 원 이상으로 껑충 올랐다.

소르본대학원은 이론과 학습 부담이 많아 아르바이트할 수 있는 시간도 별로 없었다.

결국 아껴 쓰는 수밖에 없었다. 식비는 일주일에 5만 원 정도 장을 봐서 해결했다. 재료도 제일 싼 것으로 구매했다. 색감이나 질 차이가 있지만 감수했다. 티셔츠를 이용하는 작업은 재료비만 40만 원이 들기도 했다. 그래서 찾은 방안이 재활용이었다. 골목길도 뒤지고, 때로는 쓰레기통에서도 재료를 주웠다.

그래서 우림은 이 작품으로 방값을, 저 작품으로 생활비를, 나머지는 술값이 되면 좋겠다고 정리해나간다. 그러면 엠마누엘은 말없이 고개를 끄덕인다. 다행히 프랑스에서는 작품의 가격이나 의미를 잘 받아들이는 편이고, 주말에 갤러리에 가서 놀자는 문화도 있어 판매가 쏠쏠할 때도 있었다.

우림과 엠마누엘, '75070'은 그렇게 짝퉁 전시물을 들고 에펠탑, 루브르박물관, 보자르 대학으로 가서 노점을 펴고 사람들에게 열심히 작품을 설명했다. 때로는 엠마뉴엘이 "우림, 경찰 온다, 튀어!"라고 소리쳐 황급히 보따리를 싸 도망간 적도 있었다.

사람들은 소르본대학원 출신과 껑 예술대학 석사가 만든 '짝퉁' 제품과 노점 판매, 경찰에 쫓기는 장면을 재미있고 신선하게 바라보았다. 그런 우여곡절을 거치며 이 전시회는 '100% Fake'란 이름으로 2019년 3월부터 6개월간 거리에서 계속되었고, 인스타와 유튜브를 통해 많이 공유되었다.

나에게 예술은 일기이자 필살기

우림은 2019년 10월 25일 인천공항에 내렸다. 소르본대학 박사과정을 지원했지만 실패했고, 28살 나이에 더 미룰 수 없는 병역의무 때문에 귀국을 했다. 그날 입국심사대 긴 줄 한가운데 서 있자니 우림은 10

녈 유학 생활이 떠올랐다.

아빠에게 등 떠밀려온 배낭여행에서 몽마르트 언덕의 화가들을 보고 그들 모습에 반해 유학을 결정했다. 기숙사 방에 우두커니 있어야 하는 어학원 과정은 1년 6개월이나 걸렸다. 돈이 떨어져 간장이랑 참기름으로 밥을 비비고 통조림 몇 개로 1주일을 버텼던 기억. 목감기로 처방받은 벌꿀 시럽에 알레르기 반응이 있어 온몸이 붓고 빨간 반점이 뒤덮혔던 일주일. 이삿짐 나르는 아르바이트에 갔는데, 엘리베이터도 없는 7층 건물이어서 20개가 넘는 박스를 올리느라 며칠 동안 누워있던 날들……

그런 시간 속에서 우림은 스스로를 '청년 예술가'로 키워나갔다. 그래서 우림은 자신에게 예술이란, 10년 세월 동안 쌓인 아픔을 치유하

"Andre Moon", nov 2019, 앙드레 문. 문래 창작촌 일대에서 진행한 게릴라 퍼포먼스. 가운데 둘이 엠마누엘과 문우림이다. ⓒ 문우림

는 '일기'라고 말한다. 그리고 세상을 향해 "나는 이렇게 당당하게 서 있어!"라고 토해내는 외침이며 필살기라고 말한다.

입국심사대를 빠져나올 무렵, 청사 밖으로는 벌써 영종도의 달이 떠올랐다. 수하물 찾는 곳으로 우림은 엠마누엘과 함께 바삐 걸어갔다. 우림의 귀국길에 엠마뉴엘도 한국 구경을 하겠다며 함께 왔다. '75070' 결성 이래 잠시도 떨어지지 않았던 그들이다.

"엠마뉴엘, 넌 한국에서 뭘 제일 하고 싶어?"

붐비는 승객들 사이로 걸으며 우림이 재차 물었다. 엠마뉴엘은 인천공항 풍경을 구경하느라 질문을 건성으로 듣는다. 서둘러 왔건만 짐 찾는 곳은 사람들로 북새통이었다.

우림이 목을 길게 늘어뜨리고 수하물 레일을 바라보는데, 승객들이 공항 로비로 나갈 때마다 열리는 문틈 사이로 저 멀리 아빠의 모습이 보였다. 그도 우림을 본 듯 함박웃음을 지으며 어서 오라고 팔을 벌린다. 겅중겅중 뛰기도 한다.

우림은 자기도 모르게 아빠에게 달리기 시작했다. 엠마뉴엘이 놀라서 소리친다.

"우림. 왜 그래, 수하물? 수하물!"

[2019년 11월 29일 연재]

*　　　　*　　　　*

문우림 작가의 작품들

'작가 문우림'이라는 호칭은 아직도 낯설다. 고등학교를 갓 졸업한 20살짜리 아들 어깨에 여행가방 하나 달랑 들려서 먼 이국 낯선 땅으로 보내놓고는, 매일매일 잘 버티며 살아가기만을 기도했다. 꿈만 같았던 프랑스에서의 대학 생활과 삶과 문화를 배워나가는 아들이 기특하면서도 신비로웠다.

문우림 작가의 작품에는, 20대 청년의 시간을 온전히 낯선 땅에서 살아가며 저장해놓은 기억들과 관점이 담겨 있다. 사랑하는 친구들과의 관계, 어디에도 깊게 속하지 못한 경계인으로서의 삐딱한 시각, 그리고 고독까지 고스란히 담겨 있다. 아직은 과거와 현재의 시각에 머물러있지만 앞으로 펼쳐갈 미래를 향한 신비로운 작업이 기대된다.

— 문우림의 아빠 문종석(푸른어머니 한글학교 교장)

《A.C.A.B》
A.C.A.B는 All Cops Are Bastards(모든 경찰은 후레자식들)의 머리글자다. 미디어에서 노출되는 현대인들의 광기를 바라보며 만든 작업이다. 선정적, 자극적 그리고 폭력성으로 편중되는 현대사회의 모습에 안타까움을 느낀 작가는, 이러한 현상을 예술이란 매체를 사용하여 역설적으로 표현한다.

문우림의 눈에 비친 파리 18구의 소년들

문우림 작가는 프랑스 유학 시절 파리의 14구에 거주했지만, 동료인 엠마누엘이 태어나고 자란 18구에 주로 머물렀다. 파리의 18구는 70년대 후반의 '미국 할렘'이라 불릴 정도로 외진 곳이며 위험했다. 작가는 그곳에서 '미화'된 파리의 모습과는 반대되는 파리의 '이면'을 찾아볼 수 있었다.

파리 북쪽에 있는 큰 동네, 빈민가, 수많은 이민자들과 다양한 인종들, 그리고 넘쳐나는 먹을거리와 문화들이 함께 공존하고 있는 동네. 관찰자인 작가에게 그곳은 '위험지역'이 아닌 '보물창고'였다. 수많은 영감을 얻을 수 있었으며, 솟아오르는 창작 욕구를 주체할 수 없었던 작가는 그 보물들로 프랑스가 숨기려고 하는 이면을 작품을 통해 사회에 고발하고 드러냈다.

《Porte de la Chapelle》

《Porte de la Chapelle》에서 등장하는 한 소년은 Nike 저지를 입고 있으며 구시대적인 Nokia 핸드폰을 들고 있다.
《Nike Boy 2》에 등장하는 Nike Boy는 반항심 가득한 표정을 짓고 있으며,
'Pokemon go'를 하며 돌아다니던 《Pokemon go》의 소년 표정은 경계가 가득했다.
이 소년들의 모습 자체가 작가가 바라보던 파리의 18구를 표현하고 있다.

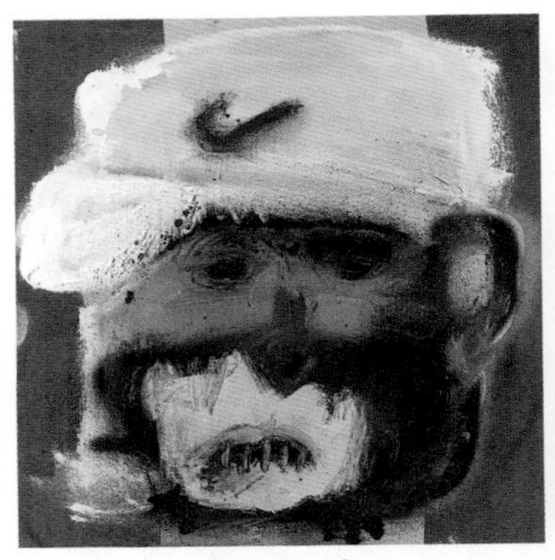

《Nike Boy 2》

《Pokemon go》

못 다 한 이 야 기 ……

* 엠마누엘은 한국에 있는 동안 '게릴라 퍼포먼스'를 펼치기도 했고, 문래동 창작촌에서 '드로잉쇼'를 하기도 했다.
* 문우림의 아버지 문종석은 동대문구에서 '푸른'이라는 시민단체를 만들어, 30여년 가까이 마을공동체, 문해교육, 다문화도서관을 운영하는 시민운동가다.
* 문우림과 엠마누엘의 더 많은 이야기는 그의 SNS에서 만날 수 있다.
  - 인스타그램 : https://instagram.com/_75070
  - 비메오 : https://vimeo.com/user54391780
  - 공식 홈페이지 : www.75070.fr

Non-GMO 운동가
오로지돌쇠네

“

GMO 작물의 안전성 테스트는
말할 것도 없고, 완전 표시제조차
방기하는 식약처를 규탄한다.

”

“몬산토가 만든 제초제 ‘라운드업’의 핵심 성분은 글리포세이트입니다. 2015년 WHO(세계보건기구)는 이것을 2A군 발암물질이라고 발표했어요. 이런 게 우리 몸속에 매일 쌓인다고 생각해 보세요.”

강사는 설명을 하다 잠시 숨을 멈췄다. 강의실에는 화면을 보는 초롱초롱한 눈들이 가득하다.

“몬산토는 루이지애나주 자기 공장 연못에서 글리포세이트에도 살아남는 박테리아를 발견했어요. 그 DNA를 옥수수나 콩에 이식해서 유전자변형작물(GMO)을 만들었죠. 그래서 몬산토의 GMO 옥수수나 GMO 콩은 글리포세이트에 내성을 갖게끔 유전자가 변형된 종자입니다. 예전에는 잡초에만 조심스레 농약을 쳤는데 이때부터 마구잡이로, 미국 같은 경우는 아예 비행기로 뿌리게 되었죠. 잡초는 죽지만 콩과 옥수수는 살아남고, 여기에 스며든 글리포세이트는 결국 사람이 먹게 되는 셈이죠.”

여기까지 대답한 강사는 한숨을 푹 쉬었다. 그는 ‘오로지돌쇠네’. 2015년에 《한국의 GMO 재앙을 통곡하다》라는 책을 쓴 작가다.

우리나라는 1990년대 중반부터 식용 GMO 작물을 들여왔는데 현재 세계 제1위의 수입국이다. 당연히 1인당 섭취율도 1년에 약 40kg이 넘을 정도로 1위를 자랑한다.[1] 우리나라에 수입되는 콩과 옥수수 90% 이상이 몬산토산 유전자변형작물이다. 따라서 콩과 옥수수로 만든 식용유, 간장 등에 얼마나 많은 글리포세이트가 함유되어 있는지 알 수 없다. 이런 현실에도 우리나라에는 GMO의 유해성을 다룬 책이 별로 없었다. 그래서 오로지돌쇠네가 2015년 명지사에서 발간한 책이 큰 주목을 받았다.

오로지돌쇠네는 알파벳으로 'Orogee Dolsenhe'라고 쓴다. 그는 1956년 충북 영동에서 태어나 1973년에 가족과 함께 미국으로 이민을 떠났다. 그가 미국에서 성을 가질 때 오로지돌쇠, 늘 낮은 마음가짐으로 살겠다고 이렇게 작명했다.

"여러분. 혹시 쥐꼬리망초라고 들어봤나요 이게 '슈퍼잡초'인데 어른 키보다 더 크고 하나가 무려 20만 개의 씨앗을 뿌려요. 콩의 수확을 80%나 감소시키구요. 하도 제초제를 뿌려대니 잡초도 나름 진화해서 글리포세이트에 대한 내성을 키웠어요. 웬만해선 죽지 않는 슈퍼잡초가 된 거죠."

오로지돌쇠네의 설명대로, 항생제를 이겨내는 슈퍼박테리아처럼 글

1) GMO 1인당 섭취율에 관한 정확한 통계는 없다. 우리나라는 미국과 브라질에서 주로 GMO 작물을 수입하는데 2014년 현재 식용 228만 톤을 수입하고 있다. 1인당 섭취용으로 환산하면 대략 43Kg 정도에 해당된다.(《한겨레》 2018년 3월 21일자, 이정연 기자의 〈GMO 완전표시제를 위한 국민청원 시작〉 기사 중 일부)

리포세이트에 내성을 갖는 개비름[2]같은 슈퍼잡초들이 생겨나기 시작했다. 그래서 몬산토나 다우케미칼 같은 다국적기업들은 고엽제 원료를 섞어 독성이 더욱 강한 제초제를 개발했다.

농부들의 피해도 늘고 있다. 그중 가장 충격적인 사례는 아르헨티나의 차코주다. 아르헨티나는 세계 3위의 콩 수출국이고 차코주는 콩 재배 면적이 제일 넓다. 1996년에는 라운드업을 비행기로 2만 톤 정도 뿌렸는데, 지금은 무려 20만 톤 넘게 뿌리고 있다.

현재는 콩 재배 지역은 말할 것도 없고 강과 초지, 주거단지가 모두 오염돼 피부병은 물론 모유에서까지 글리포세이트가 검출되고 있다. 또 정상보다 훨씬 작은 뇌나 전신 마비 같은 심각한 기형아가 태어났는데, 이는 GMO 재배 전과 비교하면 3~5배 늘어난 수치다.

Non-GMO 단골 강사가 되어

"이런 GMO 식품에 대해 'GMO 완전표시제'를 실시하지 않다니오. 문재인 정부는 공약을 이행하지 않고 있어요. 한국 사람들이 몬산토의 실험 대상입니까? 도대체 식약처는 뭘 하는 기관인가요?"

---

2) 개비름이라는 슈퍼잡초는 더위와 가뭄에 내성이 강하고 줄기가 두꺼워 콤바인을 멈출 정도다, 한 개체가 최대 1,600,000개의 씨를 뿌린다. 옥수수 수확의 91%를 감소시킬 정도다. 모두 몬산토의 라운드업 제초제에 대한 내성을 키우면서 성장했다. 2013년 5월 영국의 과학전문지 《네이처》는 당시까지 세계 18개국에서 총 24종의 글리포세이트 내성 슈퍼잡초가 발생했다고 보고했다. (서울대 기초교육원 강의 교수 김훈기, 《경향신문》 2015년 4월 5일자)

2015년에 책을 발간하고 오로지돌쇠네는 2016년 첫 강의를 시작으로 'Non-GMO'의 단골 강사가 되었다. 강연 중에 그는 'GMO 표시제'를 말할 때면 더 목소리가 높아진다. 때로는 흥분을 주체하지 못해 책상을 치기도 한다.

2002년 아프리카에서 기아문제가 대두되었을 때 짐바브웨, 모잠비크, 잠비아는 모두 미국의 GMO 옥수수 원조를 거부했다. 당시 잠비아 대통령 음와나와사는 "내 나라 국민들이 굶주린다고 독을 먹일 수는 없다, GMO 옥수수가 한번 들어오면 종자 오염을 막을 수 없다."며 거절했다.

러시아는 GMO 작물을 '인간에 대한 테러'로 규정하고 재배를 금지하고 있다. 중국이나 EU도 잔류물질 기준이 아니라, GMO 작물이 원료로 쓰이면 GMO 표시를 하게끔 되어 있다.

수강생들과 넋두리를 하다가 강의 막바지에 이르면 오로지돌쇠네는 글리포세이트가 우리나라를 재난의 땅으로 만들었다며 다시 목소리를 높인다.

"한국은 1996년 무렵 식량자급률이 40%에 불과했어요. 그래서 식용 GMO를 너무 쉽게 대안으로 받아들여 수입했고, 그 무렵부터 자폐증, 소아암, 기형아, 성조숙증, 아동비만 등과 같은 질병들이 폭발적으로 늘어났어요. 대장암 발병율과 유방암 증가율은 세계 1위입니다. 매일같이 발암물질, 호르몬 교란 물질인 글리포세이트를 먹는데 아무 일 없는 게 이상하지 않을까요?"

오로지돌쇠네는 강의 막바지에는 꼭 "이민 생활 내내 이 땅의 흙 한

오로지돌쇠네는 38년 미국 생활을 마치고 돌아와, 천안의 성황동 재개발을 앞둔 집에서 홀로 세들어 살고 있다. Non-GMO운동가의 삶은 신산하다.

줌 바람 한 점 그립지 않은 적이 없었는데 너무 안타깝다. 지금은 임진왜란 전야이고 구한말 풍전등화 상황과 비슷하다."라며 맺음말을 한다.

'자폐아 발병률 급증' 뉴스, 인생을 바꿨다.

지난 2011년 오로지돌쇠네는 38년의 미국 생활을 청산했다. 66세가 되면 월 750불 되는 연금이 나오지만 많이 기다려야 했다. 생업이었던 미용 재료 판매업은 신통치 않아 훌훌 정리하고, 한국으로 돌아와 고향 부근 지상산 자락 반야사라는 곳에 짐을 풀었다. 미국 생활을 정리하고 보니 남은 돈이 얼마 없었다. 그래서 직업소개소를 통해 식당, 공사장 등에서 일을 했다.

운명 같았던 날은 어느 따뜻한 봄날 휴일, 그는 절 마당 한 켠에서 맞은 편 호랑이 모습 돌무지를 보고 있었다. 부드러운 아침 햇살에 간간이 들리는 풍경소리를 밀어내고 손안에 있는 라디오에서 '한국의 자폐아 발병률 급증'이라는 뉴스가 흘러나왔다. 요사채 한 쪽 끝에 있는 그의 방으로 돌아오는데 이상스레 '자폐아'라는 단어가 귀에서 맴맴 돌았다.

미국에서 직업군인이었던 그는 하와이와 버지니아에서 2년 동안 병영 생활을 했다. 군대 생활 틈틈이 역사학을 공부했고, 제대 후 USF(University of South Florida)에서 심리학을 전공했다. 정신 연구 관련 책을 세 권이나 내기도 했다. 나중에 미용 재료 도매업을 택했지만 한때 연구자의 길을 꿈꿨다.

그런데 '유럽보다 높은 자폐아 발병률'이라는 뉴스가, 꾹꾹 눌러두었던 그의 탐구심에 불을 지폈다. 그때부터 오로지돌쇠네는 식당일과 공사장 일을 하면서 자료를 모았다. 그의 앞에 한국의 불명예스런 1위 수치들이 펼쳐졌다.

2011년 당시 한국의 대장암 발병률과 유방암 증가율이 세계 1위였다. 기형아 출산율도 2011년 3만2,601명을 기록해 5~6%에 이르렀다. 소아암과 아동 비만, 청소년 당뇨, 성조숙증이 급격히 증가했고, 성인 남자의 정자운동성은 겨우 48%며,[3] 조산아와 불임 인구가 함께 늘었

3) 세계보건기구에 의하면 정자 운동성이 50%를 넘어야 정상이다. 우리나라 남성의 정자 운동성은, 국립 독성연구소 연구에 따르면 1999년에 69.5%이었던 것이 2007년에는 48.5%로 줄어들었다고 한다.(《메디칼투데이》 2016년 5월 10일자)

다.

이 수치들 앞에서 그는 기형아와 자폐아 급증[4]은 산모의 나이가 많은 탓인가? 암발병률 1위는 건강 검진이 늘어난 탓인가? 당뇨는 서구식 식습관 탓인가? 끊임없이 질문을 던졌다.

그리고 문제를 파고들면 들수록 오로지돌쇠네는 '몬산토, 유전자변형작물, 글리포세이트', 이 세 단어와 직면하게 됐다. 그때부터 한길만 팠고, 그 성과가 《한국의 GMO 재앙을 통곡하다》라는 책으로 나온 것이다.

그는 2015년 책을 내면서, 명지사와 협의해서 출간과 동시에 저작권을 풀었다. 복사, 배포도 자유롭게 하고, 원고도 자유롭게 내려받게끔 인터넷에 올렸다. 그에게는 인세보다도 많은 사람이 책을 보는 게 중요했다.

책을 낸 후 강연 요청이 늘었고 GMO에 대한 그의 연구는 더욱 깊어졌다. 그는 새벽 5시경이면 일어나 명상을 하고 과일과 호두과자 몇 개로 아침을 때운다. 그리고 성황동에 있는 집을 나서 오전 9시경 천안중앙도서관으로 출근한다. 오전 내내 책과 씨름하다가 1시 30분이면 근처 5,000원짜리 한식 뷔페에서 점심을 먹는다. 다시 오후에 연구와 저술을 하고 저녁 7시경이면 집으로 돌아온다. 미국에서 만난 아내와

---

4) 2011년 발표된 바에 따르면, 예일대 의대 김영신 교수팀이 경기도 고양시의 초등학생 55,266명을 대상으로 조사한 결과, 자폐증 유병률은 2.6%로 유럽에 비해 2배 이상 높은 것으로 나타났다. 38명당 한 명 이상 꼴이다.(《메디칼투데이》 2016년 5월 10일자)

오로지돌쇠네는 출판과 강연만으로는 성이 안 차, 식약처 앞에서 '완전표지제'를 촉구하면 1인 시위를 했다.
ⓒ 오로지돌쇠네

2011년 헤어졌고, 아이들은 독립했기에 집에 와 봐야 홀아비 신세다.

집에서는 주로 유튜브로 상상력을 넓히고 GMO에 관한 최신 연구 성과들을 둘러본다. 결국 새벽부터 잠이 드는 시간까지 GMO만 껴안고 사는 셈이다.

식약처 앞에서 1인 시위에 나서다

2016년 가을 어느 날 그는 식품의약품안전처를 향해 떠났다. 비장한 출정식을 대신해서 그날은 아침 식사인 호두과자를 몇 개 더 먹었다. 세상에 고하는 '격문'으로 '한국의 GMO 재앙, GMO가 34가지 질병을 급증시키는 과학적 증거 확립'이란 글귀로 손팻말을 만들었다.

천안에서 오송 가는 길은 불과 40km, 차로 가면 1시간 안쪽이지만, 자가용 없이 사는 그이기에 기차와 버스를 타고 식품의약품안전처 앞에 도착했다. 그는 "GMO 작물의 안전성 테스트는 말할 것도 없고, 완전 표시제조차 방기하는 식약처를 규탄한다."고 외쳤다. 책과 강의만으로는 성이 안 차 직접 행동에 나선 것이다. 메아리는 없었지만 벌판 가득 함성은 퍼져나갔다.

식약처는 2015년 'GMO 농산물의 기업별 수입 현황을 공개하라.'는 법원 판결에 대해 '업체의 영업 비밀'이라며 불복한 바 있다. 또 식약처는 GMO 안전성 테스트는 물론 완전표시제에 대해서도 기업 부담이 늘어 결국 소비자 물가가 오르게 된다는 논리를 펼치며 소극적이었다.[5)]

2016년 10월 한살림, 전국친환경농업인연합회, 친환경무상급식 풀뿌리국민연대 등 40여 개 단체가 모여 'GMO 반대전국행동'을 만들었다. 전국행동은 2018년 'GMO 완전표시제 청와대 청원'을 진행했는데 무려 216,886명이 참여했다. 현재는 식약처 1인과 식품업계, 그리고 GMO 반대 전국행동 측 7인이 참여하는 'GMO 표시 강화를 위한 실무협의회'가 올해 1월 구성됐다.

새로운 출사표, 글리포세이트 측정기

---

5) 국내 식품기업이 유럽에 수출하는 간장 등에는 유럽연합(EU) 기준을 맞추기 위해서 '완전표시제'를 하고 있다. 이로 인해 수출원가가 올랐다는 얘기는 찾아볼 수 없으니 답답한 노릇이다.(《메디칼투데이》 2016년 5월 10일자)

오로지돌쇠네는 몬산토에 대해 전투적이지만 온화하고 따뜻한 미소를 지니고 있다.

그는 2020년 들어 새로운 계획을 다듬고 있다. 바로 '글리포세이트 측정기'를 구입하는 것이다. 이것으로 CJ나 대상, 삼양사 등이 만든 식품에 포함되어 있는 글리포세이트 수치를 조사해서 발표하려고 한다. 또 글리포세이트가 검출되지 않는 식품에 대해서는 민간 차원의 인증 작업을 할 예정이다. 그래서 뜻맞는 동지들과 '시민 먹거리 안전연구소'를 2020년 1월에 창립했다.

수만 년 동안 농부들은 씨앗을 키워왔다. 풍토와 지역에 맞는 종자를 가리고 길러왔다. 그렇게 생명의 다양성을 만들어온 것이다. 몬산토를 비롯한 생명공학 회사들은 실험실에서 교배하고 조작하여 생명을 특허내고 농부로부터 종자를 빼앗았다. 농부들은 이들에게서 씨앗을 사고, 농약을 사야 하고, 병들어야 하는 숙명에 처하게 되었다.[6]

진화는 시간이 필요하다. 천년이고 만년이고 세월이 흐르면 생명은 자연선택되고 균형을 만든다. 이를 거슬러 억지로 급격하게 자연의 진화를 조작하면 재앙이 오지 않을까? 오로지돌쇠네가 일어선 것은 바로 자연의 섭리를 일깨우고, 하늘의 뜻을 앞세운 일일게다.

다행이 오로지돌쇠네의 전 재산은 여행용 가방 두 개에 다 쌀 수 있을 정도다. 그의 말대로 잃어버릴 것 없는 남자다. 오로지 돌쇠로 살아간다는 그 마음 변치 않고 나아가기를 응원한다.

* * *

몬산토와 다우케미칼은 어떤 회사인가?

미국 루이애나주에 위치한 몬산토는 DDT와 고엽제로 유명한 화학기업이다. 1972년에 DDT는 금지되었다. 몬산토를 비롯한 화학기업에서 만든 고엽제는 베트남전에서 8천만 리터가 뿌려져, 480만 베트남인들과 상당수 한국인들이 이에 노출되었다. 그 결과 40만 명의 사상자와 장애자, 50만 명의 기형아를 낳은 것으로 알려졌다.

---

6) 우리나라 1, 2위 종자회사들은 IMF 때 해외 회사들에게 매각되었다. 그 이후 몬산토가 이들 기업을 인수해 사실상 우리나라 종자회사는 모두 몬산토가 지배하고 있고, 이 기업들이 종자시장의 90% 이상을 차지하고 있다. 우리가 익숙한 청양고추도 종자는 몬산토가 소유하고 있다.

몬산토는 1974년에 핵심 성분이 글리포세이트인 물질을 개발해 특허를 내고 '라운드업'이라는 제초제를 만들었다. 그런데 공장의 연못에서 글리포세이트에도 살아남는 박테리아를 발견, 그 박테리아의 DNA를 옥수수나 콩에 이식해서 라운드업에 강한 유전자조작 작물을 만들었다.

그 뒤 유전자조작 옥수수밭과 콩밭에는 다량의 라운드업이 살포되었다. 그런데 처음에는 작물은 살고 잡초는 죽었지만, 점차 잡초도 내성을 갖기 시작했다. 그러자 라운드업을 더욱 많이 뿌렸다, 라운드업을 뿌리면 옥수수나 콩 줄기가 빠짝 말라 수확하기도 좋기에 라운드업은 점점 더 많이 더 넓게 뿌려졌고, 몬산토의 유전자조작 작물에는 글리포세이트가 많이 스며들 수 밖에 없었다. 2015년 3월 WHO 산하 세계암연구소(IARC)는 글리포세이트를 2A등급 발암물질이라고 발표했다.

뿐만 아니라 몬산토는 살충성 유전자인 'Bt유전자'를 작물에 주입해, 살충제를 직접 만드는 유전자조작 작물을 만들었다. 문제는 살충성 유전자를 가진 GMO 작물이 살충의 대상이 아닌 동물이나 사람이 섭취했을 때 어떤 영향을 미칠지는 연구된 바가 없다.

미국 미시건주에 본사를 둔 다우케미칼은 슈퍼잡초에 대항하기 위해 독성이 더욱 강한 제초제 '인리스트 듀오'를 개발했다. 이는 글리포세이트와 함께 베트남전에서 사용된 고엽제 '2,4-D'를 융합한 혼합물로 강력한 제초제다. 다우케미칼은 또한 인리스트 듀오에 내성이 있는 유전자조작 옥수수와 콩을 개발했다. 2014년 가을 미국 농무성(USDA)은 2,4-D 내성 유전자조작 콩을 승인했고, 미국 환경청(EPA)은 글리포세이트와 2,4-D의 혼합용액을 승인했다. 2,4-D는 1차 세계대전 때 독일군이 광범위하게 사용한

독극물이고, '2,4,5-T'와 똑같은 비율로 혼합해 '에이전트오렌지' 즉, 고엽제를 만드는 데 사용된다.

[2019년 10월 4일 연재]

못 다 한 이 야 기……

* 오로지돌쇠네 이전에도 김성훈 전 장관이나 김은진, 김훈기, 김병수 교수들이 앞서거니 뒤서거니 GMO에 대한 경고를 해왔다. 그중 가장 선구자는 김성훈 전 농림부장관이다. 그가 《프레시안》에 쓴 칼럼 〈몬산토 품은 힐러리 vs GMO 적으로 돌린 프란치스코〉는 유명하다. 그의 칼럼 일부를 보자.

'…… 예컨대, 미국의 차기 유력 민주당 대통령 후보 힐러리 클린턴 여사는 그동안 GMO (기업) 옹호 연설을 하고 지지한 대가로 몬산토, 다우케미컬 등으로부터 클린턴재단에 수백만 달러를 받은 사실과 그의 최고위 선거 참모가 과거 몬산토의 로비스트였다는 사실이 최근 밝혀져 대선가도에 적신호가 켜졌다.

사람들이 그녀를 '프랑켄 식품의 여왕(Bride of Frankengoods)'이라 부르며 기자들이 다투어 취재에 열을 올리자, 힐러리 여사는 기자들을 따돌리기에 여념이 없다고 한다. 참고로 미국 소비자의 70% 이상이 GMO를 반대하는데도 GMO 완전표시제가 실시되지 않아, 주(州) 곳곳에서 입법 시민운동이 활발하다.……'

* GMO 표시제는 2016년 2월 '식품표시법'에서 "생명공학기술을 활용하여 재배·육성된 농산물·축산물·수산물 등을 원재료로 하여 제조·가공한 식품, 식품첨가물 또는 건강기능식품은 유전자 변형식품 또는 유전자변형 기능식품임을 표시하여야 한다. 다만 제조 가공한 후에 유전자변형 디엔에이 또는 유전자변형 단백질이 남아 있는 것에 한한다."로 되어있다. 즉 단백질이 남아 있는 경우에만 해당돼, 사실상 콩과 옥수수등 GMO 식물을 원료로 쓴 경우에는 표시 면제를 해주고 있다. 문재인 정부는 대선후보 시절 GMO 표시제 강화를 공약으로 내걸었지만 현재까지 아무런 진척이 없었다.

* 멕시코 사람들은 기원전 5000년경부터 옥수수를 기르기 시작했다. 1492년 콜럼부스가 옥수수를 '발견'해 스페인으로 가서 이사벨라 여왕에게 진상하면서 유럽 전역과 아프리카로 퍼져나갔다. 또 미국과 캐나다로 건너가 아메리카 원주민들 손에 의해 재배되었다.

멕시코 사람들은 자신을 일컬어 '콘 피플' 즉 '나는 옥수수다.' 혹은 '걸어 다니는 옥수수'라고 한다. 멕시코에는 오늘날에도 59개 이상의 옥수수 품종이 자라나고 주로 20에이커 미만의 작은 밭에서 소작농들이 키우고 있다. 피터 캔비가 《네이션》지에 쓴 기사에 따르면, 멕시코의 옥수수는 "수천 년 동안 고산지대에 어울리는 품종, 조생종과 만생종, 가뭄에 강한 품종과 비에 강한 품종, 주술 음식에 쓰이는 품종 등 풍부하고 다양하다.

그런데 1993년에 서명한 북미자유무역협정(NAFTA)과 식품의 세계화 때문에, 미국의 GMO 옥수수가 가축 사료용으로 수입되었다. 이후

2000년대 들어 멕시코의 고유종들이 GMO에 오염되었다는 보고가 발표되기 시작했다. 코넬대 이그나시오는 《네이처》에 "미국의 GMO 옥수수가 재래종, 또는 멕시코 오악사카 고원지대에서 1만 년 이상 재배되어 온 크리오요 옥수수를 오염시켰다."는 보고를 담은 논문을 게재했다. 이그나시오는 이 논문에서 "이식된 유전자가 마구 떠돌아 다닌다. 식물 안에서 아무 데나 돌아다니다가 예기치 못한 파괴적인 결과를 가져올 수 있다."는 개념도 제시했다.

2001년 9월 18일 멕시코의 환경 및 자연보호부 장관은 멕시코 영토 내 열다섯 개 지역에서 오염된 옥수수가 발견되었다고 발표해서 이그나시오 논문은 사실로 입증되었다.

* 오로지돌쇠네는 1956년 충북 영동 출생하여 고등학교 시절 미국으로 이민을 갔다. 1975년부터 미국 하와이와 버지니아에서 직업군인으로 근무했고 1995년 미국 USF대학에서 심리학 학사를 취득했다. 2011년 한국으로 귀국해서 2015년 《한국의 GMO 재앙을 보고 통곡하다》(2020, 명지사)를 펴냈다. 2020년에는 '시민먹거리 안전연구소'(foodsafe.kr)를 창립했다.

독립군 대장 마춘걸의 행적을 찾은 고려인 3세 유스베틀레나

“

나의 외증조부 마춘걸은
연해주를 누비며 일본군과 맞서 싸운
독립군 대장입니다.

”

러시아 식당에서 아르바이트를 마치고 을지로5가 지하철역을 향하던 유스베틀레나는 '독립운동가 후손을 찾는다'는 국가보훈처 광고 앞에서 걸음을 멈춰섰다.

그녀는 외할머니 마소피아가 "아버지는 일본군과 싸우던 독립군 대장이었어, 나중에 일본 간첩으로 몰려서 사형선고를 받았지, 어머니는 시베리아로 끌려갔고 우리 부모님이 참 고생이 많았어."하며 중얼거리듯 들려주던 얘기가 생각났다. 그때는 까마득한 옛일이라 무심코 들었는데…… 그녀는 서둘러 타슈켄트에 있는 아빠에게 전화를 했다. 그날따라 연결이 잘 안 됐다.

유스베틀레나는 남양주 오남리 집으로 들어서자마자 보훈처 홈페이지에 들어갔다. 둘째 미야가 사과 켕크빵을 만들어 달라고 보챘지만 엉덩이를 두들겨 돌려 세웠다. 얼핏 보니 가방은 내던지고, 바지는 훌렁, 컵은 여기저기 마굿간이었다.

남편이 올 시간인데 저녁 준비를 미루고 공고 내용을 더듬더듬 읽어보았다. "아래 목록에 있는 독립유공자들은 훈장을 전달하지 못하고 있으니 후손되시는 분들은 가족관계 서류를 준비해 신청해 달라."는 내용이었다. 그녀는 떨리는 마음으로 검색창에 외증조할아버지 '마춘걸'을 쳐보았다. 결과는 (0), 없다는 표시만 떴다. 혹시 철자를 틀리게 쳤나 몇 번이고 살펴보았지만 잘못은 없었다.

1984년생으로 타슈켄트 양기율시 출신인 그녀는 모스크바대학에서 경제학을 공부하고, 2010년 취업비자로 한국에 들어왔다. 대학교 때 살풀이춤과 부채춤을 배우면서 고국을 동경했다. 어학연수 중인 2011년, 러시아 우수리스크에서 온 홍울렉을 만나 예상치 않게 일찍 결혼을 해 세 남매를 낳았다. 그래서 아이들을 키우느라 직장생활도 그만 두었지만 보훈처의 광고를 본 2017년 어느 봄날 이후, 그녀는 독립군 대장 마춘걸의 자료를 찾고 그 행적을 복원하는 일에 온 정성을 쏟았다.

복원되는 마춘걸의 투쟁 역정

마춘걸은 1902년생으로 연해주 중부에 위치한 이만(伊曼, 현 지명 달네레첸스크) 한인학교의 교사였다. 1920년 9월 그는 어린 제자들과 함께 대한의용군에 들어가 소대장이 되어 항일투쟁에 나섰다.

일본은 1917년 10월 러시아에서 혁명이 일어나자, 영국 미국 등 다른 열강과 함께 혁명정부 전복을 꾀하며 6만이 넘는 대규모 병력을 시베리아와 연해주 일대에 출병시켰다. 러시아 내전에서 백군이 패퇴하면서 다른 열강들이 철군하자, 일본도 마지못해 일부 병력을 본국과 만주로 물리고, 나머지 병력은 1921년 7월 블라디보스토크의 위쪽에 있는 스파스크달니까지 철수시켰다. 일본은 신생 러시아연방의 극동공화국에게 사할린 북부의 조차, 일본 상인에 대한 특권 등을 요구하며 완전 철병을 미뤘다. 그러면서 연해주 일대 우리 독립운동 세력에 대한 공격과 연해주의 재점령 기회를 노리고 있었다.

30대 때의 독립군 대장 마춘걸. 러시아 문서보관국의 마춘걸 개인문서에서 발굴한 사진이다. © 유스베틀레나

마침내 1921년 12월 2일, 일본은 백군 2개 사단을 앞세우고 11개 사단을 동원해 하바로프스크 방면으로 병력을 전개했고, 전선은 이만에서 형성되었다. 이를 저지하려던 대한의용군과 극동공화국의 인민혁명군은 이만에서 비킨으로 작전상 후퇴했다. 이때 대한의용군의 한 용운부대 50명은 고립된 상태에서 백군 1,500명과 조우했다. 이들을 저지해야 퇴각하고 있는 본대 병력이 안전하게 후퇴할 수 있는 상황이었다. 병력도 30배 차이, 백군은 일본군 군사고문의 지휘 아래 기관총과 대포, 기마부대까지 보유하고 있었다.

이날 백군 쪽에서 폭탄은 바람칼처럼 쉼 없이 날아왔고 기관총탄도 끝없이 쏟아졌다. 마춘걸은 소대장으로서 "장님 총질하지 말고 한 방에 한 놈씩!"을 외치며 선두를 지켰다. 금세 대한의용군은 총알이 떨어졌고 착검할 칼도 없는 상태에서 백병전에 나서야 했다. 마춘걸은 백두산 포수였던 엄관호를 앞세우고 부등깃 같은 어린 제자들과 뛰쳐나갔다. 그는 백군의 장검을 낚아채 휘두르다 허벅지에 깊은 상처를 입고 쓰러졌다.

시체 더미 속에 묻혀 확인 사살을 피한 그가 밤중에 깨어났을 때는 열여덟 군데나 찔리고 베인 상처가 있었다. 백군이 다른 전선으로 이동한 후에야 마춘걸은 다리를 끌면서 이만의 한인 농가를 찾아가 응급치료를 받았다. 가까스로 살아난 그는 만류하는 동포들 손길을 뿌리치고 대한의용군 본대를 찾아 나섰다.

이날 한용운부대와 마춘걸 소대장이 벌인 이만전투는 연해주 해방전쟁에서 가장 빛나는 전투였다. 당시 인민혁명군 극동사령관 세브세브는 "조선 빨치산의 영웅성, 용감성, 공훈은 그 무엇과도 비교할 수 없다."고 예찬했다.

이날 이후 백군은 한인부대가 두려워 언제나 피해 다녔다는 전설이 생겨났다. 비록 백군과 일본군에게 이만을 빼앗겼지만 한용운부대의 투쟁으로 대한의용군 본대와 인민혁명군이 하바로프스키 방면으로 안전하게 철수해 병력을 보존할 수 있었다.

이듬해인 1922년 4월 6일 이만은 탈환되었다. 마춘걸은 적십자사에 의해 구조된 김치율, 김덕헌과 함께 "전 대원 50명 중 47명이 전사했다. 한용운 중대장과 윤상원, 한익현은 시체를 정리하던 백군에게 마지막 권총 사격을 가해서 18명의 백군을 더 죽였고, 백군은 전사자가 400명, 부상자도 200명에 달했다."고 상세 보고를 했다.

이날의 전투에 대해 일본 정보당국이 1922년 작성한 문서를 보면, 당시 백군이 대한의용군 대원들을 "총검으로 난자하고 개머리판 등으로 쳐서 죽이는 등 참학이 극에 달해 얼굴이 형체를 알아볼 수 없었다."고 기술했을 정도다.

마춘걸은 전투보고를 마치고, 한인 동포들이 눈을 덮어 대충 수습해 놓았던 한용운 중대장과 대원들의 시신을 공원묘지에 옮겼다. 그의 나이 20살, 21살에 치른 항일투쟁이었다. 장례를 마치고 그는 대한의용군 대오로 합류하기 위해 연해주 눈밭을 향해 걸어 나갔다.

마침내 독립운동가로 인정된 외증조할아버지

이렇게 외증조할아버지의 공적을 조각조각 맞춰나간 유스베틀레나는, 서투른 한글 실력 탓에 대한고려인협회와 고려인지원 시민운동단체 '너머'의 도움을 받아, 2018년 7월 1차 자료를 보훈처에 제출했다. 아쉽게도 2018년 순국선열의 날 공적심사에서는 독립운동가로 인정받지 못했다.

보훈처는 《재소한인의 항일투쟁과 수난사》(김블라지미르 지음, 국학자료원 발간)에 마춘걸과 이름 가운데 글자가 다른 '마충걸'이라는 인물이 등장하고, 이만전투 이후 마춘걸의 행적이 불분명해 공적을 확정 짓기 어렵다는 입장이었다.

유스베틀레나는 낙심했지만 포기하지 않고 자료를 모아나갔다. 결정적이었던 것은 1957년 10월 7일 쁘리카르빠트스키(현재는 우크라이나령) 군법재판소에서 '마춘걸에 대한 명예회복증명서'를 발급한 사실이었다. 이 문서에는 '일본의 간첩'이라는 1938년 1월 13일 자 사형판결이

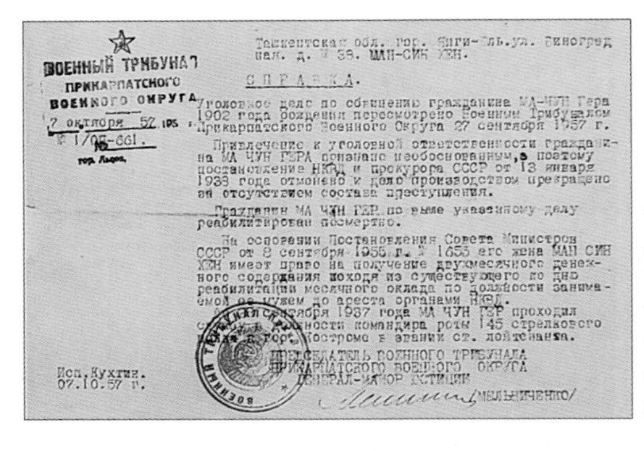

ВОЕННЫЙ ТРИБУНАЛ
ПРИКАРПАТСКОГО
ВОЕННОГО ОКРУГА
7 октября 57 195 г.
№ 1/05-661.
гор. Львов.

Ташкентская обл. гор. Янги-Юль.ул. Виноград
ная. д. № 38. МАН-СИН ХЕН.

СПРАВКА.

Уголовное дело по обвинению гражданина МА-ЧУН Гера 1902 года рождения пересмотрено Военным Трибуналом Прикарпатского Военного Округа 27 сентября 1957 г.

Привлечение к уголовной ответственности гражданина МА ЧУН ГЕРА признано необоснованным, а поэтому постановление НКВД и прокурора СССР от 13 января 1938 годе отменено и дело производством прекращено за отсутствием состава преступления.

Гражданин МА ЧУН ГЕР по выше указанному делу реабилитирован посмертно.

На основании Постановления Совета Министров СССР от 8 сентября 1955 г. № 1655 его жена МАН СИН ХЕН имеет право на получение двухмесячного денежного содержания исходя из существующего ко дню реабилитации месячного оклада по должности занимаемой ее мужем до ареста органами НКВД.

[illegible] сентября 1937 года МА ЧУН ГЕР проходил [illegible] должности командира роты 145 стрелкового [illegible] гор. Костроме в звании ст. лейтенанта.

ПРЕДСЕДАТЕЛЬ ВОЕННОГО ТРИБУНАЛА
ПРИКАРПАТСКОГО ВОЕННОГО ОКРУГА
ГЕНЕРАЛ-МАЙОР ЮСТИЦИИ
/МЕЛЬНИЧЕНКО/

Исп. Кухтин.
07.10.57 г.

마춘걸의 명예회복증명서. 쁘리카르빠트스키(현재는 우크라이나령) 군법재판소에서 발행한 문서로 유스베틀레나가 찾아냈다. ⓒ 유베스틀레나

(좌) 마춘걸. 레닌그라드사관학교 학생 때의 사진으로 추정된다. (우) 마춘걸의 부인 마신헌. 마신헌은 강제노동에서 풀려난 후 마춘걸의 명예회복을 위해 애썼다. ⓒ 유스베틀레나

노역형에서 풀려나 타슈겐트로 돌아온 마신헌(맨 왼쪽)과 아들 마스파르타크(맨 오른쪽), 딸 마소피아(오른쪽에서 두 번째). ⓒ 유스베틀레나

마춘걸의 아내 마신헌(왼쪽)과 딸 마소피아. 마소피아는 유스베틀레나의 외할머니다. ⓒ 유스베틀레나

잘못되었고, 마춘걸의 범죄행위는 없었다고 적시되어 있었다.

이렇게 복권된 데는 마춘걸의 아내인 외증조할머니 마신헌의 노력이 컸다. 그녀는 마춘걸과 함께 재판에 넘겨져 중노동형을 선고받고, 시베리아 글라그에서 10년이나 벌목작업에 동원돼 생사기로를 넘나들었다. 그녀는 강제노동에서 풀려나자마자 변호사를 통해 마춘걸의 억울함을 소명했다. 그 결과 무죄 판결과 명예회복이 이루어진 것이다.

사실 간첩 행위는 터무니없는 모함이었다. 당시 소련은 일본이 1937년 중일전쟁을 일으키며 만주 북부까지 진출해서 극동에 긴장이 고조되자, 일본군의 공작활동을 우려해 용모가 비슷한 한인들을 강제 이주시킨다는 결정을 했다. 당연히 한인 지도자들은 반발했고 마춘걸 또한 저항을 했다. 결국 마춘걸은 다른 지도자 수천 명과 함께 일본 간첩이라는 억울한 누명을 쓰고, 판결 5일 만에 죽임을 당한 것이다.

유스베틀레나는 1957년 발급된 거의 60여년 전 서류의 존재를 알아냈고, 집안 모두가 잊고 있었던 이 문서를 찾아내 보훈처에 제출했다.

한편 마춘걸의 이만전투 이후 행적도 복원되었다. 그는 1924년 레닌그라드사관학교 조선과에 입학했고, 적기단 연대장으로 활동했으며, 1937년 9월 28일까지 (모스크바에서 370Km 떨어진) 카스트롬 사격부대 부대장으로 복무했던 것으로 밝혀졌다. 또 '마충걸'이란 인물은 '마춘걸'을 잘못 표기한 것으로 확인되었다.

이런 노력 덕분에 마침내 마춘걸은 2019년 삼일절 계기 공적 심사에서 '애국장' 서훈을 받았다. 마춘걸의 직계 후손인 증손자 마빅토로는 2020년 10월 모스크바 한국대사관에서 훈장을 전수받았다.

마춘걸 대장의 증손자 마빅토르가 모스크바 한국대사관에서 훈장을 전달받는 모습. © 유스베틀레나

마춘걸과 마신헌의 이야기를 기록으로

유스베틀레나는 마춘걸의 서훈 이후, 후손 인정을 보훈처에 요구했다. 후손으로 인정되면 다니엘, 미야, 미하엘 삼남매에게 독립운동가의 후예라는 자긍심을 심어주는 것은 물론 특별귀화도 가능해진다.

유스베틀레나는 이제 마춘걸의 이야기를 쓰려 한다. 나름대로 마춘걸의 기록을 복원했지만 빈칸이 많다. 이제 그 틈을 메우고 자료 사이에 생명을 불어넣어 마춘걸의 약전을 서술하려 한다. 아울러 10년씩이나 노역형을 치르고도 꿋꿋이 살아낸 외증조할머니 마신헌, 그녀의 삶도 독립운동이었음을 밝히려 한다.

문재인 대통령은 2018년 4월 우즈베키스탄을 국빈 방문해서 “온갖

유스베틀레나의 가족. 남편은 연해주 우수리스크에서 온 홍울렉이다. 마춘걸 대장의 자랑스런 후예 유스베틀레나는 증조할아버지 마춘걸 대장의 삶을 복원하는데 정성을 쏟았다. ⓒ 유스베틀레나

어려움을 이겨내고 우즈베크의 자랑스런 국민으로 자리 잡은 여러분이 너무나 대단하시고 고맙습니다. 해외에 계신 동포분들을 잘 모시겠습니다. 독립운동 후손들에 대해서는 나라가 예를 다해서 보훈에 최선을 다하겠습니다."라고 말했다.

부디 이 말이 중앙아시아 초원에 덧없이 흩뿌려지지 않았기를 바란다. 이 땅에서 살아가는 유스베틀레나나 경기도 안산의 고려인 마을에서 연해주 땅까지 그리고 우즈베키스탄과 카자흐스탄에서 살아가는 고려인의 가슴에 영원한 믿음으로 남기를 기대해 본다.

[2021년 1월 30일 연재]

못 다 한 이 야 기 ……

* 이만(伊曼)은 옛 이름으로 지금은 달네레첸스크라고 부른다. 블라디보스토크와 하바로프스크의 중간쯤에 있는 작은 도시이다.
* 극동공화국은 1920년 4월, 러시아혁명으로 수립된 소비에트연방의 지원을 받아, 흑룡강 북쪽 러시아 극동지방(연해주를 포괄하는)에 세워진 명목상의 독립국가로 수도는 치타였다. 그래서 치타공화국이라고도 한다.

  공화국이 수립될 당시, 러시아혁명을 지지하는 적군과 반혁명군인 백군이 대립하고 있었다. 당시 블라디보스토크 등 러시아의 극동 해안지역을 점령하고 있던 일본군은 백군을 지원하며 시베리아로 출병했다. 2년여 동안 극동공화국 군대(적군)와 백군, 그리고 백군을 지원하는 일본군은 곳곳에서 치열한 전투를 벌였다. 그러나 적군의 강한 저항으로 일본군은 시베리아에서 물러났고, 1922년 10월 25일 적군은 마침내 백군 세력을 완전히 물리치고 블라디보스토크를 점령했다, 그리고 그해 11월 15일 극동공화국 정부는 소비에트연방에 합병을 청원해 1922년 11월 15일 합병되었다.
* 이만전투는 연해주 해방투쟁의 역사에서 중요한 전투이기도 하지만, 우리나라의 항일 독립전쟁사에서도 중요한 의미를 갖는 전투였다. 하지만 역사 자료에는 그 전투의 개략적인 상황만 서술되어 있다. 이 글에서는 한국근현대사학회가 엮은 《새롭게 쓴 한국독립운동사 강의》(2020, 한울아카데미)와 박환교수가 쓴 《박환교수와 함께 걷다, 블라디보스토크》(2014, 아라)를 토대로 전투 상황에 약간의 상상력을 보태 복원했다.

* 《박환교수와 함께 걷다, 블라디보스토크》에서는 이만전투 당시 백군은, 일본군이 백군 옷을 입고 겉으로만 백군으로 속인 일본군부대라고 기술하고 있다. 다른 증언에서도 백군에는 일본군이 섞여 있었다는 얘기가 있다. 확실한 것은 일본군 장교들이 군사고문으로 사실상 백군의 작전을 지도했다는 사실이다.
* 이만전투의 생존자 3명에 대해 《박환교수와 함께 걷다, 블라디보스토크》에서는 마춘걸, 김주린, 김한현이라고 밝히고 있는데, 윤상원 교수의 논문 〈러시아 혁명기 원동해방전쟁과 한인부대의 활약〉에서는 김치율, 김덕헌이라고 기술하고 있다. 여기서는 윤상원 교수의 기술대로 적었다.
* 이만전투 이후 마춘걸이 레닌그라드사관학교 조선과에 입학했다는 것은 전북대학교 윤상원 교수의 증언이다. 최발렌틴, 박보리스가 공동 편집한 《사진으로 본 러시아 한인의 항일독립운동 제2권》(2013, 관악)에는 마춘걸의 사진과 행적이 기록되어 있는데, 1925년 연해주 주정부위원회에서 동방노력자공산대학에 유학 보낸 것으로 서술되어 있다. 이 글에서는 윤상원 교수의 증언을 채택해서 서술했다.

6.25와 '빨치산' 경험을 기록하는 머슴의 아들 김교영

“

1954년 덕유산에서 잡혀
아흔이 넘도록
이렇게 살았습니다.

”

1952년 1월 9일, 이른 아침부터 지리산 세석평전 아래 거림골에선 경남도당 긴급회의가 열렸다. 시간은 오래 걸렸지만 “당과 사회단체는 소조로 나누어 산개하고, 알아서 피신하고 알아서 살아온다.”는 간명한 결정이 내려졌다.

빨치산 토벌을 위한 2차 공세

그날 저녁, 경상남도 민청 부위원장을 맡고 있던 나는 조장이 되어 지리산 천왕봉 동쪽에 있는 써리봉을 떠나야 했다. 내가 맡은 조에는 식사 담당을 했던 여성 동지들과 통신 일꾼, 이제 막 환자트(환자 아지트)에서 돌아와 겨우 걸을 수 있는 환자들이 대부분이고 무장을 한 대원은 불과 세 명뿐이었다. 소조로 나뉜 조는 모두 지리산의 여러 골짜기와 포위망 바깥의 인근 산을 목표로 출발했다. 도당에선 소조마다 비상식량으로 쌀 한 되와 생콩 한 되를 주고, 비상선 네 개를 알려주었다.

나는 써리봉을 출발하면서 산청과 하동 두 방향을 내려다보았다.

토벌군이 지펴놓은 장작불은 온 산을 에워쌀 듯 불타고, 불길은 구불구불 동아줄처럼 이어졌다. 그 뒤로는 트럭과 지프 차의 헤드라이트 불빛이 벌판 가득해 금세라도 지리산을 덮칠 것 같았다.

1952년 1월 10일로 예정된 국군의 '빨치산 토벌' 2차 공세는 규모가 대단했다. 동부전선에 있던 수도사단과 8사단 그리고 서남지구 전투사령부 산하 5개 경찰연대와 국군 2개 예비연대가 동원되었다. 사천비행장의 제1 전투비행단도 출격 준비를 마친 상태였다. 그 외 의용경찰대나 사찰유격대를 합하면 무려 4만 명이 넘는 대병력이 지리산을 중심으로 덕유산, 광양의 백운산까지 물샐틈없이 에워쌌다.

1951년 7월 개성에서 첫 정전회담이 열리면서 전쟁이 소강상태가 되자, 이승만 정부는 전방 병력을 빼내 빨치산에 대한 대대적인 소탕 작전을 전개했던 것이다.

조원들은 나만 바라보고 있었다. 어딜 보아도 눈은 무릎까지 올라차 있고 바람은 웅웅거리며 울부짖어댔다. 가지고 있는 무기래야 아카보노 소총 세 자루에 탄약 몇십 알이 전부. 나는 무장정치공작대장, 척후대장을 해 본 터라 자신이 있었지만, 주로 후방에 있던 조원들을 데리고 사선을 뚫는 것은 아무래도 무리였다. 무엇보다 발들이 성치 않았다. 고무신을 전선 줄로 동여매었거나 겨우 짚신을 신은지라 동상이 심한 대원이 여럿 있었다. 나는 궁리 끝에 뻗치기를 택하고 거림골에서 대성골로 넘어가는 음지를 향해 갔다.

음지는 눈이 한길이나 쌓여 있어 수색하기 쉽지 않고, 폭격이 주로 양지쪽을 향했던 지난 작전을 되짚어 보고 내린 결정이었다. 기울기가 얌전한 비탈에 눈을 치우고 나뭇가지와 낙엽으로 바닥을 다져 열다섯 명이 웅크리고 앉을 자리를 마련했다. 그 위로 이불 홑청으로 쓰던 하얀 광목을 덮개로 펼쳤다. 눈과 같은 색깔이니 위장도 되고 바람막이도 됐다.

하루에 한 번 생콩 다섯 알과 쌀 서른 톨씩을 나눠줬다. 생콩은 배고픈 가운데 먹으니 비리지 않고 달았다. 1951년 12월의 1차 공세에 비춰보면 2차 공세도 보름 정도가 될 듯해 아껴서 먹었다. 눈을 퍼서 물 대신 먹었고, 추위는 불을 피울 수 없으니 등을 기대고 앉아 서로의 체온으로 버티며 하루 종일 동상 환자들의 발을 주물렀다.

1월 10일 새벽부터 거림골과 피아골 등 모든 계곡과 능선에 압박이 시작되었다. 헬리콥터가 선무 방송을 하며 투항하라는 전단지를 뿌리고, 비행기에선 폭탄이 떨어졌다. 대성골 쪽에서는 쉴 틈 없이 총소리와 포격 소리가 울려 퍼졌다.

조바심이 났지만 방법이 없었다. "이현상 선생님이나 도당 간부들은 안전할까? 이번 공세는 어찌어찌 넘기더라도 다음 공세는 어찌한단 말인가?" 유격대가 국군사단 1~2개를 묶어둔다고 자랑스럽게 얘기했지만, 전방의 병력이 동원되어 지리산을 둘러싸니 그저 독 안에 든 쥐였다. 지리산이 넓다 해도 사방 40km 안팎이라 주요 능선만 장악당하면 대오는 각개격파될 수밖에 없는 처지였다.

공세를 버텨내더라도 언젠가 타결될 정전협정에서 빨치산의 존재가 어떻게 다뤄질지도 걱정이었다. 조선인민군의 낙오병으로 인정돼 안전한 귀환 길이 열릴지, 아예 거론조차 되지 않는 무장집단이 되어 끝내 죽음으로 내몰릴지 알 수 없었다.

1월 하순이 다 되어서야 2차 공세는 끝났다. 총성이 멈춘 것을 확인한 우리 조는 천막을 걷고 나왔다. 여성 동지들은 손뼉을 치고 서로 얼싸안았다. 나는 뒷일을 부조장에게 부탁하고 대성골로 마구 달려갔다.

함양군 서상면 뒷산에서 체포되다

내가 덕유산에 가게 된 것은 1953년 4월, 지리산에서 경남도당의 송광일 부대 정치부 조직부장을 맡고 있을 때였다. 김삼홍 도당 위원장은 나에게 "덕유산 부대가 와해 직전이다. 지리산에서 인원을 보충해줄 테니 박문학 동지와 함께 가서 덕유산 부대를 재건하라."고 임무를 줬다.

부대장에 박문학, 예하에 26명으로 이만춘 부대, 28명으로 강동희

風前燈火의共匪運命!
作戰은第二段階에
智異山·敗敵을繼續追擊中
共匪千五百脫出?
그러나再得勢는꿈같은일!
包圍網 十一·五哩로!
住宅資金에卅億融資
이달안에七千戶新築
噸當六萬餘圓
土炭配給價格
九人組강盜團
正租石
梁首席代理

지리산 빨치산 토벌 작전을 다룬 1951년 12월 9일자 《조선일보》 기사. '풍전등화의 공비(빨치산) 운명, 작전은 2단계에'라는 제목 아래, 공군의 지원 아래 군·경 협동작전으로 366명을 사살하고, 742명을 생포했다고 기사는 전하고 있다.

부대, 본부 요원 5명 총 60명으로 덕유산 부대를 새로 꾸렸다. 나는 정치위원을 맡았다. 예전에는 부대를 새로 편성할 때 결의도 다지고 훈장도 수여했지만, 빛바랜 진달래 몇 송이와 남덕유산에서 불어오는 안개비만 지켜보는 출범이었다.

1953년 봄, 지리산·덕유산 일대의 빨치산 세력은 사실상 소멸 상태였다. 1952년 1월 공세로 남부군 직속 81사단과 경남도당 57사단이 거의 궤멸 당했다. 당시 나는 조원들과 눈구덩이 음지에 숨어 목숨을 건졌지만, 1월 18일에 주력부대는 대성골에 포위되어 박격포와 네이팜탄의 집중 폭격을 받았다. 결국 남경우 도당 위원장을 비롯한 수뇌부와 핵심 군사력이 전멸당하다시피 했다. 이후로 빨치산은 '조선인민군 유격대'라는 의미를 상실하고 말았다.

함경남도 영흥군이 고향이었던 나는, 덕유산 부대 시절인 1953년 7월 휴전협정 타결 소식을 듣고 낙담했다. 고향에 돌아가리라 기대했건만, 협정문에는 유격대의 지위나 안전 귀환에 대해 단 한 줄의 언급도 없었다. 고약하게도 토벌대는 "빨치산은 버림받았다."는 문구를 큼지막하게 인쇄한 전단을 뿌리며 대원들을 자극했다. 다들 궁금해하고 의아해했지만 상부에서는 "중앙당이 뜻이 있겠지요."하고 얼버무렸다.

9월에는 남부군 사령관 이현상 동지가 피살되었다는 소식까지 들렸다. 그 후로 야밤에 도주하는 동지들이 더욱 늘어났다. 그때마다 '트(아지트)'를 옮겨야 했고 국군 5사단의 압박이 날로 심해져 보급투쟁은 목숨을 건 작전이 되었다. 미래가 없는 단순한 연명, 대원들 어깨에 내리는 덕유산 달빛은 파리했고 멀리 향적봉은 묵언수행만 할 뿐이었다.

1953년 11월 29일 나는 중앙당 문서 전달 때문에 강동희 부대장과 함께 덕유산에서 지리산으로 향했다. 도당 연락부장인 임정택에게 서류를 넘겨주고 야간 행군으로 피곤한 몸을 뉘었을 때 총소리와 포성이 울렸다. 12월 1일, 5사단 토벌대가 또다시 공세를 시작한 것이다. 총소리는 불과 몇백 미터 앞이었다.

“김 동지, 일어나요. 적정이 코앞입니다.” 임정택 부장이 다급히 나를 깨웠다. 나는 총과 배낭을 둘러메면서 옆에 누운 강동희 부대장을 일으켜 세웠다. 20명 남짓 되는 연락부 성원들은 문서를 챙기느라 바빴다.

“촛대봉으로 간다.”는 외침에 비탈을 뛰기 시작했다. 지리산의 겨울답게 나뭇잎은 이미 다 떨어져 몸을 감출 수가 없었다. ‘쉬식–’ 총알이 귓불을 스치고 매서운 골바람이 목덜미를 파고 들었다. 뒤에서는 “계곡 쪽으로 밀어붙여!”라는 고함 소리가 등덜미를 잡아채듯 다가왔다. 황급히 뛰면서도 담요를 말아 넣지 못한 것이 못내 아쉬웠다.

70년 전 3년여의 지리산 빨치산 생활을 회고하는 김교영 선생의 얼굴에는 회한인 듯 비감인 듯 복잡한 감정이 얽혀 있다.

강동희와 나는 어렵사리 5사단 포위망을 벗어났다. 우리는 도당 연락부와 작별을 하고 덕유산으로 돌아가는 길에 함양에 있는 그의 집에 들러 식량을 구해 가기로 했다. 강동희의 고향 마을 뒷산에 도착해, 잠깐이면 된다고 자신 있게 말하는 그를 보내며 나는 어둠 속에 웅크렸다. "아차! 시간 약속과 비상선을 정하지 않았네." 내가 탄식했을 때는 이미 그의 뒷모습에 달무리가 가득했고 먼 동네의 개 짖는 소리가 이마저도 삼켜 버렸다.

강동희를 기다리는 내내 1월의 한기가 온몸을 파고들었다. 어깨가 떨리고 잇몸이 딱딱 부딪혔다. 동상기가 있었던 오른쪽 발가락들이 아렸다. 이미 돌아올 만한 시간도 한참 지난 터여서 기다리고만 있을 수 없었다. 나는 조각 달빛 하나 의지하고 남덕유산을 향해 움직였다.

체포되던 1954년 1월 9일은 내가 함양군 서상면, 그러니까 강동희의 집 유림면에서 약 40km 정도 떨어져 있는 남덕유산 코앞에 이르렀을 때였다. 몇몇 무덤이 있고 그 옆에는 초막이 있었다. 들어가 보니 눈먼 부부가 묘지기를 겸해서 살고 있었다. 그들에게 청해 밥 한 그릇과 물김치를 얻어먹었다. 1953년 12월 1일 이래 근 40일 만에 먹어보는 제대로 된 밥이었다. 모처럼 한술 밥을 먹었더니 오랫동안 못 잔 잠이 밀려왔다. 나는 묘지 근처에서 웅크려 햇볕을 쬐다가 그만 잠이 들었다.

"야, 새끼야, 일어나! 이놈 아주 코를 골고 자빠졌네." 고함 소리에 나는 퍼뜩 잠을 깼다. 착검된 칼 등에 반사된 햇빛이 눈을 파고들었다. 팔뚝으로 햇살을 가리며 일어서는데 얼핏 보아도 국군수색대 대여섯 명이 빙 둘러싸고 있었다. 내 몸에 품었던 K2 소총은 이미 수색대 손에 들려 있었다. 잠든 사이에 수색대에 발견되고 만 것이다.

전선 줄로 포박당하며 뒤를 돌아보니 멀리 덕유산 향적봉은 고개를 돌리며 짐짓 모른 체했다. 어디선가 날아온 까마귀가 한 마리가 무덤

위에 올라앉아 물끄러미 나를 내려다보았다. 1950년 9월 28일부터 시작된 3년 3개월여의 빨치산 생활은 그날 그렇게 끝났다.[1)]

십년 넘게 단물 빨아간 형사들

서울 충무로 대한극장 앞 다방에서 만난 남부서 형사들은 자리에 앉자마자, "김교영이! 사회안전법으로 거주지 신고 안 하면 징역 사는 거 알지?"하며 협박을 했다. 나는 징역이라는 말에 흠칫했다. 1954년 1월 체포된 나는 국방경비법 제32조 위반으로 남원지구 고등군법회의에서 10년형을 선고받고 전주교도소로 이송되었는데, 그곳에서 "전향하라."며 끔찍한 고문을 당했기 때문이다.

나는 형사들에게 '대농건설 토목부장' 명함을 건네며, 그동안 강화도 공사장에서 숙식을 해서 몰랐다고 사정했다. 그들은 내 명함을 보고 적이 놀라는 눈치였다.

나는 전주교도소 다음으로 산 수원형무소에서 목공을 배웠다. 1961년 출소해서 수원의 장안면에서 2년간 머슴을 살다가, 아내를 만나 1963년 서울 옥수동 산꼭대기에 보증금 3,000원에 월세 300원 하는 단칸방을 얻고 목수 일을 시작했다. 그러던 중 1965년 10월에 나간 공룡콘크리트공업진흥주식회사에서 설계가 잘못된 것을 짚어냈고, 그 일로 실력을 인정받아 정식 기사로 채용될 수 있었다.

---

1) 강동희는 집에 들어갔다가 아버지의 신고로, 마을의용대에 자수 형식으로 피검되어 남원포로수용소에 갇혔다가 석방되었다.

장기수 어르신들과 함께 한 김교영 선생. 맨 오른쪽 중절모를 쓴이다. © 김교영

그 후로 서울시 주택 500동을 짓는 남가좌동 현장, 소양감댐 이설도로 공사장에서 경력을 쌓았고, '사회안전법'이 발효된 무렵인 1976년 10월에는 강화도 삼삼면의 양수발전소를 짓는 공사장의 현장소장이 되었다. 1978년 1월에는 대농건설 토목부장이 되었는데, 바로 이 무렵에 누군가가 나를 사회안전법 위반으로 신고를 했다. 그리고 남부서 형사들이 보름 동안 탐문 끝에 (지금은 재개발로 지번이 없어진) 금호동3가 1448번지에 있던 우리 집을 알아낸 것이다.

명함을 받아 든 남부서 형사들은 어떻게 대농건설에 들어갔으며 월급은 얼마나 되는지, 어떻게 빨치산 활동을 하게 되었는지를 꼬치꼬치 캐묻고 자술서에 쓰게 했다. 건장한 형사들 셋 앞에서 중년의 남자가 웅송거리고 있으니 다방 안의 눈길이 모두 나를 향했다.

나는 1927년 함경남도 영흥에서 머슴 살던 김순삼의 장남으로 태어났다. 우리 마을은 농민동맹이 있어 몇 년 동안 소작쟁의가 격렬했고 경찰지서를 습격하기까지 했다. 아버지도 투쟁에 가담해 몇 번인가 구류를 살았다. 일본 경찰이 "이 마을은 모스크바"라고 할 정도로 항일 분위기와 좌익 성향이 강했다.

영흥군 농민투쟁의 열기가 가라앉자, 1943년 일본 경찰은 농민운동 연루자와 지역 청년들을 모아 '방공단'과 '보국대'를 만들었다. 열일곱 살인 나도 강제로 가입이 되었는데, 보국대에서는 조밥에 간장 물을 먹으며 비행장과 농업용수로 건설에 동원되었다. 그때 카바이드를 교체하다가 얼굴에 화상을 입었고 치료 중에 해방을 맞았다. 당시 열아홉 살이던 나는 영흥군 민주청년동맹에 가입했다. 1946년 3월에는 조선공산당 북조선분국에 당원번호 40832로 입당했고 빨간 당증을 받았다.

1950년 전쟁이 발발하자 당시 영흥군 민청부위원장이었던 나는 8월 8일 중앙당으로부터 내일까지 평양으로 오라는 소환통지서를 받았다. 1945년에 아버지가 폐병으로 돌아가시고 어머니가 홀로 어린 동생들을 돌보고 있었기에 나는 난감했다. 집까지 다녀오기엔 민청 업무 인계사항이 너무 많아, 결국 나는 "조국통일전쟁에 나갑니다. 어머니…."하고 몇 자 적어 다른 동지에게 전달을 부탁했다. 내려와서는 하동군 민청위원장이 되어 섬진강에서 식량과 포탄을 날랐다. 9월 28일, 맥아더가 인천에 상륙하자 후퇴를 지시받고, 평양에서 내려올 때 입었던 반소매 차림으로 지리산에 입산했다. 그날로 빨치산 생활이 시작되었던 것이다.

이후 형사들은 사흘마다 호출해서 3일간의 생활을 진술하게 했다.

그러다 보니 나는 회사 업무를 제대로 볼 수 없었다. 삼 남매는 중·고등 학생으로 한참 크고 있었고, 출소 장기수들이 내가 맡은 현장에 와서 일도 하고 때로는 자재 납품도 하던 터라 대농건설 토목부장 자리는 소중했다. 당연히 회사에 내가 빨치산 출신임이 알려져서는 안 되었다.

남부서 형사들에게 사정을 봐 달라고 했더니 그제서야 그들은 속내를 드러냈다. "대기업 부장으로 돈을 많이 버니, 월급의 2/3는 우리에게 주고 1/3로 생활해라. 그러면 회사에 알리지도 않고 사흘 단위로 보고하지 않아도 된다."고 했다. 기가 막혔지만 받아들일 수밖에 없었다. 남부서 형사들은 5년 동안 나를 그렇게 알겨먹더니 거주지 관할 성동경찰서로 넘겨버렸다. 단물이지만 오래되니 뒤탈을 염려한 눈치였다.

새로운 담당 성동서 형사도 마찬가지였다. 상고를 나온 딸이 취직할

양심수 후원회 권오헌 명예회장과 함께. 뒤쪽의 서가에는 김교영 선생이 평생 모은 자료가 쌓여 있다.

때 내야 하는 소견서를 잘 써 줄 테니 돈을 달라고 했다. 그렇게 나는 1984년 7월 30일에 퇴직할 때까지 그들에게 단물을 빨리면서 가족들 생계를 꾸려가야 했다. 퇴직하곤 아직 아이들이 공부 중이라 1986년 8월부터 길음 1동에서 대우여관을 임대해 숙박업을 했다. 나중에는 문화촌에 있는 세원여인숙까지 임대해서 두 군데를 운영했다.

다행히 1987년 6월 항쟁으로 1989년 3월 사회안전법이 폐지되면서 장사는 편한 마음으로 했다. 그러나 여관 벌이가 신통치 않아, 내 나이 일흔두 살이 되던 해인 1998년 7월 10일 대우여관과 여인숙을 접으면서 집에 들어앉았다.

남은 여생은 지리산의 기록을 남기는 것이다

2020년 이제 내 나이 94세, 마지막 바람은 그동안 내가 오랜 세월 모으고 작성한 자료와 메모가 '지리산'을 제대로 기록하는 일에 쓰이는

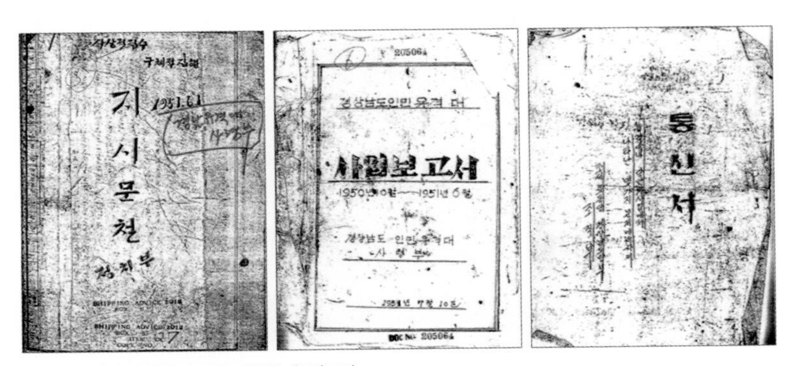

김교영 선생이 평생 동안 모은 자료들. ⓒ 김교영

것이다.

수원교도소에서 출소한 후로 나는 대학 노트 몇 권이나 되는 분량으로 지리산에서의 일을 정리했다. 그런데 형사들이 찾아오자 불안해진 장모님이 장독대에 숨긴 것을 찾아내 모두 불태워버렸다. 그 소식을 들었을 때 마치 내 몸이 태워진 느낌이었다.

대우여관 일을 하면서 다시 마음을 추슬렀다. 손님을 기다리다 보면 밤을 새우기 일쑤였는데, 그 고요한 시간에 나는 다시 지리산을 기록해 나갔다.

빗점골과 거림골에서 쫓겨 가며 들이켰던 계곡물,

몇 날 며칠을 굶은 채 세석평전에 다다라서 만났던 상고대,

어느 비탈길에서 주검을 낙엽으로 덮으며 만난 천왕봉의 노을빛.

긴 밤을 밝히며 쓰고 또 썼다.

1952년 1월 18일, 대성골에서 쓰러져간 동지들의 이름 하나 하나,

환자트를 가린 나뭇가지 옆에 무심히 핀 민들레, 동상 때문에 똑 똑 부러진 발가락들,

그날 어머니를 뵙지 못하고 평양행 기차를 탔던 죄스러움.

그렇게 매일 매일 써 내려갔다. 그러노라면 대우여관에는 어김없이 새벽이 찾아왔다.

[2020년 10월 11일 연재]

* 1950년 9월28일 입산해서 1954년 1월9일 잡히기까지 김교영 선생이 지리산 등에서 맡았던 직책은 아래와 같다.

- 1950년 12월 경남도 민청 선전부장(정치문화교양부장)
- 1951년 1월 황매산 블록책(지구당 책임자)로 임명
- 1951년 경남도당 남경우 위원장으로부터 경남도당 직속 선행대장(도당 정치공작대)에 임명. 이후 민청 선전부장으로 복귀
- 1952년 4월 조선인민유격대 독립 제 8지대(송광일 부대) 정치부선전부장으로 복무
- 1953년 4월 중국해방인민군 출신 박문학 부대 정치위원으로 발탁, 덕유산에서 활동. 〈실록 정순덕〉의 주인공인 마지막 빨치산 정순덕도 이곳에서 함께 활동
- 1953년 9월 1일 체제 개편 때 북부지구당 선전부장으로 활동
- 1954년 1월 9일 함양군 서상면 뒷산에서 피체
- 1954년 남원포로수용소에서 10년형을 언도받고 전주교도소로 이송. 이후 수원형무소로 이감
- 1961년 광복절 특사로 출소

* 이 글은 김교영 선생이 15년 전 '통일광장'(대표 권낙기)의 도움을 받아, 16시간에 걸쳐 구술하고 녹화를 한 내용을 토대로 썼다. 지금은 김교영 선생이 고령이어서 사실에 대한 재확인이나 보충문답을 하지 못하는 관계로 양심수후원회(대표 김혜순) 등 주변인들의 진술을 참고로 작성했다.

* 김교영 선생은 아홉 살 때 인흥공립보통학교에 입학했다. 70명 정도가 한 학년이었고 전교생은 400명가량 되었다. 교사는 6명인데, 1~2학년은 한국인 교사가 맡았고 3~6학년 담당 교사와 교장은 일본인이었다. 보통학교를 마치고 그는 영흥명륜사설학술강습회에 들어갔다. 이 학교는 정규학교가 아니었는데, 학도병에서 도망친 사람들이 선생이어서 은밀하게 민족사상을 심어주었다. 그는 농민동맹으로 투옥되었던 사람들이 만든 야학에도 나가서 그들의 감옥살이 얘기를 들으면서 컸다고 회고했다.
* 당시 영흥군의 소작쟁의는 치열하고 격렬했다. 1932년 2월 9일에는 면사무소와 지서를 습격했고, 그해 3월 29일에는 경찰과 교전까지 벌일 정도였다. 주동자들은 함흥법원에서 징역형을 선고받았고, 장종철 같은 지도자는 14년 동안이나 복역하다 해방이 되어서야 나왔다.
* 1989년에 발간된 〈실록 정순덕〉 중권 232쪽 12줄에는 노영호 부대 정치위원 이창권을 김교영으로 오인한 서술이 있다. "김교영이 체포되어 부는 바람에 많은 동지들이 잡혔다."라고 되어 있는데, 이는 착각에서 비롯되었다고 정순덕은 회고하고, 이를 〈실록 정순덕〉 하권에서 정오표를 붙이는 식으로 바로잡기로 했는데 이뤄지지 않았다. 대신 정순덕은 김교영에게 자필로 "김 선생님 용서 빕니다. 죄송합니다. 1992년 3월 8일 정순덕 드림"이라고 사과 편지를 썼다. 김교영이 지리산에 대한 자료와 기록에 오랜 세월 집착한 이유도 이 점이 한 계기가 되었다.
* 남부서와 성동서 형사들의 실명은 김교영 선생이 정확하게 구술했다. 하지만 40여 년 넘게 지난 일이고 당사자 사실 확인의 어려움이 있어서 여기선 실명을 밝히지 않았다.

'푸른어머니학교'에서 한글을 가르치는 청년 김윤환

“

좋은 곳에서
좋은 사람들과 좋은 일을 하며
살고 싶다

”

“선생님, 손주가 코로나 땜에 유치원에 못가서 내가 돌봐주고 있어야 해요.”

김윤환은 전화를 끊으면서 난감했다. 푸른어머니학교의 ‘인정반’ 정순 어머니가 화요일, 목요일 수업을 모두 빠져 걱정을 했는데 예상대로였다. 칠순이 넘은 그녀는 해방둥이였다. 아침이면 학교 가는 오빠가 골목 모퉁이로 사라질 때까지 지켜보다가 엄마 아빠의 새참을 준비했다. 그런 날들을 보내느라 학교 들어갈 때가 훌쩍 지나가 버렸다. 뒤늦게 한글 교실에 나와 재미를 들였건만 손주가 밟히니 배움은 그녀에게 평생 자갈밭인 모양이다.

전화를 한 군데 더 걸었다. “혹시나 코로나 걸려서 다녔던 데 조사받아 한글학교 다니는 사실이 자식들에게 알려지면 곤란해요.”라는 순덕 어머니의 대답은 마음에 더 걸렸다. 당신이 “까막눈이었다는 것을 자식들에게 들키기 싫으니” 당분간 공부를 쉬겠다는 얘기다.

김윤환은 무거운 맘을 털어내고 교실로 향했다. 오늘은 자서전 쓰기 첫날, 살아오면서 기억에 남는 세 가지를 써서 발표하기로 했는데 수업이 잘 될까 근심이다.

푸른 어머니학교의 교사가 되어

김윤환이 푸른어머니학교와 인연을 맺은 것은 2018년이다. 그 해는 경희대 철학과 11학번으로 당시 4학년이었던 그에게 여러모로 특별했다. 친한 친구는 맥주를 마시다가 불쑥 "나는 성소수자"라고 털어놨다. 김윤환이 그 친구와 깊은 얘기를 나누다 거리로 나왔을 때 사방은 희뭄했고 새벽 첫차 소리가 들렸다. 또 한 친구는 채식주의를 선언하며 "동물과 인간은 평등해야 한다."고 진지하게 얘기했다. 여학생들은 '성평등' 관련 대자보로 김윤환을 잡아끌었다.

그런 세례 덕분에 그는 '푸른사람들'(대표 서화진)로 '학점 인정 NGO 인턴 활동'을 나갔다. 푸른사람들은 서울 동대문구 이문동에서 30년 가까이 한글교실과 다문화 도서관 같은 사업을 해온 시민운동단체였다. 여기 다니는 '학습자 어머니'들은 대부분 칠순 안팎이어서, 3층에 있는 교실까지 올라오는데 한나절이고, 내려갈 때는 여기저기서 "에고고, 무릎이야."하는 소리를 냈다. 책상에 앉으면 돋보기부터 꺼내고 "어머, 보청기를 놓고 왔네." 하며 속상해하는 어르신도 있었다.

김윤환은 두 달 동안 부담임을 맡아 '씨앗반'의 한글 수업에 참여했다. 어머니 한 분 한 분을 챙기면서 교재의 뜻도 설명하고 맞춤법도 봐드렸다. 화, 목 2시간씩 하는 수업은 짧았다. "선생님, 이거 맞게 썼나요?", "그 할머니만 신경 쓰지 말고 내 거도 봐줘." 하며 여기저기서 김윤환의 소매를 잡아당겼다. 받아쓰기를 할 때는 한 글자 한 글자씩 힘주어 쓰다가 연필을 '똑' 부러뜨리기도 했다.

인정반의 수업 모습. 코로나로 어머니들 참가가 많이 줄었지만 수업은 꿋꿋하게 이어가고 있다.

수업이 끝나면 어머니들은 손주같은 김윤환에게 "오늘도 많이 배워 고맙습니다."하며 머리 숙이고 곶감이며 사탕을 건네주었다. 그는 처음으로 다른 사람에게 의미 있는 존재가 된 느낌이었다. 매일 매일 자신이 배우고 행복한 체험을 하는데 이런 존중을 받는 게 오히려 황송했다.

> 우물가에 갔을 때 차가운 물줄기가 한 손에 떨어지는 동안 설리번 선생님은 다른 한쪽 손에 천천히, 두 번째는 빠르게 물이라고 썼다. '물'이 내 손에 흘러내리는 차갑고 놀라운 물질임을 그때 알았다. 언어의 신비가 마침내 베일을 벗었다. 단어가 내 영혼을 깨우고 빛과 희망, 즐거움을 안겨주었다. -《헬렌 켈러 자서전》, 문예출판사

헬렌 켈러는 이 놀라운 체험을 자서전에 쓴 바 있다. 사실 씨앗반 어머니들은 매 수업 시간마다 헬렌 켈러와 같은 경험을 한다. 공책에 꾹꾹 눌러 쓰여진 글씨는 교실로 파고든 햇살을 만나면 생기있게 일어

푸른의 젊은 자원교사들. 김윤환과 함께 어머니교실의 젊은 피, 젊은 자원봉사자들이 모였다.

선다. 어머니들을 빛이 충만한 언덕으로 인도한다. 학습자 어머니들은 너른 벌판을 보며 노래를 부른다. '아모르 파티'가 노래방에서 몇 번 노래인지 찾을 수 있고, '안동역'의 가사를 따라 부를 수 있다. 모두 천하 명창이다. 글씨를 읽고 쓸 수 있다는 이 위대한 일을 수업시간마다 경험하는 것이다. 그렇게 두 시간 동안 글을 익히다 보면 안경테를 따라 땀방울이 또르르 흘러 손등에 떨어지고 어머니들 머리에선 어김없이 국화 향기와 진한 토란국 내음이 올라왔다.

대학교 전공수업 시간에는 스토아학파니 공리주의니 하는 얘기가 허공을 맴돌았다. 친구들의 눈은 롤 게임과 공무원시험 기출문제집으로 향해 있었고, 강의실 밖도 다를 바 없었다.

김윤환은 그렇게 두 달간 신비로운 체험을 하며 행복했다. 그래서 학점 인정 NGO 활동이 끝나고 그해 여름방학부터 푸른어머니학교에서 자원교사 활동을 시작했다. 주변에 있는 서울시립대, 외대를 다니면서 자원봉사를 하는 좋은 친구들도 만났다. 그리고 2019년 5월 마침내 푸른사람들의 상근활동가가 되었다.

이문동 골목길에서 피어난 자서전

"아이가 초등학교에 들어가 숙제를 봐 달라고 할 때 죽고만 싶었어요. 문밖을 나가서 지나가는 사람에게 도움을 청하려는데 비가 와서 다니는 사람도 없더라구요."

김윤환은 정순 어머니와 순덕 어머니가 못 나왔지만, 여덟 분 어머니들을 모시고 자서전 쓰기 첫 수업을 그대로 진행했다. 첫 번째 발표가 시작되니 여기저기서 "맞아, 나도 그랬어.", "애들 공부 못 봐준 게 젤로 가슴 아팠어."라며 고개를 끄덕였다.

"나는 땅만 보고 다녔습니다. 간판에 쓰여 있는 글씨를 모르는데 혹시 누가 물어볼까 봐 겁이 났습니다. 그런데 시장 사람들이, 돈 떨어진 거 찾느라고 저 여자는 땅만 보고 다닌다고 흉봤습니다."

두 번째 발표가 이어지니 다들 콧물 반 눈물 반이다. 그러면서 함박웃음이 터져 나왔다. 옆의 씨앗반 어머니들이 뭔 일인가 궁금해서 들어와 볼 정도였다. 서러운 세월이 강물이었는데, 가슴속에 맷돌을 달고 살았는데, 눈물과 박수에 한풀이가 된 분위기였다.

김윤환은 사실, 자서전 쓰기가 무슨 의미가 있을까? 잘될까? 반신반의했다. 막상 시작하고 보니 잘했다는 생각이 들었다. 역사는 영웅호

걸이라 일컬어지는 이들이 무대를 독차지하고 자기 서사를 뽐낸다. 하지만 이문동 작은 교실에서 피어난 서사도 이에 못지않았다. 뒤안길만 걸은 삶 속에는 봄동과 향기로운 쑥이 가득했다. 등굽잇길 같은 인생에는 민들레 홀씨와 거름풀이 그득했다. 정녕 아름다운 서사였다.

자서전 발표 시간은 눈 깜짝할 사이에 지나갔다. 수업 시작 전에 숙제를 안 해온 어머니들은 눈을 못 맞췄는데 다음엔 꼭 써 오겠다고 다짐했다. 학교에 와서 진짜 인생을 살게 되었다는 감탄사가 교실에 넘쳐났다. "학생은 앉아서, 선생은 서서 배운다."는 푸른어머니학교의 다짐대로 김윤환은 오늘도 인생을 한 보따리나 배운 느낌이다.

좋은 곳, 좋은 사람, 좋은 일

김윤환이 자리로 돌아오니 문종석 교장, 서화진 교감이 뭔가 심각한 얘기를 나누는 모양새다. 1994년에 푸른시민연대를 만들어 성인 한글교육을 시민운동으로 이끌어온 두 사람이다. 30년 가까이 해마다 백여 명의 어르신들이 이곳에서 글을 깨우치고 빛을 얻었다.

오랜 세월을 지켜왔건만 올해는 코로나19로 후원이 많이 줄어, 두 사람의 근심이 이만저만이 아니다. 상근자가 김윤환과 안형남 사무처장, 그리고 다문화도서관 '모두'의 일꾼까지 치면 전부 여섯 명이다. 자원활동가들의 봉사와 후원인들의 뜻깊은 정성이 계속되고 있지만 상황이 만만치 않다.

김윤환이 2019년 5월 상근활동가를 결심할 무렵, 엄마는 당신 친구

자식들이 "법무사에 합격했다더라.", "공기업에 붙었다더라." 같은 얘기를 종종 했다. 그의 첫 출근날에는 묘하게도 오랜만에 선배가 전화를 걸어 와 "내가 작년에 이름하여 대기업이란 곳에 들어갔지만, 우리 회사도 앞날이 불투명해 공무원시험 준비를 시작했다."며 이런저런 조언을 늘어놓았다.

김윤환은 사회생활의 첫발을 '푸른'으로 내디디면서 월급에는 마음을 쓰지 않았다. 불안할 수 있는 미래는 담담히 안고 나아가기로 했다. 이미 자원봉사를 할 때부터 이곳의 속사정은 알고 있던 터였다. 하지만 교장과 교감의 심각한 표정이 잦아지니, 마음이 무거워지는 것도 사실이다.

김윤환이 눈길을 돌려 창밖을 보니 늦가을은 겨울 채비를 하고 있다. 은행나무잎 하나가 위태롭게 매달려 있다가 순순히 제 몸을 거둬

어머니학교 수학여행에서 어머니들과 함께 춤을 추는 김윤환 © 푸른어머니학교

청소년 꿈토리 자원봉사자들과 함께. 청소년 진로상담도 김윤환의 주요 업무다. ⓒ 푸른사람들

땅으로 향한다. 초등학교 수업이 끝났는지 아이들이 거리에서 콩콩 뛰어가고, 어디선가 푸드득 날아온 비둘기는 창틀에서 모이를 찾는다. 10시 수업이 끝나면 늘 마주하는 풍경, 커피를 한 잔 마시며 바라보면 더욱 좋다.

“점심 먹으러 가자.”는 교장의 말에 김윤환은 외투를 집어들었다. 그가 일어선 책상 한 켠에는 출근하는 첫날 김윤환이 써놓은 글귀가 반짝인다.

“좋은 곳에서 좋은 사람들과 좋을 일을 하며 살고 싶다.”

[2020년 12월 5일 연재]

못 다 한 이 야 기 ……

* 사단법인 푸른사람들은 푸른어머니학교, 다문화도서관 '모두', 청소년 지원활동인 '꿈토리' 등의 사업을 동대문구 이문동에서 30년 가까이 하고 있는 시민운동단체다. 1994년 결성 때는 '푸른시민연대'로 출발했다가 현재의 이름을 쓰고 있고, 김윤환은 푸른사람들의 상근자로 주로 푸른어머니교실과 꿈토리 사업을 하고 있다.
* 이 글에서 수업 풍경이나 자서전 발표 내용은, 그동안 푸른어머니교실의 각종 자료와 발표에서 나온 내용을 토대로 재구성했다. 꼭 김윤환의 수업 내용으로만 국한해서 서술한 것은 아닌 점을 밝혀둔다
* 조너선 코졸이 1985년에 쓴 《illiterrate America(비문해의 나라 미국)》에서는 완전 문맹이거나 제대로 읽고 쓰기를 할 수 없는 미국인들이 6,000만 명에 이른다고 밝힌 바가 있다. 우리나라도 2018년 국가평생교육진흥원이 밝힌 바에 따르면 만 18세 이상 성인 중 일상생활에 필요한 기본적인 읽기, 쓰기, 셈하기가 불가능한 비문해 성인 인구가 약 311만 명(약 7.2%)에 이른다고 추정하고 있다.

1978년 동일방직에서
해고된 김용자

“

똥을 먹고 살 수는 없다.
아직 끝나지 않은
그녀들의 이야기여

”

“동일방직 문제 해결하라! 똥을 먹고 살 수는 없다!!”

강당은 숨 막힐 정도로 열기가 뜨거웠다. 여기저기서 구호가 터져 나왔다. 징과 북소리는 드높아졌다. 강당 앞에 걸었던 펼침막을 떼어 든 참가자 수백 명이 행진을 시작했다. 김용자는 다른 해고자들과 함께 앞줄에 섰다. 건물은 이미 동대문경찰서 기동경찰과 사복경찰 사오백 명이 물샐틈없이 포위한 상태, 수백 명의 사람들이 용암이 흐르듯 2층 강당에서 1층으로 다시 현관으로 나아가 경찰과 맞닥뜨렸다. 순간 “작전 개시!” 외침이 ‘지지직–’ 하는 무전기 소리와 함께 경찰들 뒤편에서 들려왔다. 그러자 방패를 앞세운 경찰이 곤봉을 휘두르며 달려들었다. 사복경찰은 대열 옆을 치고 들어왔다.

머리끄덩이를 잡힌 김용자는 옆구리를 얻어맞으며 끌려갔다. 경찰이 호송차에 밀어 넣으려 하자 "안 돼! 안 돼!"하며 발버둥쳤다. 그 와중에도 “동일방직 문제 해결하라!”는 고함이 여기저기서 울렸다. .

발버둥치던 김용자는 잠에서 깼다. 오랜 세월이 지났지만 기독교 회관에서 연행된 그 날은 꿈에 자주 나타난다. 창밖에는 아직 어둠이 남아있다. 창문을 여니 새벽 공기가 밀고 들어온다. 오늘은 법원에 가는 날이라 어젯밤에 이런저런 상념이 많았다. 그래서 옛 기억이 찾아왔나 보다.

2018년 12월. 고등법원으로 가는 길은 맑고 차가웠다. 육중한 문을 열고 들어가니 법정이 한눈에 들어온다. 정면에는 '법원'이라는 글씨가 황금색으로 도톰하게 새겨져 있었다. 김용자는 발걸음을 죽이며 자리에 앉았다. 둘러보니 부순이, 춘분이, 태순이 얼굴도 보인다.

김용자는 천천히 심호흡을 했다. 2000년부터 시작된 싸움이 오늘 드디어 마침표를 찍는다. 그래서 마음이 더 조마조마하다.

"일동 기립!"

정리의 외침이 날카롭게 법정을 갈랐다. 재판정 벽에 부딪힌 소리는 김용자의 어깨를 때리듯 지나갔다. 다들 엷은 미소를 짓고 있지만 긴장한 표정이 역력했다. 판사가 주문을 낭독했다. 옆에 있는 수자 언니와 맞잡은 김용자의 손이 가늘게 떨렸다.

똥물과 함께 온 운명의 그날

충청도 촌구석에서 초등학교만 나와 동일방직 '여공'이 된 김용자. 언니들 따라 노동조합 사무실로 수다 떨러 다니던 그에게 1978년 2월 21일은 운명처럼 다가왔다. 그날은 동일방직노동조합 대의원 선거일이었다.

새벽 6시경 야근반이 퇴근하고 투표가 시작될 즈음, 박복례와 박성기 등 민주노조 반대파 대여섯 명이 화장실에서 갑자기 튀어나왔다. 고무장갑을 낀 그들은 똥물이 담긴 방화수 통을 들고 있었다. "저 년에게 먹여!"라는 악다구니가 한겨울 차가운 공기를 가르면서, 그들은 투표를 하려고 기다리던 조합원들에게 똥물을 뿌리기 시작했다.

사람들은 공장 안으로, 기숙사로, 목욕탕으로 겁에 질린 채 비명을 지르며 도망쳤다. 그들은 늑대처럼 쫓아다니며 똥물을 옷에 바르고 얼굴에 문지르고 가슴에 쑤셔 넣었다. 조합사무실에는 통째로 들이붓기까지 했다.

허겁지겁 똥물 세례를 피해 도망다니던 김용자는 공장에 있던 경찰에게 달려갔다. 노조 대의원선거를 앞두고 인천 동부경찰서는 새벽부터 형사를 여럿 보낸 상태였다.

"아저씨, 뭐해요, 말려주세요. 네!?" 허리춤을 붙잡고 애원했다. 그들은 "야! 쌍년아 가만있어, 이따가 말릴 거야."라며 김용자를 내팽개쳤다. 겨울 추위보다, 공장의 시멘트 바닥보다 그 욕지거리는 더 차갑게 김용자의 뺨을 휘갈겼다.

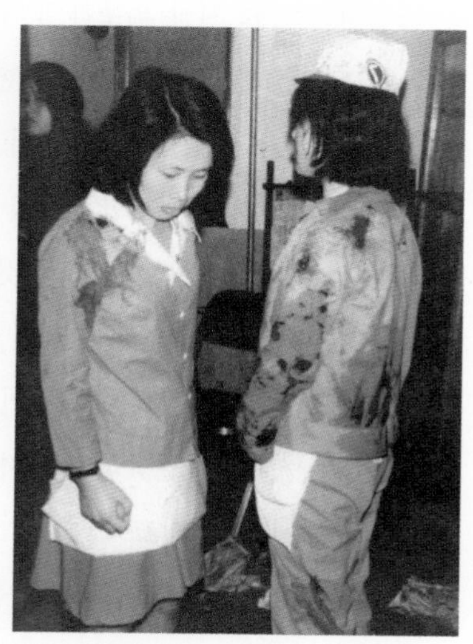
동일방직 똥물 투척 사건 현장 사진 당시 이총각 집행부는 회사 앞 사진관에 증거사진촬영을 부탁했다. ⓒ 김용자

똥물 세례를 받은 동일방직 노동자들은 그날부터 명동성당에서 목숨을 걸고 단식에 들어갔다. 김

수환 추기경과 강원룡 목사를 비롯한 사회 원로의 중재에도 동일방직 회사 측은 꿈쩍도 하지 않았다. 한술 더 떠 1978년 4월 1일 근무지 이탈을 빌미로 124명을 해고했다. 김용자도 명단에 있었다.

2010년 6월 30일 '진실화해를 위한 과거사정리위원회'는 조사를 통해, 1978년에 벌어진 이 사건이 "중앙정보부가 똥물 사건을 배후 조종했고 해고 조치를 지시했다."고 밝혔다. 막연하게 떠돌던 '중앙정보부 개입설'의 실체를 온 세상에 밝히며 국가권력에 의한 범죄임을 인정한 것이다. 이에 동일방직 해고자들은 2015년 손해배상 소송을 냈다.

그런데 대법원은, 동일방직 해고자들이 민주화운동으로 인정받아 '민주화운동 보상심의위원회'에서 생활지원금을 받았기 때문에, 국가는 정신적 위자료 지급 의무가 없다고 판결했다. 불복한 동일방직 해고자들은 2017년 헌법소원을 냈고, 헌법재판소는 "정신적 손해배상에 대한 국가배상청구 금지는 위헌"이라고 결정했다.

그래서 김용자를 비롯한 동일방직 해고자 14명은 2018년 12월 18일 파기환송심 선고 자리에 오게 된 것이다.

"제 1심 판결 중 원고들에 대한 부분을 아래와 같이 변경한다."

판사는 또박또박 판결문을 읽어나갔다.

"국가는, 원고 동일방직 노동자들에게 별지 목록에 기재된 손해배상금을 지불하라. 그리고……"

판사는 '손해배상금'이란 단어를 또박또박 읽었고, 그 음성은 법정을 휘돌아 김용자와 동료들을 감쌌다. 지그시 눈을 감고 있던 김용자의 손등에 눈물 한 방울이 톡 떨어졌다. 훌쩍이는 소리들이 퍼져나갔다.

다들 육순이 넘은 나이지만, 아직도 1978년 4월 1일에 얽매여 살고 있었다. 그렇기에 '손해배상'이라는 그 말이 사무치게 다가왔다.

법정은 언제나 김용자에게 매몰찼다.

1978년 9월 22일, 서울 기독교회관에서 '동일방직 문제를 해결하라!'는 연극 공연이 있었다. 김용자의 꿈에 자주 나타나는 바로 '그날'이다. 연극 막바지, 똥물을 퍼붓는 장면이 나오자 감정이 북받친 해고자들이 흐느끼기 시작했다. 연극하는 사람도 울고 관객도 울고, 강당은 울음바다였다. 결국 밤 9시쯤, 사람들은 "아무리 가난해도 똥물을 먹고 살지는 않았다!"며 강당을 뛰쳐나갔다.

그리고 김용자의 꿈에서처럼 경찰이 물밀듯이 밀어닥쳤다. 닥치는 대로 곤봉을 휘둘러 노동자들을 던지다시피 해서 연행했다. 현장에 있던 고 문익환 목사도 타박상을 입었고, '인천 도시산업선교회'의 조화순 목사는 머리를 맞아 실신하기까지 했다.

이때 성동경찰서로 연행된 김용자는 '20일 구류'를 선고받았다. 그녀는 구류기간 동안 세 번이나 치안본부로 끌려갔다. 그들은 하얀 종이를 내밀었다. '산업선교회의 조화순 목사가 배후'라고 적으라며 왼쪽 뺨을 계속 때렸다. 끼니때면 책상 네 개를 붙여놓고, 속옷만 입고 올라가 거기서 빵을 먹으라고 했다. 그 굴욕감은 이루 말할 수 없었다. 조사가 끝나고 유치장으로 돌아온 김용자는 동료들의 무릎에 얼굴을 묻고 하염없이 울었다. 야속하게도 9월의 유치장은 된 바람이 돌고 돌았다.

동일 방직 해고 노동자들은 원직복직을 요구하며 농성을 하는 등 복직투쟁을 격렬하게 진행했다. ⓒ 김용자

구류만이 아니었다. 1983년에는 삼익가구, 신도실업 해고자들과 같이 '블랙리스트'에 항의해 노동부 인천지청을 점거하다 폭력 혐의로 구속되기도 했다. 이렇게 법정은 구류와 구속으로 김용자를 외면했다. 그렇게 차가웠던 법정이, 국가로 하여금 "그에게 불법적인 행위를 인정하고 손해배상을 하라."는 판결을 한 것이다.

재판이 끝나고 김용자와 동료들은 법정을 나섰다. 12월 겨울 날씨는 추웠지만 시원했다. 파란 하늘과 실뭉치 같은 구름이 어울려 축하하는 듯 미소 짓고 있었다.

"고생했어, 수고했어." 모두 얼싸안으며 인사를 나누었다.

"그래, 이게 몇 년 세월이니…. 우리 잘 해냈지…." 등도 두드리며 서로 위로했다.

"우리 사진 하나 찍자!!" 부순이가 외쳤다.

"그래 그래, 모두 모여. 활짝 웃고 만세 불러봐." 영자가 거든다.

"하나, 둘, 셋." 약속이나 한 듯 "동일방직 노동조합 만세!"를 외쳤다.

동일방직 공장 안은 늘 40도가 넘었다. 온몸에선 땀이 빗물처럼 흘렀다. 얼굴과 손에까지 땀띠가 번졌다. 휘날리는 솜먼지는 들러붙어 떨어지지 않았다. 발가락이 짓물러 다들 무좀을 달고 살았다. 미치도록 가려워 시멘트 바닥에 발바닥을 북북 문지르기도 했다. 시원했지만 살갗이 헤져 피가 새어 나왔다. 밤샘 작업을 할 때는 '타이밍' 약을 먹으며 잠을 쫓았다. 서로를 꼬집어주고 또 꼬집어주며 버텼다. 그런 동료들이었다.

사진을 찍고 나니 용순이가 외쳤다. 우리 '그때처럼' 달려 보자고. 이제 육십이 넘은 몸들이다. 허리도 어느새 구부정하고 뱃살도 한 움큼 잡힌다. 무릎이 시큰거린 지 오래다. 겨울 외투에 목도리까지 둘렀는데, 그래도 김용자와 무리들은 '그 날처럼' 법정 마당을 뛰기 시작했다.

경찰들 앞에서 알몸 시위를 벌이던 그 날처럼

1976년 7월 23일. 회사와 민주노조 반대파 조합원들은 노동조합 이영숙 지도부를 와해시키려고 '집행부 불신임 대의원대회'를 긴급 소집했다. 그들은 조합원들이 접근하지 못하게 기숙사 입구에 못질까지 했다. 하지만 소식을 접한 조합원들은 기숙사 2층에서 뛰어내리고 입구문을 밀쳐내며 뛰쳐나왔다. 조합원들은 마구 달려 노조 사무실로 모여

동일방직을 포위한 경찰기동대. 인천 동부서는 수시로 경찰력을 동원해 동일방직 노조를 탄압했다.
ⓒ 김용자

들었다.

한여름 뙤약볕 아래 회사 마당에서 "노조탄압 중단하라!"는 농성이 시작됐다. 사흘째 되던 날, 인천동부경찰서 형사와 기동경찰들이 출동했다. 경찰들은 이영숙 지부장이 조합비를 횡령해 땅을 샀다고 거짓말을 해댔지만, 농성자 팔백여 명은 흔들리지 않았다. 공장 밖에는 조합원 가족들이 걱정하며 모여들었다.

동일방직의 싸움이 인천공단으로 퍼지는 것을 두려워한 경찰은 집행부를 체포하기로 하고 농성장을 에워쌌다. 그리고 포위망을 조금씩 조금씩 좁혀왔다. 농성하던 어린 소녀들이 여기저기서 울기 시작했다.

그때 누군가 그랬다. "벗고 있는 여자 몸엔 경찰 아니라 그 누구도 손을 못 댄대."

그 중얼거림에 조합원들은 파란 작업복을 벗었다. 모두 속옷만 입은 채 알몸이 되었다. 더운 날씨에 사흘간 농성하느라 옷도 갈아입지 못해서 팬티와 브래지어는 꼬질꼬질 더러웠다. 생리하는 사람들도 많아 비릿한 냄새에 땀 내음이 더해져 고약한 냄새가 진동했다.

경찰은 잠시 주춤거리다 이내 연행을 시작했다. 노조 집행부를 하나씩 끌어내 차에 밀어 넣었다. 차바퀴 밑에까지 들어가 저항했지만 군홧발에 채이면서 끌려 나왔다. 수십 명이 널브러졌다. 사람들은 호송차에 태워져서도 유리창을 깨며 저항했다. 거친 몸싸움에 브래지어 끈이 떨어져 나가고 팬티 고무줄이 끊어져 거의 알몸이 되다시피 했다.

그렇게 72명을 강제로 태우고 경찰 버스는 공장을 떠났다. 동일방직 조합원들은 알몸인 채로 "우리 모두 주동자다, 우리 모두를 잡아가라!"고 외치며 경찰차를 좇아갔다.

그날 그렇게 달렸던 기세로 김용자와 벗들은 법원 마당을 달렸다.

"야야, 용자야 힘들어. 이제 그만 뛰자!"

"그래, 이제 그만 쉬자!"

영화와 창순이가 숨을 헉헉거리며 난리다. 누가 먼저랄 것도 없이 걸음을 멈췄다. 서로 바라보다 웃음이 터져 나온다.

"야! 너희들 단식할 때 생각나지?"

장규가 말을 꺼낸다. 그때 얘기만 시작하면 수다는 늘 구만리 강산이다.

"야야, 그때 물은 먹으라고 했잖아. 보리차 먹다가 찌꺼기가 나왔는데 너무 맛있었어."

2018년 12월 18일 손해배상을 인정받고 찍은 사진 이날 김용자와 동지들은 누가 먼저라할 것도 없이 '동일방직 만세!'를 외쳤다. ⓒ 김용자

"아이고, 나는 옷에 달린 단추가 과자처럼 보였다니까. 잠들면 엄마 젖도 보이구."

"나는 잘 때마다 밥 먹는 꿈을 꿨는데 깨어나면 너무 신경질이 났어."

"야, 나는 친구가 수건을 들고 오는데 과자 봉지처럼 보였다니까."

와! 모두 박수를 치고 웃는다. 지금은 웃으면서 얘기할 수 있다. 멈추지 않는 이야기보따리에 법원을 드나드는 사람들도 뭔 일인가 둘러본다. 겨울바람도 그들 곁에 머물러 귀를 쫑긋 세운다.

"야, 이제 마지막으로 한 번 더 달려보자."

금옥이가 다시 부추긴다.

"마지막은 무슨, 아예 동일방직까지 달려 볼까?"

미연이는 한 술 더 뜬다.

"그래, 인천까지 가자!"

진영이와 병국이가 손을 붙잡고 모두를 일으킨다.

기세를 보니 정말 서울 서초동에서 인천까지 뛰어갈 모양이다. 김용자는 피식 웃음이 났다. 몇 걸음이나 더 가려구? 아니나 다를까, 몇 걸음 못 가 "에고, 나 죽어."하며 명희가 뜀박질을 세운다. 모두 멈췄다. 잠시 다리쉼을 하며 김용자는 하늘을 올려다보았다. 실뭉치 구름은 언제부턴지 양털 모양이 돼 있었다. 힘들 때는 파란 하늘도 노랗게 보였었는데……

10.26으로 박정희가 죽었을 때, 동일방직 해고자들은 모두 인천 도시산업선교회로 모여들었다. "대빵이 죽었으니 무조건 복직이다."하면서 기뻐했다. 이어진 1980년 '서울의 봄', 손에 잡힐 듯 복직이 다가왔지만 전두환의 5·17 비상계엄 확대조치로 모든 것이 좌절됐다. '동일방직복직대책위'도 운영위원회 정도만 유지하기로 하고 생계를 위해 모두 흩어졌다.

김용자도 이것저것 다른 일을 해봤다. 서울지역노동운동연합 활동도 하고, 여성 노동자 조직사업도 했다. 인천에서는 생활협동조합 일에도 참여했었다.

그렇지만 마음 한구석이 늘 허전했다. 뿔뿔이 흩어진 동일방직 해고자들을 모아내고 싶었다. 1999년 김대중 정권이 출범하면서 기회가 왔다. 민주화운동보상법이 시행되자, 김용자는 석정남과 같이 동일방직 해고자들의 연락처를 찾아 나섰다.

오랜 민사소송 끝에 마침내 손해배상 결정 판결을 받고 투쟁과 고통을 함께한 동지들과 함께 가파도로 여행을 갔다. ⓒ 김용자

그렇게 해서 동일방직 해고자들이 '민주화운동 관련자'이며 '국가 폭력의 피해자'임을 밝혀냈다. 그리고 '손해배상'도 받았다. 남은 것은 '원직 복직'뿐이다. 내일 사표를 쓰더라도 현장에 들어가는 일만 남았다.

다리쉼을 하더니 다시 힘이 났는지 춘분이가 다시 목소리를 높인다.

우리 오늘 기필코 '동일방직'까지 가자고.

그래, 가는 데까지 가보자, 모두 합창하듯 말한다.

김용자와 동지들은 다시 손을 잡았다. 그리고 뛰기 시작했다.

*　　　　　*　　　　　*

동일방직 노동조합 똥물사건부터 손해배상 판결까지

1972년 5월 10일　대의원대회에서 한국 최초로 여성지부장 주길자 탄생

1975년 2월 10일　주길자 후임으로 여성지부장이던 이영숙 선출

1976년 7월 23일　인천 동부경찰서 이영숙 지부장 유인물배포혐의로 연행, 회사측 기숙사 폐쇄하고 고두영 및 회사측 대의원만 참가한 상태에서 대의원대회 개최. 조합원 400여명 농성 시작

1976년 7월 25밀　경찰 기동대 출동. 조합원 72명 연행

1977년 4월 4일　이총각 지부장 선출

1978년 2월 21일　새벽 5시55분 똥물사건 발생. 섬유노조(위원장 김영태)는 동일방직 지부를 사고지부로 결정, 3월 6일에는 이총각 지부장 등 노조 임원 4명 제명

1978년 3월 10일　장충체육관에서 개최된 노동절 행사에 동일방직 노동자 65명이 들어가 '동일방직 문제 해결하라!', '똥을 먹고 살 수 없다!'는 현수막을 펼쳐들고 항의시위

1978년 3월 12일　인천 답동성당에서 동일방직 노동자를 중심으로 '근로자를 위한 기도회' 개최, 기도회 후 동일방직 노동자 50여명은 '노동3권 보장', '김영태 섬유노조위원장 사퇴', '똥물사건 관련자 처벌' 등을 요구하며 3월 23일까지 단식 농성

1978년 3월 17일　명동성당에서 41명 단식 농성

1978년 3월 26일　여의도광장에서 열린 부활절 연합예배에서 노동자 6명이

명동성당 단식 현장에서 고 김수환 추기경이 조합원들과 대화를 나누는 모습이다. © 김용자

단상에 뛰어올라가 마이크를 빼앗고 "똥을 먹고 살 수는 없다!", "동일방직 문제 해결하라,"는 등의 구호를 외침

1978년 4월 1일 회사로부터 124명 해고 통보

1978년 4월 10일 섬유노조위원장 김영태 명의로 블랙리스트 각 사업장에 발송'

1978년 4월 26일 해고노동자 65명이 회사 안으로 밀고 들어가 농성. 65명 전원 연행, 이총각 지부장 등 폭행죄로 구속

1978년 9월 22일 서울 기독교회관에서 '동일방직 사건 연극' 후 농성과 시위

1978년 12월 13일 중앙노동위원회 부당해고에 관한 재심청구 기각

1980년 1월 14일 노총중앙위원회 참석. 동일방직 문제 해결 요구

1980년 4월 25일 해고노동자 30명 노총위원장실 점거하고 석방과 복직을 요구하며 농성 시작

1980년 5월 17일 비상계엄 확대로 25일만에 단식 농성 해산

2000년 '민주화운동관련 명예회복 및 보상'신청

2001년 민주화운동관련자 인정, 증서교부

2006년 진실화해및 과거사진상위원회에 "동일방직 조합원들에 대한 해고 및 블랙리스트의 존재를 규명해 달라" 신청

이혜란 감독의 연출로 동일방직 해고노동자들의 사연을 다룬 다큐멘터리 영화 '우리들은 정의파다' 제작

2007년 2월 20일 직권조사 결정

2010년 6월 30일 "중앙정보부의 주도하에 이루어진 국가폭력임이 중정보관문서, 중앙정보부 인천조정관 최종선의 증언"에 의해 밝혀짐

2015년 국가폭력에 의한 정신적 위자료 청구소송에서 대법원은 "국가와 화해가 성립되었다"며 원고 패소판결

2017년 헌법소원을 제기하고 헌재는 "정신적 손해배상에 대한 국가배상청구금지는 위헌"이라고 판단

2018년 12월14일 서울고등법원 제15민사부 손해배상 결정 금액 통보

[2019년 8월 9일 연재]

* 1972년 당시 조합원 1,383명 중 1,214명이 여성이었던 동일방직은, 섬유노동조합연맹 최초로 여성 지부장 주길자를 탄생시키며 민주노조로 거듭나기 시작했다. 이어 1975년에도 이영숙 여성 지부장이 당선되었다. 노조비 지출명세 공개, 여성 종업원의 생리휴가, 회사 창립기념일의 유급휴일화, 기숙사 온수 시설 등 조합원의 요구를 대변하며 대다수 여성 조합원의 지지를 받았다.

이렇게 되자 섬유노동조합연맹 체제의 균열을 두려워한 박정희 정권의 중앙정보부는 섬유노동조합연맹 김영태 위원장과 인천 동부경찰서를 직접 지휘하고, 반조합파 남자 직원들을 앞세워 노조 와해 작전을 개시했다. 이는 서울대 법대 최종길 교수의 동생이며 중앙정보부 인천 조정관 최종선의 증언에 의해 소상하게 밝혀졌다.

* 김용자의 경력 중 빼놓을 수 없는 부분이 버스안내양 생활이다. 당시 버스안내양은 하도 힘들어 지원자가 별로 없어 쉽게 취직이 되는 자리였다. 김용자도 블랙리스트로 해고가 거듭되자 버스안내양으로 취업해 제물포 여객, 선진 여객, 항도 여객에 다녔다. 그때는 안내양이 현금과 토큰을 받을 때였는데, 하루 만 원을 '삥땅' 해서 기사에게 주고, 기숙사에 들어가면 몸수색을 당하는 것이 관례였다.

그래서 김용자는 안내양들을 설득해, 사감 방문에 못을 박고 기숙사를 빠져나와 여인숙으로 가서 하룻밤을 자며 새벽일을 거부했다. 버스 운행이 중단되자 난리가 났다. '몸수색 중지'를 합의하고 농성을 풀었지만, 김용자는 주동을 했다고 다시 구류를 받았다. 그 이후 동일방직 해고자임이 밝혀져 수배자 신세가 되기도 했다.

* 1978년 2월 21일 똥물사건 때, 이총각 지부장은 냉정하게 대처했다. 회사 앞 사진관에 촬영을 부탁했고 덕분에 증거 사진을 남길 수 있었다.

* 동일방직의 뿌리는 1934년 10월 1일 인천시 만석동에서 조업을 시작한 일본 오사카에 본사를 둔 도오요(東洋)방적의 인천공장이다. 당시 식민지 조선에는 연소자나 부녀자에 대한 부당노동행위를 금지하는 공장법이 없었다. 일본 자본으로서는 천국의 땅이었다. 해방 후 적산으로 미군청에 귀속되었다가, 1955년 귀속면방업체 민영화 방침에 따라 서정익이 불하를 받아 동양방직을 세웠다. 그리고 1966년 1월 회사 이름을 동일방직으로 변경했고, 2019년 다시 DI 동일로 이름을 바꾸어 오늘에 이른다. 현재 본사는 서울 강남구 테헤란로에 있고 공장은 인천, 청주, 장항 등지에 있다.

* 민사재판판결문의 원문은 아래와 같다. 이 원문을 글 분위기에 맞게 수정했다.

1. 제1심 판결중 원고들에 대한 부분을 아래와 같이 변경한다.

가. 피고는 원고들에게 별지2 손해배상금 목록의 '환송 후 당심 인용금액'란 기재 각 해당 돈과 각 이에 대하여 2018.11.23.부터 2018.12.14.까지는 연 5%, 그 다음 날부터 다 갚는 날까지는 연 20%의 각 비율에 의한 돈을 지급하라.

나. 원고들의 나머지 청구를 기각한다.

어린 노동자를 위한 학교를 세운 부천실업고 이주항 선생님

"

슬프지만 아름답고 찌질하지만 위대한
어린 노동자들의 꿈을 키워줄
학교를 세우자!

"

이주항은 빗자루로 '쓰윽, 쓰윽' 담배꽁초와 먹다 버린 음료수병을 부지런히 쓸어 담았다. 주변이 공장지대여서 늘 쓰레기가 넘쳐 나, 그가 학교 안팎으로 새벽 청소를 한 지도 벌써 20년이 넘었다. 매일 하는 청소지만 오늘은 더 세심하게 빗질을 한다. 오후 4시에 개교 30주년 기념행사가 잡혀 있기 때문이다. 청소를 마칠 즈음에야 밤새 돌아가던 옆 공장 기계 소리가 조금씩 잦아들었다.

노동자를 위한 학교를 꿈꾸다

이주항은 스물아홉에 이 부천실업고를 세웠다. 한양대학교 80학번인 그는 1983년에 학교에서 민주화 시위를 주동하고 구속이 되었다. 출소 후 노동운동에 뜻을 두고 공장에 들어갔는데, 거기서 만난 두 사람이 그를 다른 인생으로 이끌었다.

당시 스물이 안 되었던 영천이는 어머니와 동생 그렇게 셋이서 단칸방에서 살았다. 그런데 프레스 작업 중에 손목을 크게 다치고 말았다.

그는 사고 후 세상을 원망하면서도 "언젠가는 배워서 성공할래요."라고 입버릇처럼 말했다.

용접 견습공 승수는 월급 타도 외상값 갚고 나면 빈털터리가 돼, "짬뽕 한 그릇 먹고 싶다."며 노래를 불렀다. 그는 허름한 기숙사에서 언제나 때가 꼬질꼬질한 이불을 덮고 자는 처지였다.

그들을 보며 이주항은 '어린 노동자들을 위한 학교'를 떠올렸다. 근무가 끝난 아이들이 학력을 쌓고 노동자에게 필요한 힘도 기를 수 있는 작은 학교, 깨끗한 기숙사가 있어 피곤한 몸을 씻고 편히 쉴 수 있는 그런 야간 노동자학교를 꿈꿨다.

그래서 1989년, 뜻 하나만 가지고 부천시 고강동에 공장건물 220평을 임대했다. 벽돌로 얼기설기 교실을 만들고, 운동장은 옥상에 그물을 쳐서 만들었다. 신혼집 보증금을 빼고, 생활은 부모님 집에 얹혀살기로 하면서 벌인 일이었다.

아내 박수주와 몇몇 동지들이 함께 뭉쳐 '부천실업고'란 이름도 짓고, '잘난 아이들'이라는 표어도 만들었다. 한 달 월급은 20만~30만 원 수준으로 결정하고 열정만으로 시작했다. 그로부터 30년, 총 27회 졸업생 617명을 배출했다. 돌아보면 그저 대견하고, 어떻게 버텨왔는지 모르는 세월이었다.

새벽 청소를 마친 이주항은 열쇠 꾸러미를 들고 지하 식당에서 7층 목공실까지 한 층 한 층 둘러본다. 밀링과 선반 기계가 있는 실습실에서는 쇳내음이 아침 햇살을 받으며 돋아났다. 도예실 가마에서는 따뜻한 온기가 여전하고, 탁구장에서는 아이들 웃음소리가 까르르 떠다녔다. 오늘 개교기념식이 아니어도 7층까지 한 층 한 층 올라가며 이곳저곳을 쓰다듬고 어루만져보는 일은 이주항이 빼놓지 않는 일과다.

학교를 열었지만……

열정 하나로 개교했지만 정작 중요한 것은 학생 모집이었다. 그래서 현판식을 마치자마자 강원도와 전라도 일대 중학교를 찾아다녔다. 구로공단에서부터 안양, 부천까지 수도권 공장지대를 돌면서 신입생 모집 포스터를 전봇대에 붙이고 다녔다. 찬 겨울 날씨에 풀이 얼고 손이 시려 발을 동동 구르며 한 작업이었다.

부천실업고 현판식. 1989년
부천실업고는 공장건물을 임대해서 시작했다.
ⓒ 이주항

그런 노력으로 모은 신입생이 80명 정도. 이주항은 관리와 운영을, 다른 교사들은 수업을 맡았다. 그렇지만 처음부터 삐끗거렸다. 아이들은 대개 오후 5시에 퇴근해서 5시 반이면 학교에 왔다.

모두 피곤한 몸이기에 첫 수업부터 애들은 책상에 엎드려 자기 시작했다. 안쓰러워 깨울 수도 없었다. 게다가 1교시가 끝나면 절반 이상이 오락실 등으로 사라져버렸다. 그러면 교사들이 학교 주변으로 아이들을 찾으러 다녔다.

그런 우여곡절을 겪으면서 1993년 1회 졸업생, 24명이 배출되었다. 희망을 본 듯했지만 잠시였다. 2, 3회는 졸업생이 모두 아홉 명에 불과했다. 처음 한두 해는 열정이 있었다. 그래서 적은 월급에도 버텨나갔

1996년 학교를 신축할 때. 졸업생들과 교사들이 힘을 모아 거의 직접 공사를 했다. ⓒ 이주항

다. 그렇지만 학생 모집도 안 되고 재정도 나아지지 않으니 학교에는 어두운 그림자가 깔려 나갔다.

직접 학교 건물을 짓다

임대 건물인 데다가 운동장도, 변변한 교재도 없으니 아무래도 학생들이나 상담 왔던 부모들은 주저할 수밖에 없었다. 그래서 이주항은 "이대로는 안 된다."며 1996년에 학교 건물을 짓기로 결심했다. 큰 모험이었다. 부천시 오정동 공장지대에 있는 땅 300평을 사서 신축 공사에 들어갔다. 부친에게서 받은 유산으로 종잣돈을 삼았지만 그것만으로는 턱없이 부족했다.

그래서 건축기금을 모금하면서, 이주항과 교사들 그리고 졸업생들이 거의 직접 공사를 했다. 2회 졸업생 고광배는 거의 살다시피 하며 다른 동문들과 함께 공사를 도왔다. 그런 어려움을 딛고 그해 10월 연건평 300평 정도의 학교 건물이 완성되었다.

그런데 공사가 끝나고 결산해 보니 2억 정도 빚이 생겼다. 공교롭게도 공사 후 IMF가 닥쳐 이자가 치솟았다. 원금은 물론 이자마저 계속 밀려 학교 건물이 경매에 넘어갈 처지까지 몰려버렸다. 그때 모든 교사들이 또다시 허리띠를 졸라맸다. 얼마 안 되는 월급을 절반 정도만 받고, 학교의 부채를 우선 갚기로 했다. 그 헌신 덕에 어려움을 겨우 수습했다. 그 후로 2~3년마다 한 번씩 증축 공사를 해 강당도 만들고 여러 실습실도 만들었다.

교사를 신축한 덕분에 '학력 인정 고등학교'가 되면서 재정이 조금 피었다. 정부에서 수업료와 교사 1인당 80만 원 정도 인건비를, 교육청과 부천시청에서 교구 구입비 등을 지원했다. 그러면서 학생들이 조금씩 조금씩 늘어났고 학교는 한 걸음 한 걸음 모습을 갖춰갔다.

목공실에서 손바닥만 한 교장실로 내려온 이주항은 기념식 인사말을 손보기 시작했다. 제목은 '헌사'였다. 선생님들에게, 후원자들에게 바치는 헌사였다. 지금은 재학생 100여 명에 교사 15명 수준이 되었지만, 교사들 월급은 여전히 여느 학교의 절반 남짓에 불과한 상황이다.

1989년 개교 이래 만 원씩 꾸준히 후원을 해 준 사람들이 많았다. 그래서 지금도 한 달에 700만 원 정도 후원금이 들어온다. 이런 헌신과 도움이 없었으면 '부천실업고'가 지금까지 버텨오는 것은 불가능했다. 그래서 그가 쓴 인사말에는 "고맙습니다."라는 말이 빼곡했다.

쪽창으로 들어오는 오후 햇볕에 땀을 닦으며 원고를 수정하다 보니 3시가 훌쩍 넘었다. 이제는 손님들을 맞이할 시간이다. 이주항은 인사말에 밑줄을 한 번 더 긋고 건물을 빠져 나와 교문으로 향했다. 운동장 마당은 볼수록 흐뭇하고 대견하다. 네 번이나 공사를 해서 땅도 잘 다져지고 평평해 물이 잘 빠진다. 비록 150평 정도 크기지만 아이들이 족구도 하고 농구도 할 수 있게 되었다.

운동장과 함께 이주항이 제일 기뻤던 일은 2000년 증축 때 기숙사를 만든 것이다. 이혼 가정, 조손 가정, 오갈 데 없어진 아이들에게 보금자리가 생긴 것이다. 기숙사가 있다 보니 중도 탈락이 많이 줄었다.

그런데 아이들이 기숙사 생활을 하다 보니 이주항과 교사들은 하루

종일 부대끼며 살아야 했다. "천장에서 물이 새요.", "화장실이 막혔어요.", "수돗물이 안 나와요." 등등. 몇 안 되는 교사들이 월급도 제대로 못 받으면서 숙직, 당직을 서야 하고, 아이들이 보채는 소리까지 들어야 하니 어려움이 정말 컸다.

동지 같은 제자들

교문 앞에는 벌써 졸업생들 수다와 웃음이 넘쳐난다. 교문이라고 해봐야 달리 문을 만들어둔 게 아니다. 들어오는 길목을 다만 정문이라고 부를 뿐이다.

22회 강기형이 꾸벅 인사를 한다. 녀석은 야간 배달 일을 하는데 가끔 학교에 들러서 그냥 머무르다 간다. 6회 최원준이 환하게 웃으며 다

교장실의 이주항 선생. 아마도 한국에서 제일 작은 교장실일 것이다.

가온다. 미용 재료 유통업을 하는 그도 밤중에 차를 몰고 아무도 없는 학교에 다녀가곤 한다. 잠시 학교를 보고 가는 것만으로도 힘이 된단다.

4회 졸업생 전인섭도 달려와 손을 잡는다. 그는 노동만으로 성장한 '노가다'다. 학교 상수도가 고장 나자 얼어붙은 운동장을 파서 20분 만에 고쳐 모두를 놀라게 했다. 학교를 지을 때는 고광배와 함께 보수 없이 현장을 끝까지 지켰다. "나와 같은 처지에 있는 후배들을 돌봐줄 학교니, 내가 땀을 흘려야 한다."며…. 모두 동지 같은 제자들이다.

돌아보면 '어린 노동자학교'를 내세우며 아이들을 키울 때 마음 아픈 순간이 많았다. 일터에서 돌아오면 아이들은 "회사에서 쌍욕을 해요.", "청소시키고 빨래도 시켜요.", "불꽃이 튀는데 안전모도 없어요."라고들 말했다. 그렇지만 쫓아가서 항의하고 해결할 수는 없었다.

지금은 주간 학교로 전환하면서 기숙사를 없앴지만, 야간학교 시절에는 한 달 12만 원 하는 기숙사비가 몇 달씩 밀린 애들이 많았다. 부모에게 지원을 기대할 수도 없고, 연락조차 안 되는 경우도 많았다. 그런 아이들을 그냥 거둬 먹일 수는 없었다. 어떻게든 직장을 알아보고 일을 하게끔 해야 했다. 그러면서 노동의 소중함, 스스로 일어설 수 있는 능력을 키워주고자 했다.

그런데 어린 노동자들이 할 수 있는 일이 많지 않았고 조건이 안 좋았다. 그래서 아이들이 자주 상처를 받았다. 아이들이 그 아픔을 털어놓을 때는 그냥 들어줄 수밖에 없었다. 그래도 아이들은 학교에서나마 응어리를 털어놓을 수 있어 좋아들 했다.

"지금부터 이주항 선생님 인사 말씀이 있겠습니다."

오후 4시가 되어 기념식이 시작되었다. 소개를 받은 이주항은 천천히 일어났다. 운동장은 재학생과 졸업생, 후원자들로 가득했다. 고맙게도 1989년 학교를 막 세우며 고생했던 분들도 자리를 해줬다. 얼마 전 대형마트 정육부 정규직이 되었다는 23회 이민지는 손을 마구 흔들었다.

8월 오후 햇살은 이주항의 얼굴을 붉게 비췄다. 토요일 오후지만 옆 공장들의 기계 소리는 계속 쿵쾅댔다. 그는 마이크 앞에 섰다. 목이 메어서 인사말을 꺼내지 못하고 잠시 꾸물댔다. 그러자 졸업생 한 명이 "교장샘, 힘내세요. 사랑해요."라고 외쳤다. 동시에 힘찬 박수가 터져 나왔다. 그제야 이주항은 마음을 가다듬어 겨우 첫마디를 꺼냈다.

"부천실업고는 빛나는 출세나 자랑이 있는 명문 학교가 아닙니다. 찌질한 눈물과 애틋함, 유쾌한 웃음이 있는 그저 그런 학교입니다. 개교 30년, 앞으로 수십 년이 지나도 명문 학교가 되고 싶지 않습니다. 공교육이 자기들만 잘났다고 허세와 허풍으로 우리를 밀어낼 때, 우리식 열정과 존중으로 우뚝 서겠습니다. 고맙고 또 고맙습니다."

이주항이 거듭 감사 인사를 하자 모두 박수를 보냈다. 이주항의 눈시울이 조금 흐려졌다. 고개를 돌려보니 1980년 '겨레터야학'에서 만나 동지처럼 함께 해온 아내 박수주, 20년 넘게 온갖 궂은 일을 도맡았던 김진호 선생, 1회 졸업생으로 기계과 교사를 맡고 있는 임인묵 선생, 4

밀링과 선반작업을 하는 실습실로 이주항 선생이 특별히 애착을 느끼는 곳이다. 이주항 선생은 직접 실습 지도를 하기도 하는데, 특히 용접 지도에 능하다.

회 졸업생으로 행정실을 책임지고 있는 김영순 선생 등 모든 교사들이 눈물을 훔치고 있었다.

1회 졸업식 날은 눈물바다였었다. 모두 교실 문을 붙잡고 "떠나지 않겠다."고 매달렸다. 어머니 같은 학교를 떠나지 않겠다는 몸부림이었다. 마치 그날처럼 모두 눈물을 흘렸다. 지금 흘리는 눈물은 그동안 견뎌왔던 30년 세월에 대한 위로의 눈물이고 감격의 눈물이리라.

기념식 마지막 순서, 재학생들의 노래 차례다.

"날개를 활짝 펴고 세상을 자유롭게 날거야.
노래하며 춤추는 나는 아름다운 나비……"

첫 소절이 운동장 위로 가파르게 퍼졌다. 그러자 모두 손뼉으로 박자를 맞추며 합창을 시작했다. 졸업생과 선생님, 이주항도 같이 노래를 불렀다. 부천시 오정동 공업단지, 토요일 오후지만 기계 소리는 더 크게 쾅쾅댄다. 그 소리를 벗 삼아 합창은 힘차게 뻗어 나갔다.

기다렸다는 듯 8월 햇살은 그 합창을 잡아채 하늘 높이 끌어올린다. 세상을 향해 날아 보고팠던 어린 노동자, 학교에서 내몰린 아이들, 좋은 대학 들어간 사람들에게 주눅 들었던 아이들, 그 아이들이 가졌던 한숨, 서러움, 배고픔이 어우러져 합창은 더욱 커져 나갔다.

그 노래 사이에서 피어나는 서른 마리 나비, 하늘을 향해 활짝 날개를 편다. 학벌과 영어, 강남아파트와 '돈맥'으로 연결된 저 두터운 성벽을 서른 마리 나비는 가볍게 훌쩍 넘는다. 세상을 향해 자유로운 날개를 활짝 펴며 멋진 비상을 한다. 멋진 비상을!!!

[2019년 11월 1일 연재]

못 다 한 이 야 기……

* 이 글은 개교 30주년 기념식 장면을 바탕으로 창작 요소를 더했다. 마지막의 '나는 나비' 합창은 EBS다큐 '학교의 고백 – 부천실업고편'을 참고했다.
* 1989년에 개교한 부천실업고는 '야간노동자학교'로 운영하다가 2014년 주간으로 전환했다. 시대가 변하면서 농촌에서 올라오는 '어린 노동자'

들은 점차 없어졌다. 그래서 공교육에서 내몰린 아이들, 입시 경쟁에서 밀려난 아이들을 품어주는 '작은 학교, 대안학교'로, '직업교육, 대안교육' 중심으로 운영되고 있다.(http://www.jalani.or.kr)

* 이주항 교장의 아내 박수주 선생은 서울대 사범대 수학과를 나와 신림동의 한 중학교로 발령받았다. 하지만 6개월 만에 그만두고 노동 현장으로 들어갔다. 구로공단에서 가리봉전자 등을 다니다가 1980년 '겨레터야학'에서 만난 이주항과 뜻을 같이해 학교를 세우고 30년간 부천실업고에서 교사 생활을 하고 있다.

* 졸업생 중에서 1회 임인묵은 특별하다. 그는 밀링 노동자로 20년을 살았다. 공주 서북면이 고향인 그는 중3 때 전교조 선생님의 안내로 부천실업고에 왔다. 기계공장에서만 20년을 보냈고, 교사를 증축할 때는 일요일에도 나와 청소하고 용접하며 기술을 발휘했다. 23년 동안 학교 부근을 떠나지 않고 인하공전 자동차학과에 다니면서 야간에는 후배들에게 선반, 밀링을 가르쳤다. 2011년부터 정교사로 후배들을 가르치고 있다.

* 4회 졸업생 김영순은 23년째 학교 행정을 맡아보고 있다. 작지 않은 살림을 혼자서 야무지게 틀어쥐고 있다. 이주항 선생님에겐 더없이 든든한 존재다. 김영순은 이주항 교장선생님에 대해 "가족처럼 따뜻하게 배려해주고 힘들 때는 '많이 아팠니?' 하면서 위로해주고, 아이의 기준으로 보려고 한다."고 말했다.

* 야간 노동자 학교 시절, 아이들이 글짓기 수업에서 쓴 시 한 편이 학교 벽면에 걸려 있다.

이번 주 금요일은 월급날, 벌써부터 기분이 째진다.

삼일 뒤는 월급날 기분이 더 째진다.

내일 모레는 월급날 기분이 완전 업 됐다.

내일은 월급날 정신 줄을 놓기 시작했다.

오늘은 월급날

받은 돈은 구만육천백팔십 원 기분이 잡친다.

* 졸업생들의 학교에 대한 기억과 평을 일부 소개한다.

- 26회 졸업생 김민규 : 작지만 커다란 사랑이 존재하는 부천실업고등학교에 입학해서 훌륭한 선생님들의 배려와 가르침으로 생각이 깊고 넓은 사람으로 성장한 것 같다.
- 29회 임유진 : 여기 와서 놀란 점은 학교를 학생들만 청소를 하고 꾸려가는 것이 아니라, 선생님도 학교를 청소하시고 학생을 편하게 대해주시는 점이었다.
- 3회 졸업생, 동문회장 강충훈 : 학교가 마음의 고향이며 어머니 같다.

공동생활가정 '요셉의 집' 꾸려가는 안정선

“

고아원 같은 시설이 아니라
가족처럼 따뜻하게 관계 맺는
공동생활가정 요셉의 집

”

1993년 이른 봄날, 안정선은 소박하고 작은 결혼식을 올렸다. 장소는 강원도 영월 '요셉의 집', 그가 부모로부터 보호받지 못하는 아이들을 키우고 있는 곳이다. 신부 또한 서울 정릉에서 '은총의 집'을 운영하며 아이들을 돌보는 김은미였다.

결혼식에 참석한 사람이라야 열 명 남짓, 혼인미사를 집전한 사제, 신랑과 신부, 김은미와 함께 일하고 있던 천주교 자매들이었다. 사제는 수원교구 소속인데, 신랑을 친구로 둔 죄로 이날은 사목 구역을 침범(?)해서 내려왔다. 그는 안정선의 은밀한 요구로 '사랑해요.'라는 말을 매일 나누라고 축사를 했다.

초저녁에 시작한 미사가 끝났을 때 영월의 산속 마을에는 깊은 어둠이 내렸다. 창틈으로 조각 달빛이 들어와 신부가 쓴 조팝나무 화관에 맑은 빛을 수놓았다. 마을을 에돌아 흘러가는 계곡물은 겨울잠에서 깨어난 개구리들을 불러 모아 웅숭깊은 축가를 불러주었다. 저녁상은 영월 동강에서 건져 올린 다슬기로 국을 끓이고 산나물과 감자전을 곁들여 풍성했다.

안정선은 사제인 친구와, 김은미는 하객으로 온 자매들과 함께 자느라 두 사람은 첫날밤을 함께 보내지 못했다. 다음 날인가 김은미는 은총의 집 아이들이 눈에 밟힌다고 새벽이슬에 옷깃을 적시며 떠나갔다.

영등포 쪽방촌에서 만난 아이들

안정선은 결혼식을 치르기 전부터 시작해 지금까지 35년 동안 가정에서 보호받지 못한 아이들과 살아왔다. 그는 1981년에 가톨릭 신학교에 들어갔다. 당시 대학가에는 민주화운동이 넘쳐났고, 그는 미래의 천주교 사제들인 신학생들에게 기도에만 머물러서는 안 된다고 호소했다. 덕분에 퇴교를 당했다.

그 후 안정선은 군대를 마치고 살레시오 수도회에 들어갔다가 1년 만인 1986년 수도원을 나와 영등포 쪽방촌으로 갔다. 그곳에는 노숙인 치료 봉사를 하는 '작은 자매회' 수녀들이 있었다. 안정선은 여기서 노숙인들을 씻기는 일을 했다. 이들에게서 나는 고약한 냄새 때문에 무료 치료 병원으로 데려가기 어려웠고, 수녀들이 남자들 목욕을 시킬 수 없어서 그가 나선 것이다.

그때 안정선의 눈에 쪽방촌 '망가방'(만화가게를 그곳에서는 이렇게 불렀다.) 아이들이 들어왔다. 골방에서 섞여 자면서 약에 취해 있고 거친 몰골이지만, 얼굴을 마주하는 것도 부끄러워 눈을 돌리는 아이들이었다.

안정선은 그들에게 다가갔다. 아이들과 함께 부평 가는 버스에 올라타 신문팔이를 했다. "얼굴을 씻고, 신문을 팔아 열심히 살아가자." 고 다독였다. 그리고 아이들과 같이 살겠다며 북한산 청수장 근처 산등성이에 방까지 얻었다.

안정선이 어렵게 '집'을 만들었지만, 영등포 쪽방촌에서 따라왔던 청소년들은 간섭이 싫었는지 금세 집을 나가버렸다. 그 빈자리를 채운 게 부모로부터 보호받지 못하는 어린아이들이었다. 얼떨결에 안정선은 스물일곱 살 무렵, 아이들을 돌보는 아빠가 되었다. 어려움이 많았다. 입이 많으니 식비도 문제였고, 아이들을 어떻게 돌봐야 할지, 학교 교육은 어떻게 해야 할지 난관이 하나둘이 아니었다.

그때 살레시오 수도회 시절 알았던 김은미가 힘이 되었다. 그녀는 벨기에 신부가 운영하던 '데레사의 집'에서 나병 환자의 아이들이 사회에 진출할 수 있게 도와주는 일을 했었다. 그곳에서 나온 후 김은미는

안정선이 직접 일일이 벽돌을 지어 만든 영월 요셉의 집

함께 일하던 이들과 영성공동체를 만들었다. 정릉에 있는 산자락에 작은 주택을 얻어 '은총의 집'이라 이름 짓고 갈 곳 없는 아이들을 기르기 시작했다. 안정선보다 몇 해 앞서 행한 일들이었다.

안정선은 김은미를 통해서 자신이 하는 일이 '아동공동생활가정'을 꾸리는 일이고, 고아원처럼 시설에 수용하는 방식이 아니라 '가족처럼 따뜻하게 관계 맺는' 방식임을 깨달았다. 그래서 '요셉의 집'이라 문패를 달고, 은총의 집과는 남매 집으로 결연을 맺었다. 두 집은 오누이처럼, 들어오는 아이들을 성별에 따라 남자아이들과 여자아이들을 각각 나눠서 보호하는 식으로 협력했다. 그 연대 속에 안정선과 김은미의 사랑도 시나브로 싹텄다.

영월로 가자!

안정선은 1992년, 아이들을 시골에서 키우고픈 마음에 요셉의 집을 영월로 옮겼다. 건축비가 없어, 안정선이 직접 벽돌 하나하나를 짊어지고 1년여에 걸쳐 집을 지었다. 우선 본채 1층만 짓고 나중에 2층과 별채를 하나씩 덧쌓아갔다.

한편 은총의 집도 아이들이 많아져 분가를 결정했다. 아이들이 늘어난다고 시설을 확충하면 규모가 '가정' 수준을 넘어서게 돼 '따뜻한 보호'가 어렵다는 판단 때문이었다. 그래서 원래 터 잡았던 곳은 '은총의 집 하늘'이라고 하고, 영월 요셉의 집 근처에 조그만 집을 마련해 '은총의 집 꿈터'를 만들었다.

그러면서 안정선과 김은미는 부부의 연을 맺었는데, 30년 결혼 생활 동안 한 번도 주소지를 같이 하지 못했다. 영월과 정릉에서 각자 자기 일에 전념한다는 약속을 하며 결혼했기 때문이다. 그런데도 삼 남매를 낳았으니 가히 신공을 발휘한 셈이다. 덕분에 삼 남매는 영월과 정릉, 아빠 곁과 엄마 곁을 오가며 컸다.

안정선은 요셉의 집 아이들과 똑같이 자기 아이들을 키운다고 했건만, 자식들은 알게 모르게 상처가 있었다. 언젠가 큰아들이 크게 반항했었다. 당황스러웠지만 돌아보니 아이에게 늘, 참으라고, 넌 부모가 있으니 형들에게 양보하라고, 아이가 무얼 잘해도 칭찬하기보다는 자랑하지 않게 자제시키기만 했다는 것을 깨달았다.

자신이 하는 일로 아이에게 상처를 주고, 그 아픔을 감지조차 하지 못했다는 게 가슴이 아팠다. 아들에게 미안하다고 사과하는 것 외엔 할 말이 없었다. 그래도 삼 남매는 잘 자랐다. 모두 교육비 부담이 거의 없었던 산청간디학교를 졸업한 동문이 되었고, 첫째는 대안학교 교사로, 둘째는 소설가로, 셋째는 싱어송라이터로 꿈들을 펼치고 있다.

그동안 요셉의 집을 거쳐 간 아이들, 열여덟 살이 되어 자립의 길로 나선 아이들은 몇이나 될까? 은총의 집까지 셈하면 족히 수백 명은 될 것이다. 돌아보면 신기하다. 안정선이 스물 일고여덟 나이로 요셉의 집에서 처음 거둔 아이들만 열 명이 넘었다. 그때는 사회복지공동모금회도 없었고 후원도 거의 없었다. 아이들은 주로 성당 신부님이나 교우들을 통해 집에 들어왔는데, 마다한 적이 한 번도 없었다. 기업이나 정부 지원이 주로 대규모 시설로만 가던 시절이었는데 어떻게 살아냈는지 정

영월 요셉의 집의 식당 겸 도서관. 아이들이 사랑하는 공간이다.

말 신기하다.

안정선은 젊었을 때 아이들 삶속으로 깊이 들어가려 했다. 잘 교육하겠다는 마음에 행동 하나하나마다 짚어가며 이야기를 했다. 지금은 아이들이 스스로 말하게 하고, 하는 말을 잘 들으려 한다. 말을 삼가고 삶으로 이야기하는 사람이 되려 한다. 아이들이 제일 민감한 핸드폰 사용도 잠자기 전에는 반납하되 게임은 적당히 하라고 한두 마디 하는 정도다.

세상의 가난한 아이들을 위해

안정선은 올해 예순이 되었다. 그가 '아동공동생활가정'을 꾸려오면서 2003년은 중요한 해였다. 정부는 그해에 아동정책 방향을 대형시설 중심이 아닌 소규모 양육으로 전환했다.

우리나라는 1953년 휴전 후 수만 명에 달하는 전쟁고아를 수용하기 위해 대형시설이 불가피했다. 이런 유래로 대형 기관은 아동보호시설의 큰 축이었다. 하지만 이들 시설에서 발생하는 이른바 '시설병'[1]은 숙젯거리였다.

학계와 UN도 개선을 권했던 때여서, 정부는 아동복지법을 개정하고 요셉의 집 같은 가정을 '시설'로 인정하고 법적 지위를 부여했다. '수용'에서 '가정과 같은 환경을 만드는 것'으로 정책방향을 바꾼 것이다.

이 전환에는 은총의 집 사례가 큰 모범이 되었다. 보건사회부 정책담당자들이 수차례 현장 조사를 나왔다. 이에 따라 하나의 시설에는 어른 2~3명이 아이들을 7명까지 받을 수 있다는 규정과 면적 기준이 정해졌다. 그리고 대표나 종사자들에게 최저임금 수준이나마 인건비가 지급되기 시작했다. 덕분에 안정선과 김은미도 처음으로 '월급'이란 것을 받아보았다. 처음에는 시설당 1명 인건비만 인정해 함께 있는 이들과 나눠 썼지만, 지금은 3명까지 지급되는 것으로 개선되었다.

안정선은 이제 새로운 모색을 한다. 요셉의 집에서는 65살까지만 일할 수 있다. 안정선보다 네 살 위인 김은미는 2022년이면 은총의 집을 떠나야 한다. 국가가 시설로 지위를 부여하고 인건비를 지급하면서 종사자의 연령 상한선을 정했기 때문이다.

---

1) 시설병은 시설에서 오래 생활하면서 생기는 부작용을 일컫는다. 흔히 아동 인권 침해나 학대 등의 문제와, 그렇게 양육한 아이들이 시설 보호가 종료된 이후에도 사회에 적응하지 못하는 경우들이 많아 생긴 말이다.

젊었을 때 그는 숟가락 하나 더 놓아서 아이들을 돌보겠다는 마음으로 시작했다. 그 꿈을 이제는 정부가 끌어안고 간다. 세상은 그렇게 변했다. 안정선은 비록 요셉의 집은 떠나게 되더라도 세상의 가난한 아이들을 위해 더 많은 일, 더 큰 일을 찾아 나서고자 준비하고 있다.

1993년 영월 산골에서 조팝나무 화관에 가락지 하나로 연을 맺은 김은미도 그 길에서 함께 할 것이다. 아니, 이번에도 결혼식 다음 날 새벽이슬에 젖으며 아이들을 돌보러 떠났던 김은미가 앞서가고 안정선은 뒤미처 따라갈 것이다.

[2021년 1월 14일 연재]

못	다	한		이	야	기	……

* 안정선은 1961년에 태어났다. 1982년 가톨릭대 신학부를 중퇴하고, 1985년 살레지오 수도원 청소년 기숙사 사감을 했다. 1988년 영등포 쪽방촌에서 무의탁 청소년 돌봄 사업을 하다가, 이듬해 공동생활가정 '요셉의 집'을 설립해 현재까지 운영 중이다. 1993년에는 공부방 '비탈에 선 나무'를 운영했다. 2006년 (사)한국아동청소년그룹홈협의회(http://www.grouphome.kr)의 이사 겸 강원지부장을, 그리고 2014년에는 회장에 취임해 2019년까지 역임했다. 2016년 성공회대 NGO대학원에서 비정부기구학 석사학위를 받았으며, 2017년부터 2019년까지 영월라디오스타 박물

관 설립추진위 이사를 지냈다.

* 안정선이 고등학교 2학년 여름방학 때 교리 공부를 하고 영세를 받았는데, 그때 세례명이 스테파노와 세반스찬 두 개가 내려왔다. 선배가 먼저 스테파노를 택해 그는 할 수 없이 세바스찬으로 정했는데, 알고 보니 이분이 '청소년 수호성인'이었다. 지금껏 걸어온 이 삶은 고등학교 때 이미 정해져 있었던 모양이라고 안정선은 우스갯소리를 한다.

* 요셉의 집이나 은총의 집과 같은 '아동공동생활가정'은 전국 400여 개에 이른다. 이들 시설에는 평균 3명 정도가 근무하는데, 문제는 아이들만 따로 재울 수가 없어 하루 24시간, 일 년 365일을 같이 생활해야 한다는 것이다. 이곳 대표나 선생님들은 휴일도 명절도 챙길 수 없는 상황이다. 최저임금 수준의 기본급이 지급되기는 하지만, 호봉제 도입과 시간외수당과 같은 각종 수당이 현실화되는 것도 절실히 필요하다. 하지만 이를 도입한 곳은 서울시 정도이고 나머지 지자체는 아직 지지부진하다. 게다가 여기에 소요되는 재정은 복권기금에서 충당하는데, 일자리 창출 명목으로 지급된다.

안정선은 "아이들을 돌보는 어른들이 행복해야 아이들과 '따뜻한 관계'가 이루어진다."는 소신으로, 한국아동청소년그룹홈협의회 회장으로 재임할 때 정부종합청사 앞에서 단식농성을 하며 정부 정책 개선을 위해 행동에 나선 바가 있다.

* 요셉의 집에는 매월 60만 원을 30년째 기부하는 얼굴 없는 천사가 있다. 이런 후원이 요셉의 집이나 은총의 집처럼 초기 '아동공동생활가정'이 버텨오는 힘이 되었다.

고시텔에서 살며 근조기 배달하는
오경운 할아버지

"

자식들에게 부담주기는 싫어.
그래서 우리집 주소는 자식들한테
안 알려줘.

"

쪽창으로 아침 해가 슬며시 들어올 때 오경운은 눈을 떴다. 몸이 찌뿌둥하다. 간밤에 땀을 많이 흘려 잠을 설친 탓이다. 9월 하순이지만 고시원을 하루 내내 감쌌던 열기는 밤새 머무르다가 새벽녘에나 겨우 물러났다. 선풍기 한 대 장만한다고 하면서도 미루고 또 미루다 겨우 여름을 넘겼건만…….

지난 밤 꿈속에서 오랜만에 아내가 보였다. 눈웃음 가득한 얼굴과 아담한 어깨선이 영락없는 안사람이었다. 반가운 마음에 한 걸음 두 걸음 다가갔지만 눈인사만 건네고 아내는 속절없이 사라져 버렸다. 마치 30여 년 전 그날처럼…….

내 보금자리는 을지로 중부시장 고시텔

오경운은 주섬주섬 아침 준비를 시작한다. 그가 사는 집, 아니 머무르는 방은 서울 을지로 5가 중부시장 한 귀퉁이에 있는 고시텔이다. 4층짜리 건물 두 개 층에 한 평도 안 되는 방들이 다닥다닥 40여 개가

오경운이 머무는 고시텔. 그는 4층 끝 방에 기거하고 있다.

늘어서 있다.

오경운이 사는 방은 4층 맨 끝 방. 복도는 한 사람이 겨우 움직일 만한 폭인데 형광등 불빛마저 어둑해 축축한 분위기다. 오른쪽으로는 지린내를 풍기는 화장실과 샤워실이 있고, 밥솥 단지가 늘어서 있는 공용 주방이 있다. 그 옆에 410호 문패를 달고 있는 방이 오경운의 보금자리다.

방을 들어서면 침대가 절반을 차지하고 한 쪽에는 조그만 옷장이 매달려 있다. 그 안에는 오경운이 아끼는 정장(최근 10여 년간 입어본 일은 없다.) 서너 벌이 가지런하다. 방안을 가로지른 빨랫줄에는 속내의들이 줄지어 널려 있다. 발을 겨우 뻗을 수 있는 방바닥엔 커피포트에 프라이팬, 양념간장, 조그만 도마까지 이런저런 세간들이 비집고 앉아 있다.

그는 방에서 식사를 준비한다. 공용 주방은 동작 빠른 젊은 사람들 차지라 어쩔 수 없다. 코펠에 어제 남은 찬밥을 데우고, 김치찌개를 곁들이면 그게 전부다. 국물이 있어야 먹는 습관 때문에 김치 한두 보시기에 대파 썰어 넣고 고추장 휘휘 저어 끓인 찌개다. 끼니를 거르면 다리에 힘이 없어 이렇게라도 챙기려 한다.

아침을 때우고 그가 향하는 곳은 을지로 4가에 있는 '느린걸음'과 '유니콘'이란 회사다. 그곳에서 그는 근조기 배달과 지하철 퀵서비스 일을 하고 있다. 장례식장에 가서 '근조'라고 새겨져 있는 깃발을 설치하거나 소소한 물건들을 배달하는 게 그의 업무다.

오늘은 먼저 경기도 평택의 장례식장으로 가서 근조기를 설치해야 한다. 그가 사무실에 가기 전 들리는 곳이 지하철 화장실. 고시텔은 늘 샤워 전쟁, 볼일 전쟁이다. 4층에 기거하는 사람만도 스무 명 가까운데 그 많은 사람이 여름에 샤워 꼭지 하나에 매달려 살았다. 아침 용변은 더더욱 큰일이다. 변기가 하나니 늘 밖에서 "언제 나와요?", "전세 냈어?" 하며 목소리가 높아지기 일쑤다. 그래서 그는 지하철역을 택했다.

오경운이 고시텔 생활을 한 지는 벌써 6년째. 얼마 전까지는 엘리베이터도 있는 건물에 방도 조금 넓은 곳이었지만 한 달 세가 40만 원이 넘었다. 부담스러워 25만 원을 받는 이곳으로 옮겼다.

옮겨 보니 불편한 점이 한두 가지가 아니다. 용변과 식사 준비는 말할 것도 없고, 오래전 사고로 내려앉은 엉치뼈에 82년이나 쓴 무릎을 이

끌고 4층까지 오르면 땀이 삐질삐질 흐른다. 주변에 그 흔한 편의점도 없어 쌀과 김치를 제때 들여놓지 못한 적도 있었다. 그래도 하루하루 꿋꿋이 버텨온 나날들이다.

평택행으로 시작한 오늘, 마지막 일과는 영동 세브란스병원 장례식장. 다들 꺼려하는 곳이다. 깃대와 거치대, 상자 무게를 합치면 가볍지 않은데 한티역에서 병원까지는 제법 먼 길이다. 어쨌거나 하루를 마치고 돌아갈 때는 마음이 뿌듯하다. 속으로 오늘 하루 벌이를 헤아려 본다. 5만 원이 넘는 것 같아 마음이 흐뭇하다.

마지막까지 자식에게 손 벌리지 않기를

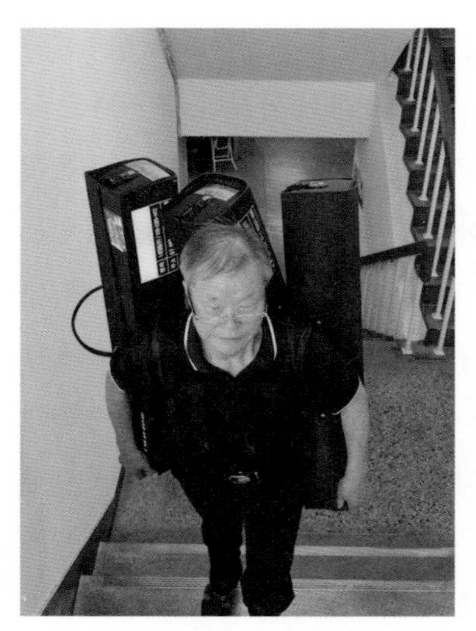

근조기를 배달하는 오경운. 그는 하루에 근조기 배달과 지하철 퀵서비스 일을 동시에 하고 있다.

그가 이 일을 시작한 지도 벌써 6년 남짓. 10여 년간 해왔던 공공기관 경비를 그만두면서부터다. 그는 "힘 있을 때 내 손으로 일하고 자식들에게 부담 주지 않겠다."며, 한사코 말리는 아들 내외를 뒤로했다. 그리고 '느린걸음' 근처 고시원에 자기 발로 들어갔다.

돌아보면 속초 앞바다에서 서울로 올라오면서 일이 뒤틀어졌다. 젊은 시절 고모부가 물려준 목재소는 장사가 쏠쏠했다. 당시 설악산 개발 붐 덕도 보았다. 하지만 사업을 조금 더 키워보겠다고 1989년에 회사를 서울로 옮기면서 엇나갔다. 우선 낯선 땅에서 거래처를 잡기가 쉽지 않았다. 또 그때부터 플라스틱 제품이 목재를 대신하면서 수요가 많이 줄었다.

결국 목재소를 접고 다시 시작한 것이 섬유사업. 사우디로 트레이닝복 원단을 수출하는 일이었다. 장안평에 터를 잡고 오더를 받았지만 염색 실패로 1, 2차 클레임 끝에 파산했다. 모두 땡처리하고, 건물주가 건네준 이사 비용을 받고 몸만 빠져나왔다.

나쁜 일은 홀로 오지 않는다고 그때 아내가 간암으로 세상을 등지고 말았다. 그날부터 오경운은 두 남매를 챙기고 집안일을 돌보며 생계를 해결해야 했다. 엉치뼈마저 다쳐 4개월 병원 신세를 지기도 했다. 고단하고 쓸쓸한 중년이 길고도 길었다.

그동안 오경운이 근조기 배달 일과 지하철 퀵서비스 일을 하며 제일 힘들었던 것은 바로 길 찾기였다. 지도를 이리저리 찾아보고 전화로 몇 번씩 물어보고, 영어 간판 때문에 헛갈리고 핀잔도 많이 들었다. 맘고생이 많았던 초보 시절이었다.

지금은 스마트폰이 익숙해져 '카카오맵'으로 길 찾기를 하는 덕에 그 애로는 사라졌다. 더욱이 검색한 행선지도 어플 기록으로 남아 있고, 세월이 쌓이다 보니 웬만한 곳은 이제 머릿속에 지도가 그려질 정도다.

그런데 가끔 정신이 깜박할 때가 많아 근조기나 서류를 놓고 전철에서 내리는 경우가 있다. 그럴 때는 마음이 황황하다. 그래서 그는 지하철을 탈 때 승강장 번호를 꼭 기억한다. 그래야 유실물센터에 잃어버린 위치를 정확하게 신고할 수 있기 때문이다. 그래도 잃어버리지 않는 게 좋기에 요즘은 물건을 꼭 끌어안고 있다.

이렇게 해서 그가 한 달에 버는 돈은 1백만 원 남짓, 노령연금 25만 원과 중구청에서 지역 화폐로 지급하는 10만 원을 합하면 방세 내고 용돈 쓰는 데 지장은 없다.

오경운은 남는 돈을 꼬박꼬박 저축하고 있다. 그는 죽는 날까지 일하다 떠났으면 하는 바램을 갖고 있다. 설령 요양원에 가더라도 자식들에게 부담주지 않고 자신이 모은 돈으로 요양비를 해결하겠다는 생각이 확고하다.

오경운이 즐겨찾는 곳 중 한 곳인 광장시장
순댓국집에서 저녁을 곁들여 반주를 하고 있다.

마지막 행선지 한티역에서 을지로 4가역까지는 한 시간이 안 걸려 도착했다. 지하철 출구를 나서니 멀리 북한산 쪽에서 다가온 자주색 노을이 오경운의 어깨에 내려앉는다. 저녁 바람이 제법 선선해 옷깃을 펼치니 시원하고 마음마저 개운하다.

오늘은 배달이 네 건이나 되었고 땀도 많이 흘렸다. 이런 날은 누군가와 소주라도 한 잔 하면서 같이 저녁을 먹고프다.

고시텔로 향하는데 그가 가끔 들르는 소머리국밥집이 눈에 들어온다. 그런데 식당 앞에서 누군가 손짓을 하는 모양새다. 침침한 눈을 훔치며 바라보니 아담한 어깨선, 그윽한 눈매에 눈웃음까지…. 아! 어제 밤 꿈에 만났던 아내, 틀림없는 아내의 모습이다.

오경운은 반가워 발걸음이 갑자기 빨라졌다. 내려앉은 엉치뼈에 다리를 절며 바삐 걸어갔다. 손을 들어 기다리라고, 가지 말라고 외치고 싶었지만 목이 잠겨 말이 잘 안 나온다.

황급히 걸어가는 그의 손에 지난해 여름에도 올해 여름에도 미루고 또 미뤄왔던 선풍기 한 대가 들려 있다. 그를 뒤따라가는 노을은 어느 틈엔가 보랏빛으로 바뀌어 늘어진 그의 어깨를 토닥토닥 두드려준다.

[2019년 9월 22일 연재]

못 다 한 이 야 기 ……

오경운 어르신은 사별 후 재혼하지 않고 30여 년을 살았다. 처가에서는 이 점에 대해 특별히 고마운 맘을 가지고 있다. 어르신은 엄마 없이 자식들을 키우고 경제적으로 제대로 뒷받침하지 못한 것에 대해 늘 미안해하며 자신을 책망한다. 그래서 자식들에게 부담을 주지 않아야 한다는 의지가 특별하다. 오죽하면 반찬을 해 나르는 자식들에게 그마저도 하지 말라고 고시텔 위치도 알려주지 않을 정도다.

인도에서 온 '광주 바수씨' 시조
바수무쿨

“

전생에 한국인이었나,
정말 그렇게 생각했어요

”

바수무쿨(54)은 광주터미널에서 구례행 버스표를 받았다. 하동군의 칠불사를 가려면 우선 구례로 가야 한다. 어렵게 시간을 내었다. 다행히 어제 스리랑카 사람들 일이 잘 마무리돼 마음은 홀가분하다.

그 친구들이 찾아왔을 때는 겨울인데도 쉰내가 풀풀 났다. 머리칼은 헝크러져 있고 외투는 때에 절어 반짝거렸다. 진도에서 고기잡이 일을 하던 그들은 컨테이너에서 생활했다. 코로나로 횟감 주문이 줄자, 사장은 밀린 월급도 주지 않고 숙소를 열쇠로 채우곤 이들을 내쫓았다. 스리랑카 노동자들은 진도 버스터미널에서 여러 날을 버티다가 어찌어찌 광주에 있는 ‘유니버설문화원’으로 찾아왔다.

바수무쿨은 경찰에 신고하고 노동부에 진정을 냈다. 광주북구경찰서는 진도경찰서로 사건을 이첩하고 현지 조사를 요청했다. 결국 사장이 잘못을 인정하고 밀린 월급과 숙소에 있던 짐을 내줘 잘 해결되었다.

바수무쿨은 2007년 광주에 정착해 유니버설문화원을 만든 이래 이주노동자나 유학생, 난민들의 딱한 사례를 수없이 접했다. 올해는 코로나 때문에 해고나 퇴직금, 임금 문제가 특히 심각하다.

유니버설 문화원에서 난민과 상담하는 바수무쿨. 그는 2007년 광주에 정착, 바수무쿨 문화원을 만들었다가 이름을 유니버설 문화원으로 바꾸었다. ⓒ 바수무쿨

E-9비자(비전문 취업비자)로 들어온 한 파키스탄 노동자는, 수년 동안 일한 회사에서 "요즘 일이 없으니 월급을 백만 원으로 깎자."고 했다고 하소연했다. 그는 일자리를 잃는 것도 싫었지만, 퇴직금이 줄어드는 것도 싫었다. 바수무쿨이 퇴직금 액수를 조정하는 방향으로 중재해 그럭저럭 해결이 되었다.

또 전기장판 공장에서 일한 노동자 28명은 3개월 이상 임금을 못 받았다. 사장은 도망갔고 전기도 끊긴 공장에서 이들은 살고 있었다. 대부분 불법체류자나 난민 신세여서 어떠한 대처도 못하는 상황이었다. 바수무쿨은 이 공장에 광주의 한 방송국 기자와 함께 카메라를 들고 찾아가 실상을 고발했다. 그리고 이들 모두를 쉼터로 데려와 다른 일자리를 구할 때까지 돌봐주었다.

바수무쿨은 목도리를 여미고 구례행 버스에 올랐다. 그는 뒤쪽 자리로 가며 승객들을 쭉 훑어보았다.

1989년 그가 요가 선생으로 해인사 초청을 받고 한국에 들어왔을 때 버스에서 봉변을 당한 적이 있었다. 얼굴이 불그레한 중년 남자가 다가오더니 "우리나라에 왜 왔어?"하며 다짜고짜 뺨을 때렸다. 바수무쿨이 놀라 버스 뒤쪽으로 몸을 피하는데도 계속 따라와 괴롭혔다.

다행히 버스 기사가 파출소 앞에 차를 세웠고, 바수무쿨은 그를 고발했다. 다음 날 조사 결과를 확인하러 경찰서에 갔더니 "술 먹고 실수한 것으로 보여 풀어줬다."고 했다. 피해자에게 사과도 없이 처리해도 되느냐고 항의했지만 듣는 둥 마는 둥이었다.

인도 벵갈 출신인 바수무쿨은 어린 시절부터 요가를 알리기 위해 전 세계를 돌아다녔다. 그는 외삼촌의 인도로 요가 명상공동체 '아난다 마르가(Ananda Marga)'에 입문했다. 이 단체에는 당시 170개국 300여만 명의 회원이 있었다.

고등학교 졸업 무렵에 벌써 그는 아난다 마르가의 지도자 위치에 올랐다. 마르가는 전 세계를 9개 권역으로 나누는데, 스리랑카, 네팔, 부탄, 파키스탄을 아우르는 델리 섹터가 그의 책임 구역이 되었다. 그는 이곳으로 첫 번째 해외 봉사를 나갔고, 이후부터 회원이 있는 곳이면 어디든지 달려갔다. 줄잡아 70여개 국, 그렇게 하면서 7개 국어까지 익혔다.

그래도 아무 이유 없이 손찌검을 당한 건 이때가 처음이었다. 30년도 넘은 일이지만 그때의 기억 때문에 그는 아직도 버스를 타면 슬그머니 승객들을 훑어보게 된다.

유니버설문화원과 쉼터를 만들다

광주터미널에서 구례까지는 한달음이었다. 여기서 하동 가는 버스로 갈아타야 한다. 멀리 지리산 연봉은 이마를 수그리고 겨울 채비를 하고 있다. 구례는 바수무쿨에게 따뜻한 추억을 안긴 곳이다. 법륜 스님 행자들과 지리산으로 등산을 갔다가 일행을 놓쳤다. 산을 헤매다가 어찌어찌 하산을 했는데, 재워주고 먹여주고 서울 갈 차비까지 챙겨준 인정을 만났다. 그게 구례군 어느 곳이었다.

바수무쿨은 서울대 종교학과에서 석사과정을 수료하고, 인도 비비카난다 대학에서 석박사 통합과정을 밟았다. 그곳에서 요가 공부를 한 바수무쿨은 한국으로 돌아와 요가 선생들을 위한 강좌를 열었다. 또 울산 춘해보건대학교의 요가학과, 원광디지털대학교의 요가명상학과 전임강사도 했다. 그러던 차에 광주광역시가 아시아문화전당을 짓는다는 소식을 접한 그는 광주에 요가의 정신세계를 전파하고 싶었다. 그래서 2007년 광주로 내려와 터를 잡았다.

광주에서 그는 요가의 근본정신인 나눔과 봉사로 한발 더 나아갔다. 2만여 명이 넘는 광주의 이주노동자들과 결혼이주민, 난민에 대한 구호사업이 그것이었다. 이를 위해 유니버설문화원을 만들었고 긴급 피

인도네시아 이주민 모임을 위해 쉼터에서 같이 음식을 만들고 있다. 바수무쿨이 만든 쉼터는 다양한 이주민 커뮤니티의 사랑방이다. ⓒ 바수무쿨

난처인 쉼터를 두 곳이나 만들었다.

그는 서울대학교 학부 시절부터 여자대학교 앞의 소품 가게에 인도의 은세공품이나 전통공예품을 공급했다. 실크 카페트나 호두나무 가구 같은 인도의 명품을 유명 백화점에 납품하는 수완을 발휘하기도 했다. 그렇게 모은 재산은 문화원과 쉼터를 만들 때 보증금과 악기를 마련하는 데 대부분 썼다.

인도 아유타국 허황옥의 자취를 찾아서

바수무쿨은 하동 범왕리 정거장에 내려 칠불사 가는 길에 접어들었다. 평일이어선지 산길은 호젓했다. 마른 낙엽이 길섶에서 바스락거리

며 무릎까지 올라왔고, 어디선가 산고양이 두 마리가 나타나 길동무를 했다. 먼발치에선 날다람쥐 두어 마리가 머리를 내밀었다 사라지곤 했다.

칠불사는 김해 김씨의 시조인 가야국 김수로왕의 일곱 왕자들이 성불한 것을 기려 만들어졌다. 일곱 왕자는 외삼촌인 장유화상을 따라 출가했고, 반야봉 아래 운상원에서 정진했다. 왕자들의 어머니는 김수로왕의 부인으로 인도(의 한 지방 국가로 여겨지는) 아유타국의 공주 허황옥이었다.

바수무쿨은 한국말이 모국어인 벵골어 못지않게 편했다. 한복을 입으면 마음마저 포근해져 언제부터인가 일상복으로 입었다. 1993년에는 한국 여자와 결혼도 했다.

서울대 재학 시절인 1995년, 말라리아에 감염된 유학생 한 명이 말이 통하지 않아 엉뚱한 치료를 받고 있었다. 7개 국어에 능숙한 바수무쿨은 통역에 나섰고 적절한 치료를 받게 도왔다. 이 일을 계기로 바수무쿨은 '서울대유학생학생회'를 만들었다. 유학생회는 "이슬람권 학생들을 위해 돼지고기가 들어갔는지, 채식주의자를 위해 샐러드에 달걀이 들어갔는지를 표시해달라."고 요청했다. 또 외국인 연수생이나 이주노동자를 위해 통역 봉사를 했다. 그는 싸웠고 어디서든 시정을 요구했다. 주변에서는 "너 그러다 추방될 수 있어."하며 몸조심을 권했다.

바수무쿨은 한국에서 요가가 다이어트나 동작 중심으로 이뤄지는 게 못마땅했다. 그에게 요가는 수양의 길, 대우주와 소우주(개인)가 하나가 되는 길이다. 요가 수련에서 돈을 주고받는 건 더더욱 이해할 수 없었다. 진정한 요가의 정신과 수행 문화를 전파하고 싶었다.

그런데 장애가 있었다. 딸의 국적과 체류 문제였다. 한국인과 결혼했어도 아빠가 인도인이면 딸도 인도 국적을 갖게 된다. 따라서 출생신고를 하면 3개월마다 해외를 나갔다 들어와야 한다. 그렇다고 첫째 딸의 출생신고를 마냥 미룰 수도 없었다.

이런 요인들로 그는 귀화를 결심해 시험을 봤고, 1999년 마침내 한국인이 되었다. 성은 '바수', 이름은 '무쿨'. '바수'라는 성의 시조가 되었다. '광주 바수씨' 1대조인 셈이다. 이름은 '수행하는 동굴'이라는 뜻으로 한자의 음을 빌려 '무굴(無窟)'이라 했다.

그렇게 국적을 취득한 후 그는 "혹시 전생에 나는 한국 땅에서 태어난 게 아닐까? 혹은 허황옥의 후예가 아니었을까?"하는 궁금증이 일어 칠불사를 찾아나선 것이다.

바수무쿨이 한 발 한 발 깊이 들어가니 맞은바라기로 반야봉이 이마에 구름을 두르고 있었다. 그 품에 안겨있는 칠불사까지는 이제 200m 남짓, 바수무쿨은 잠시 다리쉼을 했다. 들머리부터 따라온 고양이들은 어디론가 가버렸고, 날다람쥐들은 여전히 나타났다가 사라지곤 했다.

바수무쿨은 광주터미널에서 버스에 오를 때 '방역 3단계 격상 검토' 뉴스를 들어서 마음이 무거웠다. 코로나로 광주시 이주민들이 큰 타격을 입었다. 아르바이트마저 끊겨 하루하루 연명이 힘든 처지다. 비자가 만료된 친구들은 불법체류 신세여서 들킬까 봐 아예 코로나 검사를 기피하고 있다.

요즘 여기저기서 도와달라고 하소연이 부쩍 많아졌지만 후원은 부족하고 재정은 바닥났다. 문화원 사무실과 쉼터 2곳의 월세와 관리비만 해도 150만 원이 넘는다. 쉼터로 쓰는 주택 중에서 한 곳은 기름보일러다. 도시가스로 바꾸고 싶은데 목돈이 없다.

게다가 두세 명이 자원봉사로 돌아가며 운영하는 처지라 구호 요청에 제대로 대처할 수가 없다. 사무국장 한 명만이라도 상근으로 두는 게 소망이었다. 얼마 전에는 시청에서 제공한 마스크와 세정제를 바수무쿨 혼자서 걷거나 버스를 타고 다니며 일주일에 걸쳐 나눠줬을 정도다.

나이지리아 난민이 고열에 시달려요

바수무쿨은 땀을 식히고 일어났다. 헐벗은 나무 사이로 칠불사 법당이 언뜻 보였다. 한국에 산 지 벌써 20년이 넘었지만 맵찬 겨울은 늘 힘들다. 바수무쿨이 막 걸음을 옮기려는데 휴대폰이 울렸다. 쉼터에서 걸려온 전화다.

"원장님, 큰일 났어요. 나이지리아에서 온 아기 엄마 있잖아요. 어제 기름이 떨어져서 춥게 잤나 봐요. 지금 열이 나서 온몸이 불덩이에요. 두 살 아기도 펄펄 끓어요. 병원에 데려가야 하는데 어떡하죠?" 다급한 목소리였다.

바수무쿨은 칠불사를 바라보다 급히 발걸음을 돌렸다. 사라졌던 산고양이 두 마리가 어디선가 나타나 같이 뛰기 시작했다. 산까마귀들은 놀라 후드득 날아올랐다.

칠불사에선 난데없이 법고가 둥둥둥 울렸다. 하늘로 올라간 북소리는 반야봉에 부딪혔다가 메아리가 되어 바람을 불러일으켰다. 바람은 빠르게 달려와 바싹 마른 낙엽을 밀어내고 돌부리를 치우며 바수무쿨의 발걸음을 도왔다. 다시 또 내달려 앞서가더니 범왕리 정거장에서 막 출발하려는 버스를 붙잡아 놓았다. 산길을 뛰어 내려가는 바수무쿨에게 거푸 전화가 왔다

"원장님, 출발하셨나요?"

바수무쿨은 발걸음을 더욱 서둘렀다. 칠불사에선 법고 소리가 계속 울렸다.

[2020년 12월 19일 연재]

못	다	한		이	야	기	……

* 바수무쿨과 유니버설문화원, 쉼터에 관한 더 많은 이야기는 유니버설문화원 홈페이지 (http://cafe.daum.net/basumukul)에서 만날 수 있다. 유니버설문화원은 이주노동자, 결혼이주민, 난민에 대한 종합적인 구호 활동을 하고 있다. 생활, 법률, 문화 교류, 의료지원 등 거의 모든 영역에서 활동을 펼치고 있다.

* 바수무쿨은 2020년 5월 '제13회 세계인의 날'을 맞아 국무총리상을 받았다. '외국이주민 지역사회정착 지원 및 사회통합 유공자'로 인정받은 결과다. 지금은 원장 자리에서 물러나 새로운 모색을 하고 있다.

평화주의 신념에 따른 병역거부자 오경택

“

나는 총을 들 수 없다.
평화적 신념으로 병역을 거부한다.

”

공덕역을 나오니 황사에 미세먼지까지 더해져 오경택은 가슴이 답답했다. 역에서 서부지방법원까지는 얼마 안 되는 거리다. 공판 시각까지는 다소 여유가 있었지만, 미리 가서 생각도 마음도 정리할 겸 걸음을 바로 옮겼다. 법원 정문 앞에 다다르니 공기는 더 탁해진 것 같았다. 그 뿌연 연기 속에서도 서부지방 검찰청과 법원은 근엄한 표정으로 서 있었다.

세상에 의문을 갖는 청년

법원 앞을 들어서려는데 초등학교 아이들이 재잘거리면서 뛰어간다. 오경택은 피식 웃음이 나왔다. 그가 자라난 부산의 또래 소년들처럼 그도 박정희를 좋아했다. 집에서 구독하던 《조선일보》는 그에게 세상을 바라보는 눈이었다. 그렇게 성장한 자신이 ‘양심적 병역거부자’로 항소심 공판에 서게 될 줄은 꿈에도 상상 못 했다.

“5.18 당시 광주 시민들이 총을 들었던 것을 어떻게 생각합니까?”

오경택은 포이동 판자촌 화재사건을 겪으며 '세상에 의문을 갖는 청년'이 되었다. 그리고 적극적으로 사회문제에 뛰어들었다. 왼쪽 사진은 2013년 알바연대에서 최저임금 인상을 위해 활동할 때의 모습이며, 오른쪽 사진은 2015년 쌍용자동차 해고자 복직을 위한 오체투지에 참가한 모습이다. ⓒ 오경택

검사의 질문이 시작되었다. 그의 목소리는 날카롭게 법정 천장을 부딪쳤다가 내려왔다. 검사의 말에 곤혹스러워하며 오경택은 잠시 주위를 둘러보았다. 다른 방청객은 보이지 않았고, 오경택의 친구들과 《한겨레신문》 기자, 증인 조현철 신부만 자리하고 있었다.

"피고인이 그 당시 광주에 갔다면 총을 들지 않았을까요?"

답변을 재촉하듯 검사의 질문은 계속됐다. 누군가가 "무슨 질문이 저래?"하며 혼잣말을 했다.

오경택은 삼수까지 해서 2010년에 서강대 경영학과에 입학했다. 1학년은 여느 대학생과 다를 바 없었다. 수업도 적당히 빼먹고, 즐겁게 소개팅을 다니며 가끔은 진지한 토론도 했다.

그랬던 그에게 2011년 6월 '강남구 포이동 판자촌의 화재'는 큰 충격이었다. 포이동 266번지의 96가구 중 72가구가 불에 몽땅 타버린 사건이었다. 더 큰 충격은 불이 나자 강남구청이 용역을 동원해 철거를 시

도한 일이었다. '무허가'라며 난민 처지가 된 주민들을 밀어내려 했다. 그해 여름을 포이동에서 보내면서 그는 비로소 '세상에 의문을 갖는 청년'이 되었다.

"피고인은 답변을 해주세요."

검사의 독촉이 이어졌다.

"만약 당시 광주에 내가 갔다면…, 당시 시민군이 그랬듯이 총을 허공에 쏘거나 아예 총을 쏘지 못했을 것 같습니다…."

오경택의 대답은 입안에서 맴도는 듯했다. 뒤에서 친구들이 "경택아, 힘내!"라고 낮은 목소리로 외치는 게 들려왔다.

포이동 이후, 그의 20대는 질문의 시간이었다. '화려한 휴가'란 작전명으로 이루어진 광주 학살은 무엇인가? 미군기지 터를 확보하기 위해 대추리 주민을 쫓아낸 '여명의 황새울' 작전은 어떻게 이해해야 하나?

오경택은 혼란스러웠지만 부딪혀갔다. 사회당 문턱을 두드리기도 하고, '청년 좌파'에도 가입해 보고, 총학생회 활동도 했다. 경찰에게 두들겨 맞으면서 유치장을 몇 번인가 들락거렸다.

그런 시간을 보내며 오경택은 믿음 하나를 세울 수 있었다. "국민을 향해 작전하고 학살하는 군대에 들어갈 수 없으며 총을 잡지 않는다."는 신념이었다.

그는 재판에서 이 이야기를 맑은 목소리로 또박또박 말하고 싶었다. 하지만 목소리는 잠기고 제대로 움터 나오지 못했다.

우리나라 '병역거부'의 역사는 결코 짧지 않다. 지금까지 '여호와의 증인'은 무려 1만 명이 넘는 신도들이 재판을 받고 투옥되었다. 일제하에서도 신사참배와 동방요배를 거부한 문태순과 신도 33명이 구속되었다. 병역거부는 아니었지만 일본의 전시 동원체제에 대한 저항이었다.

히틀러 체제의 독일에서도 마찬가지였다. 여호와의 증인은 '손에 무기를 들고 조국을 방어'한다는 서명만 하면 강제수용소에서 풀려날 수 있었다. 하지만 신도들 대부분은 신념을 지켰다. 그들이 펴내는 〈파수대〉에 따르면, 나치는 여호와의 증인 4,200명을 수감시켜 1,490명을 죽음에 이르게 했다고 한다.

"독립운동 당시 항일 무장투쟁을 피고인은 어떻게 생각합니까?"

생각에 잠겨있던 오경택을 흔들어 깨우듯 검사의 질문이 이어졌다. "정당방위도 거부할 것이냐? '정의로운 전쟁'에도 참여하지 않을 것이냐?"는 말이었다. 검사는 '그 상황이면 총을 들겠다.'는 답변을 원하고 있었다. 그래서 "오경택의 신념은 뿌리가 얕고 흔들리고 있다, 양심적 병역거부에서 '양심'은 신념이 깊고 확실하며 진실한 것을 뜻하는데 그는 거리가 멀다."라고 증명코자 했다.

2017년 멜 깁슨이 만든 영화 〈핵소 고지〉. 실화를 바탕으로 한 이 영화의 주인공은 '제7일 안식일 예수재림교회' 신자인 도스다. 국기에 경례할 수 있고 군복 착용은 되지만 총을 들 수 없다는 도스는, 일본군과 미군이 치열하게 싸운 오키나와 핵소 고지에 비무장으로 투입된다.

"한 명만, 한 명만 더 구하게 해 달라."고 기도하며 위생병인 그는 그곳에서 75명의 생명을 구한다. 총을 들지 않고도 전쟁영웅이 된 것이다.

도스가 참전한 전쟁은 미국이 수행한 반파시즘 전쟁이었다. 어쩌면 검사가 말한 '정의로운 전쟁'이었을지 모른다. 영화에서 일본군은 단지 사살되어 마땅한 짐승으로 그려진다.

"한때 오키나와에서는 정의로웠을지 모르지만, 노근리에서 미군은 우리 양민에게 '인디언 소탕을 추억'하면서 기관총을 겨눴다. 통킹만 조작사건까지 일으키면서 베트남전쟁을 벌여 1백만 톤에 이르는 폭탄을 퍼부었던 미군이다. 이라크에서는 '대량살상무기'라는 신화까지 만들어 전쟁을 일으켰던 미군이다. 과연 미군은 한때나마 진정 정의로웠을까?"

2021년 2월 25일 대법원은 오경택의 상고를 기각했다. 재판이 끝난 뒤 기본소득당 용혜원 국회의원(왼쪽)과 함께 '양심은 처벌할 수 없다'는 의지를 다졌다. ⓒ 오경택

오경택은 이렇게 질문하고, 아파하면서 "나는 총을 들 수 없다."는 평화적 신념의 병역거부자로 나아갔다. '영토수호와 신성한 군대'라는 군사주의에 질문을 던지고 그 성역에 도전하는 한발을 내디딘 것이다.

오경택은 이런 고뇌를 당당하게 말하고 공감을 얻고 싶었다. 하지만 검사는 '총을 들 수밖에 없잖아, 오경택!' 이렇게만 다가왔다. 검사의 심문은 그 뒤로도 이어졌다.

"가족이나 사랑하는 사람이 위협받고 있고 당신의 옆에 총이 있다면, 총을 들지 않을 것입니까?"

짜증스럽고 무의미한 공방이 검사와 오경택 사이에서 계속된 후, 2년의 징역형을 구형받은 오경택은 법정을 나왔다. 아침에 뿌옇던 미세먼지가 더 기승을 부리고 있었다.

'평화적 신념'에 따른 병역거부는 계속된다

선고일인 2019년 5월 16일은 숨가쁘게 돌아왔다. 결심공판과 달리 선고 당일 5월 하늘은 맑고 쾌청했다. 다들 '좋은 판결이 있을 것'이라 격려했지만 법원 검색대를 들어서려니 긴장이 되었다.

오경택에 대한 이날 선고는 여러모로 큰 의미를 가졌다. 2018년 6월 헌재는 "대체복무제가 없는 병역법은 헌법 불합치"라고 판결했다. 또 그해 11월 대법원은 '종교적 신념에 의한 병역거부'에 대해 무죄 취지의 파기환송 판결을 내린 바 있다.

사실 포르투갈, 스페인, 러시아 등 많은 나라가 병역거부를 명문화하고 있다. OECD 가입 국가에서 병역거부를 인정하지 않는 곳은 우리나라밖에 없다. 오경택의 재판은 '종교적 병역거부'에 대한 헌재와 대법 판결 이후 '비종교적' 혹은 '정치적 신념'에 따른 병역거부에 대한 법원의 판단을 듣는 자리였다. 그래서인지 이날 아침 법원은 조금 북적였다. 일간지와 방송사의 카메라가 보였고, '전쟁없는 세상'의 활동가들, 노동당 동료, 증인으로 나서주셨던 조현철 신부의 얼굴도 눈에 들어왔다.

2019년 5월16일 항소심에서 기각 판결을 받고, 서부지법 현관 앞에서 기자들에게 소신을 밝히는 오경택

"지금부터 병역법 위반에 대한 판결을 시작하겠습니다." 판사의 목소리가 법정을 갈랐다. 재판정이 일순 조용해졌다. 모두 몸을 곧추세우고 호흡을 가다듬었다. 기자들의 타이핑 소리가 '타닥, 타닥' 들려왔다.

얼마 후 "항소를 기각하되 다만 구속영장을 발부하지 않는다."는 주문과 "돌아가세요."라는 말을 듣고, 오경택은 303호 법정을 나왔다. 모두 아쉬워하고 답답해했다. 그의 어깨를 두드려주고 손을 잡아주는 눈길에는 안타까움이 가득했다.

판사는 오경택이 2015년 9월 민주노총 집회에 참여해 형사처벌을 받은 사실이 있는 점, 5.18 광주민주항쟁의 경우 시민군들이 총을 든 것을 정당한 저항권이라고 진술한 점, "일제의 침략 행위에 총을 들 거냐?"는 검사의 질문에 답변하지 못한 점 등을 들어 "양심적 병역거부로 인정할 수 없다."고 판시했다. 그러면서 오경택이 "유동적이고 가변적이며 타협적이고 전략적인 것으로 보인다."고 까지 얘기했다.

'종교적 신념'에 따른 병역거부가 무죄가 되고 대체복무가 인정되기까지 오랜 세월이 걸렸다. 여기에 '평화적 신념'에 따른 병역거부가 무죄가 되는 것도 몇 굽이 산을 넘어야 할 것 같다. 다행스럽게도 오경택 이전에 선구적인 노력을 한 선배들이 있었다.

2001년 12월, 불교신자였던 오태양은 "사람 모양의 사격판을 향해 얼굴과 심장을 정조준하여 방아쇠를 당기는 것, 효율적으로 사람을 죽이는 수류탄 투척 연습 등 군사훈련을 거부하겠다."고 했다.

2008년 7월, 의경 복무 중이던 이길준은 "미국 소고기 수입에 항의하는 촛불집회를 막아서며 인간성이 하얗게 타들어가는 고통을 느꼈다."며 전·의경제 폐지를 요구하는 싸움을 벌였다. 또 김영배, 최기원, 박정훈, 박유호 등과 같은 사람들이 뒤를 이었다.

그들이 걸어간 길을 따라 이날 오경택은 재판정에 섰던 것이다. 그는 대법원에 즉시 상고할 뜻을 밝혔다. '1년 6개월'의 징역형을 선고받고 법원 밖을 나서지만, 아침에 만난 5월의 햇살은 그를 반갑게 맞아주었다. 오경택은 발걸음을 내디디며 그가 즐겨듣던 존 레논의 노래 '이매진'을 흥얼거렸다.

"혼자 꾸면 몽상이지만… 같이 꾸면 현실이 되므로…"

[2019년 5월 17일 연재]

못 다 한 이 야 기……

* 오경택은 2010년 서강대에 입학해서 세상에 부딪히고 질문하는 삶을 살았다. 대학 입학 후 그는, 2010년 11월 '대학생사람연대' 가입, 2011년 12월 사회당 입당, 2013년 2월 '청년좌파' 가입, 2019년 노동당 입당 등 단체에 가입해 활동했다. 그리고 2018년 2월 26일 입영예정일에 훈련소 입소를 거부, 4월 10일 검찰에 기소되었고, 6월 27일 SNS에 '병역거부 소견서'를 올리며 병역거부를 선언했다. 7월 17일 병역법 위반으로 1심에서 징역 1년 6개월의 실형을 선고받고 곧바로 항소했다. 2019년 5월 16일 항소심에서 항소가 기각되었다. 바로 대법원에 상고했으나, 2021년 2월 25일 대법원은 상고를 기각하고 원심을 확정했다. 법원은 상고심 선고에서 "평화적 신념을 이유로 병역을 거부한 오경택, 홍정훈에 대해 신념이 진실하다고 보기 어렵다."며 징역 1년 6개월을 선고한 원심을 확정했다. 오경택은 대법원의 이 판결이 나고 2021년 3월12일 검찰의 영장집행에 따라 남부교도소에 수감되었다.
* 이 글은 오경택과의 인터뷰를 기초로 하였다. 임재성 변호사가 쓴 《삼켜야 했던 평화의 언어》가 많은 참고가 되었다.
* 항소심의 판결문 원본은 구하지 못했다. 재판정에서 정리한 속기와 판결을 들은 사람들의 기억으로 재구성했다.

21년 옥살이 장기수
오기태의 망향곡

"

아흔살 저는 오늘도
문대통령께 편지를 씁니다.
죽기 전에 북녘 고향으로 보내 달라고……

"

오기태는 잠을 설치다가 몸을 일으켰다. 새벽 2시, 사방이 깜깜하다. 동생 조상이는 어제 일이 고되었는지 이불을 저만치 밀어내고 곤하게 잔다. 오기태는 이불을 덮어주고 그의 손을 잡아보았다. 거칠고 팍팍하다.

오기태가 1930년생이고 조상이가 1950년생이니 올해 90세와 70세, 두 사람은 북에서 남파되었다가 전주교도소에서 처음 만났다. 1989년 12월 24일 같이 출소해 2000년부터는 전주 평화동 주공아파트에서 20년을 함께 살고 있으니 특별한 인연이다.

오기태는 오른쪽으로 굽은 허리를 일으켜 책상에 앉았다. 대통령에게 청원서를 쓰겠다고 마음먹은 지 벌써 한 달. 눈은 컴컴하고 손마디는 힘이 없어 글씨는 엉망이었다. 컴퓨터를 들여 타자 연습을 해보다가 하루 만에 포기했다. 그리고 다시 볼펜을 잡고 여러 날 동안 썼다 지웠다를 반복했다. 오늘은 어떻게든 마무리 지을 참이다. 갑자기 새된 기침이 나온다. 그는 조상이의 잠을 깨우지 않으려고 소리를 낮추고 휴지를 입에 갔다 댔다. 그리고 첫 줄을 적었다.

"대통령님께 부탁드립니다. 제 나이 올해 구십입니다. 살날이 얼마 안 남았습니다. 죽기 전에 북녘땅, 아내와 자식들이 있는 곳으로 돌아가게 해 주십시오."

두 달 일정으로 내려왔는데……

오기태는 노동당 문화부의 소환을 받고 남파되었다. 1969년 7월 황해도 해주에서 달빛을 안고 내려와 전남 장흥의 수문리 해안가에 닿았다. 그날 밤은 야산에서 남해바다 파도소리를 들으며 몸을 뉘였다. 다음 날 일찍, 전남대 출신의 조장 이봉로와 함께 기차를 타고 광주로 향했다. 그곳에서 두 달간 노동자와 학생들의 동향을 파악하는 것이 임무였다.

오기태는 광주 대인동 근처 여인숙에 숙소를 잡고 일당 잡부로 건설현장에 나갔다. 노동자들과 담배를 나눠 피며 "내 고향은 신안군 임자도요." 라고 통성명을 했고, 국밥집에서 술잔을 기울이기도 했다. 일요일에는 이봉로 조장과 전남대 앞 서점에 들러 책도 사고 학생들과 두런두런 이야기를 나눴다.

금세 다가온 9월 하순의 귀환 날, 오기태는 해가 저물자 장흥군 월암리 바닷가에서 땅굴을 팠다. 무전기를 켜 접선을 시도하려는 참에 "동무, 싸게 마을에 가서 담배 한 갑 사오겠소."하며 조장이 어둠 속으로 사라졌다.

검은 바닷가에는 달빛을 실은 파도가 밀려왔다가 잔물방울을 뿌려

댔다. 사위는 물소리와 간혹 꾸룩대는 기러기 소리뿐이었다. 무전을 쳐야 할 시간이 넘었는데 조장의 발자국 소리는 들리지 않았다. 오기태가 마을 쪽 어둠을 근심스레 바라볼 때 정적을 깨는 총성이 한 발, 곧이어 대여섯 발이 '드드드' 울렸다. 비명 소리와 고함 소리가 바닷가 마을을 뒤흔들었다. 오기태는 무전기를 집어 들고 땅굴에서 솟구쳐 나왔다. 지금 가까운 보성역으로 서둘러 가면 경전선 새벽 첫차를 탈 수 있다. 만일을 대비했던 계획이 현실이 될 줄이야…….

오기태가 가까스로 순천행 기차에 올랐을 때, 역전 마당에 호루라기가 울리고 경찰이 경계망을 펼쳤다. 그는 순천에서 기차를 갈아타고 비상선인 부산 형제바위로 갔다. 부산에서 접선에 실패한 그는 2차 장소인 광주로 되돌아왔다.

예전 여인숙에 행장을 풀었을 때, 그는 월암리 바닷가에서부터 일주일이나 옷을 갈아입지 못해 상거지 꼴이었다. 몇 시간 뒤 나타난 경찰 서너 명이 그를 에워쌌고, 그날로 그는 서울 대방동 미군첩보부대로 이송되었다. 총상을 입고 치료받던 이봉로 조장도 거기서 다시 만났다. 그때는 몰랐다. 이날이 길고 긴 감옥 생활의 첫째 날이 될 줄은…….

'전향'을 했다는 이유로 송환이 거부되고

오기태는 눈을 비비며 다음 문장을 썼다.

광주교도소에 수감되어, 1989년 12월 24일 전주교도소에서 출소할 때까지 21년간 옥살이를 했습니다. 일본놈 앞잡이처럼 민족을 팔아먹지 않았습니다. 살인을 한 흉악범도 아닙니다. 저는 분단된 땅이 통일되어야 한다는 신념으로 내려왔을 뿐입니다. 남쪽에 와서 노동자와 학생들을 만나 조직사업을 했으나 불과 2개월, 그저 이름 석 자 주고받고 친분을 나눈 정도입니다. 과연 20년 넘게 징역을 살아야 할 정도로 큰 잘못을 한 건가요? 설령 그렇다하더라도 충분한 댓가를 치루지 않았나요?

어렵게 한 자 한 자 써가던 오기태의 어깨가 들썩거렸다. 그는 2005년 급성폐렴에 걸려 중환자실에서 두 달간이나 있었다. 가까스로 회복이 되었지만, 그 후 목소리는 새되어졌고 마른기침을 달고 살았다. 창문에는 한밤중의 한기가 달라붙어 성에를 수놓았고, 그 위로 달빛이 실눈처럼 쌓이고 있었다. 오기태는 기침을 억누르고 다시 펜을 들었다.

2000년 9월 장기수들이 송환될 때, 이 사람은 '전향'을 했다고 제외되었습니다. 정녕 그 실상을 모르는 겁니까? 전주교도소에 있을 때, 간수들은 한겨울에 열두 명을 한 평도 안 되는 방에 몰아넣고 찬물을 끼얹었습니다. 얼음칼이 옆구리를 찌르고, 등 뒤로는 무수한 바늘이 파고드는 듯했습니다. 입이 쩍쩍 벌어지고, 우리는 "살려달라."고 부르짖었습니다. 돌아온 건 비웃음과 찬물 세례, 구두 발자국이었습니다. 이것만이 아닙니다. 내 허벅지에 전선줄이 감겼고 땅바닥에 내팽개쳐진 물고기 마냥 살점이 퍼덕거렸습니다. 전주교도소의 전향은 이런 고문에 따라 이루어진 것입니다. 이미 수없이 증언한 이야기들이고, 저는 2001년 내 양심에 따라 '강제 전향 무효' 선언을 한 바 있습니다.

힘겹게 써내려가던 오기태는 다시 옆구리를 쥐었다. 급성폐렴으로 사경을 헤맨 지 얼마 안 된 2008년에는 대장암이 발견되었다. 나이 팔순이 가까워 얻은 큰 병이었다. 가까스로 치료는 되었지만 그 후로 설사와 변비가 되풀이되었다. 지난해까지만 해도 동네 학산을 오르내렸건만, 올해는 설사가 심해져 이마저 그만두었다. 오기태는 배를 어루만지며 잠시 책상에 얼굴을 묻었다. 창가에는 여전히 어둠이 웅크리고 새벽 햇살을 가로 막았다.

오기태는 1989년 출소 후 신원보증을 서줬던 전주 남문화방 사장 밑에서 먹고 자며 일을 했다. 교도소 목공반에 있었던 그는 표구와 액

오기태 선생은 방, 거실, 부엌이 하나인 임대주택에서, 전주교도소에서 만난 20살 아래 조상이와 함께 산다.

자 일을 잘했다. 주변에서 "어떻게 저런 사람이 들어왔냐?"고 할 정도로 성실하게 일을 했고, 상점과 창고 등 열쇠 다섯 개를 도맡아서 관리했다.

하지만 IMF로 남문화방은 문을 닫았고, 오기태는 성공회에서 운영하는 쉼터 '나눔의 집'으로 들어가게 되었다. 여기서 살면서 그는 영세민들과 노숙자를 위해서 밥 짓는 일과 상담 일을 맡았다. 그 무렵 다행히 임대아파트가 배정되어서 쉼터를 나와 평화동으로 오게 된 것이다. 출소 후 결혼 사기까지 당했던 조상이도 오기태의 임대아파트로 들어왔고 그때부터 두 장기수의 동거가 시작되었다. 오기태는 책상에 묻었던 얼굴을 들고 다시 볼펜을 잡았다.

저는 1989년 12월 24일 출소해서 제일 먼저 고향 임자도엘 갔습니다. 아버지는 총살당하고 형님은 조계산 어느 골짜기에선가 숨졌다고 누이동생이 일러주더군요. 고맙게도 임자도 초등학교 동창들이 아버지 장례를 치러주었습니다. 저는 선산에 가서 아버님께 술잔을 올리고 용서를 빌었습니다. 자식들 때문에 총 맞아 돌아가신 그 한이 눈을 감으시고서라도 풀렸을까요?

아버님 눈에 임자도 푸른 물이 핏빛으로 일렁거렸을 것이고, 바다 갈매기는 시체 위를 떠도는 독수리 떼처럼 보였을 겁니다. 분단은 우리 가족에게 큰 한과 아픔을 주었습니다. 상처를 삭히기 쉽지 않았습니다.

오기태는 1950년 전쟁이 일어나자, 빨치산이었던 형의 권유로 인민군에 입대했다. 목포에서 남해여단에 편입되어 낙동간 전선으로 가려던 차에 맥아더가 인천에 상륙했다. 그는 여단을 따라 목포, 장흥, 지리산, 오대산을 거쳐 강원도 양양으로 후퇴했다. 여기서 인민군 2군단 9사단 32연대로 소속이 바뀌었다. 이때가 10월 말이었다. 당시 32연대장은 국군 대대장 출신으로 대대 병력 전체를 끌고 월북한 강태무였다. 32연대의 주요 임무는 금강산 일대에서 미군의 남쪽 퇴로를 막는 것이었다.

오기태는 참전 후 이곳에서 처음으로 전투를 치렀다. 1951년 여름에는 장티푸스에 걸려 큰 고생을 했다. 고열에 시달리며 6개월간 생사를 넘나들었다. 어렵게 건강을 회복한 그는 전방에 있을 때 노동당에 화선입당[1]을 했다. 1953년 7월 27일 그는 강원도 철원군 오성산에서 정전협정을 맞았다. 이후 4년간 복무를 더하고 1957년 중사로 제대해 함경북도 온성에 있는 탄광으로 가게 되었다. 당시 북은 1차 5개년계획(1957~1961)에 따라 중공업 부문에 청년들을 집중 배치했다.

그는 온성탄광에서 탄광지도원으로 승진했고, 군인민위원회 상업검열국을 거쳐 국토청의 온성군 토지관리지도위원이 되었다. 이래저래 온성에서 일을 하던 오기태는 1959년, 군수방직공장에 다니던 김외식을 만나 혼례를 치렀다.

3남매를 낳고, 막내가 아내 뱃속에 있을 때 문화부의 소환을 받았다. 그 후 6개월간 야간 행군, 태권도, 무전기 사용법을 훈련받고 이봉로 조장과 함께 내려 왔다가 귀환 길에 체포되고 만 것이다.

---

1) 전선(戰線)에서 노동당에 입당하는 것을 말한다.

오기태가 가족의 한을 한 줄씩 써갈 때, 새벽 4시로 예약 취사를 한 전기밥솥에서 '쉬쉬-' 김이 빠지는 소리가 나기 시작했다. 새벽일 나가는 조상이의 아침상을 차려줘야 한다. 오기태는 잠시 글쓰기를 멈추고 일어났다. 청국장을 끓이고 겨울 시금치를 무쳤다. 후라이팬을 달궈 꽁치도 올렸다. 맛나게 먹이고 싶은데 나이가 들어선가 간을 맞추는 게 힘들어져 속상할 때가 많다. 요즘 들어 조상이를 보면 안쓰럽다. 칠십이 넘은 나인데 전주에서 대전 유성까지, 그 먼 길을 다니며 공사장 일을 나가니……. 오기태는 그를 깨우려다 조금 더 자게 놔뒀다. 밥상 준비를 얼추 마친 그는 책상에 앉아 다시 펜을 잡았다.

> 대통령님, 2018년 평양 능라동 경기장에서 하셨던 감동적인 연설을 기억합니다. 온 겨레가 가슴 벅차게 들었습니다. 저는 누구보다 더 감격해서 눈물을 흘렸습니다. 특히 "우리는 5000년을 함께 살고 70년을 헤어져 살았습니다. 나는 오늘 이 자리에서 지난 70년 적대를 완전히 청산하고 다시 하나가 되기 위한 평화의 큰 걸음을 내딛자고 제안합니다."라는 구절이 가슴에 사무치게 와 닿았습니다.

오기태는 '닿았습니다'에 구두점을 찍고 다시 쿨럭쿨럭 기침을 했다. 사실 오기태는 1차 송환이 좌절되자 혼자 온성으로 넘어갈 수 있는 길을 찾아 나섰다. 2004년부터 여러 번 연변 조선족 자치구로 넘어가서 온성군이 마주 보이는 도문(圖們)시 쪽으로 이동했다. 어찌어찌 중국 공안과도 선을 연결해 가족들의 생사를 알아봐달라고 부탁했다. 그런데 신통한 결과가 없자, 그는 두만강을 그냥 건너가려 했다. 강만 건너면 온성이고, 그는 10여 년 이상 그곳에 근무했기에 배를 타지 않고도 건너갈 수 있는 길목을 알고 있었다.

그러나 오기태는 발걸음을 거두었다. 판문점을 통해서 동료 장기수들과 함께 당당히 돌아가고 싶었다. 그게 올바른 길이고 다른 장기수들에 대한 도리라고 여겨졌다. 두만강 건너기를 포기하고 연변에서 전주로 돌아오는 길에 눈물이 안개비처럼 내리고 가슴에는 검은 비가 흘렀다. 그러면서 늙은 몸은 오른쪽으로 구부러지기 시작했다.

오기태의 기침이 더욱 심해지더니 오장육부를 게워낼 듯 소리마저

도문시의 두만강 가에서 바라본 북한, 손에 잡힐 듯 보이는 강 건너편이 북한의 온성군이다. 강가에 '전방은 조선이다. 비법월경을 엄금한다'는 표지판이 있다.

오기태와 함께 살던 조상이는 19살이던 1969년 공작원으로 남파되어, 서울에 잠입한 지 이틀 만에 잡혀 감옥에서 20년을 살았다.

커졌다. 휴지를 급히 뜯어 입을 막았는데도 피가 한 움큼 쏟아진다. 기침을 할 때마다 오줌이 조금씩 새어 나와 속옷마저 축축하다.

오기태는 옷을 갈아입고 다시 책상에 앉았다. 이제 몇 줄만 더 쓰면 된다. 얼른 마무리하고 새벽밥 먹여서 조상이를 출근시켜야 한다.

쿡 쿡 찌르는 배를 움켜잡고 기침을 억누르며 다시 볼펜을 꽉 쥐었다.

부탁드립니다. 적대를 청산하는 큰 뜻은 작은 일부터 시작해야 하지 않을까요? 2차 송환을 간절히 바라는 어느덧 구순을 넘나드는 노인들이 있습니다. 이제는 하나둘 죽어가고 있습니다. 지난 7월에도 강담 선생이 세상을 떠났습니다. 이두화 선생을 비롯 여러 동지들이 요양원 신세를 지고 있습니다. 올해 구십 살인 저도 오늘, 내일을 알 수 없습니다.

2차 송환을 바라는 우리들을 보내주는 일은 평화를 위한 중요한 걸음입니다. 6·15선언을 실천하는 길입니다. 미국 눈치볼 필요도 없는 일입니다. 대통령님께서 결심하면 할 수 있는 일조차 늦추면 안됩니다. 우리들에게는 더 이상 시간이 없습니다.

창문으로 어둠을 뚫고 슬그머니 달빛이 들어왔다. 한뼘 조각같은 그 빛은 오기태가 벽에 붙여놓은 두 장의 사진을 비췄다. 한 장은 2000년 김대중 대통령과 김정일 위원장이 평양 순안공항에서 악수하는 장면이고, 나머지 한 장은 2018년 백두산 천지에서 문재인 대통령과 김정은 위원장이 두 손을 맞잡고 하늘로 치켜올린 장면이다.

오기태는 두 사진을 물끄러미 바라보았다. 기침이 계속되었다. 고개가 자꾸 떨궈지고 눈마저 감긴다. 일어나 세수를 하고 나니 몸이 바르르 떨렸다. 그는 쓰러질 듯 다시 책상에 앉았다. 감기는 눈을 치뜨고 떨궈지는 고개를 가누며 마지막 줄을 적었다.

오기태 선생은 생애를 구술한 3일 뒤, 끝내 2차 송환의 뜻을 이루지 못하고 세상을 뜨고 말았다.
ⓒ 양심수후원회

죽기 전에 아내 김외숙과 춘자, 정자, 성일 그리고 이름조차 모르는 막내를 죽기 전에. 죽기 전에…

마지막 구절을 남겨두고 그의 손에서 볼펜이 툭 떨어졌다. 동시에 고개가 푹 책상으로 떨궈졌다. 기침과 숨이 가느다랗게 몇 번 이어지더니 이내 잦아들었다. 오기태의 눈은 어느새 감겨버렸다. 시계는 새벽 3시 56분을 가리키고 있었다.

[2021년 2월 19일 연재]

못 다 한 이 야 기……

* 오기태는 2020년 12월 4일 필자에게 생애를 들려주었다. 그날 힘주어 문 대통령에게 청원서를 올릴 것이라며, 그 요지를 설명해주었다. 그리고 청원서를 올렸는데도 2021년까지 송환이 안 되면 연변을 통해 온성으로 가서, 죽기 전에 가족을 만나겠다고 의지를 밝혔다. 그는 생애 구술 3일 후인 2020년 12월 7일 새벽에 숨졌다. 이 글은 그가 채 완성하지 못한 청원서, 새벽에 숨진 상황 등을 담아 그의 삶을 그려냈다.
* 오기태에 관한 판결문을 구할 수 없어 조선일보 1969년 10월 5일 자 기사 등을 참조했는데, 체포경위 같은 부분에서 오기태의 구술과 다른 점이 있으나, 오기태의 구술을 중심에 놓고 서술했다.